JAN FABER

DER LOBBYIST

JAN FABER

DER LOBBYIST

THRILLER

PAGE & TURNER

Originalausgabe

Dieses Buch ist auch als E-Book erhältlich.

MIX
Papier aus verantwortungsvollen Quellen
FSC® C014496

Verlagsgruppe Random House FSC® N001967
Das FSC®-zertifizierte Papier *Munken Premium Cream* für
dieses Buch liefert Arctic Paper Munkedals AB, Schweden.

Page & Turner Bücher erscheinen
im Wilhelm Goldmann Verlag, München,
einem Unternehmen
der Verlagsgruppe Random House GmbH.

1. Auflage

Umschlaggestaltung: Uno Werbeagentur, München
Umschlagmotiv: © Getty Images/Michael Utech, E+;
Yolande de Kort / Trevillion Images; FinePic®, München
Gesetzt aus der Janson-Antiqua
Druck und Einband: GGP Media GmbH, Pößneck
Printed in Germany
ISBN 978-3-442-20443-4
www.pageundturner-verlag.de

Besuchen Sie den Goldmann Verlag im Netz

Wenn der Mensch zu viel weiß,
wird das lebensgefährlich.
Das haben nicht erst die Kernphysiker erkannt,
das wusste schon die Mafia.

Norman Mailer

In the spider-web of facts,
many a truth is strangled.

Paul Eldridge

Wir sind in unserem Netze, wir Spinnen.

Friedrich Nietzsche

PROLOG

St. Petersburg, 15. Mai 2012

Der Junge hatte sich gemausert. Aus dem schmächtigen Musterschüler war ein Meister geworden. Bald würde er in den größten Konzertsälen der Welt spielen, Millionen verdienen, die Frauen würden ihm zu Füßen liegen. Lewtuschenko hätte es ihm nicht zugetraut. Nicht wirklich. Nicht nach dem Tiefschlag, der ihm vor zwei Jahren widerfahren war. Dass der Junge sich so schnell wieder aufrichten und zu alter Form zurückfinden würde. Ach was, alte Form: Er war in eine ganz andere Liga vorgestoßen. Fast sah es aus, als hätte die Niederlage, die der junge Mann im Privaten erlebt hatte, ihn überhaupt erst befähigt, so zu spielen.

Aleksander Petrowitsch Lewtuschenko lehnte sich zurück und lauschte anerkennend. Ja, im Grunde hatte Nikolai Arkadjewitsch Lossow alles ihm zu verdanken. Dass er hier in den ehrwürdigen Hallen des Konservatoriums an einem Steinway-Flügel saß. Dass er in wenigen Tagen ein großes Konzert geben würde. Das hätte es so nicht gegeben. Nicht ohne das Tal der Tränen, durch das der junge Lossow gegangen war. Nun spielte er auf dem Klavier so virtuos, wie Lewtuschenko mit Menschen spielte. Kein Zwischenton, keine Nuance waren ihm unbekannt.

Der Pianist unterbrach sein Spiel und schlug mehrmals dieselbe Taste an. Er machte sich eine Notiz, fuhr fort, unterbrach erneut und stand schließlich auf, um die Probe zu beenden. Für einen Moment schien es Lewtuschenko, als blickte er zu ihm herauf, doch von der Bühne aus war der Platz auf dem Rang kaum erkennbar: Lewtuschenko saß im Schatten und beobachtete, ohne gesehen zu werden. Es war seine bevorzugte Position. Dennoch verließ er den Raum und lief hinunter zu den Garderoben. Man kannte ihn hier, niemand würde ihn auf dem Weg hinter die Bühne aufhalten. Genau genommen kannte man ihn überall, zumindest in Russland. Und nichts hielt ihn auf.

Nikolai Lossows Garderobe lag am Ende eines Flurs, der längst einmal wieder gestrichen gehört hätte. Von fern hörte Lewtuschenko den Künstler zetern: »So kann ich nicht spielen. Der Flügel ist völlig verstimmt.« Offenbar telefonierte er. »Bringen Sie das in Ordnung, sonst kann das Konzert nicht stattfinden. Ja. Gut. Do sewedanja.«

»Guten Tag, Nikolai Arkadjewitsch.«

Der Musiker wandte sich um und blickte verblüfft in Lewtuschenkos Gesicht. »Was wollen Sie hier, Aleksander Petrowitsch?«

»Ich möchte Ihnen gratulieren. Sie spielen großartig. Ich freue mich, dass Sie so erfolgreich sind.«

Nikolai Lossow schwieg und musterte den Eindringling misstrauisch. »Woher wissen Sie, dass ich hier bin?«

»Ich bin Vorsitzender der Stiftung, Nikolai Arkadjewitsch.« Lewtuschenko lehnte sich lässig an den Schminktisch und zündete sich eine Zigarette an. »Und der größte Spender des Konservatoriums.«

»Schön, dass Sie sich auch für gute Dinge engagieren«, sagte der Pianist.

»Ausschließlich, Nikolai Arkadjewitsch, ausschließlich!« Der ungebetene Besucher nickte ernst und sah ihm mit einem

Blick in die Augen, der so durchdringend war, dass es den jungen Mann schauderte. »Aber manchmal braucht man Hilfe.«

»Sie brauchen Hilfe?«

»Nicht ich, Nikolai Arkadjewitsch. Aber Ihr Vater. Und ich werde ihm nicht helfen können, wenn Sie mich nicht dabei unterstützen.«

Instinktiv wich der junge Mann einen Schritt zurück. »Was wollen Sie damit sagen? Ist mein Vater in Gefahr?«

»Sagen wir so: Er ist es nicht mehr, wenn Sie mir die Dokumente geben.«

Nikolai Lossow schluckte, wandte sich ab, sah sich selbst im Spiegel und in seinem Gesicht das Gesicht seines Vaters. Die Dokumente. »Welche Dokumente?«

»Denken Sie darüber nach, Nikolai Arkadjewitsch. Aber denken Sie nicht zu lange.«

Berlin, 12. Mai 2012

»Haben Sie das gelesen, Plöger?«, polterte Wirtschaftsminister Schneider und warf seinem Referatsleiter den Stapel von Blättern mit so viel Zorn und Empörung vor die Füße, dass sie noch im Flug auseinanderfielen und sich als schlampiger Haufen auf dem Boden des Büros verteilten. Schneider saß an seinem Arbeitsplatz, wie üblich mit den Füßen auf einer Kante des Schreibtischs.

»Was gelesen, Herr Minister?«, entgegnete Plöger und sammelte die Papiere auf. Mit einem Blick stellte er fest, dass es eine aktuelle Pressemappe war.

»Seite fünf oder sechs. Heilige Scheiße, wie konnten Sie das nicht checken?«

Plöger blätterte hektisch durch den völlig aus der Reihe gebrachten Stapel. Seite fünf. Schwere Vorwürfe gegen Öl- und Gaskonsortium. Ein Artikel von Vera Beliani. Plöger brauchte nur mit einem schnellen Blick darüber zu gehen und wusste Bescheid. »Haben wir gecheckt, Herr Minister«, erklärte er. Er bemühte sich auch gar nicht, Schneider klarzumachen, dass das Problem nicht in seinen Kompetenzbereich gehörte. Dergleichen war dem Minister kategorisch egal.

»Und? Was haben Sie unternommen?«

»Nichts. Wir sehen keine Möglichkeit, irgendetwas dagegen zu tun. Der Artikel ist nicht einmal in die Hauptausgabe gekommen. Und die *Moskovskaija Gaseta* liest doch sowieso kaum jemand.«

»Plöger! Wenn unsere Leute dieses Geschmiere ausgraben, dann graben es die anderen erst recht aus.« Schneider nahm seine Zigarre aus dem Aschenbecher, zog daran, stellte fest, dass sie ausgegangen war, warf sie angeekelt zurück und setzte sich gerade auf seinen Stuhl, die Arme wie ein Preisboxer auf die Schenkel gestützt. »Dass die Beliani so etwas schreibt, ist ja nichts Neues. Die schmiert ständig irgendwelches defätistische Zeug gegen den Kreml zusammen. Was mir Sorgen macht, ist der ›Experte‹, den sie da zitiert. Meinen Sie, den gibt es?«

Plöger zuckte die Schultern. »Dürfte nicht schwer sein, einen zu finden, der sich kritisch zu den Umweltschäden in dem Geschäft äußert.«

»Umweltschäden, Plöger. Umweltschäden. Achten Sie auf Ihre Sprache, Mann.«

»Solche Artikel wird es immer geben«, erklärte Plöger und legte den Stapel Blätter behutsam auf den Schreibtisch vor Schneider. »Das können wir gar nicht verhindern.«

»Und wenn wir auf die Gutachter ein wenig Einfluss nehmen?«

»Gutachter?«

»Wir haben doch sicher ein Umweltgutachten angefordert. Sonst könnten wir uns an dem Projekt doch gar nicht beteiligen.«

Plöger schluckte. Es dauerte einen Augenblick, bis er sagte: »Haben wir nicht. Es gibt kein Umweltgutachten. Nicht für den russischen Teil der Unternehmens. Was da vor Ort in Sibirien geschieht, das geht uns nichts an. Das sind sozusagen innere Angelegenheiten.« Plöger räusperte sich. »Die würden uns ziemlich aufs Dach steigen, wenn wir ihnen sagen wollten, wie sie ihr Geschäft zu betreiben haben ...«

»Aber unsere Unterstützung wollen sie. Wir haben wirklich kein Umweltgutachten?«

»Wie gesagt, nur für die Pipeline an sich.«

»Und wir haben unsere Unterstützung zugesagt?«

»Ja, Herr Minister.«

»Das ist ein schwerer Verfahrensfehler, Plöger.«

»Aber Sie haben doch gesagt ...«

»Ich bin froh, dass ich nichts davon weiß, Plöger. In Ihrer Haut möchte ich nicht stecken. Lassen Sie mich allein.«

Der Referatsleiter wandte sich um.

»Ach, Plöger?«

»Ja, Herr Minister?«

»Sorgen Sie wenigstens dafür, dass dieser sogenannte Experte die Klappe hält. Und überlegen Sie sich was, das die anderen potenziellen Kandidaten, die sich über irgendwelche Umweltfragen oder sonstige Details auslassen könnten, auch überzeugt.«

Plöger nickte. »Natürlich, Herr Minister. Ich bin sicher, unsere russischen Partner haben für solche Fälle ein paar gute Ideen.«

Schneider lachte. »Das gefällt mir an Ihnen, Plöger, Sie haben Galgenhumor. Aber Sie haben sicher recht, ja, da werden unseren Freunden in Moskau bestimmt ein paar sehr überzeugende Argumente einfallen.«

Er nahm die Pressemappe zur Hand und seufzte. Warum konnte diese Geschichte nicht einfach glattgehen? Warum mussten immer, wenn etwas vorwärtsging, die Bremser und Schlechtmacher aus ihren Löchern kriechen und es torpedieren? Und dann noch die Mitteilung aus der Branchenpresse. Die schlechteste News zum ungünstigsten Zeitpunkt:

energie-news.de, 11. Mai 2012

Neues Gasfeld in der Nordsee entdeckt. Marktwert von über 280 Milliarden Dollar vermutet

London/Hamburg. Das britisch-deutsche Konsortium Euro Gas and Oil EGO meldet den Fund eines ausgedehnten Gasfelds in der Nordsee. Bohrungen auf der Grenze der Hoheitsgebiete haben sich als äußerst ergiebig erwiesen. Es wird mit einem Explorationswert von bis zu 170 Milliarden US-Dollar gerechnet. EGO verfügt über Lizenzen zur Ausbeutung bis 2046. Der Aktienkurs hat nach Bekanntgabe des Funds zeitweise um mehr als 12 Prozent zugelegt. Beobachter gehen davon aus, dass EGO durch die neue Quelle zu den großen Öl- und Gasunternehmen des Kontinents aufschließt. An dem Konsortium sind neben der britischen PUK (Petroleum United Kingdom) auch die deutschen Energieversorger EnEX und Energon beteiligt. cc

Ja, es war eine eherne Weisheit: Wenn Scheiße im Anflug war, dann kam sie immer als Haufen.

EINS

St. Petersburg, 17. Mai 2012, 23:50 Uhr

Er hatte es gewusst. Der Umschlag sah völlig neutral aus. Nichts wies auf etwas Außergewöhnliches hin – außer der Tatsache selbst, dass der Umschlag vor seiner Tür lag. Mittlere Größe. Keine Aufschrift. Kein Adressat. Jemand musste damit gerechnet haben, dass er ihn hier entdecken würde. Er und niemand anders. Mit zitternden Fingern nahm Arkadi Michailowitsch Lossow die Sendung auf und wog sie in seiner Hand. Er spürte, wie sein Kreislauf beinahe kollabierte, musste sich am Türstock festhalten. Warum auch immer, dieser Umschlag – das war ihm vom ersten Augenblick an klar gewesen und schrie ihn nun geradezu an –, dieser Umschlag war mehr als eine Nachricht. Er barg für ihn das nackte Grauen.

Keuchend sperrte Lossow die Tür auf, bemüht, kein Geräusch zu machen, das seine Frau wecken könnte. Die Wohnung lag im fahlen Licht einer kühlen Frühlingsnacht vor ihm, schwarz hoben sich die Möbel im Zwielicht ab. Unter der Tür blieb er einen Atemzug lang stehen und lauschte. Aus dem Treppenhaus drang ein Geräusch zu ihm herab, das ihn innehalten ließ. War der Bote noch im Haus? Und wenn er es war, sollte er ihn stellen? Oder vor ihm fliehen?

Es war das Glück. Er hatte es gewusst. So viel Glück zog immer Strafe nach sich. Es gab kein Glück, das nicht gesühnt werden musste. Nicht für ihn. Am ganzen Leib zitternd drückte Lossow die Tür hinter sich ins Schloss. Dann ging er schweren Schritts durch den Flur geradeaus in die Küche, wo unter dem Fenster der Fontanka-Kanal vorbeizog. Er streifte die Gardinen zurück, sodass etwas mehr Licht hereinfiel, ließ sich auf seinen Stuhl am Esstisch sinken und legte den Umschlag vor sich auf den Tisch. Er war so nüchtern, dass es schmerzte. Die vage Leichtigkeit, in die ihn der Wodka versetzt hatte, den er auf dem Nachhauseweg noch getrunken hatte, war weggeweht. Sein Hirn pochte gegen die Schädeldecke, sein Mund war völlig ausgetrocknet. Arkadi Michailowitsch Lossow brauchte zwei Versuche, den Umschlag zu öffnen. Als er es endlich geschafft hatte, wünschte er sich, es wären zehn Versuche gewesen.

*

Berlin, Haus der Bundespressekonferenz, 18. Mai 2012

Während drinnen noch die Vertreter von Wirtschaft und Politik beisammenstanden, Füllfederhalter austauschten, sich ablichten ließen und auf die Häppchen warteten, hastete Tatjana Lossowa aus dem Gebäude und winkte – allerdings vergeblich – nach einem Taxi. Sie nestelte ihr Handy aus der Tasche, um den nachmittäglichen Termin für ihren Chef, Michael Wörner, ein letztes Mal zu bestätigen. Es ging um ein Hintergrundgespräch mit dem russischen Handelsattaché – ein Heimspiel für Tatjana, die auch die Bemerkungen verstand, die sich die Russen nebenbei zuraunten. Kurz überlegte Tatjana, ob sie sich auf Russisch vorstellen sollte oder auf Deutsch, da tönte ihr plötzlich Tschaikowskis Leitmotiv aus *Schwanensee* entgegen, ihr Klingelton, und im Display leuchtete das Bild ihrer Mutter auf.

»Hallo, Mama! Ich bin gerade in Eile.«

Für einen Moment schien es, als sei die Leitung tot. Es herrschte völliges Schweigen, dann plötzlich ein Schluchzen, dass Tatjana Lossowa glaubte, das Herz müsse ihr stehen bleiben. »Mama, was ist los? Was ist denn los?«

»Dein Vater ist nicht nach Hause gekommen«, antwortete Irina Lossowa schließlich, als sie sich hinreichend im Griff hatte. »Er ist nicht gekommen.«

»Und du machst dir Sorgen, es könnte ihm etwas zugestoßen sein?«

»Ja, Kind, natürlich.«

»Vielleicht hat er einen alten Freund getroffen, und sie haben gefeiert. Vielleicht ...« Doch Tatjana Lossowa wusste, dass sie nur versuchte, eine möglichst glaubwürdige Lüge zu finden. Ihr Vater war immer nach Hause gekommen. Wenn er nicht auf Geschäftsreise war, dann geschah es niemals, dass er über Nacht wegblieb. Er verkehrte weder in fragwürdigen Etablissements, noch unterhielt er gar eine Liebschaft oder zog mit Kumpanen bis zum Morgengrauen und darüber hinaus durch die Petersburger Nacht. »Hast du die Polizei angerufen?«

»Die Polizei? Ach Tatjana, die Polizei. Die haben ihn doch geholt.«

»Die Polizei hat Papa geholt? Warum denn das?«

»Ich weiß es nicht.« Wieder schluchzte Irina Lossowa und brauchte einige Zeit, um ihrer Gefühle Herr zu werden. »Ich weiß es nicht«, presste sie erneut hervor. Doch sie wusste, womit das Verschwinden Arkadi Michailowitsch Lossows zu tun hatte. Da drüben lag es. Dort auf dem Küchentisch. Sie wagte nicht hinzusehen. Nein, sie würde auch nicht mehr hinsehen. Und sie würde Tatjana nichts sagen. »Ich wollte nur hören, dass es dir gut geht, mein Kind. Das wollte ich nur wissen.«

»Mama ...«

Plötzlich schien ihrer Mutter ein Gedanke zu kommen: »Wo bist du, Tatjana?«

»In Berlin. Morgen muss ich nach Italien.«

»Du kommst nicht nach Russland?«

»Das schaffe ich leider nicht, Mama. Ich kann versuchen, dass ich am Wochenende …«

»Nein, Kind! Nein. Komm nicht. Bleib, wo du bist. Bleib irgendwo. Aber komm nicht hierher, hörst du? Und triff dich mit keinem Russen, ja? Versprichst du mir das?«

»Ähh, Mama? Wie kann ich dir versprechen, keinen Russen zu treffen? Ich weiß doch heute nicht, wer morgen in einer internationalen Konferenz sitzt.« Abgesehen davon, dass sie in wenigen Stunden einen Termin in der Botschaft der Russischen Föderation hatte. »Was ist denn los, Mama? Und was war mit der Polizei? Warum haben sie Papa geholt? Mama …?«

Sie waren getrennt worden. Ratlos stand Tatjana Lossowa auf der Straße vor dem Haus der Bundespressekonferenz, das Smartphone in der Hand. Sie fühlte sich merkwürdig fremd in Berlin, obwohl sie die Stadt seit Jahren kannte. Doch nach St. Petersburg, London, Brüssel und – wenn auch nur sehr kurz – Dortmund, war die deutsche Hauptstadt die fünfte Stadt in kaum sechs Jahren, in der sie ihre Zelte aufschlug. Vielleicht hatte sie einfach ihre Wurzeln verloren. Sie merkte erst beim dritten oder vierten Läuten, dass ein neuer Anruf hereinkam. »Mama?«

»Nett, dass Sie mich so nennen, Tatjana«, sagte Wörners Stellvertreter Hannes Klinger. »Meeting in einer halben Stunde. Schaffen Sie das?«

»Stellt sich die Frage?«

»Nein. Seien Sie einfach da.«

Sie drehte sich um die eigene Achse, entdeckte ein Taxi und hob den Arm. Doch der Wagen war besetzt – oder der Fahrer sah sie nicht. Jedenfalls bog er in den Schiffbauerdamm ein. »Mist.« Auch in der entgegengesetzten Richtung konnte sie kein Taxi ausmachen, überhaupt war die Straße leer. Stattdessen sah sie auf dem Gehweg einen Mann auf sich zukommen. Sie sah, wie er sich unruhig umblickte. Sie sah, dass von der anderen Straßenseite ein anderer Mann über die Fahrbahn lief. Hätte sie die Wege der beiden berechnet, sie wäre exakt im Schnittpunkt gewesen. Und doch erkannte sie nicht, dass sie das Zielobjekt war. Vor allem der junge Mann im Trainingsanzug, der die Fahrbahn überquerte, schien völlig mit seinem Handy beschäftigt und gar kein Auge für sie zu haben. Als er – zwei Schritte vor ihr – plötzlich aufsah, da war es zu spät, um auszuweichen. Der kräftige Mann im dunklen Mantel, der den Gehweg genommen hatte, rammte ihr seine Schulter in die Seite, der andere machte eine Art Ausweichmanöver, berührte sie kaum. Alles ging so schnell, dass Tatjana es für einen dummen Zufall hätte halten können, für ein beiläufiges Aneinandergeraten, wie es manchmal eben geschieht, wäre ihr nicht im gleichen Augenblick bewusst geworden, dass ihr Handy weg war. Noch während sie mit den Armen ruderte, um ihr Gleichgewicht wiederzufinden, spürte sie die plötzliche Leere in ihrer Hand.

»Hey!«, rief sie. Der bullige Typ, der direkt auf sie zugekommen war, wechselte gerade auf die andere Straßenseite, der Junge im Trainingsanzug verschwand im gleichen Moment um die Ecke. Sie hatte die Wahl, wem sie folgen sollte, und entschied sich für den Jungen. Schnell konnte sie sein, aber an körperlicher Stärke würde ihr der Bulle um ein Vielfaches überlegen sein. Trotz Pumps war sie mit wenigen Sätzen an der Ecke und sah die Luisenstraße hinunter. Der Junge hatte sich inzwischen eine Kappe aufgesetzt und versuchte, sich so unauffällig wie möglich zu geben. Er war schon ein ganzes Stück voraus und wagte es sogar, an einem Hauseingang stehen zu bleiben und sich eine Zigarette anzuzünden. Dabei blickte er sich um und entdeckte, dass Tatjana hinter ihm her war. Sofort warf er die Zigarette weg und sprintete los.

Tatjana hatte keine Chance. Der Abstand vergrößerte sich sekündlich. Sie stoppte, riss sich die Pumps von den Füßen, stopfte sie – bereits wieder im Laufen – in ihre Tasche und stürzte hinterher. »Nicht mit mir, Junge«, knurrte sie.

Der Abstand verkürzte sich. Der Dieb befand sich auf der Spreebrücke Richtung Wilhelmstraße, wo sich der Verkehr staute. Mit mehreren flinken Schritten wechselte er die Seite, sodass Tatjana ihn zwischen den Wagen beinahe aus den Augen verloren hätte. Als sich ein Bus zwischen sie schob, schien sie ihn tatsächlich verloren zu haben. Sie blieb stehen, stützte die Hände auf die Schenkel und keuchte. Mit flackernden Lidern suchte sie die Straße nach ihm ab – und erspähte schließlich die Kappe weiter vorne, als ihr Träger sich hinter einen Lieferwagen duckte.

Tatjana schoss davon, nur um Haaresbreite entging sie einem anfahrenden Sportwagen. Der Fahrer knallte die Faust auf die Hupe und schrie ihr durchs geöffnete Fenster Beleidigungen hinterher. Doch sie nahm das alles nicht wahr, sondern konzentrierte sich allein auf den dunklen Punkt der Baseballkappe, der sich durch eine Gruppe Touristen schlängelte und auf den U-Bahnhof Brandenburger Tor zusteuerte. Als der junge Mann an zwei Polizisten vorbeikam, ging er so langsam, dass Tatjana ihn beinahe einholte. Sie hätte gern geschrien: »Hilfe! Ein Dieb!« Doch sie hatte keinen Atem mehr. Als er die Stufen zur U-Bahn hinabhastete, hatte sie die Wahl, sich den Beamten zu erklären oder ihn weiter zu verfolgen. Sie entschied sich für Letzteres. Hätte sie den Polizisten erklären müssen, worum es ging, wäre er verschwunden gewesen. So folgte sie ihm auf den Bahnsteig – um gerade noch zu sehen, wie er sich hinter der sich schließenden Tür der U-Bahn zu ihr umwandte, sie anschaute, entschuldigend die Achsel zuckte und dann ein Zeichen machte. Er hielt sich die Faust mit gespreiztem Daumen und kleinem Finger ans Ohr: Ruf mich an.

Sie spürte, wie ihre Beine nachgaben. Dieses Bild ... Für einen Augenblick fühlte sie sich so hilflos wie damals, als jenes Kind durch die halb vereiste Scheibe des Linienbusses auf sie geblickt hatte. Jenes Kind, das ihr Bruder gewesen war, Nikolai. Sie sah sein trauriges kleines Gesicht wieder vor sich und spürte, wie sich eine namenlose Ohnmacht durch ihre Eingeweide arbeitete. »Du Schwein!«, rief sie der U-Bahn hinterher und taumelte noch ein paar sinnlose Schritte, ehe sie keuchend stehen blieb und sich in ihr Schicksal fügte.

*

St. Petersburg, 17. Mai 2012

Die frostige Abendluft des Petersburger Frühlings begrüßte die Zuhörer des Konzerts, als sie sich gegen 22.30 Uhr aus dem Gebäude des Konservatoriums auf die Stufen zum Theaterplatz hin ergossen. Arkadi Michailowitsch Lossow atmete tief durch. Er spürte seinen Herzschlag. F-Moll. Schostakowitsch. Doch nun, da er sein beinahe kahles Haupt in die Abendluft reckte, fühlte er sich eher, als spielte sein Leben in C-Dur. Gewiss, es war nicht der Glasunow-Konzertsaal gewesen mit seinen Spiegeln und Lüstern, mit seinen Wandmalereien und all dem Prunk, sondern nur der eher schlichte Glinka-Saal mit seiner zwar guten, aber auch gnadenlosen Akustik. Und

doch – oder gerade deshalb war es ein Triumph geworden! Nikolai Lossow, sein Sohn, hatte die Musikwelt begeistert. Heute war es noch der kleine Kosmos von St. Petersburg. Aber morgen schon würde in der Zeitung stehen, dass hier ein Stern im Aufgehen begriffen war, der wohl bald über dem ganzen Globus erstrahlen würde. Im Hinausgehen hatte er ein Gespräch zwischen den beiden härtesten Musikfeuilletonisten der Stadt aufgeschnappt. Wortfetzen nur, aber solche, die ihn mit tiefstem Vaterstolz erfüllten: brillant, von ungeheurer Konzentration, ein Pianist, der seine Hände versichern sollte.

Arkadi Michailowitsch Lossow dachte an die Jahre der Entbehrung. Für seinen Sohn. Für die ganze Familie. Die Lossows waren nicht mit einem goldenen Löffel im Mund zur Welt gekommen. Sie hatten sich alles hart erarbeiten müssen. Arkadis Vater war Eisenbahner gewesen. In Sowjetzeiten hatte das vollkommene Ausbeutung bedeutet, noch mehr als heute. Er selbst war der Erste aus seiner Familie, der es an die Universität geschafft hatte. Zuerst in Moskau, dann hier in Leningrad. Physik und Chemie. Schließlich Petrochemie. St. Petersburg wurde in der Zeit seines Wechsels aus dem Unibetrieb in die Privatwirtschaft zu einem der Zentren im Handel mit Rohstoffen, vor allem mit Öl und Gas. Spezialisten waren begehrt. Und endlich begann Arkadi Michailowitsch Lossow Geld zu verdienen. Er war stolz auf seinen Wohlstand.

Hatte Nikolai die ersten Jahre in der kleinen Zweizimmerwohnung üben müssen, täglich vier, später sogar sechs und acht Stunden lang, so waren mit dem Umzug in die Nähe der Philharmonie plötzlich ein eigener Flügel möglich geworden und ein Raum, in dem Musik nicht bedeutete, dass die restliche Familie sich völlig für Nikolais Zukunft aufgeben musste. Ja, sie hatten sich durchgekämpft, die Lossows. Und nun, endlich, hatten sie es geschafft: Er, Arkadi, war Direktoriumsmitglied bei GasNeft, einem der führenden Unternehmen im Ölgeschäft, einem Global Player. Tatjana, seine Tochter, hatte in London und Brüssel studiert und arbeitete heute für den Chef eines großen deutschen Energieunternehmens. Und sein Sohn war dabei, den Sprung an die Spitze der jungen Stars im Musikbusiness zu schaffen, zu einem Pianisten der ersten Reihe zu werden. Wie sehr er sich für ihn freute, gerade nach der Sache mit Georgia. Wie sehr er sich auch für seine Frau Irina freute, die so viele Entbehrungen hatte hinnehmen müssen und nun im Augenblick des Triumphs nicht die Nerven gehabt hatte, ihn zu begleiten.

Die Stadt fühlte sich unwirklich an an diesem Abend. Das Zwielicht der Dämmerung, das Schmatzen des Wassers im Gribojedow-Kanal, an dem er ein Stück weit entlangging, die Stimmen der abendlichen Passanten, die wie durch einen Filter zu ihm drangen. Sein Innen und das Außen mochten sich nicht verbinden. Immer noch schwang Nikolais perfekt intonierte Musik in jeder Faser seines Körpers. Glück. Das war es, was er fühlte. Reines Glück. Reiner als ein Russe in diesen Zeiten Glück empfinden durfte. Reiner, als er selbst es jemals zuvor empfunden hatte. Er hielt inne, um sich zu orientieren. Beschloss, am Kanal zu bleiben, obwohl das nicht der kürzeste Weg nach Hause war, querte dann den Nevskij-Prospekt und entschied sich, noch einen Wodka zu trinken oder zwei, ehe er den Abend beschloss. Irina würde längst schlafen, es bedeutete also keinen Unterschied.

Und so kam es, dass er schließlich erst gegen Mitternacht die Treppen zu seiner Wohnung an der Ital'janskaja ulica hinaufstieg, sich müde mit der einen Hand an das alte schmiedeeiserne Geländer klammernd, während er in der anderen den Schlüsselbund hielt, der ihm Zugang zu so vielen Gebäuden

und Räumlichkeiten gewährte. Auf dem Fußabstreifer vor der Wohnungstür lag ein Umschlag.

*

»Entschuldigen Sie, dürfte ich bitte mal Ihr Handy benutzen?« Der junge Businessmann im mittelgrauen Anzug musterte die Frau, die barfuß vor ihm stand, mit zerzaustem Haar und verlaufenem Make-up, aber in offenbar erstklassiger Garderobe – wenn man von den Schweißflecken absah, die sich unter den Armen und auf der Brust bildeten.

»Alles in Ordnung?«, fragte er, halb besorgt, ob ihr etwas zugestoßen war, halb, es könnte ihm etwas zustoßen. Er blickte sich um, doch von Verfolgern war nichts zu sehen.

»Alles in Ordnung«, keuchte Tatjana und strich sich das nasse Haar aus der Stirn. »Ich müsste nur einmal kurz telefonieren. Bitte.«

Der Mann griff in sein Jackett und reichte ihr sein Handy. An seiner veränderten Körperhaltung erkannte sie, dass er darauf gefasst war, sie jeden Moment damit losrennen zu sehen – und dass er bereit war, sie nicht entkommen zu lassen. Sie lächelte ihm zu und setzte sich auf eine Bank, sodass er sich wieder etwas entspannte. Keine halbe Minute später hatte sie die Verbindung zu ihrem eigenen Handy hergestellt. »Das ging schnell«, meldete sich eine verdammt lockere Stimme. Falls es der Junge war, der es ihr geklaut hatte und damit durch halb Mitte gerannt war, hatte er immerhin Kondition. Mehr als sie. »Bring mir mein Handy zurück, du Arsch«, zischte Tatjana.

»Hey, das ist echt kein Grund, persönlich zu werden.«

»Okay. Entschuldigung. Hören Sie, dieses Handy ist sehr wichtig für mich. Ich gebe Ihnen zweihundert Euro, wenn Sie es mir zurückbringen. Und ich schalte keine Polizei ein.«

»Schauen Sie in Ihre Tasche«, sagte der junge Mann ungerührt. »Lesen Sie sich alles genau durch. Dann kaufen Sie sich ein Prepaid-Handy und rufen mich wieder an.«

»Hey, ist Ihnen eigentlich klar, dass ich Sie mit meinem Handy überall aufspüren kann?«

»Sie nicht, Tatjana. Und die Leute, die das können, werden Sie besser nicht einschalten. In Ihrem eigenen Interesse.«

Ehe Tatjana nur ein Wort erwidern konnte, hatte der Junge sie weggedrückt. Hatte er sie mit ihrem Namen angesprochen? Verwirrt nahm sie ihre Tasche und öffnete sie.

»Mein Handy«, sagte der Businessmann und streckte ihr die Hand hin.

Tatjana nickte. »Klar. Danke.« Sie reichte es ihm und nahm einen großen Umschlag aus ihrer Tasche. Einen Umschlag, der vorher nicht darin gewesen war. In Blockbuchstaben stand darauf nur das Wort: »VERTRAULICH«.

*

St. Petersburg, 18. Mai 2012, 00:02 Uhr

Sie sah ihn am Fenster sitzen. Sein Körper bebte, doch er gab keinen Laut von sich. Zusammengesunken saß er da, die Arme unnatürlich vor dem Leib verkrampft, den Kopf gesenkt wie ein Fötus. Behutsam trat Irina Lossowa hinter ihren Mann und legte die Hände auf seine Schultern. Ein Schluchzen brach aus ihm hervor. Dann, nach scheinbar endlos langer Zeit, keuchte er rau: »Warum?«

»Warum was, Liebling?«, fragte Irina Lossowa, selbst längst den Tränen nah. »Was ist denn passiert?« Plötzlich sah sie den Umschlag, der vor ihm auf dem Küchentisch lag. Sie hatte ihn zuerst gar nicht bemerkt. Reflexartig griff sie danach, doch im letzten Augenblick zog sie die Hand zurück. Ein namenloses

Grauen befiel sie. »Was … ist … das?«, stammelte sie, obwohl sie genau wusste, was es war. »Von wem stammt das?«

Arkadi Michailowitsch Lossows Kopf sank noch tiefer zwischen seine sonst so mächtigen Schultern, fast als fürchte er, vom Zorn Gottes getroffen zu werden. Er legte eine Hand auf den Tisch. Und als er sie wieder hob, lag dort ein Ring, ein schmaler goldener Herrenring. Von bösesten Vorahnungen befallen, nahm Irina Lossowa ihn zur Hand und betrachtete ihn. Es war ein Trauring. Sie musste ihn ans Fenster halten, ins kalte Licht der Laternen, um die Gravur auf der Innenseite lesen zu können. Doch sie hätte sie nicht lesen müssen. Sie wusste, was dort stehen würde: »Georgia 14.8.2011«.

»Nikolai«, flüsterte sie. Dann wurde ihr schwarz vor Augen.

*

Mit zitternden Fingern riss Tatjana Lossowa den Umschlag auf. Nach der Verfolgungsjagd fühlte sie sich angegriffen. Vielleicht hatte sie auch Unterzucker – außer einer Tasse schwarzen Kaffee hatte sie an diesem Tag noch nichts zu sich genommen. Wenn sie daran dachte, welche Informationen auf ihrem Handy waren und was jemand, der es darauf abgesehen hatte, damit anstellen konnte, wurde ihr ganz schlecht. Ein Stapel Papier kam zum Vorschein, obenauf ein Gesprächsprotokoll:

Aleksander Petrowitsch, Sie haben bei den jüngsten Gouverneurswahlen in Ihrer sibirischen Heimat nicht den Kandidaten des Kreml unterstützt. Warum?

Es geht darum, welcher Kandidat die beste Politik für die Menschen macht. Es kann nicht darum gehen, welcher Kandidat am besten für den Kreml ist.

Das klingt nicht nach dem Aleksander Petrowitsch Lewtuschenko, den man kennt. Vor einem Jahr haben Sie noch gesagt, ich zitiere: »Ivan Ludins Entscheidung ist immer meine Entscheidung.« Stehen Sie nicht mehr zu ihm?

Aleksander Petrowitsch Lewtuschenko. Schlagartig sah Tatjana sein Gesicht vor sich. Er war einige Male bei ihnen zu Gast gewesen, damals in Nischnewartowsk, hatte den Kindern Süßigkeiten mitgebracht, die ihr Vater hinterher stets weggeworfen hatte, als wären es vergiftete Geschenke. Bis zu jenem Abend, an dem er sich mit ihrem Vater in dessen Arbeitszimmer gestritten und dann grußlos die Wohnung verlassen hatte. Tatjana konnte sich noch gut an seinen kantigen, kurz geschorenen Kopf erinnern und an die schmale, lange Nase, seine stets etwas spöttischen Mundwinkel, den leicht herablassenden Blick, der in seiner Überheblichkeit durchaus auch etwas Attraktives an sich hatte. Aber vermutlich vermischten sich ihre Kindheitserinnerungen und das Bild, das sie später in den Medien von dem Mann gesehen hatte.

Ivan Ludin ist ein kluger Mann. Aber er wird nicht immer gut beraten.

Das heißt, er macht Fehler?

Jeder Mensch macht Fehler.

Welche Fehler hat Ivan Ludin Ihrer Meinung nach gemacht?

Er hat die wichtigsten Unternehmen des Landes in die Hände von ehemaligen Geheimdienstmitarbeitern gegeben. Diese Leute verstehen vielleicht etwas von Sicherheit, aber sie verstehen nichts vom Geschäft.

Wie sollte Ludin die Unternehmen an Ex-Spione geben? Wir leben nicht mehr im Sowjetreich, die Wirtschaft ist in privater Hand.

Tatjana hielt inne. Lewtuschenko war einer der größten Profiteure der russischen Vetternwirtschaft. Ein Interview wie dieses – wenn es denn echt war – wäre tödlich für ihn. Womöglich nicht nur im übertragenen Sinn.

Die Wirtschaft ist nur so lange in privater Hand, solange der Kreml das will. Wer der Regierung nicht treu ergeben ist und ihren Zielen nicht folgt, dem werden Konzessionen entzogen, er bekommt Betriebsprüfungen an den Hals und der Staat entzieht ihm Aufträge der öffentlichen Hand.

Das heißt, der Kreml lenkt aktiv die Wirtschaft nach politischen Interessen?

Es sind sicher nicht nur politische Interessen dabei im Spiel.

Sondern?

Sondern auch wirtschaftliche.

Können Sie mir ein Beispiel nennen, Aleksander Petrowitsch?

Der Kreml finanziert den Staatshaushalt Jahr um Jahr mehr aus dem Rohstoffgeschäft. Er hat sich große Teile der Öl- und Gasindustrie einverleibt und exportiert unsere wertvollsten Ressourcen in einem unvorstellbaren Maß ins Ausland. In einem schädlichen Ausmaß. Eine Wirtschaft, die aus sich heraus wächst, ist auf Rohstoffe angewiesen. Doch wir bauen Pipelines und pumpen die Zukunft Russlands in alle Himmelsrichtungen.

Das muss nicht wirtschaftlich unklug sein. Die Wirtschaft will auch finanziert sein. Ludin sagt, die Rohstoffe ermöglichen uns, eine moderne und effiziente Wirtschaft aufzubauen.

Was die großen Konzerne tun, ist weder modern noch effizient. Nehmen Sie West-Way, das Lieblingsprojekt unseres Präsidenten. Um den Westen mit Gas zu versorgen und die Korruption des Kremls zu finanzieren, bluten wir einen riesigen Landstrich aus. Alles dort wird verseucht, die Menschen werden krank, es kann keine Landwirtschaft mehr geben. Sind die Öl- und Gashalden abgebaut, wird es dort nichts mehr geben als eine unbewohnbare Wüste und Millionen Menschen, die früh sterben.

Tatjana musste tief durchatmen. Lewtuschenko hatte recht. Warum auch immer, er sagte vielleicht zum ersten Mal in seinem Leben die Wahrheit. Und Tatjana hasste ihn dafür. Sie wollte die Wahrheit nicht ausgerechnet aus seinem Mund hören.

Sie sprechen vom Distrikt Jamal-Nenzen. Haben Sie nicht selbst jahrelang gut an der Ausbeutung der dortigen Öl- und Gasvorkommen verdient?

Sehr gut sogar. Und ich bin nicht stolz darauf. Ich weiß, wovon ich spreche. Die Menschen haben eine solche Art von Wirtschaft nicht verdient. Der Kandidat der Opposition hat versprochen, höhere Standards an die Sicherheit der Förderung zu legen, den Bau neuer Förderanlagen mit strengen Auflagen zu versehen und möglichst gering zu halten. Deshalb unterstütze ich ihn.

Aber brauchen die Menschen in Jamal-Nenzen denn nicht das Geld, das aus der Förderung stammt?

Nein. In Jamal-Nenzen fehlt es nicht an Geld. Und würden die vorhandenen Förderanlagen effizienter arbeiten, dann flösse sogar noch mehr. Natürlich kommt es immer darauf an, das Geld auch richtig zu verteilen.

Finden Sie nicht, dass sich das aus dem Mund eines Multimilliardärs heuchlerisch anhört?

Ich stimme Ihnen zu, Vera Beliani. Doch wenn das ein einfacher Ölarbeiter sagt, hört niemand zu. Wenn das ein Multimilliardär sagt, dann kann es etwas bewirken. Ich bin nicht der Einzige, der das sagt. Es gibt kluge Menschen, die dieses Business durch und durch kennen und die versuchen, eine Stimme der Vernunft zu sein.

Sie sprechen von Leuten wie Arkadi Lossow, der sich gegen den Vorstand Ihres Konzerns gestellt hat und den man deshalb mundtot zu machen versucht?

Es ist nicht richtig, dass man auf diese Leute nicht hört.

Ist das der Grund, warum Sie auf Distanz zum Kreml gehen?

Ich gehe nicht auf Distanz zum Kreml. Im Gegenteil: Ich hoffe und wünsche mir, dass dort wieder die richtigen Argumente gehört werden. Es darf nicht sein, dass eine Camarilla von korrupten Beamten die Geschicke einer ganzen Industrie lenkt, den Präsidenten und das ganze Volk belügt und unsere Zukunft verspielt. Was die Apparatschiks machen, ist nichts anderes als das, was die Zaren vor hundert Jahren gemacht haben: Sie nehmen sich alles und lassen nichts für das Volk. Wenn Iwan Ludin das zulässt, ist er nicht besser als Iwan der Schreckliche.

An dieser Stelle brach das Interview ab. Tatjana merkte, wie sie die Luft angehalten hatte, und atmete tief durch. Wie wahrscheinlich war es, dass jemand, der genau wusste, wozu der Kreml imstande war, sich so offen gegen die Regierung stellte? Noch dazu jemand, der viel zu verlieren hatte. Lewtuschenko war einer der reichsten Männer Russlands. Wenn dieses Interview echt war, dann schwebte nicht nur er in Gefahr, dann schwebte auch ein unvorstellbares Vermögen in höchster Gefahr. Man würde ihm das nicht durchgehen lassen. Andererseits: Wer wusste, dass dieses Interview existierte? Und: Warum hatte man es ihr gegeben?

Tatjana konnte sich nur zwei Gründe vorstellen, warum das Interview gemacht worden war: Entweder war Präsident

Ludin damit einverstanden gewesen, ja, hatte es womöglich sogar aus irgendwelchen politischen Schachzügen heraus inszeniert, oder Lewtuschenko hatte bereits die Gunst des Präsidenten verloren und versuchte nun sich zu rächen, vielleicht auch, das Blatt zu wenden – womöglich durch den Sturz Ludins? Standen schon andere bereit, ihn zu beerben? Männer, die im Sinne Lewtuschenkos agierten? Wer hatte hier wessen Schicksal in der Hand – Ludin Lewtuschenkos oder Lewtuschenko Ludins? Und die Journalistin, die das Interview geführt hatte, war hier am Ende nur ein Werkzeug in der Hand eines der beiden Männer? Es gab auf dem Planeten nicht viele Menschen, die mehr Fäden in der Hand hielten als Lewtuschenko, er war der Hintermann der Hintermänner, einer der einflussreichsten Männer überhaupt: die Lobby in Person. Was passierte, wenn einem Strippenzieher dieser Kategorie die Fäden entglitten?

Jedenfalls authentisch war das Gespräch, wie Tatjana beim Umblättern feststellte: Sie fand mehrere Fotos, auf denen Lewtuschenko mit der Journalistin abgebildet war: Vera Beliani. Sie war bekannt oder – je nach Standpunkt – berüchtigt. Kritisch. Unabhängig. In ständiger Lebensgefahr.

Am Bahnhof Zoo stieg sie aus der U-Bahn und lief die Treppen hoch ins Zwischengeschoss. Am dringendsten war jetzt, im Büro Bescheid zu geben und die Daten von ihrem Handy zu löschen. Sie sah sich um, entdeckte ein Internetcafé und suchte sich dort einen Platz möglichst weit hinten mit Blick zum Eingang.

Zwei Minuten später hatte sie ihren Server abgeräumt, ihre Passwörter geändert und dafür gesorgt, dass von ihrem geklauten Handy aus kein Zugriff mehr auf sensible Daten möglich war – schon gar nicht auf die E-Mails und auf das Intranet der Firma. Etwas erleichtert verließ sie den Shop, ohne den Kaffee angerührt zu haben, den sie sich im Vorbeihasten bestellt hatte. Fünf Euro hatte sie unter die Tasse geschoben.

Ein Prepaid-Handy. Für wen hielt sich dieser Verrückte eigentlich? Sie würde sich weder von ihm noch von irgendjemandem sonst sagen lassen, was sie kaufte und nutzte. Ganz in der Nähe entdeckte sie eine Reihe öffentlicher Fernsprecher. Ja, sie würde diesen Penner vom Münztelefon aus anrufen. Doch nachdem sie auch am dritten und letzten Apparat feststellen musste, dass er defekt war, fügte sie sich in ihr Schicksal und sah sich nach einem Handyladen um. So etwas musste es doch hier an jeder Ecke geben. Gab es auch. Doch erst im vierten Laden, einem ausgesprochen fadenscheinigen Import-Export-Shop mit einem sehr jovialen Libanesen hinter der Theke, fand sie auch ein Handy, das einen geladenen Akku dabeihatte – und für das sie nicht einmal ein Formular ausfüllen musste. Sie hätte nicht sagen können, wieso, aber aus irgendeinem Grund war sie darüber froh. Vielleicht lag es daran, dass sie sich ohnehin ganz nackt fühlte, nun, da jemand ihr Smartphone geklaut hatte und womöglich gerade in ihren Dokumenten, Bildern, E-Mails herumstöberte. Eine Mischung aus Wut und Scham kochte wieder in ihr hoch.

Mit zitternden Fingern gab sie die PIN ein, um ihr Prepaid-Handy zu aktivieren, und wartete. Inzwischen war sie auf dem Platz vor dem Bahnhof Zoo angekommen. Überall hasteten Menschen vorbei, die Autos stauten sich in alle Richtungen. Und gleich mehrere Männer starrten sie an. Ob sie sie für eine Prostituierte hielten? Oder waren es stumme Beobachter, die sie verfolgten? Sie musste schrecklich aussehen.

Mit einem wirren akustischen Signal zeigte ihr das Handy an, dass es am Netz war. Sie wählte die Nummer ihrer Mutter in St. Petersburg. Doch es meldete sich niemand. Auch beim zweiten Versuch hörte sie nur das ferne Läuten des Anschlusses des altmodischen Apparats, der im Flur der elterlichen Wohnung stand. Vielleicht wusste Nikolai mehr. Sie musste einen Augenblick nachdenken, um sich seine Nummer ins Gedächtnis zu rufen. Hätte sie ihr altes Handy noch gehabt, so wäre sie einfach auf »Kontakte« gegangen. Immerhin, sie hatte sich richtig erinnert – doch leider sprang nur die Mailbox an. »Nick, weißt du, was mit Papa los ist? Ruf mich bitte an. Ich mache mir Sorgen. Auch um Mama. Ich hoffe, du siehst meine neue Nummer im Display. Sonst schreib mir bitte so schnell wie möglich eine Mail. Bye.« Dann wählte sie die Nummer ihres geraubten Handys. Wenige Sekunden später hörte sie das Läuten am anderen Ende.

»Sie sind schnell.« Eine männliche Stimme.

»Das ist mein Job.« Ja, sie war genervt. Aber sie war auch neugierig geworden. Was für ein Spiel wurde hier gespielt? Und von wem?

»Und? Werden Sie uns helfen?«

»Helfen? Was sollte ich für Sie tun können?«

»Das wissen Sie genau. Lewtuschenko ist nur ein Stein in diesem Mosaik. Was wir brauchen, sind die Dokumente Ihres Vaters. Damit ist Ludin erledigt.«

»Und ich bin es auch.«

Plötzlich war es eine Frau, die am anderen Ende sprach – auf Russisch. »Ich glaube nicht, dass Sie so sind, Tatjana Lossowa. Ich glaube nicht, dass es Ihnen vor allem um sie Selbst geht. Nicht mit Ihrer Familiengeschichte.«

»Wer sind Sie?«

»Wir werden uns bald kennenlernen.«

»Hören Sie, ich weiß nicht, warum Sie mich in Ihre Spielchen hineinziehen …«

»Das wissen Sie sehr gut, Tatjana Lossowa. Weil Sie Unterlagen mit tödlichem Inhalt haben. Und weil Sie an der richtigen Stelle sitzen. Und glauben Sie mir: Es ist kein Zufall, dass Sie dort sind. Wir haben Ihre Karriere sehr genau verfolgt. Sie war berechenbar wie die Flugbahn einer SS26.«

»Und jetzt denken Sie, dass sie genauso zerstörerisch sein soll?«

»Alles, was ich will, ist, dass Sie die Papiere besorgen.«

»Wann werden Sie das Interview veröffentlichen?«

»Zum richtigen Zeitpunkt. Machen Sie sich darüber keine Sorgen.«

»*Sie* sollten sich Sorgen machen«, sagte Tatjana. »Was, wenn ich es ...«

»Sie werden es niemandem zeigen, Tatjana Lossowa. Es war nur für Ihre Augen bestimmt. Alles, was wir herausfinden und erreichen, muss gleichzeitig ans Licht der Öffentlichkeit kommen. Nur so können wir vermeiden, dass die Wahrheit erneut unterdrückt wird. Sie steigen jetzt in ein Taxi und lassen sich direkt zum Hotel Ritz-Carlton bringen. Dort fragen Sie an der Rezeption nach Carlos. Ihm geben Sie den Umschlag *für Zimmer 306*. Und machen Sie keine Umwege. Wir wollen nicht, dass Ihnen etwas passiert.«

»Ich ...« Doch die Leitung war bereits tot. Tatjana wählte ihre eigene Nummer noch einmal, bekam aber nach mehrmaligem Läuten nur die Mailbox. Sie betrachtete die Häuser ringsumher. Sah sich die Autos an, die in der Nähe parkten. Musterte die Bettler, die Straßenverkäufer, die Kioske, ihre Besitzer und ihre Kunden. Aus einem Stehcafé gegenüber starrte sie ein Mann an, der von so dunkler Hautfarbe war, dass seine Augen zu leuchten schienen. Sie schüttelte den Kopf. Würde er sie beschatten, hätte er sie nicht so auffällig betrachtet. Sie überlegte nur einen kurzen Augenblick, dann ging sie auf den Taxistand zu und stieg in den ersten Wagen. »Ins Ritz-Carlton.«

Während das frühlingshafte Berlin vorbeiflog, nahm Tatjana das Interview hervor und machte mit dem Handy von jeder Seite eine Aufnahme. Sie ärgerte sich, dass sie kein besseres Modell gekauft hatte. Doch bei allen anderen Optionen hätte sie sich zumindest mit einigem Papierkram aufhalten müssen, und sie hätte warten müssen, bis die SIM-Karte freigeschaltet war. Sie fragte sich, wer sonst die Kunden des freundlichen Libanesen sein mochten. Waren es die Mitglieder der Berliner Russen-Mafia, waren es die Jungs aus irgendwelchen Kiez-Gangs, oder waren es bloß Leute, die so pleite waren, dass sie keinen normalen Handyvertrag mehr bekamen oder die keinen festen Wohnsitz mehr hatten?

Nachdem sie die Akte durchfotografiert hatte, rief sie im Büro an und erklärte der neuen Sekretärin, dass sie einen kleinen Unfall gehabt habe: »Nichts Dramatisches. Ich konnte nur leider nicht am Meeting teilnehmen. Und mein Handy ist kaputt, ich brauche bitte ein neues. Bis dahin bin ich unter dieser Nummer erreichbar, die Sie auf Ihrem Display sehen müssten.«

»Frau Lossowa?«

»Ja?«

»Sie haben den Termin in der Russischen Botschaft nicht bestätigt.«

»Richtig. 16 Uhr. Mein Handy, wie gesagt. Können Sie das noch rasch für mich erledigen?«

»Mache ich sofort.«

»Danke. Bis später.« Sie sah auf die Uhr. Kurz nach drei. Verdammt, das würde eng werden.

Das Ritz-Carlton tauchte vor ihnen auf. Riesig, imposant, hässlich. Mit ihrem letzten Geld bezahlte sie das Taxi, streifte das völlig zerknitterte Etuikleid so gut wie möglich glatt, band sich einen Pferdeschwanz und betrat das Hotel, dessen altehrwürdigem Namen man mit einem überladenen Gold- und Marmorambiente mehr schlecht als recht versucht hatte, gerecht zu werden. Sie war gelegentlich hier gewesen, wenn es diskrete Besprechungen mit internationalen Partnern gegeben hatte. Vor allem die Russen schätzten den Protz, auch den in den getäfelten und seidenquastenbehangenen Konferenzzimmern.

Am Empfang begrüßte sie ein Portier mit dem freundlichsten Lächeln. »Guten Tag, Madame. Was kann ich für Sie tun?«

»Ich suche einen Herrn, von dem ich nur den Vornamen weiß. Er arbeitet hier. Carlos?«

»Aber natürlich, Madame. Einen Augenblick bitte.« Der Portier verschwand hinter dem Empfang, und keine zehn Sekunden später stand ein anderer, ebenso verbindlich-freundlicher, wenn auch etwas jüngerer Mann vor ihr. »Ja, bitte?«

»Ich habe hier etwas abzugeben«, sagte Tatjana und versuchte, sich das Gesicht des jungen Mannes einzuprägen. Dunkles Haar. Blaue Augen. Kräftige Augenbrauen. Er hätte Russe sein können. Oder Israeli. Womöglich war er beides. Sie reichte ihm das Kuvert. »Für Zimmer 306.«

»Sicher, Madame«, sagte Carlos und streckte seine Hand aus. Doch Tatjana zog den Umschlag zurück und schenkte ihm ein professionelles Lächeln. »Vorher hätte ich gerne eine Quittung«, sagte sie.

War da ein Zögern? Ein Blitzen in seinen Augen? Jedenfalls nickte der Portier ebenso professionell zurück, griff nach einem Stift, machte eine Notiz, setzte eine Unterschrift darunter und reichte ihr den Zettel, während er mit der anderen Hand den Umschlag entgegennahm. Er verschwand damit, als würde er ihn direkt in den dritten Stock bringen.

Tatjana wartete, doch er kehrte nicht wieder. Zimmer 306.

In einem altmodischeren Hotel hätte sie jetzt den Schlüssel am Schlüsselbrett hängen sehen. Oder eben nicht. Und sie hätte gewusst, ob jemand auf dem Zimmer war. Sie widerstand dem Impuls, in den Fahrstuhl zu steigen und hinaufzufahren. Niemand würde ihr die Tür öffnen. Einen Augenblick stand Tatjana unentschlossen am Empfang, dann drehte sie sich um und setzte sich in die Lobby, um die Gäste zu beobachten. Oder all jene, die vorgaben, Gäste zu sein. Sie nahm ihr Billighandy heraus und wählte erneut ihre eigene Nummer. Diesmal meldete sich nicht die Mailbox, sondern die Frauenstimme von vorhin.

»Ich habe Ihre Unterlagen wie gewünscht abgegeben«, sagte Tatjana leise, während ihr Blick unablässig durch die Hotelhalle wanderte. Hatte jemand einen Anruf entgegengenommen? Nein. Wie auch? Die Frau würde nicht ausgerechnet hier auf sie warten.

»Ich weiß. Sie sind bereits wieder bei mir. Vielen Dank.«

»Sie sind hier im Hotel?«

»Wie? Ich? Gott, nein. Für wie naiv halten Sie mich?« War das ein Motorengeräusch gewesen? Einem Impuls folgend, stand Tatjana auf und ging zur Eingangstür. Sie sah eine Frauengestalt in ein Taxi steigen. Während die gläserne Hoteltür vor Tatjana aufglitt, zog die Frau die Taxitür hinter sich zu. Tatjana glaubte noch, eine Brille hinter der Scheibe glänzen zu sehen. Dann fädelte der Taxifahrer in den Verkehr ein und war so schnell weg, dass sie nicht einmal die Zeit hatte, auf die Idee zu kommen, wie in einem Mafiafilm mit einem anderen Taxi die Verfolgung aufzunehmen. »Wer sind Sie?«, fragte sie einmal mehr.

»Geben Sie gut auf Ihr neues Handy Acht«, sagte die Frau. »Und erzählen Sie niemandem, dass Sie Ihr altes vermissen. Dann können wir in Kontakt bleiben. Wie lautet Ihre PIN?«

»Sie glauben nicht im Ernst, dass ich Ihnen auch noch meine PIN verrate.« Tatjanas Blick fiel auf die Quittung, die sie immer noch in der Hand hielt: *Passen Sie auf sich auf. Sie leben gefährlich.* Sie spürte, wie eine ohnmächtige Wut sie erfasste.

»Wenn Sie sie mir nicht sagen, kann ich es nicht abschalten.«

»Es wird von allein ausgehen. Hören Sie ...« Tatjanas Stimme bebte. Sie hasste es, fremdbestimmt zu sein, sie würde sich das nicht bieten lassen. Sie würde ...

»Tatjana Lossowa«, sagte die Frau am anderen Ende der Leitung leise und scheinbar freundlich. »Ich kann Sie gut verstehen, und es tut mir leid, dass wir Sie so behandeln. Aber glauben Sie mir, wir meinen es gut mit Ihnen.«

»Sie kennen mich nicht. Und ich glaube Ihnen nichts.«

»Ich kenne Ihren Vater. Und er kann Hilfe brauchen.«

»Was wissen Sie über meinen Vater?«, keuchte Tatjana und spürte, wie ihre Augen feucht wurden.

»Sagen Sie mir die PIN«, wiederholte die Frau. »Ich muss Ihr Handy jetzt aus Sicherheitsgründen abschalten. Wenn ich es nicht wieder anschalten kann, können Sie keinen Kontakt mehr zu mir aufnehmen.«

Tatjanas Kopf fühlte sich an, als würde er platzen. Erst der Anruf ihrer Mutter. Dann der Vorfall auf der Straße. Dieses Gespräch, die Daten auf ihrem alten Handy, der verpasste Termin, der Ärger, den sie im Büro haben würde, diese ganze undurchsichtige Sache, in die sie sich hineingezogen sah, die Quittung, die verdammt noch mal keine Quittung war, Lewtuschenko, das Interview, ihr Vater ... »Siebzehnsechzehn«, sagte Tatjana zögerlich. Zumindest hatte sie alles gelöscht. Sie würden nichts mehr mit dem Gerät anstellen können.

»Gut. Sie erreichen mich jeden Tag zwischen 0:00 Uhr

und 0:05 Uhr. Und vor allem: Passen Sie auf sich auf, Tatjana Lossowa.«

Fluchend steckte Tatjana ihr Handy weg. Dann atmete sie tief durch und ging wieder ins Hotel. An der Rezeption stand der Concierge, der sie zuerst begrüßt hatte. »Ich hätte gerne Carlos gesprochen«, sagte Tatjana, so freundlich, wie es ihr unter den Umständen möglich war.

»Haben Sie einen Nachnamen, Madame?«

Tatjana sog scharf die Luft ein. »Nein. Nur Carlos.«

»Meinen Sie einen Gast des Hauses?« Sein Lächeln war wie eine perfekte Maske.

»Ich meine den Mann, den Sie vorhin schon für mich geholt haben«, blaffte Tatjana und funkelte den Concierge wütend an. »Ihren Mitarbeiter.«

»Tut mir leid, Madame, aber wir haben hier keinen Mitarbeiter namens Carlos.«

*

Zum Glück lagen in Berlin die wirklich wichtigen Adressen nah beieinander. Die Strecke vom Ritz-Carlton zur Botschaft war ein Katzensprung, weshalb Tatjana pünktlich vor Ort war. Zeitgleich war sie mit Mike Wörner und den anderen eingetroffen. Das Sicherheitssystem der Russen war so paranoid wie das der Amerikaner, nur dass die Russen es mit noch mehr Lust an der Schikane auslebten. Während Wachmänner der US-Botschaft stets vorgaben, jede Unverschämtheit und jede Erniedrigung in den Dienst einer höheren Sache zu stellen – der Freiheit, der Demokratie oder der amerikanischen Sicherheit, was alles untrennbar miteinander verbunden war –, ritten die Russen Kontrolle und Bürokratie wie zu Sowjetzeiten und protzten mit ihrer Macht gegenüber dem Individuum, das gleichbedeutend war mit Dreck. Selbst Spitzenleute aus der Wirtschaft wurden in den Schleusen der Botschaft der Russischen Föderation bis auf die Unterhose durchleuchtet, als ginge es darum, sie beim Reinkommen daran zu hindern, tschetschenische Bombenleger unter dem Mantel zu verstecken und beim Rausgehen das Silberbesteck zu klauen. Genervt ließ Tatjana die Prozedur über sich ergehen. Immerhin hatte man zur Kontrolle der weiblichen Besucher eine Frau als Wachhund aufgestellt – ein Mannweib traf es wohl besser.

»Sie sprechen Russisch?«

»Ein bisschen«, log Tatjana.

»Woher kommen Sie?«

»Ich lebe in Berlin.«

Der lange, vor allem aber gelangweilte Blick besagte klar: Hör auf, mich zu verarschen, Mädchen. Tatjana räusperte sich. »Ursprünglich aus St. Petersburg. Wie unser Präsident.« Unschuldig blickte sie nach oben, wo in zehn oder zwölf Metern Raumhöhe eine faschistoid wirkende Kassettendecke prangte. Zu hoch für Kameras und Mikrofone, dachte Tatjana. Doch das war hier auch nicht nötig – die Sicherheitstechnik wurde so offen zu Schau gestellt, dass man sich vorkam wie in Guantánamo. Die Überwachungskameras saßen wie fiese schwarze Insekten in den Winkeln jedes Raumes und verfolgten mit leisem Surren die Bewegungen der Besucher und der Angestellten.

In einem Raum hinter der Sicherheitsschleuse befand sich die »Garderobe«. Es war allgemein bekannt, dass die Aufforderung »In diesen Schließfächern können Sie Ihre Taschen sicher verwahren« bedeutete: »Hier haben Sie sie zu lassen, eine Mitnahme ins Innere der Botschaft ist nicht vorgesehen.« Tatjana stopfte ihre Tasche in eines der Fächer, stellte einen Griff aufrecht hin und klappte einen zur Seite, arrangierte noch eine Falte in das weiche Leder und sperrte dann ab.

»Ihre Mobiltelefone bitten wir Sie auszuschalten und hier zu hinterlassen.« Der Sicherheitsmann, der der Garderobiere zur Seite gestellt war, deutete auf eine Metallkassette. Mit einem Murren drückte Mike Wörner den Aus-Knopf an seinem Smartphone, wartete, bis das Gerät heruntergefahren war, und legte es hinein. Die anderen taten es ihm gleich. Tatjana zögerte einen winzigen Augenblick, dann nahm sie die hintere Abdeckung ihres Billighandys ab, entfernte den Akku, verschloss es wieder und deponierte es zu den anderen Mobilgeräten. Es entging ihr nicht, wie sich die Augen des Sicherheitsmitarbeiters verengten. Sie schenkte ihm ein möglichst unbefangenes Lächeln und eilte hinter ihrem Chef die mächtige Marmortreppe in der Eingangshalle hoch. Ein weiteres Bild ihres Bruders stieg in ihr auf: So war sie damals die Treppe hinaufgelaufen, als Nikolai im Universitätskrankenhaus in St. Petersburg lag – damals noch Leningrad.

Die russischen Aufpasser übergaben die kleine Besuchergruppe um Dr. Michael Wörner an zwei weitere Botschaftsangestellte, die sie im ersten Stock erwartet hatten. Einer von ihnen trat einen Schritt vor und nickte ernst, aber höflich mit dem Kopf. »Guten Tag, Sie sind in der Botschaft der Russischen Föderation. Handelsattaché Braschatwili wird Sie gleich empfangen.«

Ein Georgier, dachte Tatjana. Wie Stalin. Wann immer sie auf Russen traf oder russische Einrichtungen besuchte, machten sich ihre Gedanken selbstständig, und stets konnte sie nur die dunkelsten Seiten sehen, ja, sie sah mehr, als es in Wirklichkeit zu sehen gab. Für Tatjana Lossowa hatte die alte Sowjetunion nie aufgehört zu existieren, sie nannte sich nur anders. Und wer an einem ganz normalen Tag wie diesem die Russische Botschaft besuchte, der konnte den Geist der kommunistischen Diktatur so lebendig spüren, dass es keinen Zweifel gab: Der Staat war untergegangen, doch das System hatte überlebt.

*

Als sie eine knappe Stunde später das Schließfach wieder öffnete, war alles wie zuvor: Ein Griff ihrer Tasche war hochgeklappt, einer zur Seite. Nur die Falte im Leder war an der falschen Stelle. Tatjana ließ sich nichts anmerken. Der Termin war das Desaster gewesen, das sie erwartet hatte: Mike Wörner und BraunTec waren für die Russen vollkommen uninteressant. Man hatte sie mit Allgemeinplätzen hingehalten, hatte von so gigantischen Projekten gesprochen, dass von vornherein klar war, dass sie nie realisiert würden. BraunTec als Partner in einem Joint Venture eines Nuklearparks in Ostsibirien: Während Mike weiter von einer goldenen Zukunft für seinen kränkelnden Konzern träumte, wussten alle anderen am Tisch, dass das Projekt so wahrscheinlich war wie eine gemeinsame Mars-Expedition.

Tatjana nahm die U-Bahn, stieg aber nach wenigen Stationen aus und ging den restlichen Weg zu Fuß nach Hause. Sie hielt es in dem beengten, dunklen Tunnel nicht länger aus. Ihre Tage waren lang, mit vielen Terminen und Konferenzen. Es war ein ewiges Hin- und Herhasten von einem Meeting zum nächsten, dazwischen das eilige Aktenstudium, die Organisation von weiteren Terminen und Rückruflisten, nicht zu vergessen der Flurfunk auf der Chefetage von BraunTec – alles war derart intensiv, dass es für zwei oder drei Leben gereicht hätte. Zugleich verflogen ihre Tage so schnell, dass es sich anfühlte, als käme sie bei all der Beschäftigung kaum zum Leben. Ein paar Schritte zu Fuß taten ihr gut. Doch wenn sie abends die Haustür aufsperrte, gähnte sie der leere Flur wie ein offenes Grab an, wie eine düstere Oase aus Stille und Einsamkeit.

»Guten Abend, Kindchen.«

»Guten Abend, Frau Wortmann.« Die alte Dame aus dem Erdgeschoss stand vor ihrer Tür und suchte offensichtlich den Wohnungsschlüssel. »Kommen Sie zurecht?«

»Danke, es wird schon gehen. Ist ja noch jedes Mal gut gegangen.«

Das weiße Haar steckte unter einem hauchdünnen Netz, wie Tatjana es nur in Russland gelegentlich gesehen hatte. Dass die alte Dame sie »Kindchen« nannte, verübelte sie ihr nicht – sie war im Übrigen ganz reizend und vor allem die Einzige, die Tatjana im ganzen Haus persönlich kannte. Alle anderen Hausbewohner kamen über einen kurzen Gruß nicht hinaus. Doch an diesem Tag wirkte Frau Wortmann, die unter ihr wohnte, besonders mitgenommen. Sie zitterte erkennbar.

»Sind Sie sicher?«

»Aber ja doch.« Frau Wortmann seufzte. »Etwas mehr Schlaf wäre gut gewesen.«

»Das macht das Wetter«, erklärte Tatjana mitfühlend. »Viele Menschen schlafen schlecht, wenn es so wechselhaft ist.«

»Na, ich denke eher, das war der Krach. Aber keine Sorge, ich nehme Ihnen das nicht krumm. Ich war auch mal jung, wissen Sie?« Dabei zwinkerte sie Tatjana schelmisch zu. »Solange Sie nicht jede Nacht eine Party feiern. Und vielleicht …« Sie senkte die Stimme, als stünden hinter den anderen Wohnungstüren lauter lauschende Nachbarn. »Vielleicht laden Sie ja nächstes Mal keine Gäste ein, die mit Möbeln werfen.« Sie kicherte über ihren eigenen Witz und sagte gutmütig: »Kleiner Scherz. Oh, da ist ja mein Schlüssel. Also dann, Kindchen, einen schönen Tag noch.«

»Den wünsche ich Ihnen auch, Frau Wortmann. Auf Wiedersehen.«

»Auf Wiedersehen.«

Tatsächlich konnten Partys für die Nachbarn ein Fluch sein, das sah Tatjana ein. Nur: Sie hatte nicht gefeiert. Und sie war in der letzten Nacht auch nicht zu Hause gewesen, sondern hatte bei Mike übernachtet. Voller Bedauern blickte sie der gebeugten Gestalt ihrer Nachbarin hinterher. Alt werden war kein Vergnügen. Hoffentlich wurde Frau Wortmann nicht dement. Tatjana mochte die alte Dame. Vielleicht sollte sie sie einmal auf eine Tasse Tee einladen.

*

Nikolai meldete sich nicht. Nicht am Nachmittag und auch nicht am Abend. Als Tatjana es später noch einmal bei ihm probierte und zum dritten Mal eine Nachricht mit ihrer neuen Nummer und der dringenden Bitte um Rückruf auf seiner Mailbox hinterließ, begann sie sich ernsthaft Sorgen zu machen. Wenn sie wenigstens ihre Mutter erreicht hätte. *Komm nicht nach Russland*, ging es ihr wieder und wieder durch den Kopf. Warum? Warum sollte sie nicht kommen? Was war geschehen? Wo war ihr Vater geblieben? Ihre ganze Familie schien von einem Augenblick auf den anderen wie vom Erdboden verschwunden. Niemand war erreichbar, niemand rief sie zurück. Sie schrieb Nikolai noch eine E-Mail, dann versuchte sie sich wieder auf ihre Arbeit zu konzentrieren.

In den nächsten Tagen standen wichtige Treffen in Italien und der Schweiz an, unter anderem eine Rede ihres Chefs Mike Wörner vor einer großen Runde von Top-Entscheidern. Ausgerechnet Mike hatte sich ein wirtschaftsphilosophisches Thema vorgenommen. Die gegensätzlichen Strömungen der Interventionisten und der freien Marktwirtschaftler. Sie hätte lachen können, wäre ihr gerade nicht so elend zumute gewesen. In Russland waren das keine gegensätzlichen Strömungen. Die freien Marktwirtschaftler waren zugleich die größten Interventionisten – und umgekehrt. Der Staat mischte sich überall dort ein, wo es Geld zu holen gab. Und die Wirtschaft spielte ganz oben im Kreml mit. Sie hatte dieses Thema bei so vielen Diskussionen am Esstisch verfolgt, dass sie Mikes Rede im Grunde aus dem Stegreif schreiben konnte. Ein Name war dabei immer wieder aufgetaucht. Tatjana googelte ihn: Auf russischen Websites war nicht sehr viel über ihn zu finden, was sie verwunderte, denn Lewtuschenko war zu einem der wichtigsten Wirtschaftsbosse aufgestiegen. Doch auf westlichen Internetseiten gab es unzählige Einträge. Gleich der erste Onlinebeitrag ließ Tatjana das Blut in den Adern gefrieren: »Der Mann, der über Leichen geht« – aus dem *Independent* und mit einem Foto, auf dem im Hintergrund niemand anders abgebildet war als Arkadi Michailowitsch Lossow, Tatjanas Vater.

*

»Hatte sie die Unterlagen dabei?«

»Leider nein. Nur belangloses Zeug.«

»Was ist mit ihrem Handy?«

»Sie hatte den Akku entfernt, wir konnten es nicht auslesen.«

»Sie konnten was nicht? Hören Sie, Hauptmann, ich erwarte, dass Sie über die nötige Ausstattung verfügen. Erzählen Sie mir nicht, dass Sie keinen Strom für ein Mobiltelefon hatten.«

»Es war ein lächerliches billiges Ding, Herr Major. Damit hatten wir nicht gerechnet.«

»Nun, dann werden Sie sich eben auf andere Weise Zugang verschaffen.«

»Wir versuchen es bereits, Major. Aber so wie es aussieht, telefoniert sie nicht mit ihrer üblichen Nummer. Das Handy, das sie bisher benutzt hat, ist ausgeschaltet. Vielleicht ist es defekt.«

»Oder verschlüsselt?«

»Das können wir ausschließen. In dem Fall hätten wir Verbindung und könnten es bloß nicht lesen oder hören, was kommuniziert wird.«

»Dann beschaffen Sie sich die neue Nummer. Ich will wissen, was vor sich geht.«

»Wir sind schon dabei.«

*

St. Petersburg, 18. Mai 2012, 02:01 Uhr

»Arkadi Michailowitsch Lossow?«

Wenn sie gedacht hatten, sie würden ihn aus dem Bett holen, hatten sie sich geirrt. An Schlaf war nicht zu denken. Seit Stunden saß er mit Irina am Küchentisch. Nachdem sie über alles gesprochen hatten, waren ihnen die Worte ausgegangen, und sie hatten nur noch dagesessen, die Hände ineinandergelegt, zitternd. Beide. Jetzt drang aus der Küche gedämpft das Schluchzen Irinas. Der matte Lichtschein im grün gestrichenen Treppenhaus verlieh den beiden Männern eine Leichenblässe, die dem Anlass nicht angemessener hätte sein können.

»Ja?«

»Wir müssen Sie bitten, mit uns zu kommen.« In seinen schwarz behandschuhten Fingern hielt der Mann, der diese Worte gesprochen hatte – der ältere von den beiden –, einen Ausweis, den zu entziffern Lossow nicht möglich war. Doch es spielte keine Rolle – er hatte gewusst, dass sie ihn holen würden, und er wusste, wohin sie ihn bringen wollten. Das hieß:

Er glaubte es zu wissen. Tatsächlich war er in diesem Punkt nicht Russe genug, um den vor ihm liegenden Weg genau zu erkennen. Doch das mochte auch an den Umständen liegen. Er nickte. »Ich hole nur meinen Mantel und sage meiner Frau Bescheid.«

Ohne um Erlaubnis zu fragen, trat der jüngere Mann ein, nickte ihm militärisch knapp zu und machte dann eine Handbewegung, die Arkadi Lossow bedeutete, damit zu beginnen. Lossow wandte sich um, ging zur Küche und beugte sich über seine Frau. »Sie sind da«, flüsterte er ihr ins Ohr. Irina Lossowa verstummte, versuchte sich zu fassen und sah mit glitzernden Augen zu ihm auf. Dann nickte sie ihm zu, drückte seine Hand und senkte wieder den Kopf, um im stillen Gebet zu verharren. Ihr Mann nahm seinen Mantel von der Garderobe, stieg in die Schuhe und warf – ständig unter Beobachtung durch den jungen Polizeibeamten – einen letzten kritischen Blick auf den gealterten Mann im Spiegel neben der Wohnungstür. »Gehen wir«, sagte der ältere der beiden Polizisten.

Von den nackten Wänden des Treppenhauses hallte das Echo ihrer harten Schritte wider. Als sie ins Freie traten, fuhr ihnen der Nordwind ins Gesicht, der bereits das stählerne Hämmern von den Werften mit sich trug, Geräusche, wie man sie in Gefängnissen hörte. Oder in Raffinerien.

Schweigend stiegen die drei Männer gleich einer Prozession in einen wartenden Lada. Der Ältere knurrte lediglich: »Sestroretsk. Los.« Dann fuhren sie schweigend durch die nächtliche Stadt.

Doch der Weg führte sie nicht zum Krankenhaus an der Ulica Dekabristow. Auch nicht zur Klinika Otta auf der Wassilij-Insel noch zu den Krankenhäusern an der Fontanka. Sie nahmen eine andere Strecke, eine Strecke, die Arkadi

Michailowitsch Lossow nicht kannte. »Wohin haben Sie meinen Sohn gebracht?«, fragte er schließlich, als seine anfängliche Verwirrung zunehmend einer diffusen Angst wich. »Was ist mit ihm geschehen?«

ZWEI

Bergamo, 21. Mai 2012, 23:44 Uhr

Zum fluchbeladenen Dasein eines Spin-Doctors gehörte es, früher auf den Beinen zu sein als jeder andere und später als jeder andere das Feld zu räumen. Matthew Meyer spürte genau, wann sich sein Körper, noch mehr: wann sich seine Psyche gegen die ständige Zumutung der Überforderung aufzulehnen begann. Eine Unruhe erfasste ihn, die buchstäblich jede seiner Zellen zum Kochen brachte. An Schlaf war dann nicht mehr zu denken, auch nicht nach einem Zwanzigstundentag. Immerhin konnte er sich damit trösten, dass ihn mit seinen achtundzwanzig Jahren kein plötzlicher Infarkt hinwegfegen würde und dass das Dasein als Lohnsklave ein endliches war, eine Station auf dem Weg nach ganz oben. Denn es war klar, dass er als Geheimnisträger nicht einfach in den allgemeinen Arbeitsmarkt entlassen, sondern mit einem Sprungbrettposten erster Güte versorgt werden würde, sobald er dazu für reif befunden wurde. Was vermutlich nach der nächsten Wahl bereits wieder der Fall sein würde, denn die Umfragen sahen nicht wirklich rosig aus.

Also streifte er ruhelos durch sein Zimmer im Gästehaus des mehr als großzügigen Palazzos aus dem 14. Jahrhundert, in dem er als Entourage untergebracht war. Sein Chef, Hansjürgen Schneider, Bundesminister für Wirtschaft und internationale Zusammenarbeit, kurz BMWiZ, war bereits abgereist –

mit dem Helikopter war er direkt von dem Anwesen nach St. Gallen ausgeflogen worden, wo er in Geschäften unterwegs war, die offenbar so geheim waren, dass nicht einmal Matthew Meyer darüber Bescheid wissen durfte. Morgen würde er ihm dann nachfolgen und sich mit ihm in Klosters treffen und seine Stelle als Kommunikationsfaktotum wieder einnehmen, als die Sorte von dienstbarem Geist, ohne den die wirklich Mächtigen keinen Schritt taten. Er war die rechte Hand und das wandelnde Gedächtnis, das Ausführungs- und gelegentlich das Verlautbarungsorgan einer bis zur Unkenntlichkeit auf das eigene Funktionieren reduzierten Persönlichkeit.

Durch das Fenster sah er den verschneiten Olivenhain, der sich von der beleuchteten Terrasse bis zum Fuß der angrenzenden Hügel hinzog. Selten, dass es im Mai noch einmal Schnee gab in diesem Landstrich nahe Mailand, auch wenn ringsum die Ausläufer der Alpen aufragten. Doch trotz Klimaerwärmung ließ der Winter Europa in diesem Jahr nicht aus seinen eisigen Klauen. Ein schöner Anblick war es allemal. Der Gastgeber Bernhard Van Straaten, CEO der Maple Group AG und eine der einflussreichsten Persönlichkeiten der deutschen Wirtschaft, hatte in den letzten Jahren mehrere kleinere Häuser errichten lassen, ein jedes von vorzüglichem Geschmack und für sich genommen so groß wie anderer Leute Wohnhäuser, auch wenn es hier eben nur Gästehäuser waren, Refugien für eine exquisite Auswahl handverlesener Besucher und ihre Begleiter, für die hier immer wieder exklusive Seminare angeboten wurden. Insiderveranstaltungen, abgeschottet von der Welt und äußerst diskret. Zurzeit war nur noch der Vorstandsvorsitzende eines großen deutschen Energieunternehmens mit seiner Assistentin zu Gast, offenbar zu einer Art Einzelcoaching. Van Straaten machte ein großes Geheimnis daraus. Angeblich traf man sich hier nur, um anschließend gemeinsam in die Schweiz zu fahren, wo eine bedeutende Konferenz stattfand, auf der sowohl Van Straaten als auch sein Gast eingeladen waren – und Hansjürgen Schneider. Keiner dieser Menschen hatte die Zeit, irgendwohin zu kommen, nur um an einem netten Get-together teilzunehmen. Sie alle waren auf maximale Effizienz geeicht.

Matthew kannte die Methode, mit der Van Straaten seine Fäden zog, immerhin hatte er fast drei Jahre lang als persönlicher Assistent für ihn gearbeitet. Drei lehrreiche und aufregende Jahre, in denen er Einblick in Vorgänge erlangt hatte, die einem Normalsterblichen verschlossen blieben – und die ihm nun bei der Arbeit für den Minister halfen. Er entschloss sich, noch einmal ins Haupthaus zu gehen und sich ein Glas Whisky zu genehmigen. Im Salon gab es eine großzügige Bar, die der Gastgeber – stilsicher in jedem Detail – sorgfältig in einem antiken Schränkchen verborgen hielt. Darin Brände erster Güte, jahrzehntealte Cognacs, Single Malts, aber auch völlig unbekannte italienische Schnäpse aus Brennereien, die vermutlich Van Straaten selbst gehörten. Denn er pflegte sich praktisch alles zu kaufen, was ihm nützlich und wertvoll schien und sich verbessern ließ. Qualität war gewissermaßen sein Lebensmotto. Qualität und Stil. Ein bemerkenswerter Mann, ohne Frage, aber auch ein beinahe beängstigender.

Im Salon brannte noch Licht, mehr als die gedämpfte Nachtbeleuchtung, die allen »öffentlichen« Räumlichkeiten des Hauses eine ebenso gediegene wie zweideutige Atmosphäre verlieh. Um nicht indiskret in eine vertrauliche Situation zu platzen, hielt Matthew inne und lauschte einen Augenblick. Er hörte die Stimme des Gastes:

»Aber wie haben Sie das gemacht?« – Und horchte.

»Letztlich kommt es doch nur auf ein paar Grunderkenntnisse an.«

Matthew wagte einen vorsichtigen Blick über den Treppenabsatz und sah Van Straaten mit einem Glas Rotwein in der Hand am Fenster sitzen, hinter dem sich nichts als schwärzeste Nacht zeigte. Doch die alten Steinmauern ließen ihre Stimmen so widerhallen, dass sie auch von der Treppe aus perfekt zu verstehen waren.

»Im Grunde können Sie all das, was Sie in Ihrer persönlichen Umgebung beobachtet haben, auf den großen Maßstab übertragen. Sie müssen nur global denken.«

»Global denken«, wiederholte Dr. Michael Wörner und atmete tief durch. »Das tun wir jeden Tag. Von morgens bis abends. Wir haben eine eigene Abteilung dafür eingerichtet, die nur nach Trends forscht. Überall auf der Welt.«

»Damit können Sie es weit bringen. Sie können, wenn Sie gut sind, der Erste werden – in der zweiten Liga. Wenn das Ihre Challenge ist ...«

Die Worte hingen im Raum. Matthew Meyer wusste genau, wie Van Straaten tickte. Wenn andere global dachten, dachte er universell. Seine Gedankenwelt war einfach immer mindestens eine Klasse größer.

»Unsere Challenge ist«, erwiderte Wörner, der sich sonst solcher Begriffe nicht gern bediente, »die Nummer eins zu sein, und zwar von allen.«

»Sehen Sie, Mike, Ihr Problem ist schon, dass Sie immer *wir* sagen. Wen meinen Sie denn damit?«

»Ich meine das ganze Unternehmen ...«

»Ihre Firma? Dann dürfen Sie sich nicht wundern, wenn Sie nie ganz oben mitspielen. Die Teamwork-Story ist doch nichts weiter als Coaching-Kitsch für die mittleren Managementebenen. Und für die kleinen Lichtlein, die da mal hinwollen. In Wahrheit sind Sie da oben allein. Sie kämpfen für sich und nur für sich. Und wenn Sie fallen, fallen Sie. Keiner von denen, die Sie mit in den Abgrund reißen, kann Ihnen dabei helfen. Keiner wird Sie auffangen.«

Eine Weile herrschte Schweigen. Dann, noch leiser als zuvor, merkte Wörner an: »Ich wusste nicht, dass Sie ein so apokalyptisches Bild vom Unternehmertum haben, Bernhard.«

Van Straaten beugte sich vor. Alles an ihm war Konzentration und Disziplin. Er musterte Wörner, als vollziehe er an ihm eine seelische Leichenschau. Dann schüttelte er leicht den Kopf, lehnte sich zurück und murmelte: »Ich frage mich, bei welchem Missverständnis wir in Ihrem Fall anfangen sollen.«

Matthew spürte, wie sich eine Hand auf seine Schulter legte. »Auch noch wach, Herr Meyer?«, fragte ihn eine weibliche Stimme, deren leichter russischer Akzent so verführerisch wie gefährlich klang. Er wandte sich um und sah ihr in die Augen. »Nennen Sie mich doch bitte Matthew. Oder einfach Matt.«

*

Vaduz, 22. Mai 2012, 08:50 Uhr

»Ich hoffe, die Unterkunft hat Ihnen zugesagt, Herr Minister.« Die Kombination von erfolglos unterdrücktem Akzent und willfähriger Unterwürfigkeit widerte Hansjürgen Schneider auf wohlige Weise an. Er liebte diese Speichellecker, auch wenn er wusste, dass jeder von ihnen einen Dolch im Gewand trug. Solange er für sie wichtig war, würden sie um ihn herumscharwenzeln wie die Motten ums Licht. Sobald er nichts mehr brachte, würden sie ihn nicht einfach fallen lassen, sie würden ihn aktiv in den Abgrund stürzen. Er wusste, dass sie genug gegen ihn in der Hand hatten. Er wusste aber auch, dass er lebend mehr für sie wert war als tot – bildlich gesprochen und tatsächlich. »Nachdem ich mein Quartier im *Alpenhof* räumen konnte, habe ich nichts zu beanstanden, danke.« Am

Ende hatten sie ihn im Gästehaus des Fürsten untergebracht. Wie nicht anders zu erwarten, waren dort keine Wünsche mehr offengeblieben. Die 120-Quadratmeter-Suite war mit allem nur erdenklichen Luxus ausgestattet, man wusste offenbar Schneiders Bedeutung angemessen zu würdigen.

Nun also saßen sie in einer Lexus-Limousine und schwebten durch das vage verschneite Vaduz, und Schneider fragte sich, wie irgendjemand es so aufgeräumt leiden mochte. Aber genau genommen kannte er niemanden, der Liechtenstein mochte. Man schätzte es allenfalls. Aus guten Gründen. »Wir sind gleich da, Herr Minister«, erklärte der Abgesandte der Kanzlei Krug, Sternli & Cie.

»Sagen Sie, Sie sprechen nicht mit Schweizer Akzent. Eher mit einem – osteuropäischen?«

Der Kanzleimitarbeiter antwortete nicht. Ostentativ hielt er den Blick in eine goldene Zukunft gerichtet. »Bitte sehr«, sagte er schließlich. Der Wagen fuhr vor einem hässlichen, funktionellen Betonklotz vor. »LFB« verkündete eine Aufschrift, wie sie auch einen Lebensmitteldiscounter hätte zieren können. Das Tor zur Tiefgarage öffnete sich so schnell, dass Schneider zunächst dachte, sie würden dagegenknallen. Offenbar kannte der Fahrer nicht nur die Route, er fuhr sie häufiger – und wer immer vor den Monitoren im Inneren des Bankgebäudes saß, dem war der schwere, rundum schwarz verglaste Lexus bestens vertraut.

Der Wagen kam unmittelbar hinter dem Tor zu stehen, das sich sogleich wieder schloss. Ein Aufzug beförderte die Ankömmlinge samt Fahrzeug ein oder zwei Etagen abwärts, wo sich ein weiteres Tor vor ihnen öffnete und sie in eine ungewöhnlich helle, übersichtliche und durchaus freundliche Tiefgarage entließ. Der Fahrer tippte nur noch einmal kurz aufs Gaspedal und bremste dann ab. Instinktiv griff Schneider nach dem Türgriff, doch sein Begleiter hob die Hand. »Einen Moment noch, Herr Minister. Wir werden gleich abgeholt.«

Tatsächlich trat ein livrierter Mitarbeiter des Instituts an das Fahrzeug heran und riss dann den Schlag auf, formvollendet wie bei einem Staatsbesuch. Aber im Grunde war dies ja auch ganz ähnlich. Schneider nickte kurz und stieg aus, gefolgt vom Abgesandten der Kanzlei Krug, Sternli & Cie., der sein gegeltes Haar zurückstrich und sich mit Kennermiene umsah.

Durch eine weiß gestrichene Stahltür trat eine kleine Abordnung der Bank und kam auf Hansjürgen Schneider und seinen Begleiter zu. »Es ist uns eine Ehre, Sie in der LFB begrüßen zu dürfen, Herr Minister«, stellte ein Mann von unbestimmtem Alter und absolut untadeligem Aussehen fest. Seine Krawatte, die in den Landesfarben gehalten war, trug das Emblem des Fürstenhauses.

»Ganz meinerseits«, erwiderte Schneider und suchte vergeblich ein Namensschild am Revers seines Gegenübers. Wenn sie mich hier entsorgen, dachte er, wird es kein Mensch jemals erfahren.

»Es ist schon alles vorbereitet«, verkündete der Bankier und wies mit der Hand auf die Tür. »Wenn Sie mir bitte folgen wollen? Wir müssen nicht durch die für die Allgemeinheit vorgesehenen Räumlichkeiten.« Ein Euphemismus, das war Schneider klar. Allgemeinheit gab es in diesem Bankhaus nicht. Wer hier verkehrte, gehörte zu einem exklusiven Zirkel allerhöchster finanzieller Potenz oder war im Begriff, in diese Kreise einzutreten.

Sie verließen die Tiefgarage durch eine weitere Schleuse, traten – nur noch zu viert: Schneider, der Vertreter der Kanzlei, der namenlose Banker und ein ebenso stummer wie beeindruckend präsenter Begleiter – in einen Lift, der sie zu Schneiders

Erstaunen nicht nach oben brachte, sondern noch ein oder zwei Stockwerke tiefer. Als sich die Fahrstuhltür wieder öffnete, lag vor ihnen ein Raum, wie er auch im Weißen Haus hätte gelegen sein können: ein schwerer dunkelblauer Teppich, ein ovaler polierter Mahagonitisch, von einem üppigen Blumenbouquet geziert, dessen Vase zweifellos mehr kostete, als Schneider im Monat an Bezügen zustand, Liechtenstein in Öl an den Wänden, in opulenten goldenen Rahmen natürlich. So riecht Geld, dachte Schneider, der aus einfachen Verhältnissen stammte, aber es weit nach oben geschafft hatte.

Der Banker ging voran zu einer weiteren Tür, die nur von außen mit glänzendem Holz vertäfelt war. Er gab einen vielstelligen Code in das Sicherheitssystem ein, legte seinen Daumen auf den dazugehörigen Scanner – und eine schwere Stahltür, die sich hinter dem hölzernen Schmuckstück verborgen hatte, schwang auf und ließ die Besucher ein. »Wenn ich Ihnen behilflich sein kann«, sagte der Banker, »lassen Sie es mich wissen. Ich bin über das Haustelefon direkt für Sie erreichbar.« Er zeigte auf einen Hörer, der auf altmodische Weise an der Wand hing. »Wenn Sie den Tresorraum wieder verlassen wollen, klingeln Sie bitte nach mir.« Unter dem Telefon prangte ein goldener Messingknopf. Unwillkürlich fragte sich Schneider, wer alles schon seinen Finger auf diesen Knopf gelegt hatte. Könige? Milliardäre? Diktatoren?

Dann entfernten sich die Mitarbeiter des Hauses und ließen den Minister und seinen Begleiter allein. »Setzen Sie sich doch bitte, Herr Minister.«

Schneider setzte sich und ließ den Blick über die sich vor ihm auftürmenden Schließfächer gleiten. Es gab schmale und breite Fächer. Insgesamt mochten es einige hundert sein, das war schwer zu schätzen. Der Raum war hell erleuchtet. Kameras waren, soweit ersichtlich, nicht vorhanden. Es herrschte völlige Stille, als der Kanzleimitarbeiter über den weichen Teppich zu einem der Fächer ging und es mit Hilfe seines Doppelschlüssels aufsperrte. Schneider hatte den Eindruck, dass sein Begleiter den Atem anhielt, als er das Depot herauszog und vor ihm auf den Tisch legte.

»Nun?«, fragte Schneider und versuchte, seiner Stimme einen möglichst souveränen Klang zu geben.

»Wenn Sie bitte selbst sehen wollen, Herr Minister.« Der Mann deutete auf den Kasten.

Hansjürgen Schneider rückte mit seinem Stuhl etwas näher heran und räusperte sich. Den Termin mit Krug, Sternli & Cie. hatte er sich anders vorgestellt. Und dass sein eigener Rechtsbeistand vermutlich in diesem Augenblick in den Räumen der Kanzlei in St. Gallen vergeblich auf ihn wartete, war einigermaßen lachhaft. Schneider galt vielen seiner Weggefährten und noch mehr seinen Gegnern als ausgebufftes Schlitzohr, als einer, vor dem man sich hüten musste. Aber diese Leute hatten Qualitäten, die auch ein Hansjürgen Schneider neidlos anerkennen musste. Die steckten auch ihn in die Tasche. Mit möglichst ruhiger Hand klappte er den stählernen Deckel auf und nahm die Einlage heraus, die sich in dem Kasten befand.

»Zwei Millionen Schweizer Franken«, sagte sein Begleiter mit leiser Stimme. »Den gleichen Betrag haben wir in einem anderen Schließfach für Sie hinterlegt, auf das Sie Zugriff haben, sobald die Verträge unterschrieben sind.«

Die Scheine waren so neu, dass sie fast künstlich aussahen. Schneider ließ sich einen Augenblick Zeit. »Ich nehme an«, sagte er dann, »dass das der informelle Teil unseres kleinen Arrangements ist.«

»Völlig richtig, Herr Minister. Ach ja!« Der Kanzleimitarbeiter griff in die Innentasche seines Jacketts und nahm einen Umschlag heraus, auf dem das Siegel des russischen Präsidenten prangte. »Und darf ich Ihnen noch eine kleine Aufmerksamkeit von Ihren ganz besonderen Freunden überreichen. Eine Kreditkarte mit 50 000 Franken Limit auf den Namen Ihrer Frau und zwei Mitgliedskarten für die exclusivsten Clubs in Zürich und in St. Petersburg. Mit Ihrer persönlichen Mitgliedsnummer. Sie sind dort jederzeit ohne Berechnung als Gast willkommen.«

*

Bergamo, 22. Mai 2012, 08:52 Uhr

Man hatte für die Entourage der Gäste ein Büfett im Flur gerichtet. Aufmerksam einerseits, andererseits ganz klar auch ein Verweis auf die Plätze. Immerhin gab es einen Kaffeeautomaten, der perfekten Cappuccino brühte. Tatjana Lossowa ließ sich eine zweite Tasse mahlen und lauschte dann dem Fauchen der Maschine, während die schwarze Flüssigkeit in dünnen Fäden herauslief. Sie würde auch noch einen dritten nehmen. Die Nacht war kurz gewesen. Verdammt kurz. Jetzt saßen Van Straaten und Wörner wieder in ihrer Klausur, und die Sklaven hatten ein paar Stunden zur mehr oder weniger freien Verfügung. Das hieß: Sie konnten sich die Arbeit selbstständig einteilen. Matthew hatte sie noch nicht gesehen. Vielleicht hatte er sich noch einmal hingelegt. Sie musste grinsen. Wäre ihm nicht zu verdenken nach der zurückliegenden Nacht.

»Schon wach, Frau Lossowa?«

Sie drehte sich um und war ehrlich erstaunt, wie untadelig sein Äußeres war. Als wäre er einem Jungbrunnen entstiegen.

»Guten Morgen, Matt«, sagte sie.

»Guten Morgen, Traumfrau.«

»Oh, solche Vertraulichkeiten behalten wir bitte dem

Schlafzimmer vor«, erklärte Tatjana und nahm ihre Tasse und einen Joghurt, um damit zu einem der Bistrotische im Nebenraum zu gehen.

»Habe ich denn Aussicht, dass wir uns da noch einmal sehen werden?« Matthew Meyer eilte ihr hinterher und rückte einen der Stühle zurecht, damit sie sich setzen konnte.

»Warum nicht?« Sie sah ihm mit diesem provokanten Blick in die Augen, mit dem sie ihn letzte Nacht um den Verstand gebracht hatte. »Wenn es unsere Zeitpläne zufällig ermöglichen ...«

Das war tatsächlich ein Problem. Denn als Sklaven ihrer Chefs waren sie beide praktisch sieben Tage die Woche rund um die Uhr im Einsatz – oder mussten zumindest verfügbar sein. Dass sie hier zusammengetroffen waren, war genauso dem Zufall zu verdanken, wie sie morgen mit anderen und übermorgen mit wieder anderen Menschen zusammentreffen würden, die sie vorher nicht gekannt hatten und womöglich nie mehr wiedersehen würden. Der Job ließ nur ein Minimum an Fluchten zu – sie mit den Fluchten eines anderen Sklaven zu koordinieren war beinahe ein Ding der Unmöglichkeit. Beinahe. »Das werden wir schon schaffen«, murmelte Matthew, nur halb von seinen eigenen Worten überzeugt.

Tatjana schenkte ihm ein Lächeln, als er sich ihr gegenüber an den Tisch setzte. »Oder sollten wir den Vormittag noch nutzen?«

Sie mussten beide lachen. Nach der zurückliegenden Nacht war an Sex während des Vormittags kaum zu denken. Es wäre gleichermaßen mörderisch und selbstmörderisch gewesen.

»Jedenfalls«, sagte Matthew und legte seine Hand auf ihre, »mag ich dich wirklich sehr gerne.«

»Und ich dich.« Sie drückte ihn sanft.

»Alles in Ordnung?«, fragte er, als sie unvermittelt den

Blick senkte. Ein Schatten schien über ihre Stirn gehuscht zu sein.

»Ach, es ist nichts. Familie. Lass uns nicht darüber reden. Ich bin froh, wenn ich ein wenig Ablenkung habe.«

»Jederzeit wieder«, sagte Matthew, und es klang so wenig zweideutig, wie es gemeint war. »Neues Thema?«

»Bernhard Van Straaten«, schlug Tatjana vor.

»Der größte Lobbyist aller Zeiten«, seufzte Matthew und zielte mit dem Blick eines Jägers auf die Villa auf der anderen Seite des Parks.

»Denkst du? Ich wüsste ein paar andere Anwärter auf diesen Titel.«

»Du kennst Van Straaten nicht.«

»Kennst du ihn denn?«

»Ich habe drei Jahre für ihn gearbeitet.«

*

Vaduz, 22. Mai 2012, 12:40 Uhr

Hansjürgen Schneider wog den Doppelschlüssel zu seinem Schließfach in der bebenden Hand, als das Telefon klingelte. Zwei Millionen. Eigentlich vier. Er wunderte sich, dass ihn das nicht in Euphorie versetzte. Aber tatsächlich verspürte er eher etwas anderes, etwas Überraschendes, womit er nicht gerechnet hatte, was ihn aber plötzlich wie ein Schraubstock auf den Stuhl am Schreibtisch seiner Suite zwang und eine feuchte Stirn verursachte: Angst.

Wer Schneider kannte, wusste, dass er kein ängstlicher Typ war. War er nie gewesen. Im Gegenteil: Schon als Sportsmann in jungen Jahren war er so drastisch ins Spiel eingestiegen, dass ihn die anderen »Sense« genannt hatten. Später hatte er reihenweise politische Partner über die Klinge springen lassen, von den Gegnern ganz zu schweigen. Schneider kam von ganz unten, und er hatte es nach ganz oben geschafft, er war ein Selfmademan, sein Leben eine Einbahnstraße an die Spitze. Wer ihm dabei in die Quere geriet, wurde abgesägt. Das Leben war schließlich kein Ponyhof und eine politische Partei kein Wohlfahrtsverband. Wer etwas erreichen wollte, musste Eier haben, und zwar solche aus Stahl. Schneider wollte etwas erreichen. Für sich. Er wollte es allen zeigen, das war seine Lebensmotivation. Und nun das: Zum ersten Mal hatte er Geld. Richtig Geld. Und er spürte, wie ihn das aus der Spur brachte. Als Underdog bist du ein Kampfhund. Auf dem Weg nach oben gibt es kein Schwindelgefühl. Doch wer dann oben steht, für den ist die Jagd zu Ende. Schneider wusste, dass es auf dem Feld nur zwei Sorten von Spielern gab: Jäger und Gejagte. Wer das eine nicht war, der war entweder das andere – oder tot.

Endlich nahm er den Hörer ab. »Ja?«

»Herr Minister Schneider? Hier Böhm. Wir warten seit fast zwei Stunden auf Sie, und ich erreiche Sie nicht. Ich hoffe, es ist alles in Ordnung?« Schneider konnte hören, dass die eigentliche Frage lautete: »Sind Sie wahnsinnig, meine Zeit so zu vergeuden, Sie undankbarer Parvenü?« Er konnte ein schwaches Grinsen nicht unterdrücken. Es bereitete ihm Vergnügen, andere wie Lakaien zu behandeln. Vor allem wenn es einflussreiche Leute waren. Böhm war so einer. Professor für Recht an der Uni St. Gallen, Partner in der Nobelkanzlei Richter Böhm Fischer, Einflüsterer mehrerer Bundesminister, Duzfreund etlicher Ministerpräsidenten und führender Europapolitiker und vermutlich der wichtigste Lobbyist der Öl- und Gasindustrie auf dem Kontinent. Auch wenn Schneider klar war, dass sie aufeinander angewiesen waren, bereitete es ihm ein diebisches Vergnügen, Böhm auf seinen Platz zu verweisen und den Minister heraushängen zu lassen. »Alles in Ordnung, Herr Professor«, erwiderte er, so langsam, dass es fast schon eine Provokation war. »Ich wurde in einer wichtigen Angelegenheit aufgehalten.« Fast zärtlich fuhr er mit den Fingerspitzen über die Oberfläche der Kreditkarte und dachte an den Koffer, den er wieder in das Schließfach gelegt hatte, nun, da die Schlüssel ihm gehörten. Oben oder nicht oben, in dem Moment wurde ihm bewusst, dass diese Milliönchen für ihn vor allem eines bedeuteten: Unabhängigkeit. Schon vorher hatte er Männer wie Böhm nach seinen Bedürfnissen springen lassen. Doch es hatte in einem System gegenseitiger Abhängigkeiten stattgefunden. Jetzt konnte er es sich leisten, es einfach nach seinen Launen zu tun.

»Wie steht es denn bei Ihnen?«

»Heißt das, Sie kommen gar nicht?«, wollte Böhm wissen.

»Sind die Verträge in Ordnung?«

»Das sind sie. Natürlich. Aber wenn Sie sie nicht unterschreiben …«

»Machen Sie das für mich, Herr Professor. Ich vertraue Ihnen voll.«

Einen Augenblick herrschte Schweigen in der Leitung. »Das ist nicht so einfach«, sagte der Jurist schließlich zögernd.

»Ich habe Ihnen doch Vollmacht erteilt.«

»Nun, diese Vollmacht ist natürlich begrenzt …«

Schneider hatte selbst in Jus promoviert und lange genug als Anwalt gearbeitet, um zu wissen, wie die Vollmachten aussahen, die er unterschrieben hatte – und vor allem: was sie umfassten. Böhm war nicht umsonst einer der Top-Juristen der Wirtschaft. Im Grunde war ein Mandat, das man ihm übertrug, gefährlicher als eine Ehe im gesetzlichen Güterstand. »Ich bin sicher, Sie können das für mich machen. Ich darf Sie also hiermit bitten, die Verträge in meinem Namen und

Auftrag zu unterzeichnen und mir unverzüglich eine Kopie an meine private E-Mail-Adresse zu schicken. Das Original geht dann bitte an meinen Notar in Zürich.« Vielleicht war es nur ein Rest an Vorsicht, politischer Vorsicht, der Schneider hinderte, eigenhändig ein Dokument zu unterzeichnen, das man später als fragwürdig betrachten konnte und das – auch wenn davon keine Silbe in dem Vertrag stand – die Grundlage für eine Zahlung von vier Millionen Euro an ihn war. Vielleicht war es eine unbestimmte Ahnung, dass es sicherer sei, einen der renommiertesten Juristen des Kontinents durch dessen Unterschrift an das Schicksal dieses Dokuments zu ketten.

»Gut, Herr Minister«, erwiderte Böhm, und es war seiner Stimme deutlich anzuhören, dass er wusste, dass er mithängen würde, wenn man Schneider finge. »Dann erledigen wir das entsprechend. Unsere Rechnung …?«

»Die schicken Sie an GasNeft, Deutschland. Nein, Jersey.«

»Sehr wohl. Ich nehme an, Empfänger ist …«

»Krug, Sternli & Cie. in St. Gallen.« Die Kanzlei, in der Böhm in diesem Augenblick saß, Auge in Auge mit den Schweizer Anwaltskollegen, die als Strohmänner der Russen gekommen waren.

»Gewiss. Verstehe. So werden wir es machen.«

»Auf Wiederhören, Herr Professor«, sagte Schneider und legte auf. Ob Böhm wirklich verstand, was das bedeutete? Schneider saß einen Augenblick nur da und ließ den Blick über das friedlich in der Mittagssonne daliegende Liechtenstein gleiten. Doch, vermutlich wusste Böhm es ganz genau, dachte er und spürte, wie ihm ein böses Tier durch die Eingeweide kroch.

*

St. Petersburg, 17. Mai 2012, 23:30 Uhr

St. Petersburg wurde seiner zahlreichen Brücken und Wasserstraßen wegen seit jeher auch das Venedig des Nordens genannt. Das romantische Bild, das dadurch von der Stadt entworfen wurde, stimmte nur teilweise. Denn mit der malerischen Lage des Ortes war auch eine grausame Geschichte menschlicher Tragödien verbunden, die ihren Anfang bei den Abertausenden von Toten nahm, die der Bau dieses Ostseehafens in Sumpf und Morast gefordert hatte und bis unter die Brücken reichte, unter denen zahllose Verlorene der Gesellschaft im Wodkawahn auf ihr frühes Ende warteten. St. Petersburg, das war der Glanz der Eremitage und des Newskij-Prospekts, es war aber auch das Elend der Arbeits- und Obdachlosen, der Trinker, Huren und Straßenkinder.

Als die schwarze Limousine an einer der Brücken über den Karpovka-Kanal vorfuhr, machte sich niemand die Mühe, auch nur aufzusehen. Keiner würde sich an das Kennzeichen erinnern können. Auch nicht an die beiden Männer, die einen dritten, offensichtlich Betrunkenen aus dem Fond des Wagens zerrten und die Treppen hinab auf den Fußweg am Fluss stießen. Einer von ihnen folgte ihm und stopfte dem besinnungslos am Boden Liegenden eine Flasche in den Mantel. Dann ging er die Stufen wieder hinauf, ohne sich noch einmal umzusehen, stieg in das wartende Auto und war wenige Augenblicke später für immer aus dem armseligen Leben des Ohnmächtigen verschwunden.

Einer der in der Nähe lagernden Penner, den sie Wladimir das Messer, nannten, hob den Kopf, überlegte kurz, ob es sich lohnte, den halbwegs wärmenden Schlafsack zu verlassen, entschloss sich dann dazu und ging wankend zu dem Neuen hinüber. Er lebte noch, aber er war bewusstlos.

Den Wodka konnte er also gerade sowieso nicht brauchen. Anders als Wladimir. Er nahm die Flasche an sich und wollte schon wieder gehen, da fiel ihm auf, dass der Neue ziemlich gute Kleider trug. Und eine Brille, wenn auch einer der Bügel zerbrochen war. »He«, sagte er und stieß den Betrunkenen mit dem Fuß in die Seite. Doch außer einem Stöhnen erntete er keine Reaktion. Neugierig geworden ließ sich Wladimir nieder. »Wenn ich schon deinen Wodka trinke, dann trinke ich ihn wenigstens auf dein Wohl«, sagte er und nahm einen Schluck aus der Flasche. Guter Stoff. Er schmatzte, leckte sich über die Lippen und rückte etwas näher an den Bewusstlosen heran, um sich gegen den schneidenden Wind zu schützen. Da bemerkte er die verbundene Hand. »Was hast du denn da, Kleiner?« Er stieß den Neuen an der Schulter. Doch wieder kam nichts zurück außer einem schmerzverzerrten Ton. Wladimir stellte die Flasche beiseite und wickelte die Hand aus. »So viel Verbandszeug brauchst du garantiert nicht«, knurrte er. Er war immer ein Freund gerechten Teilens gewesen. Wie oft war ihm in den eisigen Nächten die Haut aufgeplatzt, und er hatte nichts gehabt, um sich zu verarzten. »Mal sehen, ob du das überhaupt noch brauchst, Freundchen.« Doch dann fiel der Rest des Verbands einfach ab, und Wladimir hielt die Hand des Neuen in der seinen. Im selben Augenblick sah er, dass auch die andere eingewickelt war. »Oh Scheiße«, fluchte er und blickte dem jungen Mann ins gequälte Gesicht. »Arme Sau.« Mit zitternden Fingern wickelte er die Hand des Neuen wieder ein.

DREI

Autostrada 9, Italien, 22. Mai 2012

Der Wagen donnerte wie ein schwarzer Pfeil durch die Nacht. Es hatte leicht zu schneien begonnen, was dem Geschwindigkeitsrausch eine noch bizarrere Note verlieh. Matthew Meyer, der jede kleine Unebenheit der unter ihnen hinwegfliehenden Straße wie einen Hammerschlag auf seinen Knochen spürte, drückte sich in den Sitz, nicht nur, weil die Beschleunigung ihn dazu genötigt hätte. Panik traf es eher. Nur gut, dass Van Straaten wenigstens nicht so verrückt war, bei diesem Tempo und bei diesen Straßenverhältnissen noch zu seinem Beifahrer hinüberzuschauen. Inzwischen stand die Nadel beinahe am Anschlag. Und der lag bei 300 Stundenkilometern.

Als wären sie auf einem Betriebsausflug mit Besichtigungstour, dozierte Van Straaten: »Maximales Drehmoment von vierhundert Newtonmetern. Das liegt bei 3900 Umdrehungen an. Normalerweise. Ich habe für diesen Wagen noch ein bisschen dran arbeiten lassen. So bringt er gut elf Prozent mehr Leistung. Wollte vermeiden, dass mich irgendein Ferrari von der Stange überholt. Sie glauben nicht, wie oft das einer versucht. Aber dieses schöne Auto ...«, er tätschelte mit einer seiner behandschuhten Hände beinahe zärtlich das Lenkrad, während er es mit der anderen fest im Griff hielt, »dieses schöne Auto ist auf einer normalen Straße ziemlich unschlagbar. Vor allem bei der Beschleunigung. Standardmäßig geht er in

4,4 Sekunden von null auf hundert, diese Ausführung schafft es in 3,9 Sekunden. Doch, ich finde, Wiesmann hat hier einen guten Job gemacht.«

Matthew antwortete nicht, sondern hielt den Blick starr in die vorbeifliegende Nacht geheftet und verfolgte die Rückleuchten, die wie Standlichter auf sie zurasten, um dann rechts neben ihnen ebenso schnell wieder zu verglühen. Sie hatten Monza längst hinter sich gelassen. Wenn sie in dem Tempo weiterfuhren, würden sie bald die Schweizer Grenze erreichen. Danach ging es dann über die Grenze in die Schweiz. Falls sie diese Fahrt überlebten, würden sie zweifellos weit vor Mitternacht in Klosters eintreffen. Und natürlich: Falls sie nicht vorher im Gefängnis landeten.

»Gibt es in Italien nicht ein allgemeines Tempolimit?«, wagte Matthew zu fragen.

Er dachte schon, die Frage sei nicht angekommen. Doch nach einer Weile bequemte sich Van Straaten zu einer Antwort: »Gibt es. Auf Autobahnen 130 km/h. Ich habe in meiner Garage Autos stehen, die machen das mit jedem Reifen. Der MF4-S schafft das nicht ganz, nicht einmal in dieser Ausführung. *So what!* Wissen Sie ...« Er schien einen Augenblick zu überlegen, ob er ihn in dieses Geheimnis einweihen sollte, und erklärte schließlich: »Die Frage ist, wie Sie die Dinge regeln. Sie haben immer zwei Möglichkeiten, ich habe das gestern erst mit Mike Wörner von BraunTec besprochen: Entweder passen Sie sich der Welt an – oder Sie passen die Welt Ihren eigenen Vorstellungen an. Ich bevorzuge Letzteres.« Dann gab Van Straaten Gas, und der Wagen machte tatsächlich noch einmal einen Satz nach vorn, während das Dröhnen des Motors jede weitere Unterhaltung unterband.

Matthew schloss die Augen. Jetzt hätte er gern die Gabe besessen, beten zu können. Mit einem Wahnsinnigen am Steuer durch die eisige Nacht zu jagen, das war nach der letzten Nacht nicht die Art von Kick, die er jetzt brauchte. Es war ein Fehler gewesen, mit Van Straaten nach Klosters zu fahren. Er hätte nachkommen können, noch besser: Er hätte vorausfahren können, hätte sich einen von Van Straatens diversen Kleinwagen für die Mitarbeiter des Landguts ausleihen können. Unauffällig kramte er sein Handy aus der Jackentasche und schrieb mit Fingern, die er kaum zu kontrollieren vermochte, eine SMS. Dann steckte er es wieder weg und versuchte, sich noch einmal in Erinnerung zu rufen, was um alles in der Welt ihn in diese Kreise gebracht hatte.

*

Tatjana Ludmilla Lossowa war eine außergewöhnliche Frau. Sie hatte an der London School of Economics und später an der Freien Universität Brüssel Wirtschaft und Politik studiert. Mit vierundzwanzig Jahren sprach sie vier Sprachen fließend, mit fünfundzwanzig hatte sie ihren MBA gemacht, kurz darauf war sie in das Exzellenz-Programm der großen Unternehmensberatung Spector Powell PPM aufgenommen worden. Kein Jahr später hatte Mike Wörner, der Vorstandsvorsitzende des DAX-30-Unternehmens BraunTec, sie aus einem Pool von Gast-Trainees des Unternehmens gefischt und sie zu seiner persönlichen Assistentin gemacht.

Für eine kurze Zeit ihres Lebens hatte die Frage im Raum gestanden, ob für sie eine Karriere als Cellistin in Betracht käme. Immerhin hatte sie mit vierzehn die Aufnahmeprüfung am Petersburger Konservatorium bestanden. Doch zwei Musiker in der Familie waren ihren Eltern dann doch zu riskant erschienen – und ihr Bruder hatte eindeutig größeres Talent besessen. Also war für sie »etwas Solides« ersonnen worden – und sie hatte sich mit der gleichen Begeisterung in ihre Aufgabe gestürzt wie vorher in die Musik. Das hieß: Eigentlich war es nicht Begeisterung, sondern Ernsthaftigkeit gewesen. Tatjana hatte ihren Eltern immer gefallen wollen. Sie hatte sie immer zufriedenstellen wollen, mehr als zufriedenstellen.

Nach St. Petersburg kam sie nur noch selten. Gewiss, sie hatte Sehnsucht nach ihrer Familie. Andererseits war ihr Leben ein Abenteuer, und sie genoss es durchaus. Nominell war sie ein Niemand – und doch gehörte sie in einem der mächtigsten Unternehmen zu den mächtigsten Personen. Sie kannte jedes Betriebsgeheimnis, herrschte nahezu uneingeschränkt über den administrativen Teil von Wörners Terminplan – und über sein Liebesleben herrschte sie inzwischen auch. Anfangs war das noch anders gewesen oder vielmehr: andersherum. Da hatte der große Boss Mike Wörner ihr gezeigt, was er erwartete. Ganz selbstverständlich gehörten dazu auch außerdienstliche Aufmerksamkeiten intimer Natur. Tatjana hatte sich nicht ausgenutzt gefühlt, eher geschmeichelt. Wie attraktiv sie für die ausgehungerten Männerriegen im mittleren und höheren Management war, das war ihr erst mit der Zeit bewusst geworden. Und sie lernte, sich dieses enormen Vorteils zu bedienen. Auch gegenüber Wörner. Vor allem, indem sie ihn an der kurzen Leine hielt.

Im Grunde waren die Männer überall gleich. Russischen Chauvinisten sagte man nach, Frauen nur als erotisches Spielzeug zu benutzen und im Übrigen zu verachten. Doch wer hinter die Kulissen blickte, erkannte auch im Haus eines jeden Oligarchen, dass die Frau die Hosen anhatte. Selbst ihr Vater machte da keine Ausnahme. Aber bei ihm mochte es auch an seiner natürlichen Gutmütigkeit liegen.

Arkadi Michailowitsch Lossow war ein kluger Kopf. Als Aufsteiger der neu gewonnenen Freiheit Russlands hatte er der Versuchung widerstanden, seine Fähigkeiten zum Nachteil der Allgemeinheit auszunutzen, um bizarren Reichtum anzuhäufen. Tatjana war sich sicher, dass es ein Leichtes für ihn gewesen wäre, sich zum Konzernchef aufzuschwingen und wenigstens einen Teil der aufstrebenden Petrochemie des Landes unter seine Kontrolle zu bringen. Er kannte nicht nur jede Quelle und jede Konzession, er durchblickte auch, welchen Wert die einzelnen Vorkommen hatten, hätte gewusst, wen es jeweils zu bestechen galt und mit welchen Summen, wer erpressbar war und auf welche Weise und wie sich die Fördermengen drastisch erhöhen ließen. Statt all dies in Rubel umzumünzen, hatte er sich entschieden, einer der angesehensten Wissenschaftler dieses Industriezweigs zu werden – und sich mit den Blutsaugern anzulegen, die das Land und seine Menschen auspressten, die Umwelt verseuchten, die Gewinne abschöpften und ihr Vermögen dann ins Ausland brachten. Menschen wie Aleksander Michailowitsch Lewtuschenko, der als Arkadi Lossows wissenschaftlicher Assistent angefangen hatte, anschließend ins Management und dann zum Konkurrenten OilProm gewechselt war, um wenige Jahre später als »Weißer Ritter« von dort zurückzukehren und GasNeft unter seine Kontrolle zu bringen. Seitdem hatten sich Umsatz und Gewinn vervielfacht, das Unternehmen hatte Dutzende neuer Öl- und Gasfelder in Sibirien und am Nordmeer erschlossen, die Ausbeute war in schwindelnde Höhen gestiegen – und Arkadi Michailowitsch Lossow in Ungnade gefallen. Man hatte ihn bei GasNeft auf einen unbedeutenden Direktoriumsposten abgeschoben, ihn von allen strategischen Fragen ausgeschlossen, und man wartete nur darauf, dass er den einen großen Fehler beging, über den er endgültig stürzen würde. Im Grunde lebte er ein Leben in ständiger Angst. Wo war er nur geblieben? Auf keine ihrer Nachrichten hatte

Tatjana eine Antwort bekommen. Weder ihre Mutter noch Nikolai waren ans Telefon gegangen.

»Was geht nur durch deinen schönen Kopf, dass du so finster dreinschaust«, sagte Mike Wörner, während er den Wagen durch die verschneite Lombardei jagte. Van Straaten hatte ihnen einen seiner drei Jaguars zur Verfügung gestellt. Es war das reinste Vergnügen, den Motor richtig auszureizen, auch wenn das nach den Gesetzen des Landes gar nicht erlaubt und angesichts der winterlichen Witterung auch nicht empfehlenswert war.

»Ich musste an jemanden denken, der ... ach, lassen wir das«, erwiderte Tatjana. Ihr Handy vibrierte. Eine Kurznachricht: *Um Mitternacht im Caprizzi? M.*

*

Vaduz, 22. Mai 2012, 21:20 Uhr

»Und die aktuellen Zahlen?« Hansjürgen Schneider tigerte im Zimmer auf und ab, die E-Mail auf dem Smartphone vor sich her tragend, in der ihm sein Abteilungsleiter Plöger die neuesten Trends mitgeteilt hatte.

»Gegenüber März sind wir zwei Punkte runter«, erklärte Plöger hörbar gedrückt. »Aber die Tendenz ist steigend.«

»Wie soll die Tendenz steigend sein, wenn wir im Januar ein Prozent, im Februar eines und im März zwei Prozent verloren haben! Wenn wir bis zu den Wahlen so weitermachen, liegen wir im negativen Bereich! Wer hat die Umfrage gemacht?«

»Die Forschungsgruppe Wahlen.«

»Und wann kommt sie raus?«

»Heute Abend. Sie werden es in den Nachrichten bringen. Das heißt, nach den Nachrichten. Die Presse ist schon informiert.«

»Wir sind also zu spät dran, um noch etwas dran zu drehen.« Schneider konnte es nicht fassen. Am liebsten wäre er durchs Telefon gesprungen und hätte seinen Büroleiter eigenhändig erwürgt. »Scheiße. Scheiße, Plöger! Warum haben Sie das nicht besser im Griff?« Er warf sein Handy aufs Bett und setzte sich an den Schreibtisch am Fenster. Höhnisch strahlte ihn das hell beleuchtete Schloss an. Ja, ein Monarch müsste man sein, dann hätte man diesen ganzen Zirkus mit Umfragen und Wahlen und Mandat nicht an den Hacken, sondern könnte einfach regieren, basta. Doch Hansjürgen Schneider war kein Monarch. Er war Parteichef, Minister, Bundestagsabgeordneter, Wahlkämpfer – bis sich das Volk im Juli zu vorgezogenen Wahlen bequemte. Vor allem aber war er: ein Getriebener miserabler Umfragewerte.

»Bei Forsa und Emnid waren die Werte im Januar und Februar stabil.« Zaghaft meldete sich Plöger, als Schneider das Telefon wieder zur Hand nahm.

»Und jetzt?«

»Na ja, Emnid auch minus zwei, Forsa versuchen wir gerade rauszukriegen. Die kommen erst in ein paar Tagen.«

Schneider atmete schwer. »Das klingt wirklich nach *Tendenz steigend*. Verraten Sie mir noch, wie Sie darauf kommen?«

»Nun, wir haben selbst eine Umfrage in Auftrag gegeben …«

»Eine Umfrage von uns? Die glaubt uns doch sowieso keiner! Die nützt überhaupt nichts. Die Menschen glauben nur an Umfragen von unabhängigen Instituten. Deshalb müssen wir auf die Einfluss nehmen.«

»Dann sind sie aber nicht mehr sehr unabhängig, Herr Schneider, wenn ich mir die Bemerkung erlauben darf.«

»Quatsch. Es geht nur ums Verkaufen.« Schneider rollte

den Kopf im Nacken, stand auf, streckte sich, ließ die Muskeln seiner Schultern spielen und entschied: »Ich will morgen früh mit Thanner telefonieren. Wir bereiten ein paar O-Töne für ihn vor. Zu den Umfragen lasse ich mir etwas einfallen. Ich will, dass wir das als Sieg verkaufen.«

»Minus zwei Prozent?«

»Minus zwei Prozent, ja. Ich melde mich.«

Hansjürgen Schneider drückte den Anruf weg und wählte einen anderen seiner Kontakte an. »Doc?«

»Herr Minister, was kann ich für Sie tun?«, fragte Matthew, während er versuchte, das Zittern in seiner Stimme zu beherrschen.

»Machen Sie Ihrem Job Ehre und lassen Sie mich wissen, wie wir die Umfragen als Erfolg verkaufen.«

»Minus zwei Prozent?«

Verdammt, der Junge war gut informiert. Jederzeit auf dem Laufenden. Schneider liebte sich dafür, dass er solche Talente erkannte und förderte. »Richtig. Ich möchte, dass Thanner morgen die Stoßrichtung vorgibt und keinen Unsinn von sich gibt. Auf seine Spin-Doktoren möchte ich mich dabei lieber nicht verlassen.«

»Alles klar. Ich kümmere mich darum.«

»Gut.« Als Schneider aufgelegt hatte, gönnte er sich ein Bier. Und noch eines. Doch die galoppierende Unruhe in seinem Inneren konnte er damit nicht niederringen. Ein wenig Entspannung wäre nun genau das Richtige. Schneider betrachtete die beiden Karten, die er bekommen hatte. Zürich war nicht weit …

*

Klosters, 22. Mai 2012, 23:12 Uhr

Man hatte ihr ein Zimmer zugeteilt, das in früheren Zeiten offensichtlich für das Personal oder die mitreisende Dienerschaft der Gäste gedacht war: klein, dunkel, eng. Trotzdem war es komfortabel genug, um seinen Preis zu haben. Tatjana klappte ihren Trolley auf, kippte das Fenster und schaltete den Fernseher ein, um nebenher einen News-Sender verfolgen zu können.

Zuerst dachte sie, irgendwo im Hotel würde gehämmert, doch dann ging ihr auf, dass jemand an ihre Tür klopfte. Leise. Irritiert öffnete sie und blickte in die eisgrauen Augen einer Frau ihres Alters. Vielleicht war sie auch einige wenige Jahre älter. Sie hatte perfekt gestyltes Haar, perfektes Make-up und blitzend weiße Zähne. »Sehen Sie sich vor«, flüsterte die Unbekannte. »Das ist kein Spiel.«

Instinktiv stellte Tatjana einen Fuß hinter die Tür, doch die Frau machte keine Anstalten, in ihr Zimmer einzudringen. »Wer sind Sie? Was wollen Sie?«

»Sie pflegen keinen guten Umgang«, erklärte die Unbekannte. Im Hintergrund war das Geräusch eines sich öffnenden Lifts zu hören. Tatjana blickte ihr über die Schulter. Doch der Aufzug war leer.

»Hören Sie, wer immer Sie sind, ich entscheide selbst, mit wem ich Umgang pflege. Und von jemandem, den ich nicht kenne, nehme ich keine Ratschläge entgegen.«

»Das sollten Sie auch nicht, Tatjana Lossowa. Halten Sie sich daran, dann machen Sie zumindest gewisse Dinge nicht falsch.« Die Unbekannte wandte sich zum Gehen, hielt jedoch inne und drehte sich noch einmal um. War sie vorher schon leise gewesen, so flüsterte sie nun kaum hörbar: »Ich sage Ihnen das, weil ich nicht will, dass Ihnen etwas zustößt. Es sind ziemlich viele Menschen auf Sie aufmerksam geworden. Das sind nicht alles Engel, wenn Sie verstehen, was ich meine. Auch die, die sich selbst für die Guten halten, sind nicht nur gut. Jeder verfolgt da seine eigenen Interessen. Passen Sie auf sich auf.«

Im nächsten Augenblick war sie verschwunden.

*

Dass die Konferenz dieses Jahr in Klosters stattfand, wussten außer den Veranstaltern und den Gästen nur sehr wenige Eingeweihte, da sie ihr Wissen überwiegend für sich behielten. Im letzten Jahr war etwas durchgesickert, und die Teilnehmer hatten sich von Wichtigtuern und sogenannten Wutbürgern belästigen lassen müssen. Es hatte der Veranstaltung insgesamt nicht gutgetan. Ein Treffen im vertraulichen Rahmen war nur dann wirklich reizvoll, wenn es auch vertraulich blieb. Das war natürlich angesichts der Unart vor allem russischer und arabischer Teilnehmer, sich stets mit einer großen Gefolgschaft einzufinden, außerordentlich schwierig, ja, geradezu unmöglich. Irgendein Leck musste es so immer geben. Tatsächlich stellte Bernhard Van Straaten fest, dass in diesem Jahr weniger Scheichs und Oligarchen auf der Liste standen als im letzten. Für die Jahre davor fehlte ihm der Vergleich, da er selbst erst zum zweiten Mal geladen war.

Die Bilderberg-Konferenz galt als die international bedeutendste Versammlung von Top-Entscheidern aus Wirtschaft, Politik und Gesellschaft. Nirgendwo sonst kamen – ohne die lästige Anwesenheit von Presse oder selbst ernannten Interessenvertretern – so viele Staatschefs, Konzernlenker, Militärs, Medienmogule und Spitzenlobbyisten zusammen, und das ganz ungezwungen. Im Halbdunkel blieb dabei, wer eigentlich genau hinter dem Bilderberg steckte, welche Motive die Veranstalter verfolgten, worin ihr Interesse lag … Doch Van Straaten hatte lange genug auf die Auszeichnung einer Einladung zu dieser Konferenz gewartet, um kritisch nachzufragen. Er genoss es überdies, der mutmaßlich Erste zu sein, der zweimal hintereinander eingeladen wurde (obwohl das de facto nicht nachprüfbar war).

Ein Ausweis war zum Check-in nicht nötig. Die Einladungskarte genügte völlig. Es war klar, dass das Personal die Konterfeis aller geladenen Gäste hatte studieren müssen. Tatsächlich begrüßte ihn der Portier mit »Guten Abend, Herr Professor Van Straaten«, ohne überhaupt auf die Karte zu schauen. »Es ist uns eine Ehre, Sie im *Chalet Blanc* begrüßen zu dürfen.«

»Danke. Ich nehme an, Sie haben ein Programm für mich?«

»Sehr wohl.« Der Portier schob einen verschlossenen Umschlag mittlerer Größe über den Tisch, auf dem lediglich »Prof. Dr. Bernhard Van Straaten« stand. »Wir haben Ihnen die Suite Nr. 315 reserviert. Ich hoffe, es ist alles nach Ihren Wünschen. Falls Sie etwas brauchen, rufen Sie jederzeit nach mir. Ihr Gepäck müsste bereits oben sein.« Ein Räuspern. »Entschuldigen Sie, Herr Professor, einer unserer anderen Gäste hätte Sie gerne gesprochen. Er wartet hier in der Halle.« Der Portier deutete diskret in den Raum, der sich hinter Van Straaten auftat. Der Manager nickte, nahm den Umschlag und die Zimmerkarte entgegen und warf einen Blick in das Foyer, das in typisch schweizerischer Art rustikal und auf feudale Art familiär eingerichtet war. Natürlich war das Haus an diesem Abend sehr belebt, hier in der Lobby trieben sich aber vor allem Security-Leute herum. »Am Tisch hinten links«, sagte der Portier leise.

Tatsächlich erkannte Van Straaten den Europa-Abgeordneten Braunmühl, der so verdruckst in seiner Ecke saß, dass es aussah, als müsste er dringend zur Toilette. Unter anderen Umständen wäre es ein absolutes No-go gewesen, dass sich der Ausschussvorsitzende für Energiefragen des Europa-Parlaments und der Vorstandsvorsitzende eines der größten einschlägigen Unternehmen zu einem Gespräch unter vier Augen an einem öffentlichen Ort trafen. Doch die Bilderberg-Konferenz war der verschwiegenste »öffentliche« Ort der Welt, und niemand würde sich über solcherlei Kontakte beschweren, da alle doch nur wegen genau dieser Art von Treffen hier waren.

»Schön, dass Sie es einrichten konnten, Herr Braunmühl«, begrüßte Van Straaten den EU-Parlamentarier. »Wie geht es Ihrer Frau?«

»Na ja, was soll ich sagen? Sie geben ihr jetzt etwas, das gegen die Schmerzen hilft.«

»Das ist gut. Ich habe ihr ein paar Blumen geschickt. Sie wissen ja, wie sehr mir ihr Wohl am Herzen liegt.«

»Danke, Herr Van Straaten. Das ist sehr nett.«

»Es ist das Mindeste, was ich tun kann. Sie soll wissen, dass wir alle an sie denken.«

»Danke«, wiederholte Braunmühl, und Van Straaten hörte genau, dass er weich geworden war. Braunmühls Schwäche war seine Frau. Er liebte sie wirklich. Und es war Van Straaten klar, dass er sie nur noch kurz haben würde. Der Krebs hatte sie inzwischen fast vollständig aufgefressen, er kannte die letzten Befunde. Er wusste, dass die Frau höchstens noch ein paar Wochen leben würde. Braunmühl ahnte das nur. Er hoffte noch.

»Also, hören Sie, Herr Braunmühl, es gibt da ein Problem mit der Vorlage von Böhm.«

»Aber die Abstimmung ist nächste Woche.«

»Ich möchte Sie bitten, eine Verschiebung zu beantragen.«

»Das wird schwierig …«

»Sie wollen doch auch ein Gesetz, das Ihnen der Europäische Gerichtshof nicht gleich wieder kassiert?«

»Natürlich. Aber in einer Woche – das ist sehr eng.«

»Nicht wenn die anderen Fraktionen mitspielen.«

»Die werden wir nicht alle bekommen. Die Sozialisten …«

»Die Mehrheit genügt völlig«, unterbrach Van Straaten ihn ungeduldig. »Und die Sozialisten spielen mit. Unterbreiten Sie den Vorschlag bitte dem Fraktionsvize.«

»Dem der Sozialisten?«, fragte Braunmühl entgeistert.

»Aber sicher. Ihren eigenen sollten Sie schon selbst im Griff haben.«

»Natürlich.« Braunmühl räusperte sich und musterte aus den Augenwinkeln das Foyer. »Aber was ist denn eigentlich das Problem?«

»Ganz unter uns, Herr Braunmühl, Böhm hat sich nicht genug um die Kompensationsfrage gekümmert.«

»Kompensation? Für wen?«

»Für unsere Freunde natürlich. Sie sollen auf Milliardeneinnahmen verzichten. Das muss kompensiert werden. Mindestens. Wenn die Vorlage stimmt, sollte aus dem Ausstieg ein vernünftiger Überschuss folgen.«

»Sie meinen, die Konzerne verdienen daran, dass sie keinen Strom mehr liefern?«

»Wenn Sie es so ausdrücken wollen … Aber wie gesagt, das muss noch klarer im Gesetzentwurf verankert werden. So wie es jetzt ist, ist es Mist. Wir brauchen noch zwei Wochen. Minimum.«

»Zwei Wochen.« Braunmühl seufzte. »Also gut. Ich werde mein Bestes tun.«

»Danke, Herr Braunmühl. Und grüßen Sie Ihre Frau.«

»Ja. Und Sie die Ihre.«

Van Straaten ließ den Abgeordneten stehen wie einen Schuljungen. Als sich die Aufzugtür hinter ihm schloss, sah er gerade noch die amerikanische Außenministerin durch den Eingang treten. Neben ihr zappelte hündisch der Chef einer der größten deutschen Tageszeitungen. Ein Knurren entkam Van Straaten. Er schätzte es nicht, wenn geborene Lakaien zum Zirkel der wirklich einflussreichen Menschen hinzugeladen wurden.

*

Klosters, 23. Mai 2012, 00:01 Uhr

Das E-Mail-Postfach war voll. Doch von Nikolai kein Lebenszeichen. Und ihre Mutter hatte sich geweigert, mit ihr zu sprechen. Als könnte sich eine von ihnen durch das Telefon mit einer tödlichen Krankheit infizieren. Die Panik jedenfalls wirkte langsam ansteckend auf Tatjana. Was war nur in St. Petersburg passiert? Und was geschah gerade mit ihrem Leben? Sie war überfallen worden, in der Botschaft hatte sich jemand an ihren Sachen zu schaffen gemacht, dann die seltsame Warnung der Frau vorhin ... Am meisten machte sie der Umstand nervös, dass sie das Gefühl hatte, die Fäden ihres eigenen Lebens nicht in der Hand zu halten. Mit einem unguten Gefühl im Bauch wählte sie die Nummer ihres alten Handys. Es klingelte nur einmal, dann hörte sie die Stimme der Frau, mit der sie schon früher gesprochen hatte. »Ich hatte nicht damit gerechnet, dass Sie sich so schnell melden würden. Sie sind in der Schweiz?«

»Woher ...« Natürlich, die Vorwahl war auf dem Display zu sehen. »Hören Sie, ich brauche Ihre Hilfe.«

»Interessant«, sagt die Unbekannte leise. »Und wie sollte ich Ihnen helfen?«

»Es ist etwas mit meiner Familie geschehen. Ich weiß nicht genau, was. Aber weder meine Mutter noch mein Bruder sind zu erreichen.«

Die Fremde zögerte einen Augenblick. »Und Ihr Vater?«

»Er ist angeblich von der Polizei geholt worden.«

»Angeblich? Wer ist Ihre Quelle?«

»Meine Mutter. In unserem letzten Telefonat. Vor fünf Tagen.« Tatjana holte Luft. Warum erzählte sie das alles?

»Und Sie glauben ihr nicht?«

»Meiner Mutter? Natürlich glaube ich ihr. Ich bin nur nicht sicher, ob es wirklich die Polizei war. Sie kennen meinen Vater nicht. Er ist so korrekt wie ein Dorfpfarrer. Ich meine, er ist der anständigste Mensch der Welt …«

»Ich kenne Ihren Vater. Aber Sie kennen offenbar keine Dorfpfarrer. Ich werde sehen, was wir für Sie tun können, vorausgesetzt, Sie sind Ihrerseits bereit, uns zu unterstützen.«

Tatjana starrte in die Nacht. Es war klirrend kalt geworden. Sie stand etwas abseits des Hotels am Rande eines Parkplatzes, der von bewaffneten Sicherheitskräften bewacht wurde. »Kann ich Ihnen vertrauen?«, fragte sie schließlich. Natürlich konnte sie ihr nicht vertrauen. Wie sollte sie. Die Worte der unbekannten Frau im Hotel vorhin kamen ihr wieder in den Sinn: *Auch die, die sich selbst für die Guten halten, sind nicht nur gut. Jeder verfolgt da seine eigenen Interessen.* Aber musste sie nicht jede Möglichkeit nutzen, um das Heft des Handelns wieder in die Hand zu bekommen?

»Das werden Sie herausfinden müssen, Tatjana Lossowa. Es ist jetzt null Uhr fünf. Wir beenden das Gespräch.«

Im nächsten Augenblick war die Leitung unterbrochen. Tatjana starrte auf das erlöschende Display des Telefons. Nein, dachte sie, sie hat es nicht gesehen. Auch wenn sie aus dem Ausland anrief, würde nur die deutsche Nummer auf dem Gerät des Gesprächspartners angezeigt. Die Journalistin hatte es aus anderen Gründen gewusst, dass Tatjana in der Schweiz war. Verwirrt steckte sie das Handy ein und wandte sich wieder dem Gebäude zu. Hinter ihr stand ein Mann, so unvermittelt, dass sie beinahe geschrien hätte. »Sind Sie Gast des Hotels?«, fragte er, die Hand an der Maschinenpistole.

*

Das *Caprizzi* war schlecht besucht. Vielleicht war das ja dem Umstand geschuldet, dass in der Stadt die Konferenz stattfand. Überall war Polizei, und es hieß, etwas zurückgezogen in den Bergwäldern habe sich sogar das Schweizer Militär postiert, um jedwede Gefahr zu bannen. Die Einwohner von Klosters wussten nicht, weshalb sich ihr Örtchen in eine Festung verwandelt hatte, sie spürten nur die Auswirkungen: Wer immer einen Fuß vor die Tür setzte, wurde kontrolliert. Zwei Tage würde die Konferenz dauern. Doch auch das wusste niemand. Entsprechend schossen die Spekulationen ins Feld: Es wurde über Terroristen spekuliert, die sich im Ort verschanzt haben sollten, über eine groß angelegte Razzia gegen Menschenhändler, gegen Drogenhändler oder gegen Asylmissbrauch. Schweizer Paranoia. Auf den »Bilderberg« kam niemand. Es hatte auch noch kaum jemand von ihm gehört.

Es war Viertel vor eins, als sich aus dem Halbdunkel, in dem die Eingangstür des *Caprizzi* lag, Tatjanas schlanke Silhouette abhob. Sie warf ihr Haar über die Schulter und setzte ein strahlendes Lächeln auf, als sie zu Matthew an die Bar kam. »Wie war deine Fahrt?«

»Es war eher ein Flug. Auf vier Rädern. Die Reifen kann er vermutlich wegschmeißen. Und bei dir?«

»Oh, ganz nett, vermute ich. Ich habe nicht besonders darauf geachtet.«

»Das wäre dir als Beifahrerin von Van Straaten nicht gelungen. Der Mann braucht einen Waffenschein, keinen Führerschein.«

»Gott, bist du immer so zickig? Dann sehe ich mich lieber gleich nach anderer Gesellschaft um.« Tatjanas Lächeln war verflogen. Stattdessen hatte sie eine Augenbraue gehoben und musterte Matthew wie ein seltsames Insekt. Sie winkte dem Barmann. »Einen Gin Tonic, bitte.«

»Tut mir leid. Ich hatte schon zwei Drinks«, entschuldigte sich Matthew. »Schätze, das war für meine Laune nicht so richtig gut.«

»Ich konnte nicht früher weg.« Sie würde ihm nicht sagen, dass Mike Wörner die idiotische Angewohnheit hatte, jedes Hotelbett zuerst mit ihr testen zu müssen. An ihr traf es wohl besser. Und dann noch das Telefonat mit der Unbekannten, die es auf die Unterlagen ihres Vaters abgesehen hatte …

»Schon gut. Ich bin ein Glückspilz, dass es überhaupt geklappt hat.« Auch er war erst ein paar Minuten nach Mitternacht hier aufgelaufen, nachdem er im Hotel ohne Vorankündigung ein bemerkenswertes Angebot erhalten hatte. Einen Moment lauschten sie beide auf Sade, die im Hintergrund den *Smooth Operator* beschwor, ehe Tatjanas Drink kam und sie anstießen.

»Van Straaten ist zum zweiten Mal dabei, habe ich gehört«, sagte Tatjana und zog Matthew zu einem Tisch in der Nähe.

»Van Straaten ist eine richtig große Nummer.« Matthew versuchte, sich so zu setzen, dass er das Lokal und auch Tatjana im Blick hatte. Sie registrierte es genau.

»Warum eigentlich?«, fragte sie. »Nach meinen Unterlagen ist er nur der Vorstandschef eines mittelgroßen Industriekonzerns und in zwei Aufsichtsräten engagiert.«

»Das sind seine offiziellen Jobs«, bestätigte Matthew.

»Aber wenn ich das richtig überblicke, dann sitzt er wie die Spinne im Netz einer großen Gruppe von weltweit agierenden Unternehmen. Er hat seine Möglichkeiten genutzt.«

»Wenn du das richtig überblickst? Warst du nicht sein PR-Berater?«

»Du bist gut informiert! Trotzdem, Van Straaten vertraut niemandem. Er behält seine Geheimnisse für sich«, erklärte Matthew und beobachtete ein in der Nähe tanzendes Pärchen. »Außerdem war ich eher ein Mädchen für alles. Und trotzdem überrascht er mich immer wieder, was er alles macht und wo er überall mitmischt.« Er wandte sich wieder Tatjana zu und zuckte entschuldigend mit den Schultern. »Vielleicht war ich einfach nicht lange genug dabei.«

»Hm. Und womit hat er es zu dieser Bedeutung gebracht? Ich meine: Was ist seine Ware?«

»Seine Ware? Er selbst.« Matthew betrachtete die schillernde Flüssigkeit in seinem Glas, in der sich die Lichter des Clubs funkelnd brachen. »Er selbst ist sein Angebot. Er hat sich für viele Chefs als Mastermind unentbehrlich gemacht. Ich würde zu gern seinen Vortrag hören.«

»Tja, das wird wohl nichts«, stellte Tatjana fest und nahm einen Schluck Gin Tonic. »Die Ohren, die diesem Vortrag lauschen dürfen, kannst du fast an den Fingern abzählen.«

»Dein Chef ist dabei, vermute ich?«

»Ich würde sagen: Van Straaten hält den Vortrag im Wesentlichen für ihn.«

»Dann muss man Mike Wörner wohl im Auge behalten.«

*

Als sie vier Stunden später ihre Kleider zusammensammelte und sich so weit wiederherstellte, dass sie über den Flur in ihr Zimmer huschen konnte, fühlte sie sich schmutzig. Nicht weil sie, ohne zu zögern, die Gelegenheit zu einer Affäre mit Matthew genutzt hatte, sondern weil er sie mit seiner zärtlichen, einfühlsamen Art daran erinnerte, wie wenig Aufmerksamkeit ihr die Männer, mit denen sie sonst ins Bett stieg, zukommen ließen – speziell Mike Wörner. Matt war anders. Er gab ihr das Gefühl, dass sie ihn auch als Mensch interessierte, obwohl sie sich da keine Illusionen machte. Seine Hände waren sanft, sein Blick voll Wärme. Hach, sie hätte sich in ihn verlieben können, wenn ihr Leben so etwas wie Liebe nicht kategorisch ausgeschlossen hätte. Ja, es gab Dinge, die in ihrer Gegenwart keinen Platz hatten. Die Liebe gehörte dazu. Aber ab und zu davon träumen zu dürfen …

Sie streckte den Kopf aus der Tür und blickte den Flur hinab – gerade in dem Moment, in dem aus einer anderen Tür eine Bahre getragen wurde, auf der eine Frau lag. Ihr blondes Haar fiel über das Kopfende der Trage, die Augen waren geschlossen, der Körper mit einem Tuch bedeckt. Erschrocken stellte Tatjana fest, dass es sich um die Frau handelte, die vor wenigen Stunden an ihre Zimmertür geklopft hatte. Unwillkürlich gab Tatjana ein leises Geräusch von sich. Einer der Männer, die die Unbekannte trugen, blickte zu ihr herüber, dann griff er nach dem Tuch und streifte es eilig über den Kopf. Mit der Wucht eines Faustschlags wurde Tatjana bewusst, dass die Frau tot war.

Als sie wenig später unter der Dusche stand, drängte sie das Bild beiseite. Jemand war gestorben, das kam immer und überall vor. Hatte es mit ihr zu tun? Weshalb sollte es? Es war paranoid, alles auf sich selbst zu beziehen. Aber warum hatte die Frau sie gewarnt? Und vor wem? Vor der anderen Unbekannten, die ihr Handy besaß und kaum weniger obskur klang? War es überhaupt eine Warnung gewesen – oder hatte sie ihr gedroht? Tatjana versuchte, sich die Worte der Toten ins Gedächtnis zu rufen. *Es sind ziemlich viele Menschen auf Sie aufmerksam geworden. Das sind nicht alles Engel. Jeder verfolgt da seine eigenen Interessen.* Sie schauderte, presste die Arme um ihren Leib, zog den Kopf zwischen die Schultern und gab sich ganz dem Prasseln des warmen Wassers hin. Ihr Körper versuchte, sich an Matts Berührungen zu erinnern. Ihr war kalt, sie war übermüdet. Aber das Prickeln konnte sie immer noch fühlen. Und Matt? Verfolgte auch er eigene Interessen?

Da an Schlaf nicht mehr zu denken war, machte sie sich mit dem Wasserkocher, der zum Service gehörte, einen Instantkaffee und dann noch einen und vertiefte sich in ihre Akten. Der Umbruch in der Energiewirtschaft machte der Firma zu schaffen – und vor allem Wörner. Er war derjenige, der auf die konventionellen Methoden setzte. Weil sie erforscht waren. Weil sie sicher waren. Weil sie funktionierten. Leider waren sie eines nicht mehr, was im Business vor allem anderen zählte: Sie waren nicht mehr berechenbar. Jahrzehntelang hatten die externen Mitarbeiter in Bonn, Berlin und Brüssel die Politik in der Hand gehabt. An der kurzen Leine geführt, traf es wohl besser. Es gab keine energiepolitische Entscheidung, die den Volksvertretern nicht wortwörtlich von der Lobby diktiert worden wäre. Vor ihrem Job bei Spector Powell PPM hatte Tatjana für einige Monate ein Praktikum in einer der führenden Wirtschaftskanzleien Londons absolviert, Brown Stitchfield, einem Unternehmen mit Büros an weltweit vierzehn Standorten, mit über zweihundert Partnern und mindestens dem Doppelten an angestellten Anwälten und Wirtschaftsprüfern und derselben Anzahl an externen Profis aus Wissenschaft und Lehre. Wer Gesetze beeinflussen wollte, konnte die Ochsentour machen und sich durch verqualmte Hinterzimmer von Landgasthöfen arbeiten, konnte jahrelang nach oben buckeln und nach unten treten, konnte Akten tragen und seine Stimme an mächtigere Amtsträger verpachten, konnte die Drecksarbeit machen, sich mit Lokalpolitik, Verwaltungskram und den schmutzigen Details der Personalpolitik befassen. Oder er konnte die ausgekochtesten Anwälte der Welt beauftragen, sich brillante Gutachten schreiben lassen und mit den Fraktionschefs und parlamentarischen Geschäftsführern in die besten Restaurants gehen. Tatjana hatte in ihrer kurzen Karriere genug gesehen, um verstanden zu haben, dass letzterer Weg nicht nur der weitaus angenehmere, sondern vor allem der wesentlich effizientere war. Wer Politik nach seinem Sinne machen wollte, der führte ein straff organisiertes Herr von Spezialisten, deren Gesetzentwürfe so ausgeklügelt und komplex waren, dass die Referenten, die später dafür mit ihrem Namen stehen würden, nicht wagten, sie in Zweifel zu ziehen. Keiner hatte auch nur annähernd die Kompetenz, vor allem aber fand keiner auch nur im Entferntesten das Gehör, das einer Top-Kanzlei mit ihrem Stab an Profis geliehen wurde.

Wörner hatte den Ausstieg aus der Kernenergie verschlafen. Er versuchte das seit Monaten zu überspielen, indem er so tat, als könne er vorhersehen, dass der Wiedereinstieg nur eine Frage der Zeit, vor allem: kurzer Zeit sei. Dann, so seine These, sei BraunTec gewappnet wie kein anderer Konzern auf dem Kontinent. Im Umkehrschluss hieß das, dass kein anderer Konzern in eine vergleichbare Schieflage geraten war, als Politiker gegen jeden guten Rat entschieden, ein vermeintlich ökologisches Gewissen zu entdecken. Tatsächlich war eine große Schlacht entschieden worden, eine Schlacht, die sich hinter den Kulissen zugetragen hatte. Und je länger der Status quo andauerte, umso mehr fragte sich Tatjana, ob es nicht tatsächlich ein Krieg gewesen war, der entschieden worden war. Ein Krieg widerstreitender Interessen zwischen den mächtigsten Energiekonzernen des Kontinents, ja, des gesamten Planeten.

Was Wörner in seinem Paper zum *Export von Technologie-Know-how in die Schwellenländer* geschrieben hatte, war so lahm, dass es Tatjana schwerfiel, wach zu bleiben. Ihr Chef wollte die alten Atomanlagen von BraunTec in China, Taiwan, Brasilien und Südafrika nachbauen. So konnte er zumindest aus dem Wissen um das Betreiben von Kernkraftwerken noch Ertrag ziehen. Was er nicht bedachte, war, dass es BraunTec nicht brauchte, um Kernkraftwerke auf die grünen Hügel Afrikas oder ins Südchinesische Meer zu stellen. Das machten die Anlagenbauer ganz allein – und mit moderneren Mitteln. Als Betreibergesellschaft würde man BraunTec auch nicht benötigen. Das Geschäftsmodell ihres Ladens war einfach rettungslos veraltet. Es würde nicht lange dauern, bis auch das Geld dies durchblickte und floh. Dann würde es mit dem ohnehin schwächelnden Aktienkurs in den Sturzflug gehen, mit vernichtenden Konsequenzen. Tatjana schüttelte den Kopf, weil sie nicht nachvollziehen konnte, wieso ein Mann mit Mike Wörners Fähigkeiten das nicht durchschaute. Dabei hatte die ganze Situation durchaus etwas Tragisches. Denn es war keineswegs der sicherere, umweltverträglichere, friedlichere Weg, aus der Atomenergie auszusteigen und in Öl und Gas zu investieren. Nicht wenn man wusste, was Tatjana wusste.

*

Als sie die Tür hinter sich zugezogen hatte, war er aus dem Bett geschlüpft und hatte sich etwas übergezogen. Der Duft ihres Parfums hing noch in seiner Wäsche, sie hatte ihre Kleider einfach auf seine geworfen. Er musste grinsen, als er den

Computer wieder hochfuhr. Das Kabel hing noch an der Seite, das hatte er vergessen. Kein Wunder bei dem Zustand, in dem er sich vor wenigen Stunden aus dem Bett gekämpft hatte, als sie endlich kurz weggenickt war. Jetzt rief er die Daten auf, die er von ihrem Smartphone gezogen hatte, und pfiff leise durch die Zähne. Ein Adressbuch wie das *Who's Who*, jede Menge E-Mails, es würde Tage dauern, sie alle zu sichten, und ein Berg Dokumente, darunter etliche Scans von firmeninternen Papieren, für die die Konkurrenz mit Sicherheit ein Vermögen zu zahlen bereit gewesen wäre. Matthew spürte, wie sich die Härchen an seinen Armen aufstellten. Er fragte sich, ob all diese Informationen wirklich zum Aufgabenbereich Tatjanas gehörten. Konnte es sein, dass Wörner ihr zu so viel vertraulichem Material Zugang gewährte? Oder spionierte er hier womöglich gerade den Spion aus?

Er zog eine Sicherungskopie auf einen USB-Stick, verschlüsselte sie, zog den Stick ab und versteckte ihn in seinem Schuh, ehe er unter die Dusche stieg. Sein Körper fühlte sich wie durchgeknetet an – was er ja auch irgendwie war. Es war eine so wunderbare Art von Erschöpfung, dass er gute Lust gehabt hätte, sich nach dem Duschen nochmal aufs Ohr zu legen. Doch daran war nicht zu denken. Er öffnete das Fenster, um frische Luft hereinzulassen. Natürlich hatten sie ihm ein Zimmer nach hinten gegeben, der grandiose Bergblick war den wirklich Wichtigen vorbehalten. Tief atmete er die eisige Luft des frühen Morgens ein und streckte sich. Im Hof stand ein merkwürdiger Kombi in einem Silberton. Erst als die Klappe von einem Mann in dunkelgrauer Uniform geöffnet wurde und zwei andere Männer etwas hineinschoben, wurde ihm klar, dass es sich offenbar um einen Leichenwagen handelte. Sie hatten eine Bahre verstaut, schnell, effizient, diskret. Und auf der Bahre eine Leiche. Rasch schloss Matthew das Fenster, als könnte er sich dadurch vor dem Tod schützen, und verscheuchte die trüben Gedanke, die in ihm hochkommen wollten. Er hatte jetzt Wichtigeres zu tun, als über unbekannte Tote zu grübeln.

Er setzte sich wieder an den Laptop. Während der Nacht war bereits ein Dutzend E-Mails aus der Firma eingegangen, die Mehrzahl davon mit dem Vermerk »dringend«. Er klickte sich durch die diversen Nachrichten: Und doch fand Matthew Meyer sich wenige Minuten später bereits wieder in den persönlichen Daten von Tatjana Lossowa, genauer gesagt in ihren Bilddateien. Fasziniert sah er sich die Fotos an, die eine ganz andere Tatjana zeigten: Wo er eine toughe Businessfrau kennengelernt hatte, bei der das Kostüm von Chanel und die Slips von Chantelle waren, entdeckte er jetzt ein blondes Mädchen, das erwachsen geworden war, aber immer noch mit dickem Wollpulli und Pudelmütze lachend an Papis Arm durch den Schnee stapfte. Er sah eine Tatjana, die sich an einem lächerlich überladenen Esstisch mit der einen Hand einen Blini in den Mund stopfte, während die andere ein Weinglas hielt. Eine Tatjana, die im Jogginganzug auf einem unaufgeräumten Bett saß und durch eine dicke Brille ihren Computer anstarrte. Überwiegend natürlich Fotos, auf denen nicht sie abgebildet war, sondern irgendwelche Menschen, die Matthew nicht kannte. Fast hatte er ein schlechtes Gewissen, dass er das alles betrachtete, Bilder, die sie für sich selbst ausgewählt hatte, nicht für andere. Einvernehmlicher Sex war eine Sache, heimliches Eintauchen in die Privatsphäre eines Menschen aber eine ganz andere. »Es ist nicht persönlich«, murmelte er. »Es geht nur ums Geschäft.«

VIER

Klosters, 23. Mai, 07:52 Uhr

Der Kaffee, den er sich aufs Zimmer hatte bringen lassen, schmeckte wie aus dem Klärwerk gezapft. Natürlich lag es nicht am Kaffee, sondern an seinen Geschmacksknospen, die er die ganze Nacht hindurch mit Whisky gequält hatte. Er trank noch einen Schluck, den Rest ließ er stehen. In einer Viertelstunde würde er nach unten gehen und sich eine Massage gönnen. Danach duschen, ein leichtes Frühstück zu sich nehmen, ein paar Eier, etwas Speck, um wieder Tempo aufzunehmen. Vielleicht hätte er den kurzen Rest der Nacht doch noch auf dem Schloss im nahen Vaduz verbringen sollen. Aber nachdem er seine Sachen schon nach Klosters hatte schaffen lassen, hatte er im Wagen von Zürich aus ein Nickerchen gemacht und dann in den frühen Morgenstunden im *Chalet Blanc* eingecheckt. Nervös sah Hansjürgen Schneider auf die Uhr. Drei Minuten vor acht. Endlich der Wetterbericht und dann die Schalte ins Nachrichtenstudio. Natürlich waren die neuen Umfragen der Aufmacher. Schneider drehte den Ton des Fernsehens lauter. »… werden die Zweifel an der Wahlkampfstrategie der Regierung immer größer«, leierte der Moderator vom Teleprompter herunter. »In Berlin ist uns jetzt mein Kollege Marc Rogner zugeschaltet. Marc, wie ist die Stimmung im Regierungslager?«

»Guten Morgen nach Hamburg. Nun, zu unserer Überraschung scheint man hier mit diesen Umfragewerten gerechnet zu haben. Vor wenigen Minuten hat der Pressesprecher von Bundeskanzler Martin Thanner einige Sätze dazu gesagt.«

Jetzt würde es darauf ankommen, was sich Doc Meyer überlegt hatte und ob Thanner sich daran hielt. Schneider spürte ein leichtes Ziehen in der Magengegend, weil Thanner nicht selbst vor die Presse getreten war, sondern seinen PR-Fuzzi geschickt hatte. »Mach deine Sache bloß gut, du Sandkastencowboy«, knurrte Schneider den Mann auf dem Bildschirm an, der erklärte: »Natürlich kann es nicht das Interesse einer Partei oder einer Koalition sein, Wähler zu verlieren. Uns war es aber wichtiger, unseren Kurs klar zu definieren, als es allen recht zu machen und von allen dafür geliebt zu werden. Während die Opposition mit Wahlgeschenken um sich schmeißt und sich vor allem um die eigene Beliebtheit kümmert, haben wir daran gearbeitet, glaubwürdig und zuverlässig zu sein. Von uns wird es keine falschen Versprechungen geben. Alle, die das jetzt schon verstanden haben und lieber eine solide und verlässliche Politik haben wollen als Luftschlösser, sind in den 26 Prozent enthalten, die die aktuellen Umfragen für uns sehen. Das sind Wählerinnen und Wähler, die wissen, was sie wollen, und die wissen, dass sie das auch bekommen. Diese 26 Prozent sind uns sicher. Von jetzt an können wir daran arbeiten, auch die anderen, noch unentschlossenen Wähler zu überzeugen.«

Schneider war für einen Moment hin- und hergerissen. Sollte er dieses Gefasel für Scheiße halten, oder war etwas dran an dem Sermon? Sein Bauch sagte ihm, dass dieses Statement womöglich nicht so schlecht gewesen war, wie es sich anhörte.

»Der Kanzler räumt also die Verluste ein und sieht das trotzdem positiv?«, fragte der Studiomoderator nach.

»Genau das. 26 Prozent, das sei zwar laut dem Sprecher

der Bundesregierung zu wenig, aber das seien harte Wähler. Er hat damit den Ball zur Opposition zurückgespielt, deren Umfragehoch für ihn das Ergebnis leerer Versprechungen ist. Tatsächlich belegt eine andere Umfrage, die dem Vernehmen nach in den nächsten Tagen veröffentlicht werden soll, dass viele der Befragten sich zwar für die Opposition ausgesprochen haben, ihre Wahl aber überwiegend strategisch sehen.«

»Das heißt?«, fragte der Moderator.

»Das heißt vor allem, dass die Opposition sich auf ihre Stimmen bis zuletzt nicht verlassen kann.«

Schneider lachte laut auf und schaltete den Fernseher aus. »Perfekt«, grunzte er. »Noch mal gut gegangen. Aber dieses Risiko werden wir nicht mehr fahren.« Er würde Meyer auf eine Zigarre einladen. Aus zwei Prozent minus eine positive Meldung zu machen war ein Kunststück, das auch alten Haudegen nicht oft gelang. Er musste ihn unbedingt fragen, wie er diese andere Studie in die Berichterstattung eingespeist hatte, die »dem Vernehmen nach in den nächsten Tagen veröffentlicht werden« solle. Was für ein genialer Coup. Meyer war genau das, was die Kampagne brauchte, Schneider war froh, ihn Van Straaten abgeworben zu haben. »Tendenz steigend«, knurrte er voll wohligem Ingrimm. Dann nahm er sich ein Handtuch und fuhr hinunter ins Spa, wo er sich von einer der überaus appetitlichen Hostessen unter die Hände eines sportlichen Kleiderschranks manövrieren ließ. »Greifen Sie zu, junger Mann«, sagte Schneider. »Sie kneten gleich reine Energie.«

*

Von: tatjana.lossowa@voxcom.net

An: nikolai1979@rumusic.com

Betreff: Wo bist du? Melde dich!

*

Neben mehreren Hundertschaften Polizei waren in Klosters alle westlichen Geheimdienste mit Einsatzkommandos vertreten, darunter offiziell, das heißt, bei der Schweizer Regierung angemeldet, der CIA, der BND, MI6, die Auslandsgeheimdienste von Italien, Schweden und den Niederlanden. Nicht offiziell angemeldet, aber von offizieller Seite geduldet, waren der Mossad und der russische FSB. Daneben waren einschlägige Einheiten bulgarischer, serbischer und australischer Geheimdienste vertreten. Damit bildeten die verdeckten Operateure im Wesentlichen die Hauptakteure der Veranstaltung ab. Die Präsidenten mehrerer Mittelmächte waren gekommen, die Außenminister der USA, Frankreichs und Brasiliens, hochrangige Ressortminister aus Deutschland, den Niederlanden und der Türkei, sieben der vierzig international einflussreichsten Konzernchefs, hochrangige Militärs aus Russland, Indonesien und Kanada, zwei Kardinäle der römisch-katholischen Kirche, Spitzendiplomaten aus Spanien, Peru, Südafrika und Neuseeland, einer der führenden Regisseure Hollywoods, mehrere Vertreter des europäischen Hochadels, der japanische Kronprinz, etliche einflussreiche Bankiers, Ökonomie-Professoren aus Princeton und Brüssel, einige wenige Top-Journalisten, die – genauso wie alle anderen Teilnehmer an der Konferenz – schriftlich zusichern mussten, dass sie nichts, was hier besprochen wurde, im Wortlaut an Dritte berichten würden. Es galt die sogenannte Chatham House Rule: Niemand würde persönlich zitiert werden, niemand würde auf direkte inhaltliche Fragen antworten, es herrschte ein strenges Regime der Vertraulichkeit.

Das Tagungshotel war für Nichtteilnehmer gesperrt. Wer Zutritt begehrte, wurde abgewiesen. Mehrere Unbelehrbare würden bis zum Ende der Konferenz im Gewahrsam der Schweizer Kantonspolizei landen: Es gab in jenen drei Tagen keinen sichereren Platz auf dem Planeten als Klosters. Wer immer an der Bilderberg-Konferenz teilnahm, betrachtete dies als eine Krönung seines professionellen Daseins und oft als Höhepunkt des irdischen Lebens. Dies galt auch für manchen gewählten Volksvertreter, der sich durch die Tatsache, dass ihn ein von einem obskuren Gremium berufener »Vorsitzender« nebst seinen beiden »Generalsekretären« ausersehen hatten, an diesem Treffen der Wichtigen und Mächtigen teilzunehmen, geehrter fühlte als durch die Tatsache, dass ihm Millionen »einfacher« Menschen ihre Stimme gegeben hatten, auf dass er seine Stimme für sie erhebe.

136 Teilnehmer hatte die Konferenz diesmal. Etwa die doppelte Anzahl an Assistenten, persönlichem Sicherheitspersonal und Mätressen bevölkerte das Hotel *Le Chalet Blanc*, sodass tatsächlich alle Zimmer ausgebucht waren. Das Personal durchlief bei jedem Dienstantritt einen ausgedehnten Security-Check – und bei Dienstende noch einmal. Im Basement des Hotels war dazu extra neueste Flughafentechnik aufgebaut worden.

Dabei waren alle Gäste der Bilderberg-Konferenz ausschließlich als »Privatpersonen« eingeladen. Es war ein Aspekt, auf den die Veranstalter größten Wert legten. Der Vorteil bestand darin, dass auf diese Weise niemandem gegenüber Rechenschaft abzulegen war. Wer als Privatperson reiste, sprach frei von diplomatischen oder institutionellen Zwängen. Vor allem aber musste er sich vor niemandem verantworten, an niemanden berichten, keinem Ausschuss Rede und Antwort stehen, sich von keiner Opposition befragen lassen, nichts rechtfertigen, was er sagte – wenn es tatsächlich einmal wörtlich an die Öffentlichkeit oder zu interessierten Kreisen vordrang. Daran arbeiteten hinter den Kulissen Hunderte von Agenten, die jedes gesprochene Wort mit ihren Richtmikrofonen und mit Hilfe der eingebauten und nicht entdeckten Empfängermedien akribisch aufzeichneten. Geheimdienste und privatwirtschaftliche Spione.

*

Während sich die Türen schlossen, ging draußen ein kräftiges Gewitter nieder. »Als wäre es bestellt«, scherzte einer der beiden Begleiter des Erbprinzen von Liechtenstein, der von allen Konferenzteilnehmern – neben Wirtschaftsminister Schneider – zweifellos die kürzeste Anfahrt gehabt hatte. Matthew zuckte die Achseln und checkte seine E-Mails. Der Empfang hier war miserabel. Es war ein offenes Geheimnis, dass die Veranstalter ihre Tagungsorte mit Störsendern umgaben, seit einmal ein deutscher Ressortminister mitten aus einer der Besprechungen heraus getwittert hatte. Eine gute Methode, sich für zukünftige Teilnahmen nachhaltig zu disqualifizieren.

Matthew war zufrieden mit dem Ergebnis des Schnellschusses, den er zwischen einer halsbrecherischen Anreise und einem leidenschaftlichen Rendezvous für Plöger gezaubert hatte, damit dieser den Bundeskanzler briefte. Und Schneider würde es auch sein. Er entschloss sich, aufs Zimmer zu gehen, da es mit einigermaßen anständiger Internetverbindung ausgestattet war. Hinter den mächtigen Türen im Erdgeschoss tagten die Konferenzteilnehmer. Mit Sicherheit gab es da drinnen einige Referenten, die tatsächlich etwas zu sagen hatten und die das auch taten. Matthew wäre zu gern dabei gewesen. Doch für einen Hiwi war vor der Tür Schluss. Und selbst hier wurde er vom örtlichen Wachpersonal beargwöhnt, als wäre er der abgeordnete Selbstmordattentäter von al-Qaida. Er schlenderte hinüber zu einer Sitzgruppe und legte sich bequem über die Armlehne, um die Nachrichten durchzuchecken. Nichts, was er nicht schon gewusst hätte. Eine Mitteilung poppte auf seinem Handy auf: »Zeit, kurz vorbeizukommen? Suite 315. VS.«

*

Die Räumlichkeiten waren luxuriös, aber nicht überladen, mithin ganz nach dem Geschmack Van Straatens. »Glücklich mit dem neuen Job?« Matthews Ex-Chef gab sich jovial, doch es war unverkennbar, dass er etwas im Schilde führte. Matthew kannte ihn lange genug. Und Glück gehörte definitiv nicht zu den Kategorien, in denen Van Straaten dachte.

»Oh, es ist natürlich spannend. Und ich gestehe, ich lerne ungemein viel.«

»Das freut mich zu hören.« Van Straaten presste eine Zitrone über seinem Carpaccio aus, vorsichtig darauf bedacht, sich nicht anzuspritzen. »Wissen Sie, dass wir ein gemeinsames Projekt haben?«

»Sie meinen West-Way?«

Van Straaten nickte.

»Ich war überrascht, dass ich das nicht schon erfahren habe, als ich noch bei Ihnen unter Vertrag war«, sagte Matthew und beobachtete Van Straaten sehr genau. Doch wie immer trug dieser ein absolut undurchschaubares Pokerface. »Wir sind nur mit der Sommersberg AG daran beteiligt. Normalerweise würde ich mich gar nicht persönlich darum kümmern.«

»Aber?«

»Aber es sind einige Schwierigkeiten aufgetreten, die es

unumgänglich machen, dass ich die Sache selbst in die Hand nehme.«

Matthew nickte. »Und gemeinsam ist dieses Projekt, weil …?«

»Weil es sowohl in unserem Interesse als Unternehmen ist als auch im öffentlichen Interesse. Es geht hier um die Gasversorgung von Millionen Menschen in Deutschland in den nächsten Jahrzehnten.«

»Und nun sollen wir die Öffentlichkeitsarbeit koordinieren, ja?«

»Ja, aber in eine ganz konkrete Richtung.«

»Und die wäre?«

»Es darf nichts nach außen dringen.«

Matthew musterte seinen ehemaligen Chef verblüfft. »Nichts worüber?«

»Ich möchte, dass Sie das Thema aus dem Wahlkampf heraushalten. Schneider steht auf der Kippe. Vielleicht hat er eine Chance durchzukommen, aber wenn die Opposition erst einmal die Sprengkraft dieses Themas wittert, dann hat sie ihn bei den Eiern.«

»Es ist schon eine Menge über dieses Projekt geschrieben worden. Nicht viel Gutes … Die *FAZ* hat das Ding ›Zündschnur‹ genannt, die *Süddeutsche* hat sich mit der Zeile ›Der lange Arm des Kreml‹ profiliert.«

»Gute Headline. Nun, das lässt sich nicht mehr rückgängig machen. Aber ab jetzt: *communication lockout*, verstanden?«

»Hm. Wie soll ich garantieren, dass wir das bis zu den Wahlen nicht auf die Tagesordnung bringen? Bringen müssen? Gut möglich, dass die Gegenseite schon seit Monaten an dem Thema baggert.«

»Dann lassen Sie sie baggern. Wenn es sein muss, versprechen Sie den Medien mehr Informationen, um sie noch ein wenig hinzuhalten.«

»Aber bis zur Wahl ...?«

»Nicht bis zur Wahl, Matthew. Nur bis wir so weit sind, mit dem Thema selbst rauszugehen. Verstehen Sie, wir haben hier nichts zu verbergen, wir müssen die Kommunikation aber gut vorbereiten. Und dazu brauchen wir einen Mann wie Sie.«

»Danke«, sagte Matthew. Aber er mochte nicht glauben, dass Leute wie Van Straaten und Schneider auf jemanden wie ihn angewiesen waren.

»Ich würde übrigens Schneider gerne unterstützen.« Van Straaten schenkte sich ein Glas Wasser ein, zögerte, hielt es dann Matthew hin, der es annahm, und griff nach einem weiteren Glas, das er füllte und in einem Zug leerte.

»Der Minister wird sich freuen, das zu hören.«

»Ich denke da an eine Wahlkampfspende von etwa zweihunderttausend.«

Matthew nickte anerkennend und nahm einen Schluck. »Das werden wir veröffentlichen müssen.«

»Es geht nicht an die Partei, sondern an den Direktkandidaten im Wahlkreis Detmold.«

»Wo liegt der Unterschied? Wie Sie wissen, ist es Schneider, der für Detmold kandidiert.«

»Kandidaten müssen ihre Spenden nicht veröffentlichen, Parteien schon.«

Matthew wiegte den Kopf. »Das können Sie bei fünftausend Euro machen. Von mir aus bei zehn. Aber nicht bei solchen Summen.«

»Finden Sie einen Weg, Matthew. Sie sind ein heller Kopf.«

Matthew seufzte. »Ich sehe zu, was ich machen kann.«

Es klopfte an der Tür. Van Straaten öffnete. Ein Mitarbeiter des Kongresses unterrichtete ihn in dezent-dringlichem Ton, dass er in wenigen Minuten mit seinem Vortrag an der Reihe sei. Van Straaten nickte. »Bin in einer Minute da.« Dann wandte er sich wieder zu Matthew und sagte, als wäre es ihm eben eingefallen: »Noch etwas.«

»Ja?«

»Können Sie mir eine Livereportage auf der Nordsee besorgen?«

»Auf der Nordsee? Sie meinen Cuxhaven? Oder Helgoland? Wattenmeer?«

»Ich meine das Meer, Matthew. Das offene Meer.«

»Oh. Was wollen Sie denn da?« Er räusperte sich. »Und vor allem, was hat das mit dem Bundeswirtschaftsministerium zu tun?« Es nervte ihn, dass Van Straaten sich benahm, als hätte er irgendwelche Rechte an Schneider. Und als wäre Matthew immer noch sein Mitarbeiter und nicht Spin-Doctor im Bundesministerium für Wirtschaft und internationale Zusammenarbeit.

»Keine Sorge, ich unterstütze Sie nur bei Ihrer Arbeit für Schneider«, erklärte Van Straaten, aber Matthew hörte förmlich, wie der Konzernboss auf der Sollseite ein Strichlein für ihn in seinem Kopf machte. »Es gibt da ein Problem mit einer der Gasplattformen. Ich denke, ein so brisantes Vorkommnis sollte am besten kooperativ kommuniziert werden.«

»Sprich, wir sagen, was Ihnen nützt?« Matthew kannte Van Straaten gut genug, um zu wissen, dass es ihm nicht um Schneider, sondern ausschließlich um eigene Interessen ging.

»Sie sagen gar nichts. Wir lenken nur gemeinsam etwas die Berichterstattung, damit die Geschichte nicht uns allen um die Ohren fliegt. Schneider geht zurzeit auf einem schmalen Grat. Da kann ihn jedes Lüftlein zum Absturz bringen. Von einem Sturm ganz zu schweigen. Passen Sie gut auf ihn auf. Von seinem Job hängt schließlich auch Ihrer ab.«

»Schon gut«, sagte Matthew und seufzte. »Also, eine Livereportage auf offener See. Sollte so schwer nicht sein, vorausgesetzt, die Story gibt etwas her. Denn für ein paar tote Fische fährt mir da keiner raus.«

»Keine Sorge. Für die Story sorgen wir schon. Es gibt einiges zu berichten. Leider. Ihr Kontakt soll sich in meinem Büro melden.«

Van Straaten nahm sein Jackett von der Garderobe, schlüpfte hinein, warf einen letzten Blick in den Spiegel und verließ die Suite.

»Alles klar«, murmelte Matthew, stellte sein Glas beiseite und folgte ihm nach draußen. Van Straaten war schnell. Ehe die Tür hinter Matthew zugefallen war, bog er schon um die Ecke des Flurs und verschwand Richtung Fahrstuhl. Einem Impuls folgend griff Matthew hinter sich und hinderte die Zimmertür daran, ins Schloss zu fallen. Es war nicht so, dass er einen speziellen Grund gehabt hätte. Aber irgendwie drängte es ihn plötzlich, sich noch einmal in Van Straatens Zimmern umzusehen. Er lehnte sich gegen die Tür, drückte sie wieder auf und verschwand in der Suite, in der noch der Fernseher lief. CNN, lautlos: wie immer bei Van Straaten.

Die Räumlichkeiten waren ordentlich, Van Straatens Bett schien nahezu unberührt. Außer dem geöffneten Wasser und dem Zimmerfrühstück, über das der Maple-Chef eine der emblembestickten Damast-Servietten gelegt hatte, herrschte strenge Ordnung. Der Laptop war nicht ganz zugeklappt. Im Halbdunkel des Schlafzimmers erkannte Matthew Meyer sofort, dass sich der Standby-Modus noch nicht eingestellt hatte. Er trat näher und streckte die Hand nach dem Gerät aus.

Doch anders, als er es vorgehabt hatte, drückte er den Deckel nicht runter, sondern öffnete den Laptop, der mit einem leisen Rauschen sofort wieder heller wurde. Kein Standby-Modus, kein Schutz durch das Passwort. Matthew konnte ungehindert in Van Straatens Dateien stöbern. Ohne zu wissen, was er eigentlich genau wollte, klickte er auf die Dateileiste und ließ den Blick über die Zeilen gleiten. An erster Stelle die Datei, die er zuletzt geöffnet hatte: »Vortrag BB«. Es war Van Straatens Rede, der Text, den außerhalb des erlesenen Kreises der Bilderberger niemand zu hören bekommen sollte. Matthew sah sich um. Jeden Augenblick konnte das Zimmermädchen hereinkommen und ihn ertappen.

Mit nervösen Fingern fummelte er einen USB-Stick aus seiner Hosentasche und steckte ihn an. Wenige Sekunden später war die Datei gespeichert. Er war schon im Begriff, den Stift wieder abzuziehen, da kam ihm ein ziemlich böser Gedanke in den Sinn, ein Gedanke, der ihn augenblicklich faszinierte. Er huschte zur Tür, öffnete sie vorsichtig und sah nach draußen. Kein Roomservice, kein Putzwagen weit und breit. Rasch klemmte er seinen Kugelschreiber in den Türspalt, sodass sie einen winzigen Spalt geöffnet blieb, und hastete in sein Zimmer. Wenige Augenblicke später war er zurück, in der Hand seine Aktentasche. Mit klopfendem Herzen schlich er zurück zu Van Straatens Laptop, nahm seinen externen Speicher hervor, rief darauf eine Software namens »Pants off« auf und ging dann auf Van Straatens E-Mail-Programm. Tatsächlich war es mit einem Passwort geschützt. Matthew klickte auf »Passwort ändern«, wartete, bis das Feld mit der verschlüsselten Buchstaben- und Zahlenkombination auftauchte und legte dann die beiden Fenster auf dem Bildschirm übereinander. Wenige Augenblicke später war das Passwort entschlüsselt. »Pisauridae«, murmelte Matthew.

Er zog den USB-Stick ab und war schon im Begriff, den Laptop zuzuklappen, als mit einem leisen »Pling«, das sich in der Stille des Zimmers anfühlte wie ein Schuss, am unteren Rand des Bildschirms eine Nachricht aufblinkte: »Von: Martin Thanner. Bitte um Anruf, wenn Sie Zeit haben. Kurze Abstimmung nötig. Gruß MT.«

Der Bundeskanzler bat Van Straaten um Rückruf, »wenn Sie Zeit haben«? Dass sogar der Bundeskanzler dem Chef der Maple Group zur Verfügung stand und nicht umgekehrt, das war auch für Matthew neu. Zu gern hätte er gewusst, worüber die beiden sich abzustimmen hatten.

Ein Geräusch vor der Tür ließ ihn aufschrecken. Schnell trennte er seine Festplatte, steckte sie wieder weg, klappte Van Straatens Notebook zu und nahm sein Smartphone zur Hand, als hätte er die ganze Zeit nur E-Mails gelesen. »Pisauridae«. Ein Begriff, den Matthew noch nie gehört hatte. Tatsächlich checkte er das unbekannte, vermutlich lateinische Wort, für das es eine deutsche Entsprechung gab: »Raubspinne«.

*

Mike Wörners Konferenzplan las sich für Tatjana wie ein persönlicher Wellnessplan: Er war so gut wie durchgehend in streng vertraulichen Gesprächen, zu denen nicht einmal die engsten Mitarbeiter der Teilnehmer Zugang hatten. Auch wenn sie weiterhin den Kontakt zu und die Koordination mit dem Büro in Berlin erledigen musste, hatte sie doch Freizeit wie selten. Unter anderen Umständen wäre es die reinste Erholung für sie gewesen. So aber war es Folter: Ständig war sie mit ihren Gedanken in St. Petersburg. Sie versuchte, alte Bekannte zu erreichen, telefonierte mit einer ehemaligen Lehrerin am Konservatorium, deren Nummer sie im Internet ausfindig gemacht hatte. Doch natürlich wusste die Frau auch nichts – obwohl sie sich seltsam betroffen angehört hatte. Aber wen mochte das wundern: Würde Tatjana umgekehrt einen Anruf erhalten, in dem die alte Lehrerin sie nach *ihrer* Familie fragte, es käme ihr kaum weniger merkwürdig vor. Seltsam erschien ihr die Reaktion von Nikolais Manager, den sie nach mehreren Versuchen schließlich persönlich am Telefonat hatte: »Rumusic, Lew Dschopak?«

»Lew, wie gut, dass ich Sie erreiche. Tatjana Lossowa hier, Nikolais Schwester.«

»Ich habe leider keine Zeit, Tatjana.«

»Nur ganz kurz, Lew, ich bin auf der Suche nach meinem Bruder.«

»Ich habe leider keine Zeit, wirklich.«

»Wissen Sie, wo er sein könnte? Ich mache mir Sorgen.«

»Tut mir leid.«

»Es ist dringend, Lew.«

»Bitte rufen Sie nicht mehr an.«

Im nächsten Augenblick hatte er aufgelegt. *Rufen Sie nicht mehr an?* Hatte er das wirklich gesagt? Es dauerte ein paar Minuten, bis ihr klar wurde, dass sie das Telefon immer noch ans Ohr hielt.

Klosters entwickelte sich mehr und mehr zum Albtraum für Tatjana. Sie sah auf die Uhr. Mike würde noch Stunden in seinen Geheimkonferenzen sitzen. Arbeit hätte sie abgelenkt. Immerhin: Matthew lenkte sie ab. Sie trafen sich mehrmals in diesen drei Tagen. Einmal teilten sie sich eine Duschkabine im Spa, wo die Security nicht so engmaschig aufgestellt war wie im übrigen Komplex – wenn auch nur geringfügig. Einmal ließ sie ihn in Mikes Suite kommen, es war so etwas wie eine kleine Rache an ihrem Chef und Liebhaber, aber es war schön. Jeder Augenblick mit Matthew war ein Trost, eine Flucht, eine Ablenkung von den Sorgen um ihre Familie.

»Wirst du anschließend in Berlin sein?«, fragte er, und sie liebte ihn allein dafür.

»Leider nein. Wörner muss im Anschluss an diese Konferenz nach Frankfurt. Ich fliege mit ihm.«

»Verstehe. Dann wird es wohl einige Zeit dauern, bis wir uns wiedersehen«, erwiderte Matthew und fuhr ihr mit zärtlichen Fingern über den Rücken. »Ich bin ab nächster Woche erst einmal im Dauereinsatz auf Wahlkampf. Schneider hat ein strammes Programm und will, dass ich mitkomme.«

»Klingt aufregend.«

»Klingt nach wenig Schlaf und vielen schlechten Hotels.« Er zögerte. »Willst du mich denn überhaupt in Berlin treffen?«

Überrascht drehte sie sich zu ihm um. »Spricht etwas dagegen?« Wollte er ihr sagen, dass er in festen Händen war und sie in Berlin mit einer Frau und zwei kleinen Kindern konkurrieren würde? War es das?

»Überhaupt nicht! Im Gegenteil. Es ist nur ... Na ja.« Er grinste. »Vielleicht bin ich ja nur ein kleines Abenteuer für dich – ich meine: eines, das ein kleines Abenteuer bleiben soll.«

»Vielleicht«, sagte sie vieldeutig und küsste ihn. »Vielleicht aber auch nicht.«

Er legte sich zurück und verschränkte die Arme hinter dem Kopf. »Ich liebe Klosters schon jetzt. Und Bergamo auch.«

Sie kuschelte sich in seine Armbeuge. Er spürte, wie sie fröstelte. »Alles okay?«

»Das Übliche«, erklärte sie seufzend.

»Keine Nachricht von der Familie?«

»Nichts. Ich habe versucht, die Künstlervermittlung anzurufen, die meinen Bruder vermarktet. Aber die sagen, sie können sich nicht um mich kümmern.« *Bitte rufen Sie nicht mehr an.* Was war nur mit Nikolai los? Sie wollte es Matthew gerade sagen, da schlug er vor: »Vielleicht könnte ich Schneider mal bitten, ob er sich da irgendwie einsetzt. Ich meine, das ist doch schon merkwürdig. Was macht dein Vater eigentlich? Ist er politisch aktiv?«

*

St. Petersburg, 2. Mai 2012

Das *Tiblissi* lag auf der Petrograder Seite, gegenüber dem Sytninskij-Markt. Es war ein unscheinbares georgisches Restaurant, in dem sich ein eher einfaches Publikum traf. Georgier vor allem, die hier im hohen Norden der großen Nachbarrepublik ein Stück Heimat suchten. Ehe Arkadi Michailowitsch Lossow das Lokal betrat, sah er sich unauffällig nach allen Seiten um. Er gab vor, die Zeitungen an einem Kiosk zu studieren, band sich einen Schnürsenkel, betrachtete die Fassaden, als interessiere er sich für die Architektur, während er sehr sorgfältig die Passanten, dic parkenden Autos und die Marktstände musterte. Doch wenn sie ihn beobachteten, was er für sehr wahrscheinlich hielt, dann hatten sie sich zumindest gut getarnt. Ihm fiel niemand auf, der ihm besondere Aufmerksamkeit geschenkt oder der sich allzu unauffällig benommen hätte.

Obwohl es noch früh war, kurz nach zwölf Uhr Mittag, war die Luft in dem kleinen Lokal bereits rauchgeschwängert. Aus schlechten Lautsprechern tönte georgische Folklore, immerhin so leise, dass man sich nicht gestört fühlen musste. Es war überraschend voll, von den nahe stehenden Tischen war zum Teil georgische Mundart zu hören, zum Teil sah man dem Publikum an, dass es Touristen waren, die hier zu vernünftigen Preisen solides und reichliches Essen zu bekommen hofften.

Halb verdeckt von der Theke, im rückwärtigen Teil des Lokals saß eine Frau allein an einem Tisch, eher an einem Tischchen, das man für das Arbeitsutensil der Toilettenfrau hätte halten können, und steckte ihre Nase in die aktuelle Ausgabe der *Moskovskaija Gaseta*. Das musste sie sein. Lossow hatte schon Bilder von ihr gesehen, aber er war doch erstaunt, wie klein und zierlich die Frau war. Und wie alt sie in natura aussah.

»Ich bin froh, dass Sie gekommen sind, Arkadi Michailowitsch«, sagte sie mit leiser Stimme und ohne den Hauch eines Lächelns. Ihre Miene war die der Besucherin einer Trauerfeier. Sie deutete auf den zweiten Stuhl. Lossow zögerte kurz und rückte ihn dann etwas zur Seite, ehe er sich niederließ, um nicht mit dem Rücken zur Tür zu sitzen. Sie quittierte es mit einem verständigen Nicken.

»Ich war lange unentschlossen, ob ich kommen soll.«

»Was hat letztlich den Ausschlag gegeben?«

»Meine Frau«, sagte er unumwunden.

Nun huschte doch ein zaghaftes Lächeln über ihren grauen Teint. »Sehr gut«, murmelte sie. »Frauen werden die Welt retten.«

»Vermutlich«, sagte Lossow und nahm die Karte zur Hand, die aus einem beidseitig bedruckten und in Plastikfolie eingeschweißten Blatt bestand. »Was empfehlen Sie?«

»Es ist alles gut. Nehmen Sie ein paar Vorspeisen.«

»Eine Platte für uns beide?«

»Sehr gerne.«

Sie sah ihn mit ihren schwarzen Augen durchdringend an. Beide wussten sie, dass sie soeben eine Versicherung abgeschlossen hatten. Eine gemeinsame Platte, das hieß, keiner würde den anderen ohne Risiko für das eigene Leben vergiften können. Eine Weile schwiegen sie. Vera Beliani nahm ihr Handy aus der Tasche und legte es auf den Tisch. Lossow schüttelte unauffällig den Kopf. Sie steckte es umständlich wieder weg. Keine Aufnahmen. Keine Dokumente.

Der Kellner kam und nahm die Bestellung auf. Vera Beliani bestellte zwei Bier in geschlossenen Flaschen.

»Sie sind eine mutige Frau, Vera.«

»Ich riskiere nicht mehr als unbedingt nötig, Arkadi Michailowitsch.«

»Es kommt offensichtlich darauf an, was man für nötig hält.«

»Sie sind auch kein Feigling«, erwiderte sie. »Sonst hätten Sie sich nicht hier mit mir getroffen. Aber ich weiß ja, dass Sie sich nicht scheuen, die Wahrheit zu sagen, und dass Sie dabei nicht immer nur an Ihre eigenen Interessen denken, wie so viele andere.«

Arkadi Lossow nickte. Aus den Augenwinkeln beobachtete er das Restaurant. Falls die Journalistin vom FSB beschattet wurde, dann würden sie ihn spätestens jetzt auch auf dem Schirm haben: »Ist es das, weshalb Sie mich sprechen wollten? Wollen Sie einen Artikel über die Öl- und Gasindustrie schreiben?«

Vera Beliani wiegte den Kopf und öffnete ihr Bier, dann seines, ehe sie sich offenbarte: »So kann man das nicht sagen, Arkadi Michailowitsch, es hängt alles mit allem zusammen. Natürlich geht es um Öl und Gas, aber es geht auch um Politik und Korruption, um das große Geld, die Umwelt, um Sie, um mich ... Heben Sie Ihr Glas, damit wir nicht so seltsam wirken.«

Lossow tat wie geheißen, trank einen Schluck und wartete. »Nun?«

»Es geht um GasNeft.«

»Dazu kann ich nichts sagen, Vera.«

»Dazu haben Sie schon oft etwas gesagt, Arkadi Michailowitsch. Oder stimmt es nicht, dass Sie auf zwei wissenschaftlichen Symposien auf die Gefahren der Ölförderung im Kreis Jamal-Nenzen hingewiesen haben, dass Sie ein Gutachten gefordert, aber nicht bekommen haben, dass Sie sogar an den Ministerpräsidenten geschrieben und zuletzt auf der Aufsichtsratssitzung von GasNeft im März Ihre Bedenken vorgetragen haben, eine noch größere Fördermenge könnte die Region für alle Zeiten zerstören?«

»Woher wissen Sie das alles?« Lossow rutschte unruhig auf seinem Stuhl hin und her und blickte sich um.

»Sie sind nicht der einzige Kritiker an den Fördermethoden. Sie sind auch nicht der Einzige, der etwas sagt. Sie sind ein mutiger Mann, Arkadi Michailowitsch.« Sie schwieg und ließ ihre Worte wirken, ehe sie sich erklärte: »Und Sie sind ein Mann, dessen Wort Gewicht hat. In fachlicher Hinsicht sind Sie eine Instanz. Deshalb hoffe ich, dass Sie auch mit mir sprechen werden.«

Die Speisen wurden gebracht. Ein Kellner in georgischer Tracht stellte eine große Platte zwischen sie, machte ein paar laue Scherze, wünschte guten Appetit und ließ sie wieder allein.

»Ich weiß Ihre Arbeit zu schätzen, Vera Beliani. Aber ich bin bereits jetzt einigen Anfeindungen ausgesetzt. Man hat mich im Auge, und ich habe keine Ahnung, was geschieht, wenn ich meine Kritik erst öffentlich äußere.«

»Das müssen Sie nicht. Ich kann verstehen, dass Sie vorsichtig sein müssen. Mut ist ja nicht gleichbedeutend mit Dummheit. Oder Verantwortungslosigkeit. Sie wollen Ihre Familie schützen. Natürlich. Aber es wäre mir sehr geholfen, wenn Sie mir einfach inoffiziell ein paar Informationen geben könnten. Oder zumindest meine Informationen bestätigen – wenn sie stimmen.«

Lossow schwieg.

»Sehen Sie«, fuhr Vera Beliani fort. »Dass Sie hier sind, ist sowieso schon geschehen. Wenn man Sie gesehen hat, können Sie nichts mehr ändern. Wenn man Sie nicht gesehen hat, wird niemand etwas von unserem Treffen erfahren, das versichere ich Ihnen. Ich hoffe, Sie glauben mir das.«

»Ich glaube Ihnen, Vera. Sie sind eine aufrechte und bewundernswerte Frau. Sie sind von uns beiden die Mutige.« Er legte das Besteck beiseite und beugte sich vor. »Ich werde Ihnen keine Lügen erzählen. Und ich werde Ihnen vielleicht nicht alles sagen. Aber vielleicht kann ich Ihnen ja helfen. Was wollen Sie wissen?«

*

Hätte die Welt gewusst, wer sich in Klosters an jenen drei Tagen aufhielt, sie hätte auf Klosters geschaut. Doch die Welt war ausgesperrt, es war nur über sie gesprochen, beratschlagt und in mancher Hinsicht auch entschieden worden. Die Macht war unter sich, zog ihre Fäden und spann sie wie ein Netz um den Planeten. Und während der Präsident von Kasachstan in den Schweizer Bergen weilt, werden in kasachischen Gefängnissen 178 Regierungsgegner gefoltert, wobei ein Gefangener versehentlich stirbt. Während der Sultan von Brunei sich Hamburger mit Beluga-Kaviar auf seine Suite servieren lässt, vermehrt sich sein Vermögen automatisch um 24 Millionen US-Dollar. Während der israelische Außenminister sich in einem Winkel der Bar mit zwei Mossad-Mitarbeitern berät, wird in Beirut in seinem Auftrag ein hochrangiger Fatah-Anführer ermordet. Während der Öl-Minister eines afrikanischen Schurkenstaats sich auf seinem Zimmer von einer slowakischen Prostituierten reiten lässt, werden in seinem Land mehr als vierzig Frauen von Paramilitärs oder von Regierungssoldaten vergewaltigt. Während der französische Notenbankchef an seiner Rede über die fiskalpolitischen Herausforderungen der europäischen Integration im globalen Wettbewerb arbeitet, verhandeln seine Mitarbeiter in Zürich über die Beteiligung der Grande Nation an der neuen Währung Malis und deren Absicherung durch goldbasierte Kredite bei der Banque de France. Während der Chef der CIA seinen Körper unter die professionellen Hände eines der Dutzend Masseure legt, die das Hotelmanagement für die Konferenz bestellt hat, werfen Agenten seiner Organisation die geschundenen Körper nutzlos gewordener Islamisten aus einem Flugzeug über dem Golf von Mexiko. Und während der Präsident von Mexiko den Blick aus seinem Zimmer bei einem guten Cognac und Musik von Fourier genießt, werden in mehreren Städten seines Landes siebzehn Menschen erschossen, darunter vier Kinder, weil sie zur falschen Zeit am falschen Ort waren. Nicht in Klosters jedenfalls.

Während in einem der Konferenzräume des *Chalet Blanc* Professor Dr. Bernhard Van Straaten vor einer handverlesenen Auswahl hochrangiger Wirtschafts- und Politikvertreter aus zwölf Ländern einen Beitrag zum Thema »The Future of Business« hält, sitzt Matthew Meyer, Spin-Doctor des deutschen Bundesministers für Wirtschaft und internationale Zusammenarbeit und ehemaliger Pressesprecher der Maple Group AG, gebannt vor seinem Computer und liest, welche Gedanken sein ehemaliger Chef dort in aller Diskretion verbreitet:

Wer heute eine Wirtschaftsfakultät besucht, egal ob in Harvard, in Frankfurt oder in Singapur, lernt, wie es andere gemacht haben, ja, schlimmer noch: Er lernt, wie man es macht. Businesspläne, Bilanzen, Liquiditätsmanagement, Personalführung, Wirt-

schaftsrecht … Das, meine Damen und Herren, ist alles wichtig. So wichtig wie das kleine Einmaleins. Das große Einmaleins wird dagegen nicht gelehrt – und die meisten lernen es auch nicht in der Praxis. Tatsächlich ist das really big business wenigen, sehr wenigen vorbehalten, die darüber auch nicht öffentlich reden. Wir sprechen hier vom Paradoxon der Megatrends: Obwohl sie alle betreffen, erkennen sie nur die allerwenigsten. Genau genommen ein verschwindend geringer Teil der Businesswelt. Mir geht es heute darum, dass Sie zu diesem Teil gehören.

Das sich immer weiter beschleunigende Wachstum der Weltbevölkerung lässt sich auf so vielfältige Weise in Megatrends übersetzen, dass diese Virtualisierung, die ich Megatrends 2.0 nennen möchte, zwangsläufig nicht allein bleiben kann. Daneben wird es einen Boom sich jetzt schon abzeichnender Megatrends der Kategorie 1.0 geben, wie etwa das Agrarbusiness, die Energiewirtschaft und die Logistikindustrie. Wer hier den besten Weg findet, die Welt den eigenen Vorstellungen anzupassen, der hat die Chance, sich zu unvorstellbaren Wertschöpfungen aufzuschwingen. Bereits heute gehört mehr als die Hälfte der fruchtbaren Böden Afrikas privaten Investoren, vor allem aus Amerika und Asien. Während sich die Amerikaner und Chinesen in Afrikas Lebensmittelversorgung einkaufen, reißen sich die Russen die letzten Öl- und Gasvorkommen unter den Nagel. Am Ende werden sich diese Investments in Megatrends aber an ihrer praktischen Umsetzung messen lassen müssen. Und sie haben einen entscheidenden Nachteil: Sie sind enorm kostenintensiv. Man muss die halbe Welt kaufen, um die ganze Welt beherrschen zu können. Das Modell der Megatrends 2.0 funktioniert anders:

Die zweite Generation von Megatrends basiert auf einer absolut unerschöpflichen Ressource: Wissen. Den Spruch »Wissen ist Macht« haben wir alle schon gehört. Ich möchte ergänzen: »Wissen ist Reichtum.«

Wer jetzt an Phänomene wie die ausufernden Abhöraktionen der großen Geheimdienste denkt, liegt falsch. Man kann über die amerikanischen oder britischen Programme zur Ausspähung digitaler Daten, seien es Telefonate oder E-Mails, denken, was man will, eines ist unbestreitbar: Sie kosten unvorstellbare Summen, und sie bringen: nahezu nichts. Die Regierungen sitzen auf den Informationen und hüten sie wie einen Schatz, aus Angst, der Informationsvorsprung, den sie sich mit all ihrer Technik und mit all den Steuergeldern erarbeitet haben, könnte zurückfließen und jenen nützen, die ausgespäht wurden. Deshalb kann die amerikanische Wirtschaft kaum von den Programmen ihrer Regierung profitieren, von der britischen Wirtschaft ganz zu schweigen. Doch die Wirtschaft hilft sich ja bekanntlich immer am besten selbst. Schon heute ist der weltweit größte Industriezweig kein anderer als die Wirtschaftsspionage. Verstehen Sie mich nicht falsch, auch ich verabscheue Diebstahl von Betriebsgeheimnissen und dergleichen. Aber wie aus jedem funktionierenden kriminellen System, so lässt sich auch aus diesem lernen. Denn kriminelle Systeme haben gegenüber legalen einen großen Vorteil: Sie sind unverfälscht, weil sie keine Rücksichten nehmen. Es ist ähnlich wie bei autoritären Regimen – sie funktionieren besser als Demokratien. Die Chinesen scheren sich nicht um das Volk, sie tun, was getan werden muss, und zwar ohne Rücksicht auf Verluste. Der Erfolg gibt ihnen recht: Kein anderes Land verzeichnet auf so lange Frist so hohe Zuwächse.

Der größte Megatrend der nahen Zukunft wird Wissen sein. Doch weder im Bereich Knowledge Development noch im Bereich Knowledge Exploitation liegt der entscheidende Megatrend der nächsten Jahrzehnte: Wirklich große Chancen werden sich im politisch-technischen Know-how und seinem optimalen Einsatz eröffnen. Die großen internationalen Kanzleien und Beraterfirmen haben sich hier bereits sehr gut aufgestellt, ohne aber noch zu ahnen, welchen wirtschaftlichen Gegenwert sie mit ihrer Spezialisierung schaffen. Nehmen Sie als Beispiel die Sozietät Brown Stitchfield mit Hauptsitz in London. Sie berät mit ihrer Moskauer Abteilung das West-Way-Konsortium als Wirtschaftsprüfer und in steuerlichen Belangen. Das finnische Büro in Helsinki wurde von mehreren Organisationen mit der Vertretung gegnerischer Interessen beauftragt. Die polnische Sektion verhandelt zurzeit für die dortige Regierung mit dem Kreml über eine Planung zum Bau der Pipeline über Land und damit durch polnisches Gebiet als Alternative zur Ostseeroute. Alles gute und einträgliche Geschäfte. Wirklich wertschöpfend wird Brown Stitchfield aber in Deutschland, wo die Firma über ihre Partner-Sozietät Richter Böhm Fischer nichts Geringeres tut, als ein komplettes Gesetz zu formulieren, das mit der Pipeline scheinbar gar nichts zu tun hat, aber doch ein Hauptargument für ihre Realisierung sein wird: das Gesetz zum Ausstieg aus der Atomenergie. Wo kein Kernkraftwerk vorhanden, da braucht man fossile Brennstoffe. West-Way öffnet sich in dem Moment, in dem Kalkar und Krümmel schließen. Nicht die Technik hat West-Way möglich gemacht, nicht der Bedarf, nicht die Gefahr, die von nuklearen Energieproduzenten ausgeht – möglich gemacht haben es erst die Profis von Brown Stitchfield, die wissen, wie man ein Gesetz schreibt, für wen man es schreibt und wie man es durch die Instanzen bringt. Das ist Know-how-Exploitation auf höchstem Niveau. West-Way bedeutet einen betriebswirtschaftlichen Gesamtwert von etwa 100 Milliarden Euro. So viel ist heute die Bank of America wert, McDonald's oder Amazon. Amazon hat dafür fünfundzwanzig Jahre gebraucht. Unternehmen wie Siemens oder SAP reichen gar nicht erst an diese Größenordnung heran, von kleinen Klitschen wie Volkswagen, Amex oder Kraft Foods ganz zu schweigen. Brown Stitchfield haben diesen Wert innerhalb von drei Jahren ab Übernahme des ersten Mandats geschaffen. Leider ist es den

Herrschaften dort gar nicht bewusst. Sie denken immer noch, sie hätten mit ihren insgesamt etwa 28 Millionen Euro Berater- und Anwaltshonoraren viel Geld gemacht.

Was ich bei Ihnen erreichen möchte, ist, dass Sie sich des Wertes von Wissen bewusst werden. Auch Ihr Unternehmen kann Werte von schier unbegrenzter Größe schaffen. Wer weiß, wie man die Spielregeln der Nationen, das heißt: die Gesetze optimal nutzt und wie man sie beizeiten ändert, ja, wie man ganz neue, den eigenen Interessen konforme Spielregeln aufstellt, der hat den nächsten Megatrend für sich laufen …

Matthew hörte Van Straatens Stimme, wie er auf der Fahrt hierher zu ihm gesagt hatte: *Entweder passen Sie sich der Welt an – oder Sie passen die Welt Ihren eigenen Vorstellungen an. Ich bevorzuge Letzteres.* Nun, das war offensichtlich.

*

Als die Konferenz am dritten Tag zu ihrem Ende kam, hatte sich Protest formiert. Wie seit einigen Jahren, so hatte auch diesmal die Geheimhaltung nicht über den zweiten Tag hinaus gereicht. Doch es war ein armseliges Häuflein Demonstranten, das sich bis zum Veranstaltungsort durchgekämpft hatte, was nicht nur an den rigorosen Polizeisperren lag, sondern auch daran, dass die einheimische Bevölkerung an Protest kein großes Interesse hatte. Solange sich die Mächtigen in den Luxusorten der Eidgenossenschaft trafen, würde man sich ihnen nicht entgegenstellen, sondern sie auf ebenso zuvorkommende wie zurückhaltende Weise willkommen heißen. Es passte zum Schweizer Selbstverständnis, dass sich Geld und Macht und Einfluss in den Schweizer Bergen zu Hause fühlten. So fror ein versprengtes Häuflein Ortsunkundiger zunächst vor dem falschen Hotel und dann noch längere Zeit ohne die Aufmerksamkeit von Fernsehkameras, bis endlich Abgesandte zweier Sender auftauchten und den wenig erfolgreichen Versuch unternahmen, die Konferenzgegner so ins Bild zu setzen, dass es nach einer richtigen Demonstration aussah.

Doch auch die Aktivisten, die sich durchgekämpft und Aufmerksamkeit verschafft hatten, wurden am späteren Vormittag des dritten Konferenztags abgedrängt und hinter eine Barriere verschoben, von der aus kaum noch ihre Trillerpfeifen am *Chalet Blanc* zu vernehmen waren. So von ferne hätten sie auch eine Abordnung der Kantonsschule sein können, die mit Fähnchen winkte und eine folkloristische Musikdarbietung für die Gäste zum Besten gab. Keine Kamera fing ein, wie die amerikanische Außenministerin mit ihren drei Begleitern in einen gepanzerten Hummer stieg. Niemand sah den Sultan von Oman in seinen Rolls-Royce steigen, wo ihn eine tief verschleierte Frau erwartete. Und kein Mensch nahm zur Kenntnis, dass der britische Verteidigungsminister mit einer anderen Sekretärin abreiste, als er angereist war. Auf den Gesichtern der Konferenzteilnehmer aber lag ein Leuchten. Sie gingen auf undefinierbare Weise gestärkt aus diesen zweieinhalb Tagen »informellen Beisammenseins« hervor, in dem es um nichts Konkretes gegangen und in dem doch so viel vermeintlich Relevantes besprochen worden war.

Die Sonne blendete, sodass Matthew im ersten Moment gar nicht erkennen konnte, wo ihre Limousine stand. Es war ein schwarzer Mercedes, die klassische Staatskarosse jüngster Bauart. Schneider ließ sich den Schlag aufhalten und stieg dann mit dem Gestus eines Eroberers ein. Matthew eilte um den Wagen herum, öffnete seine Tür selbst und schlüpfte hinein wie ein Betrüger, der sich davonstahl. Sein Gepäck fühlte sich so leicht an, dass er es ganz unabsichtlich zu sich auf die Rückbank nahm. Er schaute noch einmal auf das Hotel, sah in der Ferne ein paar winkende Menschen, sah eine andere Limousine vor ihnen, die losfuhr, sah den Fahrer ihres Wagens einsteigen, sich umwenden, nochmals freundlich grüßen und dann ebenfalls losfahren. Er sah den Wagenmeister des Hotels die Hand an die Schirmmütze legen, und er sah – ganz kurz nur, so kurz, dass er Zweifel hatte, ob er ihn wirklich gesehen hatte – aus den Augenwinkeln Bernhard Van Straaten an einem der Fenster im ersten Stock stehen. Mit feinem Lächeln blickte er herab auf die sich in Bewegung setzende Karawane von Mächtigen. Matthews Handy leuchtete auf. Tatjana. »Bis bald. X«

*

Mit ihrem billigen Prepaid-Handy machte Tatjana so unauffällig wie möglich ein Foto von dem Hotel. Es war ein Sakrileg, den Ort der Bilderberg-Konferenz oder gar ihre Teilnehmer zu fotografieren. Als sie das Bild abspeicherte, sah sie wieder die Aufnahmen, die sie von dem Interview angefertigt hatte. Berlin. Der Überfall. Das Ritz-Carlton. Die Fotos, die Lewtuschenko zeigten. Und Vera Beliani. Tatjana war sich sicher, dass es Beliani war, mit der sie telefoniert hatte. Sie holte ihr neues Diensthandy heraus und googelte die Frau, während sich die Shuttle-Limousine in Bewegung setzte, die Mike Wörner und sie nach Zürich brachte. Eine zierliche, unscheinbare Person blickte ihr entgegen. Welches Spiel spielte die Journalistin? Und vor allem: wessen Spiel?

FÜNF

St. Petersburg, 2. Mai 2012

Auch fünfzehn Jahre nach seiner Zeit als junger Ingenieur, direkt von der Hochschule, peinigten Arkadi Michailowitsch Lossow noch Albträume. In seinen Träumen konnte er den Landstrich riechen, über den pestgleich die Dämpfe aus den Ölfeldern und Leckagen, aus den stinkenden Seen und aus den verseuchten Böden aufstiegen. Nischnewartowsk, das war der Sündenfall Russlands. Aus Aberhunderten von Bohrlöchern wurden der Erde ihre Ölvorkommen entrissen, Öl, das den großen Förderkonzernen unvorstellbaren Reichtum in die Kassen spülte, während die Bevölkerung vor Ort buchstäblich ausgerottet wurde.

»Arkadi Michailowitsch«, flüsterte Vera Beliani. »Wissen Sie, dass die Todesursache Nummer eins in der Region Nischnewartowsk nicht Krebs ist oder Organversagen, sondern …« Sie senkte die Stimme noch ein wenig mehr. »Mord und Selbstmord? Menschen können so nicht leben. Es ist wie eine Aufforderung, ins Jenseits zu gehen, verstehen Sie?«

Lossow seufzte. »Ich habe dort gelebt, Vera Beliani. Ich kenne die Probleme. Wenn Sie mich als Naturwissenschaftler fragen, ist es zu spät. Wir können die Region nicht mehr retten. Tausende von Quadratkilometern Tundra sind verseucht. Es wird Generationen dauern, bis man dort wieder einen Fisch angeln oder ein Rentier jagen kann. Für Nischnewartowsk können wir nichts mehr tun. Ich habe es probiert, glauben Sie mir.«

»Das weiß ich, Arkadi Michailowitsch. Deshalb bin ich hier. Wir sind dabei, den gleichen Fehler noch einmal zu machen. Und das dürfen wir nicht, verstehen Sie? Kein Geld der Welt kann rechtfertigen, dass wir unsere Heimat zerstören, dass wir unsere Lebensgrundlagen vernichten, dass wir den Tod von Hunderttausenden von Menschen in Kauf nehmen.«

»Sie sprechen von der Nordwest-Pipeline.« Es war keine Frage, es war eine Feststellung.

Vera Beliani nickte. »Natürlich. Sie wissen, was passiert, wenn dieses Projekt realisiert wird.«

»Die Gasförderung wird drastisch erhöht.«

»Und damit die Umweltschäden.«

Arkadi Lossow nickte. Natürlich, er wusste es, er hatte es dem Direktorium, dem Vorstand und dem Aufsichtsrat vorgehalten, bis er auf ihrer schwarzen Liste gestanden hatte. Wenn die Pipeline erst einmal gebaut war, würden Hunderte weitere Förderanlagen in die sibirische Tundra gesetzt. Es würde noch mehr Gas abgefackelt, die Temperaturen würden sich noch weiter erhöhen. Schon jetzt waren sie in einigen Regionen um zehn Grad Celsius im Jahresdurchschnitt angestiegen. Ein Wert, der alles veränderte: Teile von Sibirien gingen buchstäblich unter. Die hohen Temperaturen ließen den Permafrostboden tauen, ganze Anlagen waren bereits so weit in den neu entstandenen Sümpfen des Nordens versunken, dass sie nicht mehr genutzt werden konnten. Ja, schlimmer noch: Unter ihnen waren die Bohrlöcher aufgebrochen, sodass unkontrolliert riesige Gasmengen in die Atmosphäre strömten, immer wieder in Brand gerieten, Flächen vernichteten, die größer waren als Moskau und St. Petersburg zusammen. Land, auf das niemals mehr jemand den Fuß würde setzen können, nicht ohne sich höchster Lebensgefahr auszusetzen. Die Luft dort war verpestet, die Böden brannten, die Menschen warteten auf ihren Tod. Lossow sah die Frau lange schweigend an, die ihn zu diesem Gespräch gebeten hatte. Sie war nicht einfach mutig, sie war todesmutig. Vielleicht war sie auch verrückt.

»Sie können nichts machen, Vera Beliani«, sagte er schließlich.

Die kleine Frau nahm die Karte des Restaurants zur Hand und tat, als studiere sie sie eifrig. Dann lächelte sie ihn an und schob ihm die Karte über den Tisch. »Das ist ein Dokument, das mir vor wenigen Tagen zugespielt wurde«, sagte sie, als würde sie über Fisch und Fleisch und Eintöpfe reden. »Können Sie mir sagen, ob es echt ist?«

Sprachlos betrachtete Arkadi Lossow das Papier. »Lächeln Sie«, mahnte ihn seine Gesprächspartnerin. Er tat sein Bestes. Doch zu lächeln im Angesicht der Zahlen, die ihm die Journalistin hier präsentierte, fiel ihm nicht leicht. »Achtzig Tote bei Gasunfällen in den letzten zwei Jahren?«, flüsterte er.

»So steht es hier.« Der Vermerk *Streng vertraulich* war nicht zu übersehen. »Es gibt noch mehr solcher Dokumente.«

»Ich weiß«, sagte Arkadi Lossow. »Dieses Papier hat die laufende Nummer 134. Es muss also mindestens 133 Dokumente geben, die ihm vorangehen.«

»Ich habe sie alle. Und auch die 56, die noch folgen. Todesfälle wegen Sicherheitsmängeln. Schwere Vergiftungen nach unverantwortlichen Arbeitseinsätzen. Erfrorene Arbeiter, weil der Transport am Abend nicht gekommen war und sie bei minus 50 Grad die Nacht in der sibirischen Tundra verbringen mussten ...«

»Wer hat Ihnen diese Unterlagen gegeben?«

»Das kann ich nicht sagen, Arkadi Michailowitsch. Ich schütze meine Quellen.«

»Ich bestätige Ihnen alles, was Sie in Erfahrung gebracht haben, Sie wissen womöglich mehr als ich, ganz sicher sogar. Und Sie haben mit allem recht. Aber Sie können nichts ändern.«

»Wollen Sie wirklich wegsehen, Arkadi Michailowitsch? Wollen Sie im Angesicht dieses monströsen Verbrechens nichts tun? Wollen Sie vor der Öffentlichkeit schweigen?«

Lossow sog scharf die Luft ein. Er würde seine Ehre nicht in Zweifel ziehen lassen. Doch er würde auch seine Vernunft nicht aufgeben. Er ballte die Hände zu Fäusten.

»Verzeihen Sie«, hörte er die leise Stimme der Journalistin. »Es tut mir leid. Ich wollte Sie nicht kränken.«

Lossow hob die Hand, fuhr sich mit der Serviette über die Augen, nahm noch einen Schluck von seinem Bier und nickte Vera Beliani zu. »Ich habe gesagt, was ich sagen konnte. Tun Sie, was Sie tun müssen.« Er machte Anstalten, sich zu erheben, doch Vera Beliani legte ihre Hand auf die seine. »Unter dem Tisch steht eine Plastiktüte. Nehmen Sie sie mit.« Arkadi schüttelte den Kopf. Doch sie hob den Finger. »Schschsch … Ich möchte nicht, dass Sie hier Aufsehen erregen. Und das werden Sie, wenn Sie sich weigern, diese Tüte an sich zu nehmen. Ich werde Ihnen dann eine Szene machen, die man so schnell nicht vergessen wird. Sie am wenigsten.«

»Warum tun Sie das?«

»Zu Ihrer Sicherheit, Arkadi Michailowitsch.«

»Zu meiner Sicherheit?«

»Sie finden in der Tüte Kopien aller Dokumente, die mir bisher zugespielt wurden. Wenn man Ihnen vorwirft zu lügen, können Sie Beweise erbringen. Sie werden sehen, Arkadi Michailowitsch, früher oder später wird man versuchen, Ihre Integrität in Zweifel zu ziehen. Man wird versuchen, Sie zu diskreditieren. Diese Papiere sind ein Schutzschild für Sie.

Verschließen Sie sie gut und bedienen Sie sich ihrer nur, wenn Sie sie brauchen. Es wäre der entscheidende Stein in meinem Mosaik, wenn Sie mir Ihre Dokumentation über Nischnewartowsk und Ihr Gutachten zu Jamal-Nenzen zur Verfügung stellen könnten.«

Wortlos griff Arkadi nach der Tüte. Dann verließ er das Lokal, ohne auf die beiden Männer zu achten, die ihn von der Theke aus mit den Augen verfolgten. Vera Beliani nahm ihr Handy aus der Tasche, prüfte, ob die Aufnahme gelungen war, zahlte dann und verließ das Restaurant wenig später in die entgegengesetzte Richtung.

*

Zürich, 25. Mai 2012

Sie hatte eine Stunde, zehn Minuten. Zu viel, um die Zeit am Flughafen totzuschlagen, zu wenig, um in die Stadt zu fahren. Den Trolley hinter sich herziehend lief Tatjana durch die Shopping-Meile des Flughafens Kloten und sah sich nach Mike Wörner um, der irgendwo hier herumschwirren musste auf der Suche nach einem seiner Berater von Brown Stitchfield. Als eine Welle von Koreanern lärmend auf sie zurollte, flüchtete sie sich in den Virgin Media Store und stöberte in der CD-Abteilung herum, obwohl sie schon seit Jahren keine CDs mehr kaufte. Sie blieb beim Smooth Jazz hängen, überlegte, ob sie doch ein Album von Gig Ridley mitnehmen sollte, dessen Konzerte sie in ihrer Zeit in London ein paarmal besucht hatte. Offenbar hatte er inzwischen die Welt erobert – und Tatjana hatte es nicht mitbekommen.

»Gute Band?«, fragte ein Mann mittleren Alters, der ihr gegenüber am Regal stand und sich offenbar brennend für Teen-Pop interessierte.

»Kommt drauf an, was Sie gerne hören.« Tatjana schenkte ihm ein mitleidiges Lächeln. Der Typ wäre auch völlig chancenlos gewesen, wenn sie alle Zeit der Welt gehabt hätte. »Ich glaube, dort vorne können Sie reinhören. Sie müssen nur den Code unter den Scanner halten. Und natürlich den Kopfhörer aufsetzen.«

Der Mann nickte. »Würden Sie mir das zeigen?«

»Hören Sie …«

Er hob die Hand. »Keine Sorge. Das ist kein Versuch, Sie anzumachen.« Er wirkte erstaunlich lässig, fast, als wären sie alte Bekannte. Hörte Tatjana einen russischen Akzent? Sie betrachtete den Mann genauer. Doch wenn es eine Unauffälligkeit in Person gab, dann war er es. Das einzig Bemerkenswerte an ihm waren seine grauen Kunstlederschuhe. Ja, er musste Russe sein.

»Ich zeige es Ihnen«, sagte sie und ging voraus zu den Kopfhörern.

Als er neben ihr stand, streckte sie die Hand aus, um ihm die CD zu geben. Doch er machte keine Anstalten, sie zu nehmen. Stattdessen hielt er ihr seinerseits eine zusammengefaltete Zeitung hin. »Seite zwölf«, raunte er und tat, als kratze er sich an der Nase.

»Was wollen Sie von mir?« Tatjana machte instinktiv einen Schritt zurück.

»Ich möchte Ihnen helfen, Ihrem Vater zu helfen.«

Er sprach so leise, dass Tatjana ihn nicht verstanden hätte – hätte er nicht unvermittelt Russisch gesprochen. Sie holte Luft, wobei sie ihm in die Augen sah, die völlig ruhig auf sie geheftet waren. »Meinem Vater?«, presste sie schließlich hervor. »Wieso helfen?«

»Lesen Sie Seite zwölf, Tatjana Lossowa.«

»Wer sind Sie?«

»Bleiben Sie ruhig.« Der Mann legte ihr die Hand auf den Arm, als wären sie alte Vertraute, die am Frühstückstisch gemeinsam die Zeitung studierten. Tatjana zuckte zurück. Sie registrierte: Ende dreißig, Anfang vierzig, nicht verheiratet, jedenfalls trug er keinen Ring, der Anzug war nicht so teuer, wie er vorgab. Ob die Uhr an seinem Handgelenk echt war, schien ihr zumindest zweifelhaft.

»Woher wissen Sie von meinem Vater?«

»Seite zwölf, wie gesagt.«

*

Berlin, 25. Mai 2012

Die Stadt begrüßte Matthew Meyer mit eisigem Wind und strahlendem Sonnenschein. Er nahm ein Taxi, nannte dem Fahrer die Adresse und schaute auf all die modernistischen Prachtbauten in Glas und Stein, all die restaurierten Fassaden, mit denen man die düsteren Jahre einfach aus der Geschichte wegretuschierte, all die Vinotheken und Edelbistros, während sie über den Prenzlauer Berg fuhren. Das Apartmenthotel lag am Alexanderplatz, der Matthew sehr schnell wieder auf den Boden holte. Diese stadtgewordene Bausünde würde den DDR-Mief niemals ablegen können.

Schneiders Mann für besondere Aufgaben, Plöger, hatte ihm eine Unterkunft für die erste Zeit organisiert, aber langsam wurde es Zeit, sich nach einer richtigen Wohnung umzusehen. In einem Apartmenthotel zu wohnen war eine der frustrierendsten Arten zu leben. Aber natürlich hatte er das Angebot gern angenommen. »Wir haben ein Kontingent im *Regent's Apart*«, hatte Plöger erklärt. »Hotelservice, soweit Sie ihn brauchen, sonst ganz nette, ruhige Apartments mit kleiner Kochnische, Fernseher und so weiter. Sie kennen das ja.«

Es hatte grauenhaft geklungen. Aber dann war er doch ganz positiv von der Unterkunft überrascht gewesen, mit einem Blick, der so hoch über den Platz reichte, dass die umliegenden Plattenbauten gar nicht mehr ins Gewicht fielen. Seitlich ragte der Fernsehturm auf – Matthew nahm ihn als Symbol für die Richtung, in die es mit seiner persönlichen Entwicklung ging.

Er hatte wenig Besitz, sein Zeug passte in zwei oder drei Koffer, das meiste davon brauchte er im Alltag auch gar nicht. Die Pokale aus seiner Zeit als aktiver Ruderer hatte er in Berlin genauso wenig nötig wie die Bücher, auf die er stolz war: seine kleine Sammlung signierter Wirtschaftsklassiker – Weber, Keynes, Galbraith, Schumpeter, Krugman ... Alles Ballast, zumindest solange er keine feste Wohnung in Berlin hatte. Und die würde er letztlich erst haben, wenn er sicher war, dort für länger bleiben zu müssen oder zu können, wonach es angesichts der jüngsten Umfragen nicht dringend aussah. Es fehlte nicht viel, und Matthew Meyer hätte sich für einen Arbeitsnomaden gehalten. Nach einem kurzen Gastspiel als wissenschaftlicher Mitarbeiter des betriebswirtschaftlichen Instituts an der Uni Tübingen, mehreren unbezahlten Praktika als Öffentlichkeitsarbeiter in großen Konzernen und der Stelle als persönlicher Sklave Bernhard Van Straatens gab er nun als Mitarbeiter im Pressestab des wohl zukünftigen ehemaligen Bundeswirtschaftsministers den Spin-Doctor – und das hatte durchaus eine selbstzerstörerische Komponente. Andererseits machte sich eine solche Position natürlich in jedem Lebenslauf gut. Aber tat sie das auch, falls es nur wenige Monate hielt?

Plöger hatte nicht unsympathisch geklungen. Matthew hatte ein wenig über ihn recherchiert. Anton Plöger, neunundvierzig, geschieden, seit genau fünfundzwanzig Jahren in der Partei, früher bei den Grünen, hatte sein Abgeordnetenmandat mitgebracht und war entsprechend mit offenen Armen empfangen worden. Seither aber hatte er es nicht weit gebracht. Auch über die anderen Funktionsträger im Bundesministerium für Wirtschaft und internationale Zusammenarbeit hatte Matthew sich ein wenig schlaugemacht, hatte den bisherigen Wahlkampfverlauf studiert, hatte alles über Hansjürgen Schneider gelesen, was das Internet hergab, und hatte schließlich sämtliche Umfragen und Zahlen so lange durchforstet, bis er sich ernsthaft fragte, wie verrückt er eigentlich war.

Und nun war er also wieder zurück in der unpersönlichen Welt seines Hotelapartments. Draußen glänzte die verspiegelte Kugel des Fernsehturms silbrig-orange. Er räumte seinen Koffer aus und verstaute ihn hinter dem Zweisitzer, der in der Nische am Fenster gegenüber dem Fernsehgerät stand, warf sich aufs Bett und zappte durch die Sender. Für ein besseres Programm war es zu früh, dafür, den Tag noch zu nutzen, viel zu spät. Er rief sich den Stadtplan von Berlin auf seinem Smartphone auf und sah sich die Restaurants in der Nähe an, nur um sich am Ende bei *Happy Pizza* eine Quattro Stagioni zu bestellen und dazu eine Flasche Valpolicella. War ja niemand da, der es hätte beobachten können. Vermutete er zumindest.

Wenn er schon etwas Zeit hatte, dann konnte er ja ein wenig über seine neue Freundin forschen. Tatjana Lossowa. Er gab ihren Namen auf Google ein und erzielte nur eine Handvoll direkter Links. Einmal eine Ehrung als Jahrgangsbeste an der London School of Economics. Einmal ein Eintrag auf einer Teilnehmerliste an einem Traineeprogramm. Ein paar Zitate am Rande einer Veranstaltung von BraunTec. Er klickte auf »Bilder« und musste grinsen, als sich das Archiv zu Tatjanas Namen vor ihm öffnete. Fast alles völlig unbekannte Menschen. Zwei Aufnahmen aber zeigten eindeutig Tatjana Lossowa, einmal sogar im Bikini: Da hatte sie an einem Schönheitswettbewerb teilgenommen, »Miss Notting Hill«. Sie sah wirklich sensationell gut aus in dem sehr kleinen Roten, in dem sie über den Laufsteg gestöckelt war.

*

Tatjana war ein Schatten ihrer selbst. Wörner schien es instinktiv zu spüren. Immer wieder legte er seine Hand auf ihren Schenkel, zog sie dann aber wieder zurück. Schließlich lehnte er sich zurück und schlief. Die Turbulenzen über Süddeutschland und das Gerüttel der Boeing schienen ihn eher in den Schlaf zu wiegen, als ihn ihm zu rauben. Tatjana ließ sich heiße Schokolade bringen. Das war vielleicht nicht gut für die Figur, aber für die Nerven – es erinnerte sie an die behüteten Tage ihrer Kindheit, als sie nicht an ein Morgen denken musste und auch nicht an ein Gestern. Sie sah ihre Mutter vor sich, die sie von der Schule abholte und mit ihr zu Fuß nach Hause ging, eine ziemlich lange Strecke durch die grauen Straßen St. Petersburgs. Unterwegs machten sie noch einige Einkäufe, dann stiegen sie die Treppen hoch, schlüpften aus ihren Mänteln, und Mama machte ihr einen Kakao, kräftig und dampfend, mit viel Zucker, in ihrer Lieblingstasse mit dem Hasen drauf. Es war keine leichte Zeit gewesen. Damals hatten sie Nikolai bereits ins Krankenhaus gebracht, die Stadt war Tatjana fremd, in der Schule wurden sie ausgegrenzt, als Bauern verspottet, weil sie aus der Provinz in die mächtige Stadt an der Newa gezogen waren. Und doch: Es waren Kindertage gewesen, in denen es immer auch Trost gegeben hatte. Wo waren sie geblieben, diese Tage, in denen alles irgendwie geordnet war? Schon ihre Zeit in London war kein Vergnügen mehr gewesen. Der Erfolg eines schnellen und glänzenden

Studiums hatte natürlich gutgetan. Aber im Grunde hatte in London ihre Einsamkeit begonnen. Selbst mit Bella, mit der sie in einer WG gelebt hatte, war sie nicht warm geworden. Es war keine Freundschaft entstanden, eher eine Zweckgemeinschaft, bei der jede von ihnen ihre Claims klar abgesteckt hatte. Das Intermezzo in Brüssel, das dann folgte, war kaum der Rede wert, wenn man davon absah, dass sie bei Brown Stitchfield enger eingebunden gewesen war als bei Spector Powell PPM in London.

Als sie in ihrer Tasche nach einem Taschentuch suchte, um sich unauffällig die Tränen wegzuwischen, entdeckte sie die Zeitung, die ihr der obskure Mann am Zürcher Flughafen gegeben hatte. Seite zwölf, hatte er gesagt. Sie faltete die Zeitung auseinander. Die *Moskovskaija Gaseta*. Sie las: *Drei Tote bei einem Anschlag auf eine Diskothek in Baku, tschetschenische Extremisten verdächtigt. Armut in Russland nimmt zu, Zahl der Obdachlosen drastisch gestiegen. Korruption in der Baubehörde, Verantwortliche verurteilt.* Weiterhin zwei Meldungen zum Eisenbahnerstreik auf der neuen Strecke Moskau-St. Petersburg. Ein paar Kleinanzeigen. Noch einmal ging sie alles durch, doch sie konnte nicht erkennen, wo die Botschaft für sie lag. Was sollte das alles mit ihrem Vater zu tun haben?

»Du liest im Ernst auch noch russische Zeitungen?«, murmelte Mike Wörner und rutschte in eine andere unbequeme Position.

»Manchmal. Um in Übung zu bleiben.«

»Und? Steht was anderes drin als in den westlichen Blättern?« Er hatte die Augen schon wieder geschlossen.

»Ich kann dir eine Gutenachtgeschichte über den Eisenbahnerstreik vorlesen. Oder hättest du lieber etwas über die korrupten Beamten in der Baubehörde gehört?«

Er bemerkte nicht die Unsicherheit in ihrer Stimme. »Da ich nichts verstehe, kannst du mir alles vorlesen. So oder so werde ich schlafen wie ein Baby.«

»Oder hier: eine Story über die Penner unter den Petersburger Brücken.«

»Mach nur, lies vor, ich schlafe schon fast.«

Die Petersburger Brücken. Konnte es sein, dass das die Botschaft war? Oder versteckte sich die Information am Ende in den Kleinanzeigen? Sie überflog sie. *Au-pair-Mädchen gesucht. Hundebetreuung für Anspruchsvolle. In die Zukunft sehen. Privatkredit schnell und günstig. Für ein glückliches Wiedersehen.* Dazu eine Telefonnummer.

»Du kannst mir aber auch gerne ein paar schweinische Ausdrücke auf Russisch zuflüstern«, schlug Wörner vor. »Vielleicht sitzen ein paar Landsleute in der Nähe, das macht es prickelnder.«

»Lass mal«, sagte Tatjana. »Ich bin müde.« Doch tatsächlich war sie so wach, dass sie das Gefühl hatte, ihr Körper sei ein einziger Schrei. *Für ein glückliches Wiedersehen ...* Wem sollte eine solche Anzeige irgendetwas sagen? Wem außer ihr? Sie tippte die Nummer in ihr Handy ein, dann las sie einige Zeilen über die Bahnarbeiter und ihr schweres Los, bis Mike Wörner neben ihr leise zu schnarchen begann.

*

Von: Ellen.Wonnegut@bmwi.bund.de
An: MMeyer86@voxcom.net
Betreff: Dringend!

Sehr geehrter Herr Meyer,
der Minister braucht dringend eine neue Rede für die Feier zur Grundsteinlegung von WW. Internationale Presse anwesend. Er

wünscht sich etwas mit guten Zitaten und was im Wahlkampf nützlich ist. Bitte bis morgen früh um 7:30 Uhr per Mail an mich und CC an Herrn Plöger.

Beste Grüße

Wonnegut

WW. Es ging um West-Way, Schneiders Prestigeprojekt einer Ostsee-Pipeline, die russisches Gas in westeuropäische Haushalte liefern sollte. Er unterdrückte den spontanen Impuls, ihnen ihre Frechheit um die Ohren zu hauen. Er hatte sich nach Tagen im Rund-um-die-Uhr-Einsatz auf einen gemütlichen Abend zu Hause gefreut. Schneider war für einen Kurztrip nach St. Petersburg geflogen, morgen würde er ihn in Detmold treffen, wo der Minister sein Privathaus und seinen Wahlkreis hatte und seine Wahlkampftour mit dem Bus begann.

Und nun hatten sie offenbar festgestellt, dass der Redenschreiber Mist abgeliefert hatte. Bis morgen früh um halb acht hieß, dass er diese Nacht in Kaffee baden konnte. An Schlaf war nicht zu denken. Nicht nur eine nette Ansprache, sondern auch gleich noch eine fette Wahlkampfrede und was Staatstragendes und voll mit Zitaten, damit er möglichst viele Einspieler in den Nachrichten bekam. Klar. Und warum nicht gleich noch eine Bewerbung für den Doktor honoris causa und eine philosophische Abhandlung dazu? Aber gut, dafür hatte Schneider ihn, dafür bezahlte das Ministerium ihn, zwar schlecht, aber es zahlte, dafür hatte er sich für diesen Job entschieden: die absolute Herausforderung in Verbindung mit dem absoluten Einblick in die geheimen Mechanismen der Macht. Er würde ihm eine Rede schreiben. Eine Rede, aus der jeder das nehmen konnte, was er wollte.

Von: MMeyer86@voxcom.net
An: Ellen.Wonnegut@bmwi.bund.de
Betreff: AW: Dringend!

Liebe Frau Wonnegut,
bitte schicken Sie mir schnellstmöglich die Liste der Veranstaltungsteilnehmer. Wie lang soll die Rede sein? An wen wendet sie sich (abgesehen von den Wählern)? Wo wird er sie halten? In Moskau? St. Petersburg? Bei GasNeft? An der Küste/am Hafen? Ich brauche so viele Informationen wie möglich. Spricht er als Erster oder Zweiter? Wie viele Redner gibt es insgesamt? Wer ist vor Ort für das Protokoll zuständig, wer im BMWiZ? Bitte mit E-Mail-Adresse und Telefonnummer und mit Anrede (und ggf. zu benutzender Sprache). Danke.

Viele Grüße
Matthew Meyer

*

Berlin, 26. Mai 2012

Ausnahmsweise war es mal nicht acht oder neun Uhr geworden. Sie waren früh aus Frankfurt zurückgekommen. Wörner war noch zu einem Geschäftsessen gefahren, auf dem er sie nicht dabeihaben wollte, was ihr sehr willkommen war. Wahrscheinlich ging es bloß darum, dass die Männer hinterher noch ins Bordell wollten und nicht gewusst hätten, wie sie die Mitarbeiterinnen dafür loswurden. Oder Wörner hatte vor, ein paar Geschäfte unter der Hand zu machen, wie er selbst es immer nannte, ohne ins Detail zu gehen. Damit meinte er das, was nach allgemeiner Auffassung zur guten Pflege einer geschäftlichen Partnerschaft gehörte: die Geldflüsse, die außerhalb der Bücher stattfanden. Sicher, es war Korruption.

Aber es war eben auch ganz normaler Wettbewerb. Keiner von den Großen kam ohne Bestechung aus, wenn er sich nicht selbst ins Aus schießen wollte. Wörner hatte genau genommen keine Wahl. Auch Tatjana wusste das.

Auf dem Nachhauseweg aus dem Büro bog sie noch rasch in den Supermarkt ab und erledigte die Einkäufe, die längst überfällig waren. Ein paar Nudeln, etwas Fastfood für die Mikrowelle, Obst, so viel sie tragen konnte. Und eine Flasche Wodka für die wirklich harten Stunden, wenn die Einsamkeit sie wie eine alles verschlingende Krake umklammerte. Der Junge an der Kasse flirtete wie immer mit ihr. Er war wirklich süß. Kaum stellte sich Tatjana an der Schlange an, hatte er sie auch schon entdeckt, und das Blut schoss ihm in die Wangen. Bis sie dran war, legte er sich jedes Mal irgendeinen witzigen Spruch zurecht. Diesmal allerdings schien ihn zum ersten Mal seine Fantasie im Stich gelassen zu haben. Wortlos zog er die Ware über seine Scannerkasse, nahm das Geld, gab ihr ein paar Münzen zurück und wünschte: »Noch'n schön' Abend.«

»Danke. Wünsche ich dir auch«, erwiderte Tatjana und zwinkerte ihm zu. Doch er schien sie gar nicht richtig zu registrieren, sondern schaute schon zum nächsten Kunden hin, den er bemerkenswert schnell bediente. »Zwanzig achtzig«, sagte er und hielt ihm schon die Hand hin, um zu kassieren. Tatjana packte ihre Einkäufe in ihren Rucksack und steckte die Geldbörse weg. Gerade als sie den Supermarkt verlassen wollte, rief der Junge ihr nach: »Ach Entschuldigung! Ich glaube, wir haben einen Fehler gemacht. Sie bekommen noch Geld von mir!« Verwirrt wandte Tatjana sich ihm wieder zu. »Ja?«

»Ja, sehen Sie …« Er wedelte mit einem Kassenzettel. Tatjana ging zurück und beugte sich über ihn. Die Augen des jungen Mannes waren fest auf den Ausgang gerichtet. »Schauen Sie rüber, schnell«, sagte er leise. »Der Mann, der hinter Ihnen an der Kasse war …« Tatjana blickte zur Tür hin und sah die kräftige Statur eines absolut durchschnittlichen Typen mit einer Einkaufstüte nach draußen verschwinden. »Was ist mit ihm?«

»Er hat sie verfolgt. Er war die ganze Zeit hinter Ihnen.«

»Das kann doch in einem Supermarkt durchaus vorkommen, oder?«, stellte Tatjana leicht amüsiert fest. »Man geht zur Eingangstür rein, wird durch die Regale geschleust und landet an der Kasse.«

»Aber er war auffällig in Ihrer Nähe. Außerdem, seine Einkäufe …«

Der Mann schlug den Weg nach rechts ein, Richtung Friedrichstraße.

»Wieso? Was hat er denn gekauft?«

In der Schlange an der Kasse begannen die ersten Kunden zu murren.

»Gleich!«, erklärte der junge Verkäufer. »Wir müssen nur ganz schnell eine Sache klären. Tut mir leid.« Er senkte seine Stimme nochmals, sodass ihn garantiert niemand außer Tatjana hören konnte: »Ein Gurke, Nylonstrümpfe und eine Flasche Ketchup? Wer kauft so bescheuert ein?«

Tatjana blickte noch einmal zu dem Mann hin und sah, wie er die Tüte mit seinen Einkäufen in einem Papierkorb verschwinden ließ, ehe er außer Sicht kam. Niemand, dachte sie. Es sei denn, er hatte einen anderen Grund für seine Einkäufe. »Danke«, flüsterte sie und drückte den Arm des Jungen. Dann hastete sie nach draußen und lief in die Richtung, in die der Mann verschwunden war. Doch er war nicht mehr zu sehen.

Auf dem Weg nach Hause blieb sie immer wieder stehen und betrachtete sich in irgendwelchen Schaufenstern, um festzustellen, ob jemand hinter ihr war. Plötzlich war jeder Unbekannte suspekt.

Sie konnte sich nicht entschließen, Licht in ihrer Wohnung zu machen. Langsam war die Dämmerung auf der anderen Straßenseite der Nacht gewichen und die Dunkelheit über die Häuser gekrochen. Und nun saß sie hier im Dunkeln und starrte hinunter auf den Gehweg, verfolgte jedes Auto mit ihren Blicken, studierte die Fenster gegenüber, ob sich irgendwo eine Gardine bewegte oder ob irgendwo jemand ebenfalls im Dunkeln saß und herüberstarrte.

Einmal war ihr ein Wagen aufgefallen, der nach kurzer Zeit ein zweites Mal vorbeigefahren war. Doch vermutlich war es nur ein verzweifelter Parkplatzsucher gewesen. Einmal kam ihr das Gesicht eines Mannes bekannt vor, der verdächtig lange am Hauseingang gegenüber gestanden hatte. Doch dann war er von einer Frau abgeholt worden, die sich so überschwänglich gefreut hatte, ihn zu sehen, dass es nur echt gewesen sein konnte. Jetzt erschien ihr plötzlich die Tatsache seltsam, dass das Wohnhaus auf der anderen Straßenseite völlig im Dunkeln lag. Kein einziges Fenster war erleuchtet. Drohend erhob sich das wie ausgestorben wirkende Gebäude in der Nacht.

Sie lauschte auf die Geräusche im eigenen Haus. Hörte irgendwo eine Tür knallen, hörte ein Radio, bildete sich ein, zwei Stimmen im Gespräch auszumachen und ein Paar, das sich liebte. Aber vielleicht hörte sie auch nur ihre eigenen Fantasien. Draußen war von fern ein Martinshorn zu vernehmen und aus dem nahen kleinen Park ein Hund, der kläffte und kläffte, als wäre es seine letzte Gelegenheit.

Mit Gänsehaut erhob sich Tatjana von ihrem Platz, trat vom Fenster zurück und tappte in die Küche. Das Licht des Kühlschranks blendete sie, als sie die Milchtüte herausnahm und aufschraubte. Es war nicht mehr allzu viel drin, sodass sie sie gleich aus der Packung trank. Das Küchenfenster ging nach Süden, mit Blick auf den Hinterhof. Von hier aus konnte sie die beiden Stimmen besser hören. Es waren eine Frau und ein Mann, die sich stritten. Tatjana spürte, wie ihr das Herz eng wurde: Jetzt jemanden zum Streiten zu haben wäre so wundervoll gewesen. Stattdessen stand sie allein in ihrer schicken kleinen Wohnung am Prenzlauer Berg, weit über tausend Kilometer von ihrer Familie entfernt, mit einem Freund, der nicht da war, und mit einem Geliebten, den sie nicht liebte.

Als das Telefon läutete, fuhr ihr das Geräusch wie ein Messer in den Leib. »Ja?«

»Ich soll Ihnen mitteilen, dass Sie am Montag eine Maschine früher nach Köln nehmen«, sagte Wörners Sekretärin Corinna Fleischhauer mit ihrer ewig leiernden Stimme.

»Hätten Sie mir nicht eine Mail schreiben können?«

»Mike wollte sicher sein, dass Sie die Nachricht bekommen.« Mike. Das hatte sie absichtlich gesagt. Im Büro sprach sie von »Herrn Dr. Wörner«. Tatjana sollte wissen, dass sie nach wie vor eine Konkurrentin war. Wenn Corinna Fleischauer gewusst hätte, wie wenig Tatjana an Mike Wörner lag ...

»Danke«, sagte sie. »Dann viel Spaß noch heute Abend.«

»Ihnen auch.«

Die Tippse legte auf. Tatjana nahm einen Schluck Milch, ging müde ins Wohnzimmer zurück und bezog wieder ihre Stellung am Fenster. Sie hätte sich Gardinen anbringen lassen sollen. Zu spät. Sie hatte nur die weinroten Vorhänge. Und wenn sie die zuzog, dann konnte nicht nur keiner reinschauen, sie selbst hatte die Außenwelt auch nicht mehr im Blick. Dennoch schloss sie sie bis auf einen schmalen Spalt, dann starrte sie wieder in die Nacht.

Zwei Fenster waren jetzt im Haus gegenüber erleuchtet. Zwei Fenster, hinter denen nichts Böses auf sie lauerte.

*

St. Petersburg, 27. Mai 2012

Sehr geehrte Gäste,
liebe Mitarbeiterinnen und Mitarbeiter, liebe Freunde,

ja, ich möchte Sie gerne Freunde nennen, denn im Laufe der Zeit, die wir an diesem großen gemeinsamen Projekt arbeiteten und das wir heute an den Start bringen, sind Sie mir ans Herz gewachsen. Ich bin stolz darauf, mit Ihnen zusammen dieses Stück Zukunft aus der Taufe heben zu dürfen. West-Way ist mehr als ein Transportmittel für Gas, es ist ein Verbindungsglied zwischen unseren Völkern. Und es ist auch keine Einbahnstraße. Ich möchte behaupten, dass West-Way ebenso ein Weg nach Osten ist, eine Achse des Guten, eine neue Lebensader in dem Miteinander der Menschen von Ost und West, die dazu führen wird, dass wir einander noch näher rücken.

Die Beziehungen zwischen den Völkern des Ostens und denen des Westens, vor allem natürlich zwischen Russland und meiner Heimat Deutschland, waren weiß Gott nicht immer einfach. Es gab schreckliche Ereignisse und Phasen, die wir am liebsten für alle Zeit vergessen würden. Doch das dürfen wir nicht. Denn Vergessen bedeutet auch, die eigene Verantwortung zu begraben. West-Way hat von der schwierigen Vergangenheit sicher nicht profitiert. Aber es hat auch nicht darunter gelitten. Im Gegenteil: Ich möchte behaupten, die Schrecken des Krieges und der Nachkriegszeit waren uns ein besonderer Ansporn, es besser zu machen, es der Welt zu zeigen, wie sehr wir einander schätzen, wie verbunden wir inzwischen sind und wie gut wir zusammenarbeiten können. Zum Nutzen aller Beteiligten! West-Way wird für die Völker des Westens zu mehr Energiesicherheit führen. Für die Russen wird es eine verlässliche Einnahmequelle sein, die hilft, die zahlreichen Reformanstrengungen zu unterstützen, die die Regierung unter meinem Freund, dem Präsidenten Ivan Ludin, unternimmt und weiterhin unternehmen wird. So können wir Deutsche und alle Westeuropäer langfristig mithelfen, die Demokratisierungsbestrebungen zu unterstützen und Russland zu einer stabilen und prosperierenden Republik zu machen.

Lieber Ivan, ich möchte Ihnen im Namen des deutschen Volkes danken, dass Sie sich so energisch für das Gelingen dieses wichtigen Großprojekts eingesetzt haben. Auch den Mitarbeiterinnen und Mitarbeitern von GasNeft möchte ich für ihren Einsatz danken.

Ja. Schneider hatte den richtigen Ton getroffen. Und alle hatten es gemerkt. Er galt etwas hier im Osten, die Menschen hier schätzten Underdogs, die sich hochgearbeitet hatten, für sie war er kein Parvenü, sondern ein Selfmademan. Er war so, wie sie sein wollten, einer wie ihr Präsident. Mutig, clever, potent. Einer wie sie. Lässig faltete er die Rede der Länge nach zusammen und steckte sie in sein Jackett. Dann wandte er sich zum Präsidenten der Russischen Föderation um und schüttelte ihm die Hand. Zwei Männer im Zenit ihrer Macht und ihres Könnens.

*

Für ein glückliches Wiedersehen. Mit zitternden Fingern wählte Tatjana die Nummer. Ein russisches Handy. Für ein glückliches Wiedersehen ... Mit angehaltenem Atem lauschte sie auf das ferne Läuten.

»*Da?*« Eine männliche Stimme.

»*Dobre danjo*«, sagte Tatjana und fuhr auf Russisch fort:

»Ich habe Ihre Anzeige gelesen.«

»In der *Moskovskaija Gaseta*?«

»Ja. Kann es sein, dass das eine Nachricht für mich war?«

»Und wer sind Sie?«

»Tatjana Lossowa.«

»Geben Sie auf sich Acht, Tatjana Lossowa. Sie pflegen keine guten Kontakte.« Ehe Tatjana etwas erwidern konnte, war die Leitung tot. Sie spürte, wie sich ihr der Magen umdrehte. Sie versuchte, tief durchzuatmen. Es war still in ihrer Wohnung. Das Display ihres Handys erlosch. *Sie pflegen keine guten Kontakte.* So etwas Ähnliches hatte auch die Frau in Klosters gesagt. Kurze Zeit später war sie tot gewesen. War das nur irgendein Spinner, der jedem seine universellen Weisheiten verkündete? Oder hatte in der Nennung ihres Namens ein Wiedererkennen durchgeklungen? Wusste er von der Unbekannten auf der Konferenz? »Wer bist du?«, flüsterte Tatjana und schloss die Augen, um die Tränen zurückzuhalten.

*

»Wir haben sie wieder, Major.«

»Gut. Ab jetzt bitte jedes Gespräch verfolgen. Können wir das Gerät aktivieren, ohne dass sie es merkt?«

»Daran arbeiten wir. Das müsste aber in den nächsten Stunden möglich sein.«

»Gute Arbeit. Bleiben Sie dran.«

»Jawohl, Herr Major.«

*

Frankfurter Allgemeine Zeitung, 29. Mai 2012

Gipfel mit Ergebnissen

Moskau. Zum Abschluss des deutsch-russischen Wirtschaftsgipfels in Moskau haben die beiden Seiten Kooperationen über mehr als 14 Milliarden Euro beschlossen. Neben Lieferverträgen über Seltene Erden und einer verstärkten Zusammenarbeit im Bereich Luftfahrttechnologie wurde vor allem die Gründung eines Konsortiums zum Bau der seit längerem diskutierten Ostsee-Pipeline für den Transport von Erdgas aus Russland nach Westeuropa vereinbart. An dem Konsortium ist neben dem mehrheitlich im Besitz des russischen Staats befindlichen Rohstoffkonzern GasNeft auch das deutsche Energieunternehmen Sommersberg AG beteiligt. Bundeswirtschaftsminister Schneider sprach von einem der »größten infrastrukturellen Vorhaben des Jahrzehnts und einem völkerverbindenden Projekt«. Die Pipeline ist seit Jahren heftig umstritten. Westliche Umweltverbände befürchten ökologische Schäden vor allem durch den Einsatz von Unterwasserröhren in der Ostsee.

*

Handelsblatt, 29. Mai 2012

Europa an der langen Leine

uef Teck, **Berlin/Moskau.** Vertreter der russischen und der deutschen Regierung sowie des europäisch-russischen Energiekonsortiums NAC GasNeft haben in Berlin die Verträge zum Bau einer neuen doppelröhrigen Pipeline unterzeichnet. Die West-Way genannte Verbindung wird sich vom sibirischen Juschno-Russkoje bis Greifswald erstrecken. Sie durchquert dabei auf einer Länge von 1200 Kilometern die Ostsee. Über eine Verlängerung über Land bis Brüssel bzw. Paris wird bereits mit den Regierungen Belgiens und Frankreichs verhandelt. West-Way wird das Volumen der Gaslieferungen Russlands an die EU zunächst um ca. 22 Prozent erhöhen. Bis 2020 soll die Fördermenge knapp das Doppelte des heutigen Volumens betragen. Umweltschützer haben im Vorfeld kritisiert, dass die Pipeline das sensible ökologische Gleichgewicht der Ostsee stören könnte. Auch wird kritisiert, dass von Tausenden Wracks ziviler und militärischer Schifffahrt sowie unzähligen noch in der Ostsee befindlichen scharfen Sprengkörpern aus beiden Weltkriegen erhebliche Gefahren ausgehen. Dem hält die Bundesregierung ein unabhängiges Gutachten des Meeresbiologischen Instituts Kiel entgegen, wonach die Sicherheitsmaßnahmen während des Baus ausreichend seien und mit einem erhöhten Risiko von Umweltschäden nach Inbetriebnahme der Pipeline nicht zu rechnen sei.

West-Way wird privat finanziert. Die Kosten sollen etwa 13,3 Milliarden Euro betragen. Für einen geringen Teil bestehen unter anderem Bürgschaften der KfW und der Banque de France.

SECHS

St. Petersburg, 18. Mai 2012, 07:10 Uhr

Irina Lewna Lossowa war eine starke Frau. Mit siebzehn Jahren war sie aus einem kleinen Ort in der Ukraine nach Moskau gekommen, um Biochemie an der Lomonossow-Universität zu studieren, die Jüngste in ihrem Jahrgang und bald schon eine der Besten. Sie hatte sich Arkadi Michailowitsch Lossow mindestens ebenso sehr gewählt wie er sie. Sie war keine Frau, die hinter ihrem Mann zurückstand. Doch natürlich, als die Kinder kamen, zuerst Nikolai, dann Tatjana, blieb ihre Karriere auf der Strecke. Und während Arkadis Stern steil nach oben stieg, begann ihrer zu sinken. Zuerst hatte sie noch als Dozentin an ihrem alten Institut gearbeitet, doch dann waren sie – des Geldes wegen – nach Nischnewartowsk gegangen, einer Stadt, in der es nichts gab, was den Geist am Leben gehalten hätte. Es war eine verzweifelte Zeit gewesen, die härteste ihres Lebens. Als Arkadi schließlich nach St. Petersburg in die Konzernzentrale von GasNeft gerufen worden war, war es für Irina Lossowa wie eine Wiedergeburt gewesen, nicht nur weil Nikolai dort eine bessere medizinische Versorgung gehabt hatte. Mit Arkadis Beförderung hatten sie sich endlich auch eine größere Wohnung leisten können. Und Nikolai war gesund geworden, hatte die Leukämie besiegt und war aufs Konservatorium gegangen. Tatjana wiederum hatte von der Violine aufs Cello gewechselt und einen enormen Sprung gemacht, auch in ihrer Persönlichkeit. Aus dem schüchternen, in sich gekehrten Mädchen war zunehmend eine selbstbewusste junge Frau geworden, eine Schönheit! So wie Irina Lewna Lossowa eine gewesen war, damals, als sie aus der fernen Heimat am Schwarzen Meer ins große Moskau gezogen war. Sie hatten es nicht leicht gehabt, doch sie hatten es immer geschafft, hatten nie aufgegeben, hatten immer gekämpft.

Ja, Irina Lewna Lossowa war eine starke Frau. Und nun musste sie handeln. Denn Arkadi war nicht wiedergekommen. Sie hatten ihn mitgenommen und vermutlich in eines ihrer heimlichen Häuser gebracht, die seit den Zeiten Berijas, des einstigen sowjetischen Geheimdienstchefs, in der ganzen Stadt verteilt waren und von denen jeder wusste, obwohl sie offiziell gar nicht existierten. Jetzt war es an ihr, das Richtige zu tun. Wenn Arkadi aus dem Weg geräumt war, hatte Nikolai nur noch sie. Darauf besann sie sich, als sie mit all ihr möglichen Selbstüberwindung jedes einzelne Teil, das auf dem Küchentisch lag, vorsichtig wieder in den Umschlag steckte, den Umschlag mit einer Plastiktüte umwickelte und alles in ihre Manteltasche steckte. Lautlos zog sie die Wohnungstür hinter sich zu und eilte die Treppen hinunter. Sie hatte ihre Tränen getrocknet, weitere würde sie nicht zulassen. Denn mit Trauer war nichts gewonnen. Weder die verlorene Zukunft ihres Sohnes würde davon wiederkommen noch ihr Mann nach Hause.

Der Morgen graute. In dieser Stunde war St. Petersburg die tristeste Stadt der Welt. Nur wenige Häuser entfernt lag die Klinik an der Mohovaja ulica. Sie würden ihn nicht dorthin gebracht haben. Aber falls doch, und sie hätte stundenlang weiter entfernte Krankenhäuser nach Nikolai abgesucht, so hätte sie es sich nie verziehen. Irina Lossowa hatte sich einen genauen Plan gemacht. Als Nächstes würde sie im Krankenhaus in der Ulica Vosstanija nachfragen, dann am Ligovskij Prospekt.

Der Umschlag in ihrer Manteltasche schien Tonnen zu wiegen. Das Wissen um seinen Inhalt zog Irina Lossowa förmlich nach unten. Doch sie kämpfte sich weiter vorwärts, achtete nicht auf den schneidenden Wind, der von der See her über die Stadt fegte, noch auf den Verkehr, der schon nach kurzem nahezu jede Überquerung einer Straße unmöglich machte. Die Petersburger waren erwacht. Sie waren auf dem Weg zur Arbeit. Sie sahen dem neuen Tag entgegen, ohne zu ahnen, wie endlich ihr Dasein und wie zerbrechlich ihre Leben waren. Nur Irina Lewna Lossowa wusste es in diesen Stunden, in denen sie durch St. Petersburg irrte, von Klinik zu Klinik. An der Starorusskaja ulica war die nächste. Doch auch hier hatten sie keinen jungen Mann eingeliefert bekommen, der seine Fingerkuppen verloren hatte. So wenig wie im Kazacij most oder an der Borovaja ulica.

Es war das erste Mal, dass sie nahezu auf die Knie sank: »Können Sie nicht in den anderen Kliniken anrufen und fragen, ob sie meinen Sohn dort aufgenommen haben? Sehen Sie, was man ihm angetan hat!« Sie wickelte den Umschlag aus der Plastiktüte und öffnete diesen.

»Woher haben Sie das?«, fragte der Arzt.

»Kann man sie wieder annähen?«, fragte Irina Lossowa und sah ihn flehentlich an.

»Sind die echt?«, hauchte eine Krankenschwester.

Der Arzt sog scharf die Luft ein. »Rufen Sie die Polizei!«

Voll Panik stürzte Irina Lossowa aus dem Krankenhaus und sah sich um. Die nächste Klinik lag im Norden. Am Voznesenskij Prospekt. So nah an Nikolais Konzertsaal. So nah! In Irina Lossowa glimmte Hoffnung auf. Lag es nicht nahe, dass sie ihn dorthin gebracht hatten?

»Herr Doktor«, sagte sie, als sie vor dem diensthabenden Arzt stand. »Lieben Sie Musik?« Dann brach sie zusammen.

*

Brüssel, 29. Mai 2012

Das Telefon klingelte. Es war Plöger.

»Ja?«, fragte Matthew.

»Herr Meyer, wissen Sie etwas von einem Unfall auf einer Gasplattform in der Nordsee?«

Van Straaten!, schoss es Matthew durch den Kopf. Die Nordsee-Sache. »Gasplattform? Wer sagt das?«

»Die ARD bittet uns um eine Stellungnahme.« Plöger klang vorwurfsvoll. »Und Sie sind in Brüssel.«

»Entschuldigung, dass ich den Minister begleite«, erwiderte Matthew säuerlich. »Also, was wollen Sie von mir?«

»Erst einmal sollten wir sicher sein, dass es diesen Unfall überhaupt gibt.«

»Das sollte so schwierig nicht sein, das herauszufinden«, erklärte Matthew und ging parallel mit seinem Smartphone auf den News-Ticker. Doch dort war nichts zu sehen. Er rief die Seiten der Nachrichtenagenturen dpa und ddp auf. Ebenfalls nichts. »Sind Sie sicher, dass das kein Scherz war? Wer hat denn angerufen?«

»Stefan Zieblinski«, sagte Plöger genervt. »Gehört der nicht zu Ihren Buddys?«

»Herr Plöger, ich habe keine Buddys. Aber Zieblinski ist ein alter Bekannter von mir. Ich rufe ihn mal an, ja?«

»Gut. Regeln Sie das, und geben Sie ihm einen Kommentar, wenn Sie meinen. Wir verlassen uns da auf Sie.«

»Geht in Ordnung«, erklärte Matthew. »Ist ja auch mein

Job.« Er legte auf. Ein Unfall auf einer Gasplattform in der Nordsee. Und niemand wusste Bescheid. Niemand außer Zieblinski. Und der wusste es von ihm. Das hieß, nein, der wusste es nicht von ihm, denn er selbst hatte es bis eben nicht gewusst. Er hatte nur gewusst, dass Van Straaten eine Nordsee-Livereportage brauchte. Und nur das hatte er Zieblinski gesagt – und den Kontakt zwischen ihm und der Maple Group gemacht. Zieblinski konnte es also nur von Maple erfahren haben. Matthew wählte die Nummer von Van Straaten, und zu seiner Überraschung bekam er ihn bereits nach wenigen Minuten, in denen er mit dessen charmanter Sekretärin flirtete, direkt ans Telefon.

»Was machen die Umfragen, Matthew?«, fragte Van Straaten statt einer Begrüßung.

»Waren schon besser. Ich rufe noch einmal wegen der Nordsee-Reportage an. Sie sind mit Zieblinski in Kontakt?«

»Ich natürlich nicht, aber ich gehe davon aus, dass die Zusammenarbeit zwischen unserer Presseabteilung und ihm inzwischen läuft.«

»Er wollte einen O-Ton von Schneider.«

»Gut! Geben Sie ihm einen.«

»Zu einem Unfall auf einer Ölplattform in der Nordsee.« Nebenher rief Matthew einen Nachrichtenservice nach dem anderen auf. Deutschland. England. Niederlande. AP, AFP, BBC, Reuters …

»Gas.«

»Dann eben Gasplattform. Das ist es also, worüber er berichten soll?«

»Wir denken, es ist wichtig, die Öffentlichkeit darüber zu informieren.«

»Die Sache ist aber noch nicht sehr öffentlich. Wenn ich das richtig sehe, weiß momentan keine der großen Presseagenturen darüber Bescheid. Weder in Deutschland noch in UK oder in einem der anderen Anrainerstaaten.«

»Kommt alles noch, Matthew. Wenn wir das an die ganz große Glocke hängen, wissen wir nicht, mit welchen Übertreibungen sich die Agenturen wieder gegenseitig übertreffen wollen. Sie wissen ja, gekauft wird im News-Geschäft immer das, was am lautesten ist.«

»Und was soll Schneider sagen?«

»Na, was wird er schon sagen. Das übliche Beruhigungsgequassel. Vielleicht auch ein bisschen Kritik an der Wirtschaft.«

»Kritik an der Wirtschaft? Sind Sie neuerdings bei den Sozialisten eingetreten?«

»Aber nein. Nicht an der Wirtschaft generell. Die Kritik kann sich ja nur gegen die verantwortungslosen Ausbeuter der Nordsee richten, die den geschundenen Meeresgrund ohne Rücksicht auf die Umwelt bis zum letzten Kubikmeter Gas absaugen, und das mit veralteter Technologie und in einer hochsensiblen Region.«

»Ich bin überrascht. Aber zumindest klingt es, als könnte es von Schneider stammen.«

»Dann legen Sie es ihm doch in den Mund. Sie können damit nichts falsch machen. Auf Wiederhören.«

Van Straaten legte auf, und Matthew saß perplex vor seinem Telefon. Was ging da ab? Van Straaten war viel zu clever, um sich ins Geschäft regieren zu lassen. Dachte er wirklich, wenn er einen Konkurrenten als gewissenlosen Geschäftemacher brandmarkte, käme seine Firma im Gegenzug gut weg? Im Öl- und Gasgeschäft gab es keine edlen Ritter. Jeder dachte, dass alle in diesem Business Dreck am Stecken hatten. Und jeder hatte damit recht. Nein, es musste etwas anderes sein. Zieblinski war der Schlüssel zur Erkenntnis. Wieder wählte Matthew eine Nummer und wartete. Der Journalist, immerhin, ging unmittelbar ans Handy.

»Super, dass du anrufst. Wir brauchen ein paar O-Töne von euch«, sagte Zieblinski ohne Umschweife. »Für deine Nordsee-Story. Ich bin dir übrigens echt dankbar. Das ist ein Knüller. Und dass ihr damit so lange dichtgehalten habt, klasse! Na ja, *dichtgehalten* war jetzt wahrscheinlich etwas unpassend. Aber du weißt ja, wie ich's meine. Also, können wir deinen Chef vor die Kamera bekommen?«

»Ich habe dir gar nicht gesagt, dass es um eine Gasplattform geht.«

»Van Straatens Pressefuzzi hat mich angerufen und mir alles erklärt.«

»Was erklärt?«

»Dass es diesen Unfall gegeben hat, dass sie alles tun, um das Leck unter Kontrolle zu kriegen, dass sie eine faire Berichterstattung brauchen und so weiter. Das Übliche. Wenn man davon absieht, dass wir diesen Informationsvorsprung bekommen haben.«

»Sie tun alles, um das Leck unter Kontrolle zu bekommen?« Das hieß, dass es keine Plattform eines Konkurrenten war, sondern eine eigene. Die Maple Group *hielt* über ihre Tochter Sommersberg AG diverse Beteiligungen an Förderfirmen.

»Klar. Dachtest du, sie lassen das Gas jetzt einfach ab und suchen sich ein neues Bohrloch?«

»Wie heißt denn die Plattform?«

»Ginevra.«

»Verstehe. Und weißt du auch, seit wann die ein Leck haben?«

»Seit Dienstag.«

»Seit Dienstag, aha.« Matthew rieb sich die Stirn. Van Straaten hatte ihn am Samstag um den Kontakt für eine

Reportage gebeten. Das hieß, dass sie entweder drei Tage lang Gas in die Luft gepustet hatten, ohne es in den Griff zu bekommen. Oder aber ... Matthew wollte sich die Alternative gar nicht vorstellen.

*

Berlin, 29. Mai 2012

Tatjana hatte Alerts auf alle Stichworte eingetragen, die irgendwie helfen konnten, Licht in das Dunkel zu bringen: Nikolai Lossow, Pianist, Arkadi Lossow, Irina Lossowa, GasNeft, Konservatorium St. Petersburg, ja, sogar Schostakowitsch. Die Nachrichten trafen beinahe minütlich ein, Nachrichten über Öl und Gas und Musik, aber keine Nachrichten über ihre Familie. Das war allerdings nur eine Frage der Zeit, so weit wie sie ihr Netz gespannt hatte. Irgendwann musste es eine Meldung geben, die ihr einen Anhaltspunkt gab, was los war. Doch dann kam die Nachricht auf ganz anderem Wege und völlig unerwartet: »Sie sollten lesen, was morgen in der *Welt* steht, Tatjana Lossowa.«

»Vera ...«

»Keine Namen. Besorgen Sie sich die Zeitung. Es ist interessant, dass in Russland niemand darüber schreibt.«

»Worüber schreibt niemand in Russland?«

»Über die Dinge, die man mit Menschen macht, die unbequem sind.« Die Frau am anderen Ende der Leitung schwieg für einen kurzen Augenblick, dann räusperte sie sich und fügte hinzu: »Und mit ihren Angehörigen. Passen Sie wirklich gut auf sich auf Tatjana Lossowa.«

Im nächsten Moment war die Leitung tot, und Tatjana lauschte auf den Nachhall dieser leisen, ernsten Stimme in ihrem Kopf. Sie blickte auf die Uhr. 10:57 Uhr. Wer wusste bereits jetzt, was in der *Welt* von morgen stehen würde? Und wie konnte sie es erfahren?

*

»Über eine Länge von sechs Seemeilen erstreckt sich bereits der schillernde Film, der die Nordsee etwa 320 Kilometer nordwestlich der Deutschen Bucht bedeckt. Die Luft über dem Wasser kann kein Mensch mehr atmen, selbst in hundert Meilen Entfernung ist der Gestank noch zu bemerken. Die Schiffe sind vorsichtig. Sie bleiben so weit wie möglich entfernt.« Zu den markigen Worten machte der Reporter ein Gesicht, als stünde er mitten in einem Bombenhagel. Die Dramatik wurde allerdings konterkariert durch das alberne Plüschmikrofon, das er sich wie ein Wetterreporter vor die Nase hielt und dessen Fell wirr im Wind flatterte. »Wenn der Wind dreht, kann es sein, dass sie plötzlich mitten in der Gaswolke sind – und dann kann jedes Fünkchen der Maschine, jede Zündung des Motors in einem Inferno enden. Wir sind mit dem Kutter MS *Nordmeer 3* noch so weit von der Plattform entfernt, dass wir sie nicht sehen können – obwohl sie sich mehr als achtzig Meter über dem Meeresspiegel erhebt. Ganz oben brennt noch die Flamme, mit der überschüssiges Gas abgefackelt wird. Was sonst eine Sicherheitsmaßnahme ist, wird nun zur tödlichen Bedrohung. Denn wenn die Gaswolke, die den Förderturm weiträumig umgibt, sich bis dorthin aufgetürmt hat, kann alles in einem Feuerball untergehen.« Die Kamera schwenkte aufs offene Meer hinaus, wo sich mächtige Wellen hoben und senkten. Bildschnitt. Plötzlich wurde die Plattform von oben gezeigt. Über den Bildschirm flimmerten Bilder, die ein in großer Entfernung kreisender Hubschrauber aufgenommen hatte. Dazu die Stimme des Reporters aus dem Off: »Dies ist die Lage, als wir über Funk hörten, dass die Sperrzone ausgeweitet wurde und wir abdrehen müssen. An Land stehen Flugzeuge bereit, mit denen der Betreiber der Plattform Chemikalien auf die Nordsee sprühen will, um eine Umweltkatastrophe zu vermeiden. Umweltverbände befürchten, dass damit noch größere Schäden angerichtet werden. Bereits jetzt muss damit gerechnet werden, dass ein Großteil der direkt betroffenen Unterwasserwelt schwer beschädigt ist. Der Kapitän unseres Kutters, der sonst in diesen Gründen Kabeljau und Sprotte fischt, bangt um seine Zukunft und die seiner Crew. Doch nicht nur Tiere und Pflanzen sind betroffen. Dem Vernehmen nach befindet sich immer noch ein knappes Dutzend Arbeiter auf der Plattform und wartet darauf, endlich ausgeflogen zu werden. Die Wetterlage erschwert ein solches Manöver, denn wenn die Helikopter der Gaswolke zu nahe kommen, besteht die hohe Gefahr, dass ausgerechnet die Rettungsflieger den tödlichen Funkenflug verursachen, der die gesamte Bohrinsel zur Explosion bringt. Es wäre das sichere Todesurteil für die Männer, die seit mehr als zweiundsiebzig Stunden inmitten der aufgewühlten Nordsee hoffen und bangen. Stefan Zieblinski, ARD-Studio Bremen.«

Der Einspieler war zu Ende, auf dem Bildschirm war nun wieder das Studio der *Tagesschau* zu sehen. Der Redakteur im Studio versuchte auszusehen wie Bob Woodward, der eben Deep Throat getroffen hat. »Hi, Fred«, murmelte Matthew Meyer und prostete ihm mit dem Bier zu, das er sich aus der Minibar genommen hatte.

»So weit unser Kollege vor Ort«, übernahm der Studioredakteur. »Auch Stunden nach dem Unfall auf der Gasplattform Ginevra in der Nordsee ist keine Lösung in Sicht. Experten des Betreiberkonsortiums haben errechnet, dass durch die Havarie gegenwärtig etwa 20 Tonnen Gas pro Tag austreten. Es bestehe jedoch keine akute Gefahr. Das Gas werde innerhalb kurzer Zeit verdunsten. Umweltexperten sehen hingegen einen weiteren Beweis dafür, wie unberechenbar die Förderung von Öl und Gas in der Nordsee ist und welche Gefahren von ihr ausgehen. Dazu haben wir nun einen Vertreter von Earth International bei uns im Studio. Guten Abend, Herr Urach.«

Die Kamera ging in die Halbtotale und zeigte neben dem Studioredakteur einen Mann im schlecht sitzenden Anzug mit nicht weniger schlecht sitzenden Zähnen.

»Guten Abend.«

Von seinem Platz auf dem Hotelbett aus prostete Matthew auch ihm zu. »Hi, Charly.« Es wunderte ihn nicht, Karl Urach von Earth International auf dem Bildschirm zu sehen. Er galt in Industriekreisen als leicht zu manipulieren und also: zu steuern. Mit Sicherheit hatte Van Straatens Mannschaft auch für diese Einladung ins Studio gesorgt.

»Wie groß ist Ihrer Meinung nach die Gefahr, die von dem Unfall auf der Plattform Ginevra ausgeht?«, fragte der Studioredakteur.

Urach: »Wir müssen hier zwischen kurz-, mittel- und langfristigen Gefahren unterscheiden. Kurzfristig mögen die Risiken berechenbar erscheinen. 20 Tonnen Gas sind eine noch einigermaßen übersichtliche Menge. Allerdings sind diese 20 Tonnen in nur drei Tagen ausgetreten, und wir wissen nicht, wie lange es dauern wird, bis das Bohrloch wieder abgedichtet ist. Falls es jemals wieder abgedichtet wird …«

»Das heißt, Sie halten es für möglich, dass es gar nicht mehr unter Kontrolle gebracht wird?«

»Das ist nicht unwahrscheinlich. Sehen Sie, Anfang der neunziger Jahre hat ExxonMobil gar nicht weit von der Stelle, an der nun die Havarie aufgetreten ist, nach Öl gebohrt und dabei eine Gasblase geöffnet, aus der seitdem unkontrolliert Gas austritt, und zwar in riesigen Mengen. Großbritannien müsste dieses Gas in den Klimaverhandlungen angeben. Dafür wäre ein Zertifikatekauf erforderlich.«

Matthew nickte. Urach war wirklich klasse.

»Und wie sieht die Situation mittelfristig aus?«

»Zunächst geht es natürlich darum, die unmittelbare Gefahr zu bannen und die Arbeiter von der Plattform zu bringen. Wenn das Leck aber nicht in den nächsten Tagen und Wochen vollständig verschlossen werden kann, dann werden wir damit leben müssen, dass ein großer Teil der Nordsee auf Generationen hin tot ist. Es wird dort kein funktionierendes Ökosystem mehr geben. Und damit übrigens auch keinen Fischfang mehr.«

»Und langfristig? Oder war das schon langfristig?«

»Global betrachtet, und damit auch auf ganz lange Sicht, ist das große Problem solcher Gaslecks, dass die ausströmenden Stoffe einen enormen Einfluss auf den Treibhauseffekt haben. Einer der Hauptbestandteile des austretenden Gasgemischs ist Methan – und das ist um ein Vielfaches klimaschädlicher als CO_2.«

»Es wird also entscheidend sein, möglichst schnell den Korken wieder draufzubekommen. Herr Urach, was können wir tun, um solche Katastrophen in Zukunft zu vermeiden?«

»Das ist ganz einfach: Kein Öl und Gas mehr aus der Nordsee fördern.«

»Herr Urach, ich danke Ihnen für das Gespräch.«

Matthew klatschte müde in die Hände. »Wirklich bemerkenswert«, sagte er, und in diesem Moment klingelte das Telefon. Van Straatens Nummer.

»Perfekter Auftritt«, stellte der Chef der Maple Group fest.

»Wenn es das war, was beabsichtigt war, in der Tat. Sie sollten Earth International eine Spende zukommen lassen. Wusste Urach überhaupt, was er da unterstützt?«

»Das weiß man doch bei diesen Umweltschützern nie, oder? Die Spende jedenfalls haben wir schon veranlasst.«

»Im Ernst? Ich meine, das sind ja nicht gerade unsere Freunde ...« Das stimmte für Van Straatens Mannschaft ebenso wie für Schneiders.

»Das hält die Organisation vielleicht vor allzu aggressiven Nachforschungen und Anwürfen ab. Sie müssen sich sonst fragen lassen, warum sie überhaupt Geld von uns genommen haben. Beziehungsweise wofür.«

»Sehr clever. Sie greifen in die Portokasse und bekommen die Lufthoheit.«

»Wir rechnen das über die Position ›Gesellschaft‹ ab. Das sollten Sie wissen.« Van Straaten hörte sich an, als hätte er sich bereits wieder einer anderen Sache gewidmet und führe das Gespräch mit Matthew aus reiner Konvention zu Ende.

Die Position »Gesellschaft« war ein Topf, aus dem wohltätige Engagements finanziert wurden. Dazu gehörten Parteispenden ebenso wie eine Kindertagesstätte für Mitarbeiter oder die Belieferung der ehrenamtlichen Tafeln aus übrig gebliebenen Kantinenbeständen. Alles das sollte aber vor allem die Ausgaben für verdeckte PR-Maßnahmen kaschieren, die in den letzten Jahren dramatisch gestiegen waren. Etwas, das Matthew Meyer bei seiner Arbeit für Van Straaten mehrmals mitbekommen und sogar mitgestaltet hatte.

»Aber schadet Ihnen das nicht ungemein, Herr Van Straaten? Ich meine, immerhin sind Sie an der Plattform beteiligt ...«

»Machen Sie sich darüber keine Sorgen. Wir gehen hier nur einen kleinen Schritt zurück, um woanders einen größeren nach vorn zu tun«, orakelte der Manager. »Solche Dinge passieren, dann kommt es einfach nur darauf an, sich mit maximaler Offenheit und der nötigen Vision darüber hinwegzusetzen.« Offenheit war nicht gerade das, was Van Straaten pflegte. Es gab unter den europäischen Top-Bossen keinen verschlosseneren als ihn.

»Wie Sie meinen«, murmelte Matthew und gab sich keine Mühe, seine Skepsis zu verbergen.

»Eine Bitte hätte ich noch.« Plötzlich war Van Straaten wieder ganz bei der Sache.

»Ja?«

»Sehen Sie zu, dass wir möglichst schnell eine Kleine Anfrage an die Bundesregierung zum Thema organisiert bekommen.«

Matthew seufzte. »Geht klar«, sagte er schließlich.

Im nächsten Augenblick hatte Van Straaten, ohne sich zu verabschieden, aufgelegt. Eine Kleine Anfrage im Bundestag. Das hatte er noch nie gemacht. Aber natürlich, das war genau das Tool, das Van Straaten jetzt brauchte. Er machte den Fernseher aus und griff zum Laptop, der neben ihm auf dem Bett lag. Eine Nachricht von Tatjana blinkte ihn an:

Von: tatjana.lossowa@voxcom.net
An: Matthew.Meyer@bmwi.bund.de
Betreff: Noch wach?

Wo bist du? xxx T.

Von: Matthew.Meyer@bmwi.bund.de
An: tatjana.lossowa@voxcom.net
Betreff: Brüssel.

Wenn hier einer Trost braucht, bin ich es. Die Welt ist ein Wahlkampf. Habe noch nie so etwas Deprimierendes erlebt. Schneider ist jetzt mein Held. Er macht sogar vor drei Kleingärtnern im Hinterzimmer einer Schnapskneipe eine super Show. Bleibt, bis auch der letzte gegangen ist. Und steht am nächsten Morgen wieder auf der Bühne, als hätte er im Fitnessstudio übernachtet.

Keine fünf Sekunden später leuchtete die Nachricht auf: *Lass uns skypen.*

Sie stellte die Verbindung her und sah Matthew in einem Hotelzimmer sitzen, hinter sich an der Wand einen scheußlichen Kunstdruck im Billigrahmen. »Sieht wirklich aus wie das typische Brüsseler Konferenzhotel. Du Armer.«

»Und du bist zu Hause?«

»Ja. Heute mal etwas früher.«

»Glückspilz.« Er lachte und rückte etwas näher an den Bildschirm heran. »Ich hatte ganz vergessen, wie schön du bist.«

»Das kann ich jetzt brauchen«, erwiderte Tatjana und schenkte ihm ein Lächeln. »Sprich weiter.«

»Oh, das werde ich. Je mehr ich von dir sehe, umso mehr kann ich schwärmen.«

Tatjana hielt einen Augenblick den Atem an. »Ich hoffe, das sollte nicht zweideutig sein«, sagte sie dann und spürte, wie ihr Herz pochte.

»Ausschließlich«, sagte Matthew und machte einen Knopf seines Hemds auf.

»Wie, ausschließlich?«

»Ausschließlich zweideutig.« Und noch einen.

»Du meinst das jetzt nicht ernst, oder?« Zögerlich streifte sie einen Träger ihres Nachthemds über die Schulter.

»Sieht uns doch niemand«, stellte Matthew fest und fuhr – offenbar von ihr ermutigt – damit fort, sein Hemd zu öffnen.

»Ich … ich hab das noch nie gemacht.« Der andere Träger fiel fast von selbst.

»Dann sind wir schon zwei.« Das Hemd glitt von seinen

Schultern. »Und, hey, du siehst wirklich wunderschön aus! Ja, ich glaube, das kann ich jetzt mit noch größerer Bestimmtheit sagen.«

»Hauptsache du kommst nachher nicht mit Dementis«, kicherte Tatjana, als das Nachthemd langsam an ihr herabrutschte.

»Madame, Sie werden von mir weder Bestätigung noch Dementi hören.«

Er stand auf, und auf Tatjanas Bildschirm war nun einzig seine Körpermitte zu sehen. Die Gürtelschnalle blitzte, dann fiel seine Hose – und er stand in Shorts da.

»Ich bin aber auch ganz zufrieden mit dem, was ich da sehe«, seufzte Tatjana und erhob sich ebenfalls.

»Warte mal ab. Das Beste kommt erst.«

Okay, dachte Tatjana und richtete den Bildschirm so ein, dass Matthew sie richtig sehen konnte. Dann eben das.

*

Matthew nahm sein Hemd vom Boden, wischte sich damit ab und warf es in die Wäsche. Dann rief er den Mitschnitt noch einmal auf, den er heimlich gemacht hatte. Was für eine Frau! Er spürte, wie ihm das Blut wieder in die Lenden schoss – und fuhr den Computer herunter. Nein, jetzt war es erst einmal gut, er musste sich um den Job kümmern, den ihm Van Straaten aufs Auge gedrückt hatte. Und dann war da ja auch noch Wahlkampf, und er reiste mit einem Trupp Selbstausbeuter kreuz und quer durch die Republik. Also machte er sich an die Arbeit und tippte: *Kleine Anfrage an die Bundesregierung zum Engagement der Bundesrepublik Deutschland in Bezug auf die Förderung von Erdöl und Erdgas in der Nordsee.* Und er wusste auch schon, wer sie für ihn stellen würde.

*

»Herr Major, ich glaube, wir haben etwas besonders Wertvolles entdeckt.«

»Dokumente?«

»Besser.«

»Besser als Dokumente dürfte schwierig sein.«

»Sehen Sie selbst.« Der diensthabende Offizier spielte seinem Vorgesetzten die Sequenz vor. Als die Show zu Ende war, hatten sich auch die anderen Mitarbeiter um seinen Schreibtisch gesammelt und das lautstarke Ende verfolgt. »Bravo!«, rief einer der Kollegen, einige klatschten, ehe sie sich grinsend wieder an ihre Arbeitsplätze oder auf die Toilette verzogen.

»Das ist in der Tat besser als Dokumente«, bestätigte der Major. »Ich bin sicher, unser Industrieminister wird doppelte Freude daran haben. Machen Sie mir eine CD davon.«

»Liegt in ein paar Minuten bei Ihnen auf dem Schreibtisch.«

»Tja, wer hätte gedacht, dass ein Schlappschwanz wie Lossow eine solche Tochter haben kann.«

Der diensthabende Offizier nickte. »Und wer hätte gedacht, dass sie so was für ihren Freund macht.«

»Die kleine Hure wird noch viel Freude an dem Film haben«, sagte der Major voll ingrimmiger Freude und ging hinüber in sein Büro. »In fünf Minuten auf meinem Schreibtisch!«, rief er, bevor er die Tür erreichte.

»Geht klar.« Schnell nahm der diensthabende Offizier zwei CD-Rohlinge heraus und brannte den Film darauf, ehe er eine davon hinüber zu dem Major brachte, der über das weitere Vorgehen in Sachen Tatjana Ludmilla Lossowa entscheiden würde.

*

Brüssel, 29. Mai 2012

Schneider hasste es, wenn Frauen bei den Sitzungen anwesend waren. Es bedeutete, dass bis zum bitteren Ende über Inhaltliches debattiert wurde – und vor allem, dass es im Anschluss keine lockere Männerrunde gab. Frauen standen der politischen Kultur schlicht im Wege. In Brüssel zumal, wo sich unterhaltungsmäßig Fuchs und Hase gute Nacht sagten. Schneider hasste auch Brüssel, er hasste den Bürokratenhaufen, der sich hier zusammengefunden hatte und Weltherrschaft spielte, ohne jemals einen anständigen Wahlkampf geführt zu haben. Es war nicht seine Welt. Nein, er kam von unten und hatte es nach ganz oben geschafft, jetzt wollte er regieren und genießen. Die Franzosen verstanden sich darauf, Paris war in der Hinsicht das Gelobte Land, da regierte der Präsident noch wie ein König und hielt entsprechend Hof und Berlin probte zumindest im Kleinen und Geheimen sein Potenzial. Aber Brüssel? Wenn er aus dem Flieger stieg, dachte Hansjürgen Schneider schon wieder an den Rückflug.

Lustlos studierte er die Akten, während er dem Vortrag des Ausschussvorsitzenden mit halbem Ohr zuhörte. Einmal mehr ging es um die Frage der Förderung alternativer Energien durch die Europäische Union. Und einmal mehr sprachen mehr Gründe dagegen als dafür. Schneider vertrat zwar offiziell die Linie der Abkehr von fossiler wie nuklearer Energiegewinnung. Gleichzeitig aber kämpfte er hinter den Kulissen mit aller Macht für den Ausbau von etwas, das clevere Spin-Doctors »Brückentechnologien« genannt hatten. Gemeint war in seinem Fall nichts anderes als das gute alte Erdgas, mit dem einige wenige Länder so reich beschenkt worden waren und das so viele andere Länder so dringend brauchten. Unter anderem Deutschland.

»Kollege Dr. Schneider?« Der Wirtschaftskommissar beugte sich etwas vor und lächelte ihn verbindlich an.

»Ich habe unsere Position schon zu den Akten gegeben«, erklärte Schneider und versuchte, ein Gähnen zu unterdrücken. »Die Bundesregierung setzt sich für den Ausbau regenerativer Energien ein. Wir wollen bis zum Jahr 2025 mindestens 40 Prozent unseres Bedarfs klimaneutral generieren, bis 2040 über 80 Prozent. Berechnungen, die mein Ministerium in Auftrag gegeben hat, bestätigen die Machbarkeit dieses Plans. Dazu gehören natürlich die Möglichkeiten der Energieeffizienz sowie der Einsparungen. Mit diesem Mix erreichen wir unser Ziel nach konservativen Prognosen sogar zwei bis vier Jahre früher. Sie sehen also, wir haben sehr vorsichtig gerechnet. Entsprechend früher werden wir unseren Verbrauch fossiler Energiequellen zurückfahren können. Eine Beschränkung auf die vorhandenen beziehungsweise bereits in Vorbereitung befindlichen Lieferrouten ist deshalb unseres Erachtens völlig ausreichend. Entsprechend sieht unsere anliegende Finanzplanung aus, die nicht weniger konservativ gerechnet ist.«

Schneider wedelte mit der Hand, als seien all das längst erledigte Fragen. In Wahrheit hatte er das Gegenteil von dem präsentiert, was seine Zuhörer gehört zu haben glaubten: Man würde noch Jahrzehnte in hohem Maße Erdöl und Erdgas verbrauchen. Die Energiewende war ein Potemkinsches Dorf. Vor allem aber: Es würden noch Tausende Kilometer an Pipelines gebaut werden, zu Land und unter Wasser, quer durch halb Russland und durch halb Europa, Pipelines, für die auch die Europäische Union haftete.

»Neben der Wirtschaftlichkeitsprüfung haben wir besonderes Augenmerk auf die Umweltverträglichkeit der Brückentechnologie Erdgas gelegt. Das entsprechende Gutachten zu Fragen der Sicherheit, auch und gerade in der sensiblen Angelegenheit der Verlegung durch die Ostsee und der Frage der Wartungszuverlässigkeit stellen wir Ihnen natürlich zur Verfügung.« Dass ein Umweltverträglichkeitsgutachten für den russischen Teil des Projekts fehlte, musste Schneider nicht erwähnen. Europäer dachten europäisch. Wen interessierte schon etwas so weit Abgelegenes wie Sibirien.

»Dann schlage ich vor, jeder sieht sich das selbst an«, resümierte der Ausschussvorsitzende, »und wir gehen zum nächsten Tagesordnungspunkt über. Vielen Dank für Ihre wie immer perfekten Unterlagen, Herr Dr. Schneider.«

»Immer gerne.«

Schneider klappte seine Mappe zu und steckte die Dokumente weg. Er wartete noch fünf Minuten, ehe er den Saal verließ und aus dem Gebäude eilte. An liebsten wäre er direkt nach Berlin zurückgeflogen. Doch zuerst stand noch ein informelles Treffen mit dem Energiekommissar auf dem Plan. Nun, immerhin würden sie gut essen. Und politisch brachte dieser Termin mit Sicherheit um einiges mehr als der Ausschuss eben. Der Energiekommissar war nur durch Schneiders Protektion ins Amt berufen worden – und er würde durch ihn auch wieder abberufen werden, wenn er nicht spurte. Da sie beide das wussten, betrachtete Schneider das Treffen als eine Art Wunschkonzert. Und er hatte einige Wünsche.

*

Der Tag hatte sich quälend hingezogen, endlich dämmerte der Abend herauf, und Tatjana saß vor ihrem Computer wie eine Katze vor dem Mauseloch. Unablässig rief sie die neuesten Meldungen auf der Website der *Welt* auf, ununterbrochen las sie jede Kleinigkeit, die auch nur entfernt mit Russland zu tun haben konnte oder mit irgendeinem Thema, das für sie bedeutsam sein mochte. Doch sie entdeckte nichts. Schließlich hielt sie es nicht mehr aus, sie zog sich ihre Jacke an und stürzte aus der Wohnung. Sie würde sich die Zeitung am Hauptbahnhof holen, die Abendausgabe, die dort zuerst ausgeliefert wurde. Ein Blick auf die Uhr bestätigte: kurz nach halb acht. Ab etwa 20 Uhr waren die wichtigsten Zeitungen dort vor Ort.

Sie musste nur wenige Meter laufen, dann konnte sie ein Taxi anhalten, das sie hinüber ins Regierungsviertel brachte. Der Hauptbahnhof war belebt wie der Rote Platz, ein eisiger Wind fuhr den Reisenden durch die Kleider. Tatjana spürte davon nichts. Sie hastete die Treppen hoch und hielt Ausschau nach den Zeitungshändlern. Links vom Haupteingang wuchtete der erste seine Pakete vom Handwagen und schnitt die Bänder auf. »*Die Welt*?«, fragte Tatjana atemlos.

»Ist noch nicht da.«

»Wann kommt sie?«

»Der Kollege hat sie vielleicht schon«, sagte der Mann und deutete zur anderen Seite des Eingangs, wo ein Händler seine Presseerzeugnisse bereits ausgebreitet hatte.

»*Die Welt*?« Tatjana wiederholte ihre Frage.

»Zwei zwanzig.« Mit geübter Hand klappte der Zeitungshändler das Blatt einmal zusammen und reichte es Tatjana. Sie nestelte drei Euro aus ihrer Geldbörse, nuschelte »Stimmt so« und las bereits die Schlagzeilen. Auf der ersten Seite: nichts. Der ganze Politikteil schien ihr belanglos. Sie griff bereits zum Wirtschaftsteil, da fiel ihr eine Überschrift unter »Vermischtes« ins Auge, die ihr Herz aussetzen ließ:

Die Welt, 30. Mai 2012

Künstlerkrieg in Petersburg

St. Petersburg – Wenige Wochen nach einem Säureangriff auf einen der führenden Tänzer des berühmten Bolschoi-Theaters ist es in der russischen Metropole erneut zu einem grausamen Verbrechen an einem bekannten Künstler gekommen. Am Abend von Christi Himmelfahrt, in der Nacht vom 17. auf den 18. Mai, wurden dem Pianisten Nikolai Lossow von Unbekannten sämtliche Fingerkuppen abgetrennt. Offenbar nur Minuten nach einem umjubelten Konzert des Musikers muss es zu der Bluttat gekommen sein. Mitarbeiter des Theaters fanden ihn ohnmächtig in seiner Garderobe. Auf dem Weg ins Krankenhaus verschwand der Pianist dann spurlos. Es wird nicht ausgeschlossen, dass die Täter aus seinem Umfeld stammen. Seit längerem tobt in Russland ein Künstlerkrieg, in dem mit immer brutaleren Verbrechen vor allem gegen Musiker und Tänzer vorgegangen wird. Lossow galt als kommender Star am Klassikhimmel und hatte erst kürzlich einen hoch dotierten Plattenvertrag abgeschlossen. Für den Herbst waren mehrere Auftritte in Deutschland geplant. Nach dem Verbrechen gilt als sicher, dass Lossow nie wieder Klavier spielen kann. Cj

*

Sie brauchte drei Anläufe, um endlich die richtige Nummer in ihr Handy zu tippen. Doch natürlich sprang nur die Mailbox an. Sie hörte ihre eigene Stimme aus einer anderen Welt, einer anderen Zeitrechnung, als oben noch oben und unten noch unten war, als sich noch nicht alles in eine absurde Karikatur von Leben verwandelt hatte. Wieder würgte es sie, doch sie hatte alles von sich gegeben, was in ihr war. Den Geschmack von Erbrochenem hatte sie noch im Mund, es ekelte sie vor ihr selbst. Die ganze Welt widerte sie an.

Ein alter Mann saß auf einer Bank gegenüber und blickte sie mitleidig an. Vermutlich sah sie aus wie das reine Elend. Kein Wunder, so fühlte sie sich schließlich auch. Die beiden Businessmänner in den schlecht sitzenden Anzügen hätte sie übersehen, wenn nicht einer von ihnen sich mehrmals umgeschaut hätte, so als hielte er es für möglich, verfolgt zu werden. Instinktiv knüllte Tatjana die Zeitung in ihre Manteltasche und ging so schnell, wie es ihre zitternden Beine erlaubten, in die entgegengesetzte Richtung. Als sie ins Taxi stieg, legte einer der Männer seine rechte Hand ans Ohr und sagte etwas. Sie kannte die Bewegung: Security-Leute taten das, weil sie ein Mikrofon im Ärmel hatten. Sie nannte dem Fahrer ihre Adresse und beobachtete durch das Rückfenster, wie die beiden in einen Wagen stiegen und ihr folgten. »Können Sie ein bisschen mehr Gas geben?«, fragte sie den Fahrer. Der nickte, machte aber keine Anstalten, die nächste Ampel noch zu erwischen. »Hören Sie, ich glaube, ich werde verfolgt. Können wir den dunkelblauen Audi da hinter uns abhängen?«

»Dat ist hier Berlin, Gnädigste«, sagte der Taxifahrer trocken. »Wennse 'ne Verfolgungsjagd wollen, fahr'nse lieber Taxi in New York. Wir sind sowieso gleich da.«

Tatjana wählte die 110.

»Polizeinotruf, guten Tag.«

»Mein Name ist Tatjana Lossowa. Ich bin gerade mit dem Taxi unterwegs nahe Prenzlauer Berg und glaube, dass ich verfolgt werde.«

»Verfolgt? Hat Ihnen jemand etwas getan?«

»Nein. Aber …«

»Wer verfolgt Sie denn?«

»Das weiß ich nicht. Ich …«

»Sind Sie bedroht worden?«

»Nein. Das nicht …«

»Also, wenn ich es richtig verstehe, hat Ihnen niemand etwas getan, und niemand hat Ihnen etwas angedroht. Dies ist der Polizeinotruf. Bitte blockieren Sie ihn nicht, damit Menschen, die wirklich in Not sind, rechtzeitig Hilfe bekommen. Auf Wiederhören.« Im nächsten Moment war die Leitung unterbrochen.

»Scheiße«, fluchte Tatjana. In drei Minuten waren sie vor ihrem Haus. Und dann? »Halten Sie an!«, herrschte sie den Fahrer an. »Bleiben Sie stehen.«

»Hier? Invalidenstraße?«

»Sofort. Ich muss raus.« Sie fummelte zehn Euro aus ihrer Geldbörse und warf sie ihm hin, dann verließ sie fluchtartig das Taxi. Der dunkelblaue Audi fuhr an ihr vorbei. Doch gerade als sie aufatmen wollte, blieb er stehen, und die zwei Männer vom Bahnhof stiegen aus. Während der eine auf dem Gehweg in ihre Richtung kam, überquerte der andere die Fahrbahn und stellte sich auf der gegenüberliegenden Seite hin. Tatjana blickte sich um. Eine Straßenbahn näherte sich Richtung stadtauswärts. Links zweigte die Bergstraße ab. Mit wenigen schnellen Schritten hatte sie die Invalidenstraße überquert und lief zurück. Eine lange Mauer erhob sich seitlich. Sie zögerte, ob sie den Durchgang nehmen sollte.

»Wir würden gerne mit Ihnen sprechen, Frau Lossowa«, sagte in dem Moment eine Stimme, die von vielen starken Zigaretten zeugte und von nicht minder vielen durchsoffenen Nächten, so nah, dass sie beinahe aufgeschrien hätte. Wie hatte der Typ so schnell bei ihr sein können! »Was wollen Sie von mir?«

Ein dritter Mann war aus dem dunklen Audi gestiegen und beobachtete sie, die beiden anderen nahmen Tatjana in ihre Mitte. »Gehen wir ein paar Schritte«, sagte der Raucher und nickte in Richtung Durchgang. Der Friedhof!, schoss es Tatjana durch den Kopf. Natürlich, hinter dieser Mauer lag ein riesiges Gräberfeld.

»Ich gehe nirgendwohin«, erklärte Tatjana und wählte einmal mehr den Polizeinotruf. Der andere Mann lächelte mit falscher Freundlichkeit und hielt ihr einen Dienstausweis unter die Nase. »Das können Sie sich sparen. Wir arbeiten für denselben Auftraggeber.«

»Polizei?«

»BKA.«

»Was wollen Sie von mir?« Tatjana steckte das Handy weg, blieb stehen und musterte die beiden, die einen verstörend gelassenen Eindruck machten, aber keinen Zweifel daran ließen, dass sie nicht zum Vergnügen hier waren.

»Wir wollen Ihnen ein paar Fragen stellen.« Der Mann packte sie am Arm und drängte sie durch die Pforte auf den Friedhof. Während sein Kollege die Eisentür hinter ihnen zudrückte und sich davor postierte, stellte er sich so, dass Tatjana zwischen der Friedhofsmauer, einem kleinen Gebäude und ihm praktisch ohne Fluchtmöglichkeit im Winkel stand. Er hätte sie hier abstechen können, niemandem wäre es aufgefallen. Tatjana spürte, wie ihr Herz raste.

»Worum geht es denn überhaupt?« Sie versuchte, so normal zu klingen, wie es unter diesen Umständen möglich war.

»Sie waren kürzlich in der Schweiz?«

»Ich … ja, ich war in der Schweiz.«

»Und zwar in …?«

Sie zögerte.

»Ich muss Sie nicht daran erinnern, dass Sie verpflichtet sind, die Strafverfolgungsbehörden zu unterstützen.«

»Ich will mit meinem Anwalt sprechen«, keuchte Tatjana.

»Sie will mit ihrem Anwalt sprechen!«, rief der BKA-Mann seinem Begleiter zu, woraufhin beide lachten. Doch schnell wurde der Mann wieder ernst. Er kam Tatjana so nahe, dass sie seine Bartstoppeln sehen konnte. »Sie wollen gar nichts, Frau Lossowa, glauben Sie mir. Das Einzige, was Sie wollen, ist, dass wir Sie in Ruhe lassen. Denn wenn wir Sie nicht in Ruhe lassen ...« Er atmete tief ein und nickte dann, als würde sich jede weitere Bemerkung erübrigen. Seine unterschwellige Drohung zeigte Wirkung.

»Klosters«, presste Tatjana hervor, während ihre Augen flackernd nach Hilfe suchten. Doch es begann bereits dunkel zu werden, und auf dem Friedhof war kein Mensch mehr zu sehen. Warum, verdammt, war hier nicht längst geschlossen?

»Klosters«, wiederholte der Mann. »Gut. Das entspricht auch unseren Informationen. Waren Sie zufällig in einem Hotel namens *Chalet Blanc*?«

Wie viel durfte sie überhaupt sagen? Sie hatte eine Verschwiegenheitserklärung unterschrieben. Aber galt die auch gegenüber der Polizei? Tatjana nickte. »Aber ich war nur als Begleitung dort. Als Mitarbeiterin meines Chefs. Mike ... Dr. Michael Wörner von BraunTec.«

Der Mann mit der zerstörten Stimme griff in sein Jackett und nahm ein Foto heraus, das er Tatjana vorhielt. »Kennen Sie diese Frau?«

Ja. Sie kannte sie. Niemals würde sie dieses Gesicht vergessen, diese Augen. Stahlgrau und stechend. »Ich habe sie einmal gesehen.«

»Wann und wo haben Sie sie gesehen?«

»Sie hat mich ...« Tatjana hielt inne. »Ich glaube nicht, dass ich Ihnen das sagen muss. Worum geht es hier eigentlich?«

»Frau Lossowa.« Der Mann hatte wieder sein eisiges Lächeln aufgesetzt und sah sie an, als würde er sie unter dem Mikroskop studieren. »Wir ermitteln in einem Mordfall. Die Sache ist delikat, weil es um eine internationale Angelegenheit geht und vielfältige Interessen betroffen sind. Wie vielfältig, das müsste Ihnen klar sein, da Sie ja vor Ort waren. Im Moment betrachten wir Sie als wichtige Zeugin.«

»Im Moment?«

Der Raucher hatte seine Position an der Pforte verlassen und trat so nahe an sie heran, dass sie seinen Atem riechen konnte. »Gut möglich, dass Sie schon bald als Verdächtige gelten.«

»Sind Sie bereit, uns bei unseren Ermittlungen zu unterstützen?«, fragte der andere Mann.

»Ich ... ich habe nichts getan.«

»Das behaupten alle.« Aus dem Augenwinkel sah Tatjana eine Gestalt den Fußweg entlangkommen. Ein Friedhofsmitarbeiter! Er trug eine graue Uniform mit Schirmmütze.

»So, die Herrschaften«, sagte er. »Wir schließen jetzt. Wenn Sie so freundlich wären, den Friedhof zu verlassen ...«

»Polizei«, erklärte der Mann, der Tatjana plötzlich wieder am Arm packte, als wollte er einen Fluchtversuch verhindern. »Wir sind hier gerade im Einsatz. Schließen Sie zuerst die anderen Türen und kommen Sie in zehn Minuten wieder.« Er wartete, bis der Friedhofsmitarbeiter außer Hörweite war, dann fuhr er fort: »Kennen Sie den Namen der Frau?«

»Nein. Sie?«

»Wissen Sie, in wessen Begleitung sie in dem Hotel war?«

»Ich weiß nichts über die Frau«, erklärte Tatjana mit fester Stimme. Sie würde sich von den beiden Männern nicht aus der Fassung bringen lassen.

»Dafür wusste sie erstaunlich viel über Sie«, erwiderte ihr Gegenüber trocken.

»Was wusste sie über mich?«

»Wie sind Sie ihr begegnet?«

»Sie hat an meine Zimmertür geklopft.«

»Sie kannten sich also schon vorher?«

»Nein. Ich hatte sie vorher noch nie gesehen.«

»Und danach?«

Als Leiche, dachte Tatjana, aber sie sprach es nicht aus. »Auch nicht«, sagte sie stattdessen. Der Blick, den der Mann seinem Kollegen zuwarf, diese beinahe unmerkliche Geste, zeugte davon, dass er ihr nicht glaubte. »Wussten Sie, dass die Frau Russin war?«

»Woher sollte ich das wissen?«

»Wussten Sie es?«

»Nein.«

»Sie sind auch Russin, richtig?«

»Und? Halten Sie mich deshalb etwa für verdächtig? Es gibt 140 Millionen Russen ...«

»Halten Sie sich zu unserer Verfügung. Sollten Sie versuchen, das Land zu verlassen, werden wir Sie augenblicklich wegen Fluchtgefahr festnehmen.«

*

Als Matthew endlich auf sein Hotelbett fiel, war es drei Uhr morgens. Er hasste Brüssel. Er hasste Schneider. Er hasste seinen Job. Und er hasste Hotelbetten. Irgendwo über oder unter ihm vögelten sich zwei andere Gäste offenbar gerade die Seele aus dem Leib. Die Minibar hielt ihm höhnisch all seine billigen Gelüste vor Augen: »Hier, Bier und Wein und Schnaps und Süßzeug und Salziges, du bist schließlich genauso ein Opfer wie alle, die mich aufmachen.« Er unterdrückte ein Würgen, musste an die Raucherrunde denken, die sich am Abend im Hinterzimmer eines Nobelrestaurants um Schneider versammelt hatte. Eine widerliche Mischung aus Speichelleckern und Erpressern diverser Lobbys. Jeder mit einer fetten Zigarre in den Fingern. Der Qualm hatte dieses scheinbar so zufällige Zusammentreffen in dichten Nebel gehüllt Er hing noch in seiner Kleidung.

Angeekelt riss er sich die Kleider vom Leib und stieg unter die Dusche, schlüpfte in den Hotelbademantel und warf sich wieder aufs Bett. Auf dem Smartphone war ein Dutzend E-Mails und Kurznachrichten eingegangen. Mehrere von Tatjana. Die letzte lautete:

Hi. Wo bist du? Ich brauche dich.

Nicht einmal ein Küsschen hatte sie ihm geschickt.

Ich war im Bordell, antwortete er.

Die Reaktion kam prompt: *Entschuldige. Ich glaube, das ist alles ein Missverständnis.*

Keine Sorge: War nur das Aufeinandertreffen von Politik und Wirtschaft in einem Restaurant. Ganz ohne Damen. Trotzdem reinste Prostitution.

Es dauerte einen Augenblick, ehe Tatjanas Rückmeldung eintraf: *Wann bist du wieder in Berlin?*

Morgen – für eine Nacht. Danach wieder Wahlkampftour. Irgendwas passiert?

Muss ich dir persönlich sagen. Ist nicht mein Glückstag heute. Rufst du mich an, wenn du hier bist?

Klar. Ich freue mich auf dich!

Ich mich auch. X.

SIEBEN

Offenburg, 30. Mai 2012

Als Schneider am nächsten Morgen in Offenburg zum *Politischen Frühschoppen* einlud, sah er aus, als hätte er die vergangene Nacht auf einer Beauty-Farm verbracht. Für die Kameras und Mikrofone war er ein Kraftpaket durch und durch, wie er da so von den Erfolgen der zurückliegenden Verhandlungen sprach. Die Provinzpresse war natürlich glücklich, dass sich mal einer der Politgranden an den Arsch der Welt verlaufen hatte, auch wenn sie genau wusste, dass sie diesen Service allein dem Wahlkampf verdankte. Aber so waren eben die Regeln: News gab es nur gegen News-Wert und Stimmen gegen Stimmung.

Von Offenburg ging es nach Stuttgart und von dort mit dem Flieger endlich wieder zurück nach Berlin – wenn auch nur für eine Nacht. Selbst an Bord des Airbus 320 gab Schneider Interviews und ließ sich fotografieren, in dem Fall mit diversen weiblichen Fluggästen, Frauen, die dieses Bild ein Leben lang mit sich herumtragen oder an die Küchenwand hängen würden, wo es alle Freundinnen ständig sehen und bewundern mussten: »Ich und Hansjürgen Schneider, der war damals Wirtschaftsminister und wollte meine Meinung hören zu …« Denn in der Tat fragte Schneider jeden nach seiner Meinung und erweckte so glaubwürdig den Eindruck, als flösse alles, was er hörte, praktisch direkt in seinen Entscheidungsprozess ein, und es ginge ihm nur noch darum, den Wählerwunsch eins zu eins durchzusetzen – auch wenn diese Wünsche noch so abseitig, unreflektiert und widersprüchlich waren. Schneider kriegte sie alle.

Am Ende des Tages hatte er geschätzt hunderttausend Wörter gesprochen, Hunderte von Fotos von sich machen lassen, dazu Hunderte Versprechen gemacht, sich unzählige Storys über die schlechte Abfallentsorgung in Waltersweier, die längst überfällige Direktverbindung nach Oppenau, die Flugangst alleinstehender Hausfrauen und den Stundenplan von Lufthansa-Flugbegleiterinnen angehört sowie ein Dutzend Liter Schweiß vergossen, die er durch die nämliche Menge an Bier ausglich. Matthew fiel fast aus dem Flugzeug, als sie endlich in Tegel gelandet waren. Er spürte, wie ihn buchstäblich jede Zelle seines Körpers anflehte, sich der Schwerkraft zu ergeben. Doch Schneiders Planung führte ihn zuerst noch in die Parteizentrale. Es gab neue Umfrageergebnisse – und der Minister musste zudem die Generalsekretärin einen Kopf kürzer machen, die mit ihren Thesen zur Arbeitsmarktpolitik ja geradezu provozierte, dass sich alle Welt daran erinnerte, wie er vor wenigen Jahren das Wahlvolk aufgerufen hatte, ihn am Erfolg seiner Arbeitsmarktpolitik zu messen – jener Politik, die statt zu sinkenden zu immer noch weiter steigenden Arbeitslosenzahlen geführt hatte. »Wenn sie nicht bald die Klappe hält mit ihren blödsinnigen Ausblicken auf den Arbeitsmarkt, dann bekommt sie ein anderes Ressort«, knurrte Schneider, nachdem Matthew ihm auf dem Tablet das jüngste Interview der Kollegin gezeigt hatte. »Am besten in der Putzkolonne.«

Matthew schaffte es immerhin, sich aus dem Treffen mit der Generalsekretärin auszuklinken, mit dem Hinweis, dass er die Presse dringend wieder mit ein paar Zitaten aus den

Schätzen des Großen Vorsitzenden füttern müsse. »Ich warte im Wagen, okay?«

»Fahren Sie lieber heim«, sagte Schneider und klopfte aufs Dach. »Bringen Sie Herrn Meyer nach Hause«, wies er den Chauffeur an, und zu Matthew sagte er: »Das wird lustig ab morgen. Versprochen.«

*

Berlin, 31. Mai 2012

Wörner hatte aufgefahren, was er nur auffahren konnte: Kaviar, Hummer, Champagner – all das Zeug, das ein echter Feinschmecker heute nicht mal mehr als Snack anfasste. Schneider war ein anderer Typ. Für ihn war gut, was teuer war. Die Dinge waren für ihn schwarz oder weiß. Er ließ sich dabei in seiner Einstellung nicht beirren. Was nicht in sein Weltbild passte, wurde eben passend gemacht. Und so war er auch zum Vorsitzenden der größten politischen Partei Deutschlands geworden, vor allem aber zum heimlichen Herrscher der Republik. Jeder wusste, dass er Bundeskanzler Martin Thanner in der Hand hatte, auch wenn niemand wusste, womit. Schneider in der Hand zu haben hieß deshalb, das Land zu regieren.

Wie nicht anders zu erwarten, verspätete sich der Minister um zwei Aperitifs. Als er endlich auftauchte, hatte er nur das Lokal im Blick, in dessen Winkeln und Nischen sich die Reichen und Mächtigen diverse Stelldicheins gaben. Es gab nur eine Handvoll Restaurants in Berlin, in denen man ab einer bestimmten Kragenweite noch als Gast verkehren konnte. Eines davon war die *Paris Bar*. Wörner konnte es genau erkennen: Schneider fragte sich, ob sein Treffen nicht lediglich die C-Lösung für den heutigen Abend war.

»Herr Minister Schneider«, sagte er so jovial, wie es ihm möglich war. »Wie schön, Sie zu sehen. Danke, dass Sie Zeit für mich hatten.«

Schneider nickte mit einem falschen Lächeln. »Wie geht es Ihnen?«

»Danke, Herr Schneider, so weit alles bestens. Die Firma ist gerade dabei, sich glanzvoll zu relaunchen. Die ersten Ergebnisse sind bereits sichtbar, die Prognosen rosig.« Er konnte nicht widerstehen: »Schade, dass das nicht auch für Ihre Prognosen gilt.«

Schneider winkt dem Ober und bestellte sich ein Pils. Auf Wörners Bemerkung ging er nicht ein. Stattdessen schäkerte er ein wenig mit der Bedienung und stellte dann anerkennend fest: »Gutes Publikum hier. Ich bin wirklich angenehm überrascht.«

»In der Tat«, stimmte Wörner zu. »Ein würdiger Rahmen für gute Gespräche. Hier trifft sich, was Rang und Namen hat.« Womit er nicht zuletzt seine eigene Bedeutung zu unterstreichen versuchte.

Schneider blickte spöttisch über den Rand seines Glases. »Doch«, sagte er. »Ein paar Wichtige sind schon hier.« Einige Augenblicke halb betretenen Schweigens vergingen, ehe er sich entschloss, Wörner entgegenzukommen. »Und Sie sind also zufrieden mit Ihrem Unternehmensumbau?«

»Nun ja, es geht voran.«

»Das muss es auch. So wie die Dinge liegen, sind Ihre Konzepte ziemlich veraltet, Herr Wörner.«

»Was nicht an uns liegt …« Der Manager fischte die Olive aus seinem Martini-Glas und schob sie sich in den Mund.

»Sondern?« Schneider wusste natürlich, was Wörner meinte.

»An Ihnen«, sagte der denn auch prompt. »Oder vielmehr:

an Ihrer Politik. Mit Ihrer Energiewende haben Sie uns ein verdammtes Kuckucksei ins Nest gelegt, das wissen Sie.«

»Mein lieber Herr Wörner. Ich wäre Ihnen dankbar, wenn Sie sich mäßigen. Sie wissen doch genau, dass wir keine Wahl hatten. Nach den Vorfällen der jüngsten Vergangenheit hätte uns ein Festhalten an der Kernenergie Kopf und Kragen gekostet.«

»Und so kostet uns die Abkehr Kopf und Kragen.«

Schneider sah sich um, als wollte er jeden Moment aufstehen und gehen. »Haben wir das nicht alles längst zur Genüge diskutiert? Ich weiß wirklich nicht, was Sie von mir wollen. Die Sache ist durch, und basta, ja?«

Nur einen kurzen Augenblick lang schwebten die Worte im Raum, und Schneider spürte, dass er sich im Ton vergriffen hatte. Dann antwortete Wörner so leise, dass der Minister schon hinhorchen musste, um ihn zu verstehen: »Ich dachte auch, dass wir das alles hinreichend diskutiert hätten. Aber dann kam ja nun dieser Tage Ihr Gesetzentwurf.«

»Und? Was ist mit ihm? Er ist mit allen Gremien abgestimmt. Auch mit Ihrer Lobby.«

»Erstens bezweifle ich das, und zweitens ist jeder erst einmal seine eigene Lobby. Ich spreche hier vor allem für mein Unternehmen. Das ist die Firma, die Ihrer Partei im letzten Wahlkampf mehr als eine Million Euro direkt gespendet hat. Und Sie wissen, dass wir ein Vielfaches indirekt in Ihre Kassen geschleust haben.«

»Was hat das jetzt mit dieser Sache zu tun?« Auch Schneider hatte inzwischen seine Stimme gezügelt.

»Nichts, Herr Minister, absolut nichts.« Die Bedienung kam und brachte Hummerscheren auf Champagnerschaum als Amuse-Gueule. »Es ist nur so: Wir werden wohl sparen müssen.«

»Wollen Sie uns nicht mehr unterstützen? Ist es das, was Sie mir sagen wollen?«

»Aber ganz und gar nicht, lieber Herr Schneider. Im Gegenteil! Wir würden Sie gern sogar mit noch mehr Einsatz unterstützen. Aber sehen Sie, mit diesem Gesetzentwurf ... Ich wüsste gar nicht, woher wir das Geld nehmen sollen.«

Schneider sah ihn fragend an.

Wörner zuckte die Achseln und erklärte: »Uns ist absolut schleierhaft, wie Sie eine angemessene Kompensation vergessen konnten.«

»Kompensation wofür?«

»Dafür, dass wir unsere für Milliardenbeträge errichteten und voll funktionsfähigen Kernkraftwerke nicht mehr nutzen können.« Gekonnt knackte Wörner die Hummerschere, während Schneider seinen Teller von sich schob und sich auf die Ellbogen stützte. »Nur damit ich das richtig verstehe: Sie haben sich mit Milliardensubventionen Ihre Kraftwerke vom Steuerzahler sponsern lassen, lassen uns mit dem Atommüll allein, die Entsorgung der ganzen Scheiße kostet noch einmal viele Milliarden. Nebenher haben Sie Abschreibungen vorgenommen, die Ihre Steuerlast fast auf null gedrückt haben. Und dafür, dass Sie sich jahrzehntelang eine goldene Nase am überteuerten Strom verdient haben, wollen Sie jetzt auch noch eine Kompensation?«

»Was gestern war, Herr Minister, das interessiert mich nicht. Aktuell sieht es so aus, dass Ihre Pläne unseren Aktienkurs und damit den Unternehmenswert halbiert haben und die Ertragssituation sich zu einer gigantischen Fehlanzeige ausgewachsen hat. Wenn wir nicht unser Tafelsilber verscherbelt hätten, müssten wir riesige Verluste ausweisen.«

»Klingt ja wirklich nach einem gelungenen Relaunch.«

»Ich bin meinen Aktionären verpflichtet, und ich möchte

wissen, welchen Ausgleich wir dafür bekommen, dass wir den Ausstieg aus der Atomenergie mitmachen.«

»Sie haben gar keine andere Wahl, Wörner«, knurrte Schneider und fixierte ihn mit funkelnden Augen.

»Das würde ich so nicht sagen«, erklärte Wörner so ruhig, wie es ihm möglich war. »Wenn Sie den Entwurf nicht überarbeiten, werden wir ihn scheitern lassen.« Er wartete, was Schneider erwidern würde, doch der Minister schwieg und widmete sich seinem Teller, den er wieder zu sich herangezogen hatte. Er gab sich äußerlich den Anschein völliger Ruhe, Wörner konnte aber am Flackern seiner Lider erkennen, dass es in Schneider brodelte. Der Mann war ein Vulkan, das war allgemein bekannt. Seine Wutausbrüche waren gefürchtet. Deshalb sah Wörner einem harten Angriff entgegen. Stattdessen wischte sich der Minister mit der bestickten Serviette den Mund ab, schob den Teller von sich, nahm den letzten kleinen Schluck seines Biers und stand auf. »Sie wollen eine Kompensation? Dann sollten Sie Ihrerseits über eine Kompensation nachdenken«, sagte er leise und hob Daumen und Zeigefinger. »Inoffiziell. Und ich habe nichts mit der Sache zu tun, Sie halten sich an Plöger.«

*

<u>Bulletin des Europäischen Parlaments,</u>
<u>01. Juni 2012</u>

Antrag
der Fraktion der Bürgerlichen Mitte
zur Förderung von Erdgas in der Nordsee

Die Fraktion der Bürgerlichen Mitte hat am Donnerstag, dem 31. Mai 2012, den Antrag zur Abstimmung im Europäischen Parlament eingebracht, die Förderung von Erdgas in der Nordsee ab dem 1. Januar 2013 einzuschränken. Von den gegenwärtig praktizierten Offshore-Bohrungen ginge ein erhebliches Umweltrisiko aus. Außerdem würden das Fischereiwesen und die Artenvielfalt stark beeinträchtigt. Der vollständige Wortlaut des Antrags ist auf der Internetseite des Europäischen Parlaments einzusehen.

*

Berlin, 1. Juni 2012

»Frau Lossowa«, sagte Michael Wörner mit gespielter Strenge. »Ich habe den Eindruck, Sie waren nicht ganz bei der Sache.«

Tatjana richtete sich auf. Sie hasste es, wenn sein Schweiß auf ihr klebte. »Tut mir leid, Mike. Ich habe Kopfschmerzen.«

»Hättest was sagen können. Ich bin doch kein Unmensch.«

»Schon gut.«

Sie schlüpfte aus dem Bett und huschte ins Bad. Die Frau im Spiegel kam ihr seltsam fremd vor, und das lag nicht nur an den Augenringen. Was tue ich hier eigentlich?, dachte sie. Zu Hause ist mein Bruder verschwunden, mein Vater genauso, Mama ist vollkommen am Ende – und ich vögle hier mit meinem Chef, den ich nicht einmal liebe. Sie drehte den Hahn auf und spritzte sich kühles Wasser ins Gesicht. Kopfschüttelnd betrachtete sie sich im Spiegel. Was für ein Albtraum. Und man sah ihn ihr an. Mike natürlich nicht, der hatte dafür keine Sensoren. Aber sie selbst erkannte, dass sie dabei war, in ein tiefes Loch zu fallen.

Sie wischte sich das Gesicht mit ein paar Kosmetiktüchern

trocken, drehte sich einen Dutt, stieg unter die Dusche und brauste sich rasch ab, um Mikes Schweiß loszuwerden. Während das Wasser ihr übers Gesicht lief, sah sie Nikolais Hände vor sich, diese wundervollen, feinen Pianistenhände. Indem sie ihm diese Finger abgeschnitten hatten, hatten sie ihn zum Krüppel gemacht, seelisch ganz zweifellos noch viel mehr als körperlich. Tatjana war schlecht. Sie drehte das Wasser ab. Als sie sich das Badetuch angeln wollte, stand Wörner schon neben ihr und reichte es ihr. »Schade, dass du schon fertig bist. Ich hätte dir Stunden zusehen können.«

»Du sollst mir nicht beim Duschen zuschauen. Außerdem hast du nicht Stunden Zeit.« Sie schlang das Tuch um ihren Leib und huschte an ihm vorbei aus dem Badezimmer.

»Stimmt«, sagte Wörner und kam hinter ihr her. Er war noch nackt, das blieb er gern länger als nötig. Es gefiel ihm, geschäftliche Telefonate zu führen, während er mit seinem besten Stück vor Tatjana – oder wem auch immer – herumprahlte. »Ich muss mich noch mit der leidigen Gesetzessache beschäftigen.«

»Energiewende?« Tatjana streifte ihren Slip und ihr Kleid über, den BH stopfte sie in die Handtasche. Sie hatte versucht, so geschäftsmäßig wie möglich zu klingen, denn sie wollte jetzt nur noch schnell von hier weg. Sie hasste es, wenn Mike sie in sein Hotel beorderte, wo er während des Umbaus seiner neuen Berliner Villa wohnte, um dort zu »arbeiten«.

»Yep. Und du musst mir bitte ein paar Infos über diesen Plöger raussuchen.«

»Entschuldige, wer ist Plöger?«

»Einer der Abteilungsleiter im BMWiZ.« Dankenswerterweise schlüpfte Wörner in einen Bademantel und setzte sich an den Schreibtisch.

»Wollen wir etwas über ihn finden?«

»Das wäre gut. Es sollte auch nicht zu schwer sein.«

»Dann hoffe ich mal, dass er sich nicht als Saubermann entpuppt«, sagte Tatjana und sah verstohlen auf die Uhr: 9:43.

»Das kann ich mir kaum vorstellen.«

»Wissen wir etwa schon was?«

»Ich glaube mich zu erinnern, dass da mal was war mit deiner Vorgängerin …«, sagte Wörner und blickte sie aus den Augenwinkeln an, geradezu, als würde er sie mustern.

»Meiner Vorgängerin … als was?«

Wörner zögerte nur kurz. »Assistentin«, sagte er dann, und es klang seltsam abschätzig.

Assistentin, dachte Tatjana. Ihre Vorgängerin als Assistentin war Corinna Fleischhauer, inzwischen Wörners Vorzimmerdame, die Chefsekretärin. Sie fragte sich, ob sie auch ihre Vorgängerin als ständige Zweitfrau in Wörners Bett war und ob sie damals schon Fleischhauer geheißen hatte. »Bis wann brauchst du die Informationen?«

»Je früher, umso besser.«

*

»Bundeskriminalamt?«

»Guten Tag. Hier spricht Tatjana Lossowa. Ich wurde von Ihren Kollegen in der Angelegenheit eines Mordfalls befragt, der sich in Klosters, in der Schweiz, zugetragen haben soll. Können Sie mir sagen, wie die zuständigen Mitarbeiter heißen, und mich verbinden?«

»Wer hat Sie denn befragt?«

»Das weiß ich leider nicht.«

»Leider kann ich zu laufenden Ermittlungen keine Auskünfte geben.«

»Aber Sie können mich doch einfach mit dem zuständigen Mitarbeiter verbinden.«

»Dann müsste ich Ihnen sagen, dass wir ermitteln. Oder dass wir nicht ermitteln. Wenn Sie keine Namen haben, kann ich nichts für Sie tun.«

»In meiner Situation hätten Sie auch keine Namen. Haben Sie eine Ahnung, wie das abläuft?« Tatjana spürte, wie Wut in ihr hochkochte.

»Ich dürfte Sie auch nicht verbinden, wenn Sie mir einen Namen nennen könnten.«

»Dann sagen Sie Ihren Kollegen, dass sie mich gefälligst zurückrufen sollen!«, sagte Tatjana laut. »Schließlich wollen die was von mir.« Sie drückte so heftig auf ihr Billigtelefon, um den Anruf zu beenden, dass das Gehäuse knackte.

Die Deutschen kannten ihren Kafka, so viel war klar. Tatjana brauchte einige Augenblicke, bis sie sich so weit beruhigt hatte, dass sie den obligatorischen Anruf bei ihrer Mutter versuchen konnte. Als die sich plötzlich meldete, war sie völlig überrumpelt.

»Mama?«

»Tatjana.« Ein erstickter Laut, ein Schluchzen.

Endlich, endlich hatte Tatjana sie erreicht. Sie musste sich sammeln, ehe sie selbst etwas sagen konnte. »Du weißt es schon?«

»Ich wusste es vom ersten Augenblick an. Sie haben sie uns geschickt.«

»Wer? Wer hat euch was geschickt.«

»Sie haben uns die Fingerkuppen geschickt.« Die alte Frau musste sich fassen. »In einem Umschlag. Dein Vater hat sie gefunden. Ach Kindchen, ach Kindchen …« Der Rest ihrer Rede ging in Weinen unter.

»Oh Gott«, keuchte Tatjana. »Das darf doch nicht … Warum hast du es mir nicht gesagt?«

Doch ihre Mutter war zu keinem weiteren Gespräch fähig.

Eine Weile blieben sie am Telefon und weinten gemeinsam. Dann sagte Irina Lossowa leise: »Do swidanja«, und legte auf.

*

B 82, 2. Juni 2012

Stundenlang fuhren sie an den Plakaten der Opposition vorbei.

»Wahnsinn«, sagte Matthew und nickte nach draußen. »Womit bezahlen sie das?«

»Haben Sie die aktuellen Spendenzahlen nicht gelesen?« Dr. Bergius, der Referatsleiter, würdigte die Konterfeis des politischen Gegners kaum eines Blickes.

»Gibt es denn welche?«

»Sicher. Wir haben unsere Quellen. Die Opposition hat diesmal fast doppelt so viel Unterstützung eingefahren wie wir. Bisher.«

»Im Vergleich zu …?«

»Zum letzten Bundestagswahlkampf.«

»Sie sagen bisher. Wir haben also Chancen, dass wir das noch ausgleichen?«

»Ausgleichen? Machen Sie Witze? Im Gegenteil. Die Schere wird noch weiter auseinanderklaffen. Sie sehen ja die Umfrageergebnisse.«

Matthew legte seine Unterlagen beiseite und sah Bergius offen an. »Also bitte, erklären Sie's mir. Ich kapiere die Logik nicht.«

»Ganz einfach: Die größten Spender kommen aus der Industrie. Der normale Bürger spendet ja nicht, der ist geizig und dumm. Also bedient uns die Wirtschaft mit Geld. Nur dass sie diesmal auf ein anderes Pferd setzt. Letztes Mal haben unsere Themen überzeugt, diesmal tun sie's nicht. Also bekommen die anderen mehr Geld. Und wenn die Unternehmen feststellen, dass es wirkt, legen sie noch mal was drauf. Funktioniert bei anderen Investments ähnlich – wenn die Leute sehen, da ist noch Fantasie in einem Kurs, kaufen Sie eine bewährte Aktie nach.«

»Aber wir holen doch auf«, hielt Matthew dagegen. »Letzten Monat einen Prozentpunkt. Den davor ebenfalls.«

»Zu wenig, Herr Meyer. Je näher der Wahltag rückt, umso unwahrscheinlicher, dass wir die Lücke noch füllen. Und umso wahrscheinlicher, dass es sich gelohnt haben wird, sich gut mit der Opposition zu stellen. Beziehungsweise mit der nächsten Regierung. Wir waren dankbar, nachdem wir gewählt waren – die werden's auch sein.«

»Verstehe. Dann rechnen Sie damit ...«

»... dass wir hier den Wahlkampf der zukünftigen Opposition führen, richtig«, sagte Bergius so gelassen, als wäre es das Natürlichste von der Welt, sich damit zu arrangieren, dass man der ausgemachte Verlierer eines Spiels ist. Aber vielleicht hatte er das ja auch längst getan, sich arrangiert. Vielleicht hatten sie alle sich schon arrangiert, am Ende sogar Schneider. Vielleicht kämpfte er nur einen Schaukampf. Schweigend betrachtete Matthew den Minister, dessen Hinterkopf von Haargel glänzte. Er ließ sich von seiner Tourassistentin aus dem Pressespiegel vorlesen, während ihn die Visagistin schminkte. Ja, Schneider genoss es. Er mochte die Tour, sie war für ihn wie das Training für einen Sportler, der so süchtig nach Dopamin war, dass es ihm schwerfiel, irgendwo herumzusitzen und Bewegungsabläufe zu studieren, Videoaufzeichnungen zu betrachten oder Physiologie zu pauken. Schneider war eine Rampensau, er wollte ein Rockstar der Politik sein, und wenn Matthew ehrlich war, musste er zugeben: Schneider war ein Rockstar. Er war monatelang auf Achse, stand jeden

Tag auf der Bühne, röhrte in jedes Mikrofon, das man ihm vor die Nase hielt, schlug sich die Nächte um die Ohren und gab trotzdem am nächsten Tag wieder alles. Wenn er noch mager gewesen wäre, hätte man ihn auch mit Mick Jagger verwechseln können. Und, verdammt noch mal, Matthew hätte in dem Augenblick schwören können, dass Schneider auch noch einen Joker im Ärmel hatte für den Tag, an dem er die Tür des Bundeswirtschaftsministeriums zum letzten Mal hinter sich schließen und den Schlüssel der Scharnhorststraße abgeben musste.

»Was werden Sie machen, Dr. Bergius?«, fragte er den Referatsleiter.

»Wenn wir die Stellung räumen müssen?«

»Ja. Haben Sie schon vorgesorgt?«

»Ich habe mehrere Angebote. Aber ich habe mich noch nicht entschieden. Das erhält mir auch eine gewisse Unabhängigkeit, wenn Sie verstehen, was ich meine.«

»Mhm. Und angenommen, wir gewinnen doch?«

»Die Wahlen? Sie sind ja ein drolliger Utopist. Also, wenn wir wirklich gewinnen sollten ...« Bergius schien sich diese völlig unwahrscheinliche Szenerie erst einmal vor Augen führen zu müssen. Schließlich zuckte er leichthin die Achseln. »Dann werde ich trotzdem mein Zeug packen und in die Wirtschaft gehen. Die Angebote stehen, ich denke nicht, dass man sie ausgerechnet in dem Moment zurückziehen wird, wenn wir einen Job gemacht haben, der so gut war, dass keiner damit rechnen konnte.«

»Aber würden Sie denn nicht lieber Ihre politische Arbeit fortsetzen?«

»Meine politische Arbeit fortsetzen? Um Himmels willen, von welchem Planeten stammen Sie denn? Glauben Sie ernsthaft, dass ich noch mal nach oben stolpere? Ich habe meine

Arbeit gemacht. Ich kann eine Abteilung leiten, ein Referat, bestenfalls könnte ich noch Staatssekretär werden. Aber ganz ehrlich, für die Pension, die ich da bekomme, auf eine Position in einem Top-Unternehmen zu verzichten, wo ich endlich mal wirklich Einfluss habe? So dämlich werde ich sicher nicht sein.«

Schneider klatschte in die Hände. »Kinder!«, rief er. »Gleich geht es los. Bitte die Band zu mir.«

»Okay«, sagte Matthew zu Bergius. »Sie haben es gehört, ich muss vor.«

Die Band, ja, wirklich, Schneider hielt sich für einen Rockstar. Und Matthew war einer seiner Roadies, zuständig dafür, dass die Arrangements stimmten und der Sound.

*

Berlin, 4. Juni 2012

Ob es wirklich Berechnung war, dass sie sich an Corinna Fleischhauers Tisch niederließ, wusste sie selbst nicht. Doch sie tat es. Der Platz war frei, die Fleischhauer ohne Begleitung, und die Sonne knallte dort nicht hin, während sie auf fast allen anderen freien Plätzen wie im Backofen gesessen hätte.

»Darf ich?«, fragte sie, als sie sich schon beinahe platziert hatte.

»Klar«, sagte Corinna Fleischhauer und blickte von ihrem Buch auf.

Doch, sie war eine attraktive Frau. Natürlich hatte Mike sie auf seiner Liste gehabt.

»Sie sehen abgekämpft aus«, sagte sie unvermittelt.

»Ist gerade keine einfache Zeit für mich«, gestand Tatjana, ganz entgegen ihrer sonstigen Devise, niemals jemanden an ihrem Privatleben teilhaben zu lassen, den sie nur beruflich kannte.

»Ist für niemanden eine einfache Zeit«, entgegnete die Fleischhauer lakonisch. »Wie geht es Mike?«

Einen Augenblick lang war Tatjana perplex. Es war klar, dass die Fleischhauer hier eben von Ex-Geliebter zu Geliebter sprach. Sie räusperte sich. »Gut ... denke ich.«

»Ja, man weiß es nie wirklich.« Der Blick der Sekretärin wanderte nach draußen. Die Kantine befand sich im zehnten Stock des Gebäudes. Von hier oben konnte man die Kuppel des Reichstags sehen sogar ein Stück der Quadriga auf dem Brandenburger Tor »Er ist ein seltsamer Mensch.« Sie fuhr sich durchs Haar. Perfekte Hände, dachte Tatjana. Sie hätte Cellistin werden können.

»Und immer für komplizierte Aufgaben gut«, ergänzte sie.

»Ja? Was will er denn von Ihnen?«

»Ach, er braucht mal wieder Infos über einen ... Ich weiß gar nicht, ob ich Ihnen das sagen darf?«

Tatjana hielt den Atem an, gespannt, ob die Fleischhauer darauf hereinfiel. Die sah sie nur abschätzig an und sagte: »Wenn Sie meinen, Sie dürften nicht, dann sollten Sie vielleicht auch nicht. Sicher sind Sie eine Geheimnisträgerin.« Sie betonte das letzte Wort so, dass Tatjana genau hören konnte, dass Corinna Fleischhauer sich selbst als eine weitaus intimere Kennerin der Firma und ihrer Geheimnisse betrachtete.

»Na ja, Ihnen darf ich es sicher sagen.« Noch einmal zögerte Tatjana, ehe sie die Stimme senkte und sich etwas vorbeugte: »Es geht um einen gewissen Plöger. BMWiZ.«

Die Züge der Fleischhauer erstarrten, wenn auch nur für einen winzigen Moment. »Plöger«, sagte sie dann mit nicht zu überhörender Geringschätzung.

»Sie kennen ihn?«

»Besser, als Sie denken.«

»Ach! Dann waren Sie das?«

»Dann war ich *was?*«

Tatjana tat, als wäre ihr das Ganze peinlich. »Es ist mir jetzt fast ein bisschen unangenehm ... Es ist nur: Ich habe gehört, dass es da gewisse Vorfälle gegeben haben soll.« Sie räusperte sich, um es dann ganz direkt zu machen: »Stimmt es, dass er Sie sexuell belästigt hat?«

»Mein Gott, Sie kennen Plöger nicht. Der Mann ist praktisch eine einzige sexuelle Belästigung. Da muss er gar nichts tun.«

»Verstehe.« Tatjana nickte. »Sagen Sie, würden Sie das gegebenenfalls auch Dritten gegenüber bestätigen? Ich meine, das mit der sexuellen Belästigung?«

Die Augen der Fleischhauer schlossen sich zu winzigen Schlitzen. »Sie sollen mich zur Kronzeugin machen, weil Plöger im Wege steht.« Sie stand auf. Im Gehen drehte sie sich noch einmal um: »Sagen Sie Mike, dass er mich auch selbst ansprechen kann, wenn er irgendeinen Scheißjob für mich hat. Und, ja, ich werde es machen. Ich habe ja keine Wahl.«

*

Richtigstellung

Seit einigen Tagen werden Gerüchte über mich in Umlauf gebracht, nach denen ich im Zusammenhang mit meiner Tätigkeit im Aufsichtsrat eines großen deutschen Unternehmens ein persönlich unangemessenes Verhalten an den Tag gelegt haben soll. Hiermit will ich richtigstellen, dass mir weder privat noch professionell im Zusammenhang mit dieser Tätigkeit irgendein Fehlverhalten vorgeworfen wird ...

Tatjana hielt inne. Nein, das war zu geschraubt, zu umständlich und damit unglaubwürdig. Schließlich kam es von jemandem, der tief getroffen war und in höchster Gefahr einer

Verleumdung agierte, die ihn seine Karriere kosten konnte. Sie strich den letzten Satz und schrieb stattdessen:

Von den gegen mich erhobenen Vorwürfen bin ich tief getroffen und menschlich zutiefst enttäuscht. Ich will mich ausdrücklich dagegen verwahren, insbesondere gegen die Behauptung, es habe von meiner Seite irgendeine Art von sexueller Belästigung gegeben. Tatsache ist, dass ich …

Tatsache ist, dass du ein armes Schwein bist, dachte Tatjana. Ihre Finger fühlten sich schmutzig an, während sie diese Zeilen schrieb. Sie nahm einen Schluck Tee und sah aus dem Fenster, durch das sie die Siegesgöttin erkennen konnte, die auch an diesem diesigen Berliner Vormittag ihre Hand in die Höhe streckte. Am Ende hatten die Preußen jedenfalls nicht triumphiert, trotz der großen Gesten und trotz des Mangels an Skrupeln. Sie wischte den Gedanken beiseite und brachte die Sache zum Abschluss:

Tatsache ist, dass ich großen Respekt gegenüber Frauen hege und dass ich seit vielen Jahren glücklich verheiratet bin. Diese Gerüchte sind nichts als der Versuch, mich persönlich zu diskreditieren und damit politisch mundtot zu machen. Gegen jede Art von Verleumdung werde ich unverzüglich strafrechtlich vorgehen.
Berlin, den 4. Juni 2012,
Anton Plöger, Ministerialdirektor BMWiZ

Die beste Methode, ein Gerücht in die Welt zu setzen, war immer noch, die darin enthaltene Behauptung zu dementieren. Tatjana konnte Mike Wörner eine gewisse Bewunderung nicht vorenthalten: Dieses Papier unter dem Absender des Ministerialdirektors rauszuschicken war ein Geniestreich.

Natürlich war es eine plumpe Fälschung. Aber die Idee, nicht zu behaupten, er habe jemanden sexuell belästigt, sondern das Dementi dazu zu lancieren, war brillant. Alle würden sie nun nach der Story jagen, und das hieß: nach Plöger.

Sie überlegte noch kurz, ob sie als Absender das Bundeswirtschaftsministerium angeben sollte, entschied sich dann dagegen und druckte die »Richtigstellung« nur noch aus. Auf dem Nachhauseweg würde sie sie von einem Copyshop aus an die großen Tageszeitungen und TV-Sender faxen – mit unterdrückter Nummernkennung. Ja, das würde sie. Sie hasste sich dafür, dass sie sich für einen so miesen Job hergab. Klar, Sie machte das alles bloß als rechte Hand von Mike Wörner. Aber durfte eine Hand nicht auch mal streiken? Musste sie sich immer und mit allem schmutzig machen?

Eine Weile stand sie am Fenster und starrte hinüber zur Nike über dem Tiergarten. Dann druckte sie die Datei aus, ohne sie jedoch zu speichern. Nein, sie würde diese »Richtigstellung« nicht abschicken. Plöger mochte ein Schwein sein, aber sie wollte nicht schuld daran sein, dass aus ihm eine arme Sau wurde, egal, wie nützlich das für Mike Wörner war.

Zwei Minuten später klopfte sie bei ihrem Chef an die Tür. »Und? Hast du die Plöger-Geschichte erledigt?«, fragte er nur.

»*Mission accomplished*«, sagte Tatjana und holte die ausgedruckte »Richtigstellung« hervor. Das Papier segelte auf Wörners Schreibtisch. Neugierig las er es durch, ohne es zur Hand zu nehmen. »Sehr schön«, murmelte er dann und nickte. »Täglich eine gute Tat, nicht wahr? So helfen wir ihm jedenfalls, dass niemand etwas Falsches von ihm denkt oder gar behauptet.« Tatjana nahm das Papier wieder an sich und faltete es dann einmal der Länge nach. »Und jetzt tschüss«, sagte sie, während sie es in Wörners Reißwolf steckte. Niemand würde es je zu Gesicht bekommen. Und Wörner konnte nicht wissen, dass es nie abgeschickt worden war. Wenn die Medien nicht darauf ansprangen, war Anton Plöger vielleicht einfach eine zu kleine Nummer für einen angemessen großen Skandal.

»Etwas anderes, Mike.«

»Ja?«

»Ich brauche Urlaub.«

Hätte sie gesagt: Ich bin schwanger, er hätte sie nicht zweifelnder anblicken können. »Okay«, sagte er langsam. »Wann? Wie lange?«

»Sofort. Eine Familienangelegenheit. Nur für ein paar Tage.« Sie konnte ihm ansehen, dass er sich keinerlei Gedanken gemacht hatte, dass sie jemals Urlaub nehmen könnte, wenn er selbst nicht gerade Urlaub nahm und seiner Familie wegen keine Verwendung für sie hatte.

»Geht klar«, sagte er schließlich, so geschäftsmäßig wie möglich. »Gib Bescheid, wenn du einschätzen kannst, wann du wieder da bist.«

»Natürlich, Mike. Danke.« Von allem anderen abgesehen würde sie zudem diesem ganzen miesen Geschäft für ein paar Tage entkommen. Nach der Aktion mit Plöger, auch wenn sie sie sabotiert hatte, fühlte sie sich ziemlich schmutzig.

*

Von: Matthew.Meyer@bmwi.bund.de
An: tatjana.lossowa@voxcom.net
Betreff: Russian Connection;)

Hi, Engel!
Kannst du mir in Lautschrift etwas auf Russisch rüberschicken?
Ich denke an: »Russland ist der Schlüssel zur Zukunft.« Danke!
Xo M.

Es dauerte nur zwei Sekunden, dann kam die Rückmeldung:

Von: tatjana.lossowa@voxcom.net
An: Matthew.Meyer@bmwi.bund.de
Betreff: RE Russian Connection;)

Out of office. Back on Monday.
Tatjana Lossowa

ACHT

St. Petersburg, 5. Juni 2012

In der Tür stand eine alte Frau. Ihre Silhouette wirkte wie eine düstere Allegorie auf Verfall und Vergänglichkeit.

»Tatjana«, hauchte sie, wobei sie sich am Türstock abstützen musste. Ihr wirres Haar zitterte im Gegenlicht.

»Hallo, Mama. Darf ich reinkommen?«

Irina Lossowa starrte ihre Tochter an, als erblicke sie ein Gespenst – und sah doch selbst wie ein Gespenst aus. Sie fasste Tatjana an der Hand und zog sie, sich ängstlich im Treppenhaus umsehend, mit sich in die Wohnung, in der es kalt und dunkel war. Von innen versperrte sie die Tür mit mehreren Schlössern und Ketten. Schweigend gingen sie in die Küche. Irina Lossowa drückte die Hand ihrer Tochter so fest, dass es wehtat. Seit Weihnachten war sie um zwanzig Jahre gealtert. Hätte Tatjana gewusst, wie es um ihre Mutter steht, dann hätte sie sich nicht immer wieder davon abhalten lassen, nach Russland zu kommen.

Nirgendwo brannte Licht, kein Radio lief, kein Fernseher, es schien, als hätte Irina Lossowa die Zeit angehalten und wartete auf den Augenblick, in dem sie sie wieder weiterlaufen ließ. Und dabei hatte sie nicht bemerkt, dass sie in einer anderen Umlaufbahn war und immer älter wurde.

Tatjana umarmte ihre Mutter und drückte sie lange und innig. Dann setzten sie sich an den Küchentisch und tranken

Tee. Sie schwiegen eine Weile, ehe Tatjana von ihrem Alltag in Berlin erzählte, von ihren Heldentaten in der Welt der Wirtschaft berichtete, andeutete, dass es einen Mann in ihrem Leben gab, ohne viel von Matthew zu plaudern ... Sie wusste, dass ihre Mutter all das brauchte. Sie brauchte die Illusion, dass wenigstens das Leben ihrer Tochter geglückt war, dass wenigstens sie den richtigen Weg eingeschlagen hatte und niemand sie auf diesem behinderte. Warum sie nach St. Petersburg gekommen war, fragte die Mutter. Sie habe im Baltikum zu tun gehabt, antwortete Tatjana. Geschäftlich. Da habe sie nicht anders gekonnt.

Und nun saß sie hier mit ihrer Mutter und trank Tee und dachte an das kleine Mädchen, das sie einmal gewesen war, und an Nikolai, mit dem sie durch diese Flure gejagt war, als er endlich aus der Klinik entlassen worden war, wie sie ihm alles gezeigt hatte, sein neues Zuhause und er nicht hatte fassen können, wie groß alles war. Die Stadt. Die Wohnung. Die Möglichkeiten.

Schließlich seufzte Tatjana, ließ die Hand ihrer Mutter los und richtete sich auf: »Was ist los, Mama?«

»Ach, Kind ...«, schluchzte Irina Lossowa und stockte. Es dauerte einige Minuten, ehe sie ihre Sprache wiedergefunden hatte. »Es tut so gut, dich gesund zu sehen«, flüsterte sie, als hätten die Wände Ohren. Aber vielleicht hatten sie das ja. »Ich wünschte, du wärst nicht gekommen. Aber jetzt, wo du da bist, bin ich froh, dass du da bist.«

»Ich auch, Mama«, sagte Tatjana, die nur mit Mühe den Impuls unterdrücken konnte, spontan mitzuheulen. »Was ist nur mit uns geschehen?«

»Es ist geschehen, was allen anständigen Menschen in diesem Land geschieht: Man hat uns in eine Mühle gesteckt, und man wird nicht aufhören, uns darin zu zermalmen, bis

wir völlig vernichtet sind.« Ihre Stimme war kaum mehr als ein mühsames Atmen, das über ihre Lippen kam. Tatjana sah, wie ihre Mutter am ganzen Körper bebte. »Sie werden uns auslöschen, Kind. Und ich bin schuld.«

*

Goslar, 5. Juni 2012

Hinter Hansjürgen Schneider türmten sich hohe dunkle Wolken. Seine Stimme bellte heiser über den Marktplatz von Goslar wie eine Mischung aus John Wayne und Abraham a Sancta Clara, als er die Erfolge der Regierung beschwor und die Opposition lächerlich machte. »Wenn heute die offiziellen Arbeitslosenzahlen bekannt gegeben werden, dann wird das ein klares Signal sein: Wir haben es geschafft, den Trend endlich umzukehren. Im Vergleich zum letzten Jahr haben wir die Zahl der neuen Arbeitslosen halbiert.« Er wechselte aufs Spielbein, was er immer tat, wenn er eine humoristische Einlage vorhatte, und so schlug er auch einen kumpelhaft-vergnüglichen Ton an: »Das Geschrei der Opposition, von wegen, wir schaffen es nie, die Arbeitslosenzahlen abzubauen, erinnert mich an meine Zeit als Matheschüler. Da gab es eine Theorie, die unser Lehrer uns immer mit der Geschichte vom Hasen und dem Igel veranschaulicht hat. Der Hase kommt dem Igel immer näher. Und näher und näher und näher ... Der Abstand zwischen den beiden verringert sich weiter. Weil es aber stets noch kürzere Strecken gibt, kann der Hase den Igel nie erreichen, denn es gibt ja immer noch einen kleineren Abstand und einen noch kleineren. Ich habe keine Ahnung mehr, worauf unser Lehrer eigentlich hinauswollte, aber das eine weiß ich ganz genau: Im echten Leben überholt der Hase den Igel immer.« Schneider hatte die Lacher auf seiner Seite.

»Für alle, die jetzt noch grübeln, hier die Kurzform: Der Hase sind wir!« Tosender Applaus.

»Er ist gut«, sagte eine junge Frau, die neben Matthew am Tourbus stand und eine Schachtel Parteifähnchen mitgebracht hatte.

»Er ist auf jeden Fall der beste Wahlkämpfer im Land.«

»Ich frage mich, warum wir nicht mit ihm als Kanzlerkandidat unterwegs sind.«

»Wir haben einen Kanzler, wozu brauchen wir einen Kandidaten?«

»Mit Schneider wären unsere Chancen besser.« Sie schüttelte ihr dunkles kurzes Haar und sah zu Matthew auf. Sie war süß, keine Frage. Klein und süß. Und zwanzig? Oder zweiundzwanzig?

»Für Schneider ist es vermutlich egal, wer unter ihm Kanzler ist«, sagte Matthew lässig, obwohl er eigentlich gar nicht so cool wirken wollte. Sie war irgendwie auch hübsch, aber gar nicht sein Typ.

»Hey, du bist witzig«, sagte sie und lachte ihn mit blitzenden Zähnen an. »Was machst du so? Ich meine hier, bei der Kampagne?«

»Ich bin Schneiders Spin-Doctor.«

»Wow!« Sie schwieg und sah ihn mit großen Augen an. Das war klar gewesen. Er hätte auch sagen können, ich heiße Bond, James Bond, dann hätte er denselben Effekt erzielt. Spin-Doctor, das war für die meisten extrem sexy. Sprich: für alle, die keine Spin-Doctors waren. Einen Augenblick lag dieses Knistern in der Luft, und Matthew genoss es. Nachdem zwischen Tatjana und ihm gerade Funkstille herrschte, konnte sein Ego etwas Bewunderung vertragen.

Es fing an zu regnen. Immer mehr Schirme wurden geöffnet, immer mehr Zuhörer gingen heim. Schneider peitschte noch ein paar seiner besten Schaustellersprüche über den Platz, ein Volkstribun mit jeder Faser seines Körpers. Und als hätte er es bestellt, sprang nach seinem letzten Satz die Spieluhr des Kaiserringhauses auf und beendete die Veranstaltung mit einem Glockenspiel. Matthew schüttelte ungläubig den Kopf. Wenn sie das hätten arrangieren wollen, sie hätten es nie so gut hinbekommen. Das uralte Glockenspiel als Verbindung zwischen den Worten des Großen Vorsitzenden und dem Wahlvolk, den Goslaer Bürgern, es war ein Geschenk des Himmels und mehr als ein Ausgleich für den Wolkenbruch, der nun folgte.

Schneider musste sich noch von den Honoratioren der Stadt den berühmten Huldigungssaal im gotischen Rathaus zeigen lassen, dann durfte er hinüber ins ehemalige Gildehaus der Tuchhändler, wo er die Nacht verbringen würde, weil es inzwischen zum Hotel umgebaut geworden war.

»Ich vermute, Goslar ist abends ziemlich tot«, sagte Matthew und hätte sich im selben Augenblick ohrfeigen können.

Doch die Kleine nahm es ihm nicht übel, sondern zwinkerte ihm zu. »Nur wenn man nicht weiß, wo was geboten ist. Hast du Zeit?«

*

Sie hatten den ganzen Abend über kein Licht angemacht, sondern im bläulich trüben Schein, der von den Lampen über dem Fontanka-Kanal in die Zimmer drang, beisammengesessen und geredet. Je länger ihre Mutter erzählte, umso schwerer wurde Tatjanas Herz. Nikolai hatte dieses Konzert in der Philharmonie gegeben, auf das er seit Monaten hingefiebert hatte, für das er geprobt hatte wie ein Verrückter. Die Kritiken waren großartig gewesen – doch Nikolai war noch am selben Abend verschwunden, als hätte er sich in seiner

Garderobe in Luft aufgelöst. Dafür war ein Umschlag vor der Tür seiner Eltern aufgetaucht. Ein Umschlag mit grausiger Fracht: neun Fingerkuppen und ein Ehering. Nikolais Ehering.

Tatjanas Herz fühlte sich an, als hätte es jemand mit einem Hammer zerschlagen. Lange Zeit hatten sich die beiden Frauen daraufhin aneinandergeklammert und nichts gesagt, während vor Tatjanas Innerem immer wieder Nikolais glückliches Gesicht aufgetaucht war, mit dem er sie angestrahlt hatte, als damals die Nachricht vom Konservatorium gekommen war: »Sie haben die Prüfung bestanden. Wir erwarten Sie am 3. September um acht Uhr in Raum Nummer 443.« Ja, sie konnte sich noch an diese Worte erinnern, so oft hatte Nikolai sie gejubelt.

Später, in der Stille der Nacht, in ihrem alten Bett, das in dem Zimmer stand, das sie sich so lange mit ihrem Bruder geteilt hatte, lag Tatjana wach und sann den Erinnerungen an ein Leben nach, das für Nikolai unwiederbringlich verloren war: Sie hatten ihn nicht nur zum Krüppel gemacht, sie hatten ihm auch seine Zukunft genommen, alles, wofür er seit seiner Kindheit gearbeitet und wovon er geträumt hatte, seit er mit fünf Jahren zum ersten Mal ein Klavier gesehen hatte. »Du kannst nichts dafür, Mama«, hatte sie geflüstert und zärtlich über das Haar ihrer Mutter gestrichen.

»Ich habe ihm geraten, zu der Frau zu gehen.«

»Nikolai? Zu welcher Frau?«

»Deinem Vater. Zu dieser Journalistin. Er wollte zuerst nicht. Natürlich wollte er eigentlich doch, aber er hatte Skrupel. Ich habe ihm zugeraten. Die Dinge müssen bekannt werden.«

»Wovon sprichst du, Mama?«

»Von den Zuständen in Jamal-Nenzen. Von deinem Vater,

Kind.« Sie blickte mit tränennassen Augen zu Tatjana auf. »Von der Journalistin, die ihn interviewen wollte.«

»Aber was hat das alles mit Nikolai zu tun?«

»Nichts, mein Kind. Nichts. Das ist ja das Schreckliche. Nikolai kann nichts dafür. All das ist ihm nur angetan worden, weil er unser Sohn ist. Arkadis Sohn. Der Sohn eines Verräters.« Wieder wurde ihre Stimme zu einem Flüstern, als sie wiederholte: »Sie wollen uns vernichten, Kind. Das ist ihre Methode. Und ich habe solche Angst um dich!«

Tatjana empfand so viel für Nikolai, dass es war, als läge er wie damals im Bett nebenan. Doch das war leer. Viel zu lange hatte sie ihren Bruder nicht mehr gesehen. Er hatte sie zu seinem Konzert eingeladen, aber sie war nicht gekommen, hatte anderes zu tun gehabt. Wie sehr sie es jetzt bereute! Ach, könnte sie nur die Zeit zurückdrehen, könnte sie nur all die Enttäuschungen ungeschehen machen, all die gemeinsamen Glücksmomente wiederholen. Den Tag, als sie ihn aus der Klinik abgeholt hatten. Den Tag, an dem er seine Zulassung zum Konservatorium erhalten hatte. Den Tag, an dem er glanzvoll sein Studium beendet und vor den versammelten Professoren ein brillantes Konzert gegeben hatte. Tatjana hatte ganz hinten im Saal gesessen und war schrecklich stolz auf ihren Bruder gewesen. Und dann das erste Treffen mit Georgia. Sie waren auf die kleine Datsche in Sosnovy gefahren, westlich von St. Petersburg, mit der ihr Vater die Familie vor einigen Jahren überrascht hatte. Ein Häuschen, das im Erdgeschoss nur aus zwei Räumen und einer winzigen Küche bestand und unter dem Dach noch eine weitere Kammer hatte. »Tolstoi hätte es geliebt«, war der Kommentar ihrer Mutter gewesen, als sie es zum ersten Mal gesehen hatte. Seitdem waren sie jedes Jahr an Weihnachten und immer wieder auch im Sommer dort gewesen. Eines Tages, Weihnachten vor drei Jahren, war dann Georgia dabei gewesen, die Nikolai aus heiterem Himmel von einer Reise nach London mitgebracht und seinen schockierten Eltern als seine Frau vorgestellt hatte. »Ich wollte nicht, dass sie es sich noch einmal überlegt«, hatte er in einem Sechs-Augen-Gespräch erklärt, als Georgia gerade im Badezimmer war. Tatjana war unabsichtlich Zeugin geworden, wie ihr Vater ihrem Bruder Vorhaltungen gemacht hatte: »Wie konntest du uns nicht zu deiner Hochzeit einladen? War es dir nicht wichtig, dass wir deine Verlobte kennenlernen?«

»Wir waren nicht verlobt, Papa, nicht wirklich. Wir haben uns auch erst vor drei Wochen das erste Mal gesehen.«

»Drei Wochen«, hatte ihre Mutter geflüstert. »Oh Gott, lass das gutgehen.«

»Was werdet ihr machen, wenn die erste Verliebtheit nachlässt?«, hatte ihr Vater ernüchtert gefragt.

»Ich weiß es nicht, Papa. Ich weiß nur, dass es Dinge gibt, die vollkommen sind. Wenn es auf der Welt sieben Milliarden Menschen gibt – und lass jeden Menschen Teil eines riesigen Puzzles sein –, du wirst keine zwei Teile finden, die gleich sind. Doch Georgia und ich, wir sind wie zwei Puzzlestücke, die zueinanderpassen. Da gibt es keine andere Alternative.«

Und so hatten sich die Eltern mit der ebenso schönen und klugen wie kühlen Georgia angefreundet, und sie waren mit einer Schwiegertochter belohnt worden, die an Anmut nicht zu übertreffen war und die ihren Sohn glücklich machte wie sonst nichts auf der Welt – außer vielleicht Bachs »Toccata und Fuge in d-Moll«. Bis die junge Frau so plötzlich, wie sie aufgetaucht war, wieder verschwunden war.

An jenem Weihnachtsabend aber herrschte eine geradezu feierliche Stimmung, eine große Freude darüber, wie sehr sich das Leben für alle glücklich gefügt hatte. Sie hatten Lichter am Baum entzündet, ihre Mutter hatte einen Truthahn gebraten, was sie sonst nie tat und womit sie vor allem Georgia eine Freude machen wollte, die aus Amerika stammte und ein wenig unter Heimweh litt. Nikolai spielte auf dem Piano, das sich durch den feuchten Sommer leider ziemlich verstimmt hatte, einige gefühlvolle Stücke aus Bachs »Wohltemperiertes Klavier« und schließlich ein paar russische Weihnachtsweisen. Sie hatten Punsch und süßes Gebäck dazu gereicht. Später war es dann für alle etwas peinlich, dass das Bett in der Dachkammer, die Nikolai und seine junge Frau bewohnten, laut quietschte. Aber Weihnachten war schließlich das Fest der Liebe und des Lebens.

Am nächsten Tag lag die Halbinsel, auf der Sosnovy lag, in strahlendem Sonnenschein. Die Wälder waren von einer glänzend weißen Schneedecke überzogen. Die Baltische See funkelte eisig unter einem tiefblauen Himmel. Es war eine prachtvolle Welt. Tatjana hatte sich ihren dicksten Wollpulli übergestreift und war in ihre Pelzstiefel geschlüpft. Mit ihrem Vater stieg sie durch den Schnee hinunter zum Strand, der nur eine kleine Strecke Weges von ihrem Häuschen entfernt lag. Als sie dort standen und den Blick hinaus aufs Meer schweifen ließen, hatte Tatjana das Gefühl, ihr Vater wolle ihr etwas sagen. Doch dann verging der Augenblick, und statt zu sprechen, nahm Arkadi Lossow seine Tochter unvermittelt in den Arm und drückte sie fest an sich. Als er sie wieder losließ, sah sie, dass seine Augen schimmerten. Doch sie fragte nicht nach. Wagte nicht zu fragen. Vielleicht war es nur ein Überschwang der Gefühle an diesem schönen Weihnachtstag? Schweigsam kehrten sie zum Haus zurück, wo Nikolai sie schon in der Tür erwartete und ihnen das Handy entgegenstreckte. »Bitte lächeln!«, rief er – und Tatjana und ihr Vater lachten ihm entgegen. Drinnen nahm Arkadi Lossow seine Tochter an der Hand und führte sie in das kleine Nebenzimmer, in dem die Eltern schliefen und wo auch ein Schreibtisch stand.

»Wie geht es dir mit Georgia?«, fragte er.

»Ich liebe sie, Papa«, entgegnete sie. »Nikolai ist ein Glückspilz.«

»Ja, das denke ich auch. Sie ist für ihn ein Quell der Freude. Sieh ihn dir an. Du weißt, wie sentimental er immer ist.« Depressiv hätte es besser getroffen, fand Tatjana. Nikolai war ein typisch manisch-depressiver Künstler. Für ihn war die Welt entweder strahlend schön oder todtraurig. Georgia war es gelungen, dass sie ihm ein steter Sommer war. Aber ihr Vater machte Tatjana ein wenig Sorgen.

»Doch was ist mit dir?", fragte sie. »Geht es dir gut?«

»Ach, was soll ich sagen? In meinem Alter ... und in meiner Stellung, da muss man sich ständig mit irgendetwas quälen.«

»Ihr habt doch keine Geldsorgen?«

Arkadi Lossow lachte und winkte ab. »Nein, zum ersten Mal seit ... Gott, seit ich denken kann, haben wir keine Geldprobleme.«

Tatjana trat auf ihn zu und fasste ihn an den Schultern. »Die Gesundheit?«

»Na ja, das Übliche. Mein Rücken. Die Beine. Die Blutwerte ... Aber es ist nichts, wirklich, Tatjana. Mach dir keine Sorgen.« Er sah ihr in die Augen, und plötzlich lag so etwas wie ein heiliger Ernst in der Luft. »Ich möchte dir etwas anvertrauen«, sagte er.

»Du kannst mit mir über alles reden, Papa.«

Arkadi Lossow schüttelte den Kopf. »Ich möchte nicht reden. Ich möchte dir etwas geben.« Er ging zum Schreibtisch und beugte sich zur untersten Schublade hinunter. »Es gibt Dinge«, erklärte er, während er eine flache Box herausholte, die aussah wie eine Geldkassette, nur größer und nicht so hoch. »Dinge, die ... Ich habe ein bisschen was geregelt.« Er blickte sie bedeutungsvoll an. »Es ist alles da drin. Ich habe nur einen Schlüssel dafür. Diesen Schlüssel möchte ich dir geben.«

»Um was geht es da?«, fragte Tatjana und setzte sich auf die Chaiselongue, die dem Schreibtisch gegenüberstand und die ihr Vater benutzte, um darauf sein Mittagsschläfchen zu halten – wenn er denn dazu kam.

»Kind, die Dinge sollen dich nicht bekümmern. Ich möchte dich nur bitten, den Schlüssel an dich zu nehmen.«

»Den Schlüssel? Und wenn du die Sachen brauchst?«

»Ich habe sie nicht nur hier drin«, er deutete auf die Box, »sondern auch hier.« Dabei tippte er sich an die Stirn. »Ich brauche also keinen Schlüssel.«

»Und ich? Wozu sollte ich den Schlüssel brauchen?«

»In meinem Alter weiß man nie, was kommt, Tatjana. Ich möchte nur, dass ihr sicher seid. Ihr alle. Du, dein Bruder, deine Mutter – die ganze Familie.«

»Papa, nun hör aber auf! Was soll denn schon geschehen?« Tatjana saß aufrecht auf dem Sofa, als hinge sie an einem Lot von der Decke.

»Nichts«, sagte Arkadi Lossow beruhigend. »Nichts.« Er nahm die Box und legte sie wieder in die Schublade. »Aber wie gesagt, man weiß nie.«

*

Sex im Tourbus war so ziemlich das absolute No-go im Wahlkampf. Vielleicht war es dieser Kick, den Matthew gebraucht hatte. Dass Sandy aber nun splitternackt durch das mobile

Hauptquartier der Wahlkampagne hüpfte, machte ihn nervös. Es brauchte bloß einer auf die Idee zu kommen, dass dem hiesigen Ortsverband noch Autogrammkarten des Großen Vorsitzenden fehlten, und sie saßen in der Scheiße. So war es eben: Wahlkampf sollte jederzeit aussehen wie das ganz große Leidenschaftsding, sie sollten spürbar brennen, und überall mussten sie Zuversicht und Optimismus verbreiten – doch Spaß machen durfte er verdammt noch mal nicht. Auf Tour sein bedeutete, aufs Wesentliche reduziert: Ora et labora. Vor allem Letzteres.

Sandy schien high vom Gefühl des Verbotenen. »Hey, und du tingelst die ganze Zeit mit, ja? Wie geil ist das denn!«

Matthew reduzierte seine Schätzung auf achtzehn. »Ist weniger prickelnd, als es klingt.«

»Also, ich fände das endgeil.« Sie tanzte wieder zu ihm hin und warf sich auf den Sitz neben ihm, dorthin, wo sie gerade eine Stunde lang ziemlich tabulos übereinander hergefallen waren. Mit einem unguten Gefühl beobachtete Matthew den dunklen Fleck, der sich auf dem Velours gebildet hatte, und versuchte sich zu erinnern, wer hier auf der Tour immer saß. Sandy kramte in ihrer Tasche und zog ein Päckchen Tabak heraus. Für den Bruchteil eines Augenblicks war Matthew versucht zu sagen: »Sorry, hier drin ist Rauchen verboten.« Aber das wäre nicht nur wahnsinnig peinlich gewesen, er hätte sich auch komplett lächerlich gemacht. Schließlich wussten alle, dass Schneider bei jeder sich bietenden Gelegenheit eine fette Cohiba im Mund hatte. Also sah er ihr zu, wie sie ein Paper auf ihrem nackten Oberschenkel positionierte, darauf ein wenig von dem faserigen Tabak verteilte und dann noch ein paar Krümel einer undefinierbaren schwarzen Masse hineingab.

»Wird ja ein richtiges Kunstwerk«, kommentierte er, während er ihre Zunge beobachtete, die flink über den Rand des Zigarettenpapiers fuhr. Diese Zunge …

»Yep«, sagte sie. »Ist aber nur ein bisschen Shit.«

»Wie, Shit?«, fragte Matthew naiv, doch natürlich wusste er die Antwort im selben Augenblick.

»Gras.«

»Du rauchst hier Gras? Sag mal, geht's noch?« Er fuhr hoch und stellte sich vor sie hin. Wieso um alles in der Welt musste er gerade in diesem Augenblick nackt sein? Wie sollte er auch nur ansatzweise Autorität ausstrahlen, wenn alles direkt vor ihren Augen herumbaumelte, er sich schief unter das Gepäckfach ducken musste, und die Füße immer noch in Socken steckten, weil er sie vorhin im Gemenge nicht mehr hatte ausziehen wollen. »Du kannst doch nicht im Ernst …« Was, so schoss es ihm durch den Kopf, wenn das alles eine Falle war? Was, wenn Sandy in Wirklichkeit Brigitte hieß und im Auftrag der Opposition den Spin-Doctor des Wirtschaftsministers bestiegen hatte, während sie in ihrer Tasche außer Rauschgift auch noch ein Mikrofon versteckt hatte? Wenn sie nur darauf wartete, dass jemand den Bus betrat, der den Mastermind der Kampagne des Parteichefs bei Sex und Drogen erwischte. Am besten noch mit einer Minderjährigen!

»Sag mal, wie alt bist du eigentlich?«

»Alt genug«, sagte die Kleine mit süffisantem Lächeln. »Hast du Angst, dass du Angst haben musst?«

»Na ja …«

»Ich seh jünger aus, als ich bin.«

»Hm.« Matthew entschloss sich, sich so schnell wie möglich wieder anzuziehen. Sandy – oder wie immer sie in Wahrheit hieß – beobachtete ihn dabei, während sie mehrmals genüsslich an ihrem Joint zog.

»Weißt du, dass du sexy bist?«, sagte sie und griff ihm in den Schritt.

Matthew stolperte rückwärts und schlug sich den Kopf an einer Kante. »Danke. Du aber auch.« Gelogener konnte ein Satz kaum klingen.

Sandy hatte es bemerkt. Ihr Lächeln gefror. »Ja, also«, sagte sie, während sie in ihre Jeans schlüpfte, das Hemd über den Kopf zog und Slip und BH in ihre Handtasche warf. »Ich sehe schon, dass ihr hier mächtig im Stress seid.« Sie drückte den Joint an ihrer Schuhsohle aus und stand auf. »Du musst bestimmt noch die Rede für Morgen vorbereiten, wenn ihr dann in …«

»Speyer«, sagte Matthew. »Ja. Richtig. Leider. Die muss ich noch vorbereiten.«

»War nett, dich kennengelernt zu haben.«

»Ebenso.«

Sie war so schnell draußen, dass nicht einmal Zeit blieb, ihr noch irgendeine Floskel mit auf den Weg zu geben. Tut mir leid, Sandy, dachte er. Auch wenn eindeutig sie es gewesen war, die ihn aufgerissen hatte, und nicht umgekehrt, fühlte er sich schlecht. Schlecht und schmutzig. Auch wegen Tatjana.

*

St. Petersburg, 6. Juni 2012

Die Stadt war ein Moloch. Wenn man wie die Lossows auf der Admiralitäts- oder wenn man auf der Petrograder Seite lebte, dann erschien einem alles in einer sinnvollen Übersichtlichkeit. Doch in Wirklichkeit hatte sich die Stadt wie die monströse Schere eines riesigen Krebstiers um die Bucht gelegt, sie war so unübersehbar geworden, dass es Jahre dauerte, sie von einem Ende zum anderen zu durchwandern. Sie war von

Kanälen zerklüftet, die sich wiederum unterteilten und in alle Richtungen wucherten wie ein hässliches Geschwür.

Tatjana Lossowa lief zu Fuß an diesen Kanälen entlang, spähte unter jede Brücke, sprach jeden Bettler, jeden Stadtstreicher, jeden Obdachlosen an. »Nikolai Arkadjewitsch? Nein, den kennen wir nicht.« – »Nie gehört. Wo kommt er her?« – »Suchen Sie beim Hafen. Die Neuen kommen dort leichter unter.« – »War er Seemann? Nein? Was soll er dann hier?« – »Haben Sie ein paar Rubel für einen hungrigen Patrioten?« – »Wo wohnst du, Schätzchen, dann sag ich dem Nikolai Arkadjewitsch, dass er zu dir kommen soll, hähähä.«

Jener Artikel hatte Tatjana darauf gebracht. *Armut in Russland nimmt zu, Zahl der Obdachlosen drastisch gestiegen.* Sie hatte die Zeitung aufgehoben. Irgendwann war ihr klar geworden, dass auch das eine Möglichkeit sein konnte: Nikolai war nicht ermordet worden, man hatte ihn ebenso wenig in irgendein Gebäude gebracht, wo er vor der Welt verborgen wurde, aus welchen Gründen auch immer, sondern er lebte und hauste unter einer der unzähligen Brücken seiner Heimatstadt. Es konnte doch sein, dass er sich aus Scham verborgen hielt.

Doch ihre Suche war sinnlos, hoffnungslos, ein einziger Albtraum: Die Stadt schien mehr Obdachlose als normale Bürger zu beherbergen. Überall kamen sie hervorgekrochen, in jedem Winkel lagerten sie auf ihren Pappkartons, in ihren Lumpen, zwischen Brettern und Plastiktüten, in denen sie ihre gesamte Habe mit sich herumschleppten, wenn sie von der Polizei vertrieben wurden. »Das kommt aber nicht oft vor, junge Frau«, erklärte ihr ein Mann, der in einem früheren Leben womöglich ein sehr kultivierter Herr gewesen sein mochte. »Meistens sind sie mit ein paar Zigaretten und einem Schluck Wodka zufrieden. Man arrangiert sich, verstehen Sie?«

Ja, es gab zwei Petersburger Städte, und sie existierten nebeneinander auf demselben Flecken Erde: die glanzvolle Stadt, die alljährlich von Millionen Touristen besucht wurde und in der reiche Russen ihr Geld ausgaben und sich prächtige Villen kauften – und die Schattenwelt, die in Winkeln und Hinterhöfen ihr Dasein fristete, zu der man nur durch Ritzen und Löcher Zugang hatte. Drang man dort ein, so öffnete sich dem Besucher ein schreckliches Panoptikum aus Armut, Krankheit, Verfall und Verbrechen.

Am dritten Tag ihrer Reise durch die Petersburger Abgründe gab Tatjana auf. Sie konnte das Elend nicht mehr sehen, mochte es nicht mehr ertragen. Ihre Sinne begannen abzustumpfen, ihre Seele schrie nach Licht. Verzagt und ohne auch nur eine Winzigkeit vorangekommen zu sein, stieg sie wieder hinauf an die Oberfläche, wankte zum Newskij-Prospekt und atmete die dieselverseuchte Luft der großen Prunkstadt eines verblichenen Reichs ein. Es war das St. Petersburg ihres Bruders gewesen, die Kulturmetropole, die Stadt Puschkins und Tschaikowskis, sie war der Resonanzboden seiner Musik. Während Tatjana an all den teuer gekleideten Frauen und zielstrebigen Männern vorbeiging, die das alte, stolze St. Petersburg bevölkerten, versuchte sie sich einzureden, dass die ganze Aktion ein Hirngespinst gewesen war. Nikolai lebte nicht unter einer Brücke. War es nicht wahrscheinlicher, dass er alle Brücken hinter sich abgerissen und ein vollkommen neues Leben angefangen hatte? Eines ohne Musik, eines ohne die Menschen, die er gekannt hatte, ein völlig freies, ganz und gar anderes Leben, in dem er – anonym und deshalb geschützt vor seinen Feinden – das Leben genießen konnte. Ja, so würde es sicher sein.

Doch das war nichts weiter als ein Trugbild, nichts als ein Märchen. Nikolai konnte nicht ohne die Musik leben.

Nicht ohne seine Familie. Seufzend stieg Tatjana Lossowa die Treppe zur Wohnung ihrer Eltern an der Ital'janskaja ulica hoch. Sie musste eine Weile warten, bis ihre Tränen getrocknet waren, ehe sie es über sich brachte, die Eingangstür aufzusperren.

*

Goslar, 6. Juni 2012

Hansjürgen Schneider kämpfte mit seinem Krawattenknoten. »Kann es sein, dass ich Sie mit Wörners Assistentin gesehen habe, Matthew?«

Matthew Meyer sah von seinem Tablet auf. »Gut möglich«, erwiderte er zu zögerlich.

Schneider hatte sofort erfasst, was Sache war, und beobachtete ihn aus den Augenwinkeln. »Nettes Mädchen.«

»Absolut.«

»Wie lange arbeitet sie schon für Mike Wörner?«

Matthew legte das Tablet weg und stand auf. »Keine Ahnung. Nicht sehr lange, nehme ich an.«

»Helfen Sie mir mal mit diesem dämlichen Knoten.«

»Klar.« Matthew stellte sich vor seinen Chef und versuchte, nicht allzu viel größer zu sein als er, während er den Knoten richtete. »Soll das ein Windsorknoten sein?«

»Egal. Es soll vor allem einer sein, der nicht aussieht, als hätte ihn die Waschmaschine geknüpft.«

»So müsste es passen.«

Schneider besah sich im Spiegel. »Wenn Sie Ihren Job nicht gut genug machen, können Sie nach der Wahl Herrenausstatter werden.«

Matthew setzte sich wieder auf das mit einem weinroten Stoff bezogene Sofa in Schneiders Suite und nahm erneut den Computer zur Hand. »Ich werd's mir überlegen. Vorausgesetzt, wir kommen in diesem Jahrhundert noch mit der Terminplanung durch.«

»Worüber haben Sie mit ihr gesprochen?«

»Mit der Terminplanung?«

Schneider schwieg und schlüpfte in sein Jackett.

»Gott, über alles Mögliche. Nichts Besonderes. Dies und das.«

»Über Wörner?«

»Möglich.« Matthew spürte, wie ihm das Gespräch unangenehm wurde. »Zielen Sie auf was Bestimmtes ab?«

»Ich frage mich, wie er tickt.«

»Wörner? Sie kennen ihn sicher länger als Tatjana.« Noch während er ihren Namen aussprach, verfluchte sich Matthew. Natürlich würde Schneider darauf herumreiten, und im nächsten Augenblick tat er das auch schon.

»Tatjana? Ist sie Russin?«

»Ist sie.«

»Nun, ich denke, sie kennt ihn sehr viel besser, als ich ihn je kennenlernen könnte. Eine so enge und vertrauensvolle Zusammenarbeit wie eine persönliche Assistenz schafft doch eine gewisse Intimität. Finden Sie nicht?«

»Sie haben da recht, Chef.« Der Seitenhieb war angekommen, Schneider nahm ihm seine Einsilbigkeit übel.

»Außerdem fickt er sie«, schob Schneider nach, so knapp und so grausam wie möglich.

»Und? Wollen Sie mich jetzt auch ficken?«

*

Sosnovy, 8. Juni 2012

Sosnovy war ein so wundervoller Ort. Vielleicht war es riskant gewesen, aber nachdem sie im Rückspiegel keine Verfolger gesehen hatte, war sie optimistisch, dass zumindest die Hinfahrt glücklich verlaufen würde: Niemand wusste, dass es die Datsche in Sosnovy gab. Tatjana hatte sich früh verabschiedet. Ihre Mutter war stark gewesen, hatte tapfer gelächelt und ihr ein paar Blinis als Wegzehrung mitgegeben, als mache Tatjana sich auf den Weg zu einem Schulausflug. Sie hatte sich einen Mietwagen genommen und hatte – gegen den Berufsverkehr – schnell die Stadt hinter sich lassen können. Sie fuhr die Küstenstraße entlang und traf nach wenig mehr als einer Stunde, in der sie auf weitgehend leerer Strecke dichte Wälder passiert hatte, in Sosnovy ein. Nachdem sie in die Straße abgebogen war, die zu dem allein gelegenen Häuschen führte, achtete sie darauf, dass niemand ihr folgte.

Trotz des beginnenden Sommers war es in der Datsche kalt. Man hätte denken können, seit Jahren hätten Menschen sie nicht mehr betreten. Tatjana lauschte auf die Wellen der Baltischen See, die sich an der Küste brachen – wenn man sich nicht darauf konzentrierte, überhörte man sie leicht. Die Dielen knarrten, als sie durch das leere Holzhaus schritt. Kurz überlegte sie, ob sie Feuer anzünden sollte, ließ es dann aber: Sie wollte es sich nicht zu gemütlich machen. Es würde besser sein, so schnell wie möglich wieder von hier wegzukommen. Selbst wenn niemand ahnte, dass sie in dieser abgelegenen Gegend war, stieg doch mit jeder Stunde die Gefahr, dass die Falschen von ihrem Aufenthalt in St. Petersburg erfuhren und ihr durch verschärfte Kontrollen die Ausreise vielleicht sogar unmöglich machten.

Eine Weile stand sie vor den gerahmten Fotos ihrer Eltern,

von Nikolai und auch von Georgia, sie hatten das Bild nicht entfernt. Trotz allem. Sacht fuhr sie über die Rahmen, ging zum Klavier, schlug ein paar Tasten an und lauschte dem Klang der verstimmten Saiten. Ein wehmütiges Lächeln überzog ihr Gesicht. Draußen krächzte ein Vogel. Für einen Moment schrak sie auf, dann atmete sie durch und trat in das Schlafzimmer ihrer Eltern.

Der Schreibtisch stand unberührt da. Sie zog die unterste Schublade auf und nahm die Kassette heraus, die ihr Vater ihr gezeigt hatte. Das Schloss war unbeschadet, und Tatjana öffnete die oberen Knöpfe ihrer Bluse und holte aus der Seite ihres BHs den kleinen Schlüssel, den ihr Vater ihr damals gegeben hatte. Sie wog ihn in der Hand, plötzlich erstaunt darüber, wie schwer er war. Ihre Finger zitterten, als sie die Kassette öffnete und den Deckel anhob. Darin lagen Dokumente. Es mochten vielleicht hundert, hundertfünfzig Seiten sein, Dokumente unterschiedlichster Art. Sie wirkten fremd auf Tatjana, die seit ihrer Schulzeit keine Unterlagen mehr in kyrillischer Schrift in der Hand gehalten hatte.

In die Stille hinein hörte sie die Tür eines Autos zuschlagen. Sie schreckte auf, steckte die Kassette weg, verbarg den Schlüssel wieder unter ihrer Achsel. Danach lief sie zur Tür. Durch das Fenster erkannte sie – geschützt durch die Gardinen, die ihre Mutter für die Datsche genäht hatte – einen Mann, der ums Haus strich. Sie schlüpfte aus ihren Schuhen und huschte in die Küche. So leise wie möglich nahm sie aus dem Schrank das größte Messer, das sie auf die Schnelle finden konnte, und eilte zurück zur Haustür. Der Mann war nicht mehr zu sehen, aber sein Wagen stand noch da. Vorsichtig schlich Tatjana von Fenster zu Fenster und spähte hinaus. Schließlich entdeckte sie ihn, wie er auf der Rückseite des Hauses stand und den Garten betrachtete, den ihre Mutter angelegt hatte: Kräuter, ein paar Blumen, dazu die Obstbäume, die hier schon seit jeher wuchsen.

Er musterte das Anwesen, als inspizierte er sein Eigentum. Als er sich unvermittelt umdrehte, hätte Tatjana beinahe das Gleichgewicht verloren. Hatte er sie gesehen? Wenn ja, ließ er es sich nicht anmerken. Er schritt zurück zur Vorderseite des Hauses, während Tatjana mit pochendem Herzen weiter an ihrer Stelle verharrte und angestrengt lauschte. War das nicht die Eingangstür? Ja, er sperrte sie tatsächlich auf. Er brach nicht ein, er sperrte auf! Woher hatte er einen Schlüssel? Voller Panik blickte sie sich nach einem Versteck um. Der Mann wirkte nicht wie jemand, mit dem man sich vernünftig unterhalten konnte. Sie hörte, wie er durch das vordere Zimmer ging. Ohne das kleinste Geräusch zu machen, öffnete Tatjana die Tür zum Garten und schlüpfte hinaus. Sie drückte sie wieder zu in der Hoffnung, dass er nicht bemerken würde, dass sie nicht verschlossen war, und presste sich dann flach an die Holzwand, das Messer in der Faust und bis zum Äußersten konzentriert.

Nach einiger Zeit – sie konnte kaum noch denken vor lauter Anspannung – meinte sie eine Stimme im Haus zu hören. Offenbar telefonierte er. Was er sagte, konnte sie nicht verstehen. Tatjana wagte nicht, sich zu bewegen. Je länger sie mit dem Rücken an der Wand der Datsche stand, umso deutlicher wurde ihr, wie allein sie war. Es gab niemanden, der sie beschützen konnte.

Sie bemühte sich, nicht die Nerven zu verlieren. Im Geiste schritt sie noch einmal durch die Datsche, sah sich dort mit ihren Eltern. Mit Nikolai. Mit Georgia. Und dann war es plötzlich still. Nicht das leiseste Geräusch drang mehr aus dem Haus.

*

Berlin, 8. Juni 2012

Der Entwurf schlitterte über den Tisch und fiel auf der anderen Seite zu Boden, die Blätter verteilten sich im halben Zimmer. »Bockmist«, schrie Plöger. »Gequirlte Kacke. Schreddern Sie das, bevor ich Sie in den Reißwolf stecke!« Plöger war für sein cholerisches Temperament berühmt, bei den Mitarbeitern war er deswegen berüchtigt. Vor allem weil es stets mit den größtmöglichen Ungerechtigkeiten einherging. Wenn Ministerialdirektor Plöger sich aufregte, dann meist über Probleme, die er selbst verursacht hatte. Das jedenfalls war die Lesart der Belegschaft. Während sich sein Referent auf die Knie begab, um die Papiere einzusammeln, stapfte Plöger in sein eigenes Büro und warf sich in den Sessel hinter seinem Schreibtisch, um zum Telefon zu greifen.

»Verbinden Sie mich mit Böhm«, herrschte er seine Sekretärin an, knallte dann den Hörer auf den Apparat und brütete vor sich hin, bis es klingelte. »Ja?«

»Herr Professor Böhm für Sie.«

»Stellen Sie durch. – Herr Professor? Gut, dass ich Sie erreiche. Hören Sie, wir haben hier ein Problem, das sich zunehmend auswächst.«

»Was können wir tun?«, fragte Böhm, und zwar mit einer Ruhe, die Plöger erst recht auf die Palme brachte. Böhm war einer dieser Spitzenjuristen, die in dem Bewusstsein lebten, nicht nur ein Vielfaches eines jeden Spitzenpolitikers zu verdienen, sondern am Ende auch noch deren Job zu tun – ohne sich dafür vor irgendwelchen Wählern verantworten zu müssen.

»Verfassen Sie einen Entwurf, der dem standhält«, blaffte Plöger ihn an und verfluchte sich im gleichen Augenblick, weil er wusste, dass ihn das ins Unrecht setzte. Böhm war dicke mit

Schneider. Wenn er sich über ihn, Plöger, beklagte, dann war das schädlich für seine Karriere.

»Die Bürokraten in Brüssel finden immer ein formaljuristisches Haar in der Suppe«, sagte der Ministerialdirektor und seufzte.

»Ich kann Ihnen versichern, Herr Plöger, dass sie dieses Gesetz verfahrenstechnisch nicht aushebeln können. Wenn es unsere interne Abteilung durchläuft, besteht es vor jedem gesetzgebenden Gremium und vor jedem Gericht.«

»Aber nicht vor der Industrie«, sagte Plöger.

»Also darum geht es. Wer hat denn noch Wünsche angemeldet?« Plöger konnte regelrecht hören, wie Böhm voller Genugtuung im Geiste die Honorartabelle zückte. Nachbesserungen aus inhaltlichen Gründen kosteten selbstverständlich extra. Am Ende würden sie dafür, dass sie der Industrie ein paar Milliarden hinterherwerfen mussten, den Juristen auch noch ein paar hunderttausend Euro in den Hintern schieben. Mindestens. Sie zockten alle ab. Und die Staatskasse musste bluten.

»Sie haben keine angemessene Kompensationsregelung aufgenommen.«

»Wir haben alles aufgenommen, was Sie drinhaben wollten. Von einer Kompensationsregelung war nur ganz allgemein die Rede gewesen – und so allgemein sieht die Formulierung auch aus. Wenn Sie sie konkreter haben wollen, brauchen wir klare Informationen. Wobei ich gleich anmerken möchte, dass mir dafür eine separate Durchführungsverordnung geeigneter erschiene.« Klar schien ihm die geeigneter – ein neues Gesetz zu formulieren, und sei es nur eine Allerweltsverordnung mit Rubren und Standardkleinkram, das kostete ein Vielfaches dessen, was sich für eine kleine Nacharbeit an einem bereits bezahlten Gesetzentwurf ansetzen ließ.

»Wir besprechen das hier intern, wo wir was reinpacken. Sie formulieren bitte erst einmal eine Kernregelung. Die Details gibt Ihnen mein Referent morgen durch.«

*

Er war weg. Sosehr sie lauschte, wohin sie auch blickte: Nichts deutete auf den Unbekannten hin, er musste noch im Haus sein. Und auch sein Wagen musste noch da sein. Sie konnte ihn zwar nicht sehen, weil er auf der anderen Seite des Hauses geparkt war. Aber sie hätte gehört, wenn der Motor angelassen worden wäre. Nein, sowohl das Auto als auch sein Fahrer waren noch hier.

Tatjana stand, das Messer in der schweißnassen Faust, neben der Hintertür an die Wand des kleinen Hauses gepresst und lauschte. Sie wagte kaum zu atmen. Außer dem Rauschen des Meeres und der Bäume im Wind war weiterhin nichts zu hören. Vorsichtig löste sie sich von den Brettern und ging in die Hocke. Sie wollte versuchen, unterhalb der Fenster zur Hausecke zu schleichen, um besser zu sehen, was für ein Wagen das war. Es war unendlich mühsam, kein Geräusch zu machen, obwohl unter ihr nur sandiger Boden war. Ein Knacken der Dielen drinnen schreckte sie auf. Es war so nah, dass sie beinahe die Balance verloren hätte. Sie blickte nach oben. War da ein Schatten hinter dem Vorhang? Mit klopfendem Herzen kroch sie weiter. Dann sah sie es: das klassische Fabrikat, einen Wolga, schwarz, mit getönten Scheiben. Die klare Sprache des FSB. Machten sie sich gar keine Mühe mehr, sich zu tarnen? Oder glaubte sich der ungebetene Gast vor Beobachtung sicher?

»Sie sollten den aufrechten Gang üben, Tatjana Ludmilla Lossowa«, sagte eine Stimme hinter ihr. Tatjana erstarrte. Nichts hatte sie vernommen. Der Mann war vollkommen

lautlos hinter ihr aufgetaucht. Und jetzt hatte er sie in der Hand. Es sei denn …

»Sie haben recht«, sagte sie und atmete tief durch. Dann schoss sie mit einer Drehung nach oben und rammte ihm das Küchenmesser so tief in den Leib, wie ihre Kräfte es zuließen.

Er hatte keine Chance.

*

Fulda, 8. Juni 2012

Nichts ist spannender, als in das Leben anderer Menschen einzutauchen, sie zu begleiten, zu beobachten, Anteil an ihrem Dasein zu nehmen. Glücklich, wer all dies täglich tun kann, weil er das Privileg einer Familie genießt. Wer aber allein ist, sucht sich Ersatz. Er setzt sich in die Kneipe und verbirgt seine Einsamkeit hinter dem Lästern über Dritte. Er starrt gebannt auf den Fernsehschirm, auf dem sich die Schicksale von Familien und Generationen abspielen. Er versenkt sich in dicke Bücher, mit den Helden hoffend und bangend. In einer Stadt, deren Namen ihm entfallen war, starrte Matthew Meyer an die Decke eines Hotelzimmers, leer von dem hinter ihm liegenden Achtzehnstundentag. Irgendwo waren sie heute Morgen aufgebrochen. Das Frühstück hatten sie im Tourbus eingenommen, vor der ersten Wahlkampfveranstaltung. Bereits am Mittag war ihm das Handy beinahe am Ohr festgewachsen.

Er saß hinten im Bus, die Beine auf den Nachbarsitz gestemmt, im Rücken seinen Rucksack und die Regenjacke, die er immer dabeihatte. Bequem war anders, aber es gab ohnehin zu wenig freie Minuten, um sich auf irgendwelche körperlichen Bedürfnisse konzentrieren zu können. Stattdessen schickte er Kurznachrichten, twitterte @mein_wirtschaftsminister, telefonierte und ließ sich von zwei Hiwis mit Informationen über einzelne Oppositionspolitiker füttern: Wer hat was wann gesagt, getan, gefordert. Bevorzugt Persönliches und interpretationsfähige Zitate. So hatte er über den Vorsitzenden der Linken Alternative Aussagen gefunden, die noch in die Zeit der DDR zurückreichten und belegten, dass er die RAF für Freiheitskämpfer gehalten hatte und die USA für einen Hort des Bösen. Wunderbare Zeitbomben – nur leider in der gegenwärtigen Lage nicht scharf, weil sich für diese Themen gerade niemand interessierte. Besser, weil zeitlos, die Entdeckung, dass die Frau, die im Schattenkabinett der Oppositionsführerin für den Posten als Arbeitsministerin vorgesehen war, vor einigen Jahren Stress mit der Staatsanwaltschaft hatte, weil sie angeblich eine illegale Haushaltshilfe beschäftigt hatte – und das sozialversicherungsfrei. Gegen Zahlung eines gewissen Betrags und Akzeptieren des Strafbefehls war die Sache zu den Akten gelegt worden. Aber irgendjemand aus der Behörde hatte sich daran erinnert und es seinem Freundeskreis in einem sozialen Netzwerk mitgeteilt, wo es Matthews fleißige Helfer ausgegraben und ihm vorgelegt hatten. Ja, das war guter Stoff. Niemand wusste, ob an der Sache wirklich was dran war. Aber wie es eben so ist, wenn etwas zum Himmel stinkt: Man kann sich davon nie ganz reinwaschen, es bleibt immer etwas haften. Und es war Matthews Aufgabe, genau darauf hinzuweisen. Er würde diese hübsche kleine Story verknüpfen mit der Mindestlohndebatte, mit der Haltung der Opposition zum Thema Migration und mit Ausbeutung und Menschenhandel. Und plötzlich würde aus der schwarzbeschäftigten Putzfrau, die auch nur ihre Familie ernähren wollte, und der Arbeitsministerin in spe, die wie Millionen andere Menschen ein bisschen bei den Ausgaben sparen wollte, eine Affäre werden, die zeigte, wie skrupellos und bigott die Opposition öffentlich Wasser predigte und heimlich Wein trank, wie sie Hunderttausende ausländischer Mitmenschen mit der Forderung nach schärferen Aufenthaltsgesetzen kriminalisierte, wie sie sich mit Händen und Füßen gegen einen gerechten Arbeitslohn auch für Geringqualifizierte stemmte – und dabei selbst die Ärmsten der Armen schamlos ausnutzte.

In den kurzen Pausen, die Matthew sich gönnte, stöpselte er sich den MP3-Player in die Ohren und hörte ein paar Swing-Klassiker zur Entspannung. Sein aktueller Lieblingssong begann mit den Worten: »*You have to accentuate the positive and eliminate the negative.*« Genau das tat er, wenn er über Schneider schrieb oder über die Arbeit der Regierungskoalition. Wenn er über die Opposition textete, galt die umgekehrte Regel: *Du musst das Negative betonen und das Positive eliminieren.* So musste man Politik verkaufen.

Oft aber kotzte ihn dieses Im-Dreck-Wühlen auch an. Er erfuhr sehr viel mehr über die Leute, gegen die sie antraten, als er wissen wollte. Und manchmal ertappte er sich dabei, wie er zum Trost in ein ganz anderes Leben eintauchte: in Tatjanas. Immer noch hatte er die Dateien, die er in Klosters heimlich von ihrem Handy gezogen hatte, auf seinem Notebook. Wieder und wieder sah er sich die Fotos an. Tatjana im Schnee. Tatjana mit Freundinnen im Nachtclub. Bewerbungsfotos. Ein Selfie vom Strand, scheinbar irgendwo am Schwarzen Meer, denn im Hintergrund war ein Kiosk mit einer Aufschrift in kyrillischer Sprache zu sehen. Dann die Bilder von den Leuten, die er nicht kannte. Er stellte sich vor, dass es ihre Eltern waren, ihr Bruder, aber vielleicht war es auch ihr Ex-Freund. Auf einem Foto war sie beim Feiern mit ihrem Boss zu sehen, in allzu inniger Umarmung.

Die Textdateien waren dagegen so langweilig wie jedes Konzerndokument im Bereich Management. Ein Ordner mit gescannten Spesenquittungen: einige ziemlich exquisite Restaurants, Hotels der gehobenen Mittelklasse, Mietwagen mittleres Segment. Wenn er das alles in einen Kalender eintragen würde, könnte er für den Zeitraum, seitdem sie dieses Handy benutzte oder vielleicht auch darüber hinaus, ein geniales Bewegungsprofil erstellen – vorausgesetzt, es waren nicht Wörners Quittungen, die sie da verwaltete. Doch der hätte sicher nur Oberklassewagen gefahren.

Er betrachtete wieder das Strandfoto. »Oh Tatjana«, flüsterte er und verschlang sie mit den Augen. »Oh Tatjana.«

*

Tallinn, 9. Juni 2012, 19:10 Uhr

Estlands Hauptstadt war ein Juwel an der Ostsee, ja. Aber nichts von all dem neu gewonnenen Glanz, nichts von all der glitzernden Modernität bekam Tatjana mit. Nachdem sie in einer halsbrecherischen Fahrt über die schadhaften russischen Straßen, zwischen gefühlt Millionen von überladenen Lkws nach Estland gejagt war, hatte sie in einem schäbigen Hotel eingecheckt, das sie in jenem anderen Leben, das sie bis vor ein paar Tagen für normal gehalten hatte, nicht einmal wahrgenommen hätte. Und dort saß sie nun und würde die Nacht zubringen, bis am nächsten Tag früh am Morgen ein Flug nach Berlin ging.

Blickte sie aus dem Hotelfenster, sah sie auf der anderen Straßenseite eine Reihe von Internetshops und Im- und Export-Läden. Eine Spielhalle. Ein paar Kneipen, eng gestaffelt. Die Gegend war gut für jede Art halbseidener Aktivitäten, nur nicht für ein anständiges Auskommen. Es war der richtige Ort für sie, die Mörderin. Blut klebte an ihren Händen, und egal wie oft sie sie wusch, es würde immer an ihren Händen

kleben. Und immer, wenn sie daran dachte, würde ihr Herz in Panik geraten.

Sie musste sich ablenken. Sie musste versuchen, klar zu denken. Doch das fiel ihr unendlich schwer. Natürlich, der Mann hatte sie verfolgt, er hatte sie gesucht, und er hatte ganz sicher nichts Gutes im Schilde geführt. Er war in das Häuschen eingedrungen, er hatte einen Schlüssel gehabt, obwohl er keinen hätte haben dürfen, er war gefährlich gewesen, ganz ohne Frage. Und doch: Hatte sie ihn ermorden müssen? Sie hatte in Notwehr gehandelt. Ja. Hatte sie das? Wirklich? Hatte er sie bedroht? Oder hatte sie sich nur bedroht gefühlt? Was, wenn er gar nicht gefährlich gewesen war? Was, wenn er in friedlicher Absicht gekommen war? Was, wenn er ihr helfen wollte, Nikolai zu finden? Oder ihren Vater? Die Gedanken drehten sich in Tatjanas Kopf, während sie in die Dämmerung hinausstarrte und die Menschen beobachtete, die in die verschiedenen Geschäfte und Lokale hineingingen oder herauskamen. Es waren Männer. Alle. Bis auf eine Frau, die aus dem Internetshop kam. Wankte. Tatjana nahm sich noch einen Wodka aus der Minibar. Sie schraubte die kleine Flasche auf und nippte daran. Stellte sie weg. Es widerte sie an. Der Internetshop. Ja, sie musste sich ablenken.

Sie nahm ihren kleinen Rucksack, in dem sie die Dokumente aus Sosnovy verstaut hatte, und ging mit schweren Schritten hinunter in die Lobby, die nur ein kleiner Raum mit einem Tischchen und zwei schmuddeligen Sesseln war, vorbei an der Rezeption, hinter der ein junger Mann saß, der sie schon bei ihrer Ankunft mit seinen Blicken ausgezogen hatte und es jetzt erneut tat.

In dem Internetshop war nicht viel los. Tatjana ließ sich einen Tee geben und setzte sich so, dass sie die Tür im Blick hatte. Dann rief sie die jüngsten Nachrichten von den wichtigsten deutschen Zeitungs-Onlineportalen auf, gab »Sosnovy« ein, ohne aber irgendetwas über einen Mord in einem Haus an den Dünen zu finden, suchte nach Informationen über ihren Bruder, ihren Vater und Aleksander Lewtuschenko – und über Vera Beliani, die Journalistin. Auf sie war ein Mordanschlag verübt worden. Es war schon zwei Jahre her, und zum Glück war ihr nichts passiert. Aber natürlich, wer in Russland allzu kritisch berichtete, lebte gefährlich. Und Vera Beliani berichtete sehr kritisch. Auf der Website einer Nichtregierungsorganisation fand sich ein langer Artikel von ihr. Eigentlich wollte Tatjana ihn gar nicht lesen, doch dann blieb ihr Auge an einem Wort hängen, das wie ein Schlag in die Magengrube auf sie wirkte. Nischnewartowsk. Die Stadt ihrer Kindheit.

*

Moskovskaija Gaseta, 20. Februar 2011

6,7 Milliarden Tonnen Leben

Von Vera Beliani

Westsibirien ist die Hölle auf Erden. So riesig wie das Land sind hier die Umweltkatastrophen. Schon am Flughafen empfängt mich beißender Gestank. Der Ostwind trägt ihn von den Ölfeldern herüber. Zu sehen ist nichts: Dichter Nebel liegt über dem Land. Auch er ist ein Produkt der Ölförderung. Millionen Liter ungefiltertes Öl werden Jahr für Jahr abgefackelt, die ganze Region ist von einem schmierigen Dunst überzogen.

Vom Flughafen zur Stadt sind es nur wenige Kilometer. Schon diese kurze Strecke ist gespickt mit Fördertürmen, der ganze Ort ist davon umzingelt.

Am Ende meiner Reise werde ich Tausende Bohrtürme gesehen haben – und Dutzende Lecks in den Pipelines, die hier wie riesenhafte Würmer in der Landschaft liegen.

Nischnewartowsk ist reich. Nicht nur reich an Bodenschätzen. Es gibt Geld in der Stadt, mehr als die Menschen ausgeben können. Trotzdem sehe ich auf meiner ganzen Reise niemanden, der lacht. Mit bedrückten Mienen gehen die Einwohner herum. Es wundert mich nicht: Nischnewartowsk ist auch reich an verseuchten Böden, an verpesteter Luft, an kontaminiertem Wasser. Wer hier lebt, stirbt früh. Oder er geht nach wenigen Jahren wieder weg. Wer länger bleibt, sucht oft einen anderen Ausweg: Die Sterbeursache Nummer eins ist nicht einmal der Krebs, auch nicht Alkohol, sondern Selbstmord und Mord. Was ist hier passiert?

Das Glück und das Unglück dieser Region heißt Samotlor. Es ist das erste und größte Ölfeld, das in der Gegend erschlossen wurde. In den sechziger Jahren war Nischnewartowsk ein Bauerndorf. Die Einwohner lebten vom Landbau und den wenigen Rindern und Schweinen, die sie züchten konnten. Die Existenz hier im weit abgelegenen Sibirien war karg, das Einkommen niedrig. In harten Wintern war der Hunger an jedem Tisch zu Gast. Das Erdöl wurde von den Bauern, unter deren Feldern es sich besonders nah an der Erdoberfläche sammelte, als zusätzliche Belastung betrachtet. Dann kamen Kommissare aus dem fernen Moskau. Sie prüften, sie vermaßen, und sie machten Probebohrungen. Die ersten Bohrtürme entstanden. Weitere folgten.

Die Führung der UdSSR machte die Ausbeutung des Landstrichs zu einem Großprojekt. Damit rückte Nischnewartowsk in den Mittelpunkt der sowjetischen Energiepolitik. Für die in der Region beheimateten Völker der Chanten, Mansen und Nenzen hingegen wurde nichts besser: Das Öl und später auch das Gas, das hier gefördert wurde, zerstörten ihre Lebensgrundlagen. Die verseuchten Böden gaben nichts mehr her, das Vieh verendete, weil es verseuchtes Wasser trank und verseuchtes Futter fraß.

Heute gleicht die Region einem Inferno. Es ist ein seenreiches Land, Sumpfland. Doch dort, wo einst ein riesiges Biotop bestand, hat der Tod längst Einzug gehalten. Auf den Seen schwimmen meterdicke Ölschlieren, Bäume und Sträucher strecken ihre kahlen Äste in den Himmel. Das Grundwasser kann längst niemand mehr trinken. Die Flüsse Ob und Pur transportieren die schwarze Pest in die Karasee und vergiften so auch das Nordpolarmeer. Doch die Verantwortlichen wollen das alles nicht wahrnehmen. Für sie gilt nur der Profit: »Wir sind stolz darauf, dass Nischnewartowsk eine der einkommensstärksten Städte Russlands ist«, sagt mir der Bürgermeister, als ich ihn danach frage, wie es ihm mit der Situation geht. Und die Umweltschäden? »Das Öl hat uns Arbeitsplätze und Wohlstand gebracht. Früher gab es hier nicht einmal eine Schule, heute haben wir pro Einwohner mehr Bildung als zwei Drittel aller anderen russischen Städte.« Aber auch mehr Krankheit und mehr Selbstmorde. »Dazu gibt es keine offiziellen Statistiken. Alle Zahlen, die man darüber lesen kann, stammen von Interessenverbänden und Lobbyisten.«

Natürlich. Alles gelogen. Doch selbst nach offiziellen Angaben gibt es jedes Jahr fünftausend Brüche bei den Ölpipelines. Aus mindestens dreihundert Lecks treten bis zu 100 000 Tonnen Rohöl aus, das die Böden und Gewässer vergiftet. Unabhängige Experten gehen von drei bis zehn Millionen Tonnen Rohöl aus, das auf diese Weise die Umwelt verseucht.

Im örtlichen Krankenhaus treffe ich den leitenden Arzt der Onkologie. Krebs ist hier die am häufigsten behandelte Erkrankung. »Es ist das Benzpyren, das beim Abfackeln der Gase entsteht«, erklärt er. »Besonders betroffen sind die Kinder. Die Zahl an Leukämieerkrankungen ist in dieser Gegend doppelt so hoch wie im restlichen Land. Nur in Surgut liegt sie noch höher.«

Surgut ist die andere große Ölstadt Sibiriens. Ich handle mit dem Taxifahrer einen vernünftigen Preis aus, und er bringt mich hin. Die Stadt liegt etwa zweihundertfünfzig Kilometer westlich von Nischnewartowsk. Das Land dazwischen ist kahl und grau, es sind nicht viele Häuser zu sehen. Doch stattdessen unzählige Fördertürme. So viele, dass sie vom einen Ort bis zum anderen kein Ende nehmen.

Surgut ist eine der ältesten Städte Sibiriens. Ihr Name stammt aus der Sprache der Chanten und bedeutet »Fischreiche Gegend«. Einst mag das so gewesen sein. Doch längst kann man die wenigen Fische, die der Ob noch hat, nicht mehr essen. So wie überhaupt alles, was es in der Region an Lebensmitteln gibt, entweder vergiftet ist oder von weit her importiert werden muss. Ich treffe einen leitenden Mitarbeiter eines großen Ölproduzenten. Er möchte nicht erkannt werden und bittet mich, seinen Namen nicht zu erwähnen. Als er Anfang der achtziger Jahre als junger Ingenieur hierherkam, um die technischen Schwierigkeiten bei der Ausbeutung des Samotlor-Ölfelds zu bewältigen, glaubte er noch daran, dass das Öl ein Segen für die Menschen sei. Samotlor war eines der größten Ölfelder der Welt. Doch Ende der siebziger Jahre ließ der Förderdruck nach, und man begann, Wasser in ungeheuren Mengen aus den nahen Flüssen und Seen ins Erdreich zu pumpen. »Auf die Weise haben wir der Erde nicht nur das letzte Öl abgepresst, sondern Böden und Gewässer auf Generationen hin verseucht. Wir haben hier die Hölle auf Erden geschaffen. Das Gleiche kündigt sich in Jamal-Nenzen an. Wer wissen will, was die West-Way-Pipeline für die betroffene Bevölkerung dort bedeuten wird, muss sich nur Surgut oder Nischnewartowsk ansehen.«

In Surgut treffen Öl- und Gaspipelines aus Nischnewartowsk, Novosibirsk, Tscheljabinsk, Perm und anderen Förderregionen aufeinander. Kein Ort zum Leben, aber durchaus einer zum Sterben. Trotzdem steigt die Einwohnerzahl seit Jahrzehnten unaufhörlich. Zu groß sind die Verlockungen eines guten Einkommens, zu wenig ist über die riesigen Umweltprobleme und die damit verbundenen Gesundheitsrisiken der Bevölkerung bekannt.

»Wir verkaufen kein Öl, wir verkaufen unser Land«, sagt mir der Taxifahrer, als er mich zurück zum Flughafen bringt. »Und unser Leben.« 6,7 Milliarden Tonnen Erdöl werden in Russlands Böden vermutet, 48,6 Billionen Kubikmeter Gas. Am Ende wird es nichts mehr von alldem geben. Kein Öl mehr, kein Gas und auch kein bewohnbares Land. Nichts außer Geld. Und das wird auf Konten im Ausland landen, auf Zypern, auf den Bahamas oder in Bahrain.

NEUN

St. Petersburg, 5. Juni 2012

Der Raum war kalt und grau. Von den Wänden blätterte an einigen Stellen die Farbe. An einem schmucklosen Tisch aus dunklem Holz saß ein Mann, der etwa in Arkadis Alter sein mochte. Er trug die schwarze Robe eines Richters, mehr aber erinnerte er Arkadi Lossow an einen Henker. Mit verkniffenem Gesicht studierte er ein Papier. Als Arkadi Lossow eintrat, blickte er nicht einmal auf, sondern wandte sich zu dem schmalen Mann, der sich neben ihm befand und hinter dicken Brillengläsern ins Nirgendwo sah. Zögerlich trat Arkadi Lossow näher, während seine beiden Begleiter sich links und rechts neben der Tür postierten. Nachdem der Richter und sein Protokollführer ihre Angelegenheiten besprochen hatten, wandte sich der Vorsitzende ihm zu. »So, und nun zu Ihnen. Ihr voller Name? Beruf? Adresse? Geburtstag und -ort?«

»Arkadi Michailowitsch Lossow, Diplom-Ingenieur. Geboren am 14. November 1959 in Kiew. Wohnhaft in St. Petersburg, Ital'janskaja ulica 56. Was wird mir vorgeworfen?«

Der Richter musterte ihn eine Weile schweigend. »Wo waren Sie in der Nacht vom 17. auf den 18. Mai dieses Jahres zwischen …« Er warf einen Blick auf seine Akte. »Zwischen 22 Uhr und ein Uhr?«

Arkadi Lossow sah sich nach einer Sitzgelegenheit um, weil

er spürte, wie ihm schwindlig wurde. Doch er konnte keine entdecken. Also blieb er stehen, holte Luft und versuchte, sich zusammenzureißen. »Ich habe ein Konzert im Konservatorium besucht und ging anschließend nach Hause.«

»Wann war das Konzert zu Ende?«

»Gegen halb elf.«

»Und Sie sind direkt nach Hause gegangen?«

»Ohne Umwege.«

»Wann waren Sie zu Hause?«

»Etwa eine Stunde später. Ich bin zu Fuß gegangen.«

»Sie haben lange gebraucht für die Strecke.«

»Ich habe mich unterwegs noch auf einen Wodka in ein Lokal gesetzt.«

»Sie sind also doch nicht ohne Umwege nach Hause gegangen?«

»Das Lokal lag auf dem Weg.«

»Waren Sie in Begleitung?«

»Nein.«

»Ungewöhnlich, finden Sie nicht? Ich kenne nicht viele Menschen, die allein ein Konzert besuchen.«

Arkadi Lossow zuckte die Achseln. »Vielleicht. Das kann ich nicht sagen.«

»Was war das für ein Konzert?«

»Es war ein Klavierkonzert meines Sohnes. Er ist Pianist.«

»Pianist.« Der Richter schwieg wieder, musterte Arkadi, nickte dann sehr langsam, als habe er sich eine Meinung gebildet, und fuhr fort: »Haben Sie Ihren Sohn nach dem Konzert noch gesehen?«

»Nein. Leider nein.«

»Warum sagen Sie leider?«

»Ich fürchte, es ist etwas Schreckliches geschehen.«

»Können Sie das bitte etwas klarer ausdrücken?«

Einen Augenblick lang war Arkadi Lossow versucht, dem Richter sein Herz auszuschütten, doch dann schüttelte er den Kopf und schwieg.

»Kann es sein, dass Sie vor dem Konzert einen Streit mit Ihrem Sohn hatten?«

Das war richtig. Es war die alte Auseinandersetzung gewesen. Nokolai hatte ihn gedrängt, endlich mit seinem Wissen an die Öffentlichkeit zu gehen. Arkadi hatte sich gesträubt. Er wollte nicht sein Glück und das Glück der Familie aufs Spiel setzen. »Nichts Besonderes«, erklärte Lossow. »Es ist wie in allen Familien, man streitet sich, man verträgt sich.«

»Ein Familienstreit also. Und Sie haben sich wieder vertragen? Scheint es Ihnen dann nicht merkwürdig, dass Sie nach dem Konzert nicht noch zu Ihrem Sohn in die Garderobe gegangen sind? Wo Sie sich doch wieder vertragen haben ...«

»Ich weiß nicht, nein, es wäre sicher unpassend gewesen.«

»Oder waren Sie in Wirklichkeit nach der Vorstellung doch in der Garderobe gewesen? Haben Sie Ihren Sohn nicht doch noch gesehen, ehe Sie nach Hause gingen?«, fragte der Richter mit plötzlicher Schärfe in der Stimme.

»Weshalb bin ich hier? Habe ich mich irgendeines Vergehens schuldig gemacht?«

»Sie wissen genau, weshalb Sie hier sind, Arkadi Michailowitsch. Und meine Aufgabe ist es, Licht in die Sache zu bringen.«

»In welche Sache, Herr Richter?«

»In die Sache, derentwegen wir ein Verfahren gegen Sie eingeleitet haben.«

»Ein Verfahren? Was wird mir vorgeworfen?«

Der Richter klopfte mit dem Zeigefinger seiner rechten Hand auf die Akte, die vor ihm lag. »Gefährdung der öffentlichen Ordnung, schwere Körperverletzung. Das liegt auf der

Hand. Die Frage wird sein, ob hier auch ein versuchter Mord vorliegt.«

»Versuchter Mord?« Arkadi traute seinen Ohren nicht. »Versuchter Mord? An wem das denn, bitte schön?«

»An Ihrem Sohn.«

*

Berlin, 10. Juni 2012, 12:03 Uhr

Nie zuvor hatte sie sich so gefreut, diesen unsäglichen alten Flughafen in der deutschen Hauptstadt zu sehen, und nie zuvor hatte sie sich zugleich so einsam gefühlt. Die Sonne warf ein gnadenlos gleißendes Licht über den regennassen Flughafenasphalt, die Stewardess spulte eine auf Deutsch ebenso unverständliche Ansage herunter, wie sie es zuvor auf Estnisch getan hatte. Tatjana spürte ihr Herz, während sie ungeduldig wartete, dass die Maschine zum Stillstand kam und die Türen sich endlich öffneten. Den kleinen Rucksack hielt sie mit beiden Händen fest.

Wie oft hatte sie sich vorgestellt, wie schön es wäre, wenn es jemanden gäbe, der auf sie wartete, der die Ankommenden musterte und nervös nach ihr Ausschau hielt, um sie in Empfang zu nehmen. Diesmal war das Gegenteil der Fall. Mit dem Blick eines Habichts sondierte sie die Ankunftshalle. Falls jemand hier auf sie wartete, wollte sie ihn zuerst sehen. Sie hatte sich die Kapuze ihres Sweatshirts über den Kopf gezogen und die Haare etwas ins Gesicht gewischt, sodass man sie nicht gleich erkennen würde.

Eine Jugendgruppe stand hinter der Glasabtrennung. Ein älteres Paar. Zwei Mütter mit Kindern in Buggys. Ein schlaksiger junger Mann, kaum dem Schulalter entwachsen. Eine Familie adipöser Osteuropäer. Niemand, der auch nur entfernt verdächtig wirkte. Mit schnellen Schritten passierte Tatjana den Ausgang und bog dann scharf nach links ab. Kurz vor den Toiletten nahm sie die Treppe ins Zwischengeschoss und lief dann ein Stück den Gang hinunter zu den Schließfächern. Sie hatte einen Plan: Die Dokumente durften nicht bei ihr sein. Wann immer und wem auch immer sie sie geben würde, sie würde es an einem anderen Ort tun. Falls es in Berlin sein sollte, war der Flughafen so gut wie jeder andere Treffpunkt. Falls es woanders sein sollte, musste sie ohnehin zum Flughafen, um dorthin zu gelangen. Also würde sie die Unterlagen hier lagern, in einem anonymen Schließfach, und den Schlüssel gut verstecken. Sie sah sich noch einmal um, doch niemand war in der Nähe. Für einen Augenblick glaubte sie, die Überwachungskamera an der Decke sich in ihre Richtung bewegen zu sehen, doch darauf konnte sie keine Rücksicht nehmen. Im Gegenteil: Sie musste sich so normal wie möglich verhalten.

Nachdem sie die Dokumente in eine Zeitschrift aus dem Flugzeug geschoben und diese in das Schließfach gelegt hatte, sperrte sie ab und spazierte dann so gelassen wie möglich zur Toilette. Wenig später war sie auf dem Weg nach draußen, vorbei an Touristen, Managern, zahllosen unbekannten und namenlosen Menschen, von denen jeder ein Feind sein konnte oder das nächste Opfer unglücklicher Umstände. Im Zeitschriftenladen griff sie zu einer Sonntagszeitung und wäre fast zurückgeprallt, als sie die Schlagzeile sah und das Foto eines Mannes erblickte, den sie besser kannte, als ihr lieb war. Sie kaufte die Zeitung und las sie im Taxi:

Frankfurter Allgemeine Sonntagszeitung,
10. Juni 2012

Milliarden auf der Flucht
Russischer Oligarch sucht Asyl bei Briten

London. Mit einem Asylantrag der anderen Art haben sich in diesen Tagen die Behörden in der Hauptstadt des Vereinigten Königreichs zu befassen: Am Montag vergangener Woche stellte sich einer der reichsten und schillerndsten Vertreter der russischen Wirtschaft mit dem ungewöhnlichen Ansinnen vor, ihm aus politischen Gründen das Aufenthaltsrecht in Großbritannien zu gewähren. Es handelte sich bei dem prominenten Flüchtling um den schwerreichen Ölmagnaten Aleksander Petrowitsch Lewtuschenko, dessen Firmenkonglomerat um den mittlerweile mehrheitlich in Staatsbesitz befindlichen Rohstoffriesen GasNeft gebaut ist. Lewtuschenko galt lange Jahre als einer der wichtigsten Unterstützer von Kreml-Chef Iwan Ludin. Die beiden nahezu gleichaltrigen Männer kennen sich aus der Zeit ihrer Stationierung als Soldaten in St. Petersburg in den achtziger Jahren. Seither ist Lewtuschenko eine mit Ludin vergleichbare Karriere gelungen: Während der eine zum Politstar eines neu erstarkten Riesenreichs wurde, legte der andere einen kometenhaften Aufstieg in der Wirtschaft hin und wurde zu einem der ersten Selfmade-Milliardäre Russlands. Lewtuschenko ist unter Kritikern zum Inbegriff des Raubtierkapitalisten geworden, der keine Skrupel kennt und bei seinen Geschäftsmethoden billigend in

Kauf nimmt, dass sich Konkurrenten schon mal das Leben nehmen, wenn er sie in den Ruin getrieben hat.

Nun also scheint Lewtuschenko selbst in Schwierigkeiten geraten zu sein. Schon seit längerem wird über ein Zerwürfnis mit dem russischen Präsidenten spekuliert. Ludin ist bekannt dafür, die Menschen in zwei Lager zu teilen: Wer nicht für ihn ist, ist gegen ihn. Diese einfache Regel könnte Lewtuschenko zum Verhängnis geworden sein. Denn bei den Wahlen zum Provinzgouverneur der sibirischen Teilrepublik Jamal-Nenzen unterstützte er den Kandidaten der gegnerischen Opposition. Ludins Mann gewann nur knapp, Beobachter gehen von Manipulationen aus.

Der Kreml hat bisher zum Fall Lewtuschenko nicht Stellung genommen. Es ist jedoch auffällig, dass aus dem Umfeld des Präsidenten Hinweise lanciert werden, der Oligarch könne in den Tod einer jungen Frau verwickelt sein, die vor einigen Monaten in einem Schweizer Skiort ums Leben gekommen ist. Anfragen bei der Moskauer und bei der Petersburger Staatsanwaltschaft haben nicht zu einem Dementi etwaiger Ermittlungen geführt.

Ob London dem Oligarchen, der 1964 in Novosibirsk geboren wurde und als ebenso charmant und weltgewandt wie brutal und jähzornig beschrieben wird, dauerhaften Aufenthalt im Vereinigten Königreich gewähren wird, ist noch offen. Zwar haben sich die britischen Behörden in der Vergangenheit stets großzügig bei der Vergabe von Aufenthaltsrechten an Milliardäre erwiesen, doch in jüngerer

Zeit haben die Geschäfte Lewtuschenkos nach Auskunft gut informierter Kreise gelitten. So musste er Anteile an seinem Firmenkonglomerat abgeben, ein Börsengang der ausgegliederten Slanski-Gruppe musste abgesagt werden.

Lewtuschenko. Es war, als wäre es gestern gewesen, als Tatjana ihn das letzte Mal gesehen hatte, damals in London. Die Welt von Spector Powell PPM war wie ein Traum für Tatjana Lossowa, das Mädchen aus St. Petersburg. Ja, sie hatte ein Stipendium für die London School of Economics bekommen, sie konnte so perfekt Englisch, wie es möglich war für jemanden, der es nicht muttersprachlich beherrschte. Sie hatte sich den Look einer jungen Businessfrau aus den einschlägigen Zeitschriften abgeschaut und jeden Penny ihres Ersparten dafür aufgewendet, ihn umzusetzen. Sie war wissbegierig, ehrgeizig und fleißig. Und doch konnte sie es immer noch nicht fassen, dass sie plötzlich an Konferenztischen mit Menschen saß, die so reich waren, dass sie an einem Abend so viel Geld ausgaben wie ihr Vater in seinem Leben verdiente, und mit Menschen, die so einflussreich waren, dass der amerikanische Präsident anrufen und um einen Termin bitten musste. Männer, die über Vermögen herrschten, mit denen man eine ganze Volkswirtschaft hätte kaufen können. Da saß sie, Tatjana Lossowa, gerade Mitte zwanzig, mit einer Laufmasche im Schritt und ausgebesserten Pumps, weil sie sich keine neuen leisten konnte, und lauerte auf jede Bemerkung, um ihrem Chef präzise und, ohne zu zögern, die gewünschten Unterlagen hinzulegen, auf die Richtigkeit der Übersetzung zu achten, die die Dolmetscher in drei verschiedenen Sprachen simultan anfertigten – und die Gesellschaft möglichst attraktiv zu dekorieren. Sie hatte sich die Wangen abpudern müssen, um nicht durch feuerrote Leuchtsignale als Amateur aufzufallen, so aufgeregt war sie.

Und dann kam Lewtuschenko durch die Tür. Der Mann, den sie schon zu Hause in Nischnewartowsk als kleines Mädchen kennengelernt hatte, wenn ihr Vater ihn nach der Arbeit noch zum Essen mitgebracht hatte. Damals war Lewtuschenko ein schmaler junger Mitarbeiter gewesen, eine eher mittleiderregende Gestalt, auch wenn Papa immer betont hatte, dass er ziemlich clever war und es vermutlich noch weit bringen würde. Später hatte sie ihn nur noch in der Zeitung gesehen. Die Prognose von Arkadi Lossow hatte sich bewahrheitet: Lewtuschenko war ein mächtiger Ölunternehmer geworden, sein Konzern gehörte mittlerweile zu den wertvollsten Firmen Russlands. Er beschäftigte Zehntausende Mitarbeiter – und noch mal so viele Politiker und Beamte, wenn man Arkadi Lossow gefragt hätte. Wenn man ihn hätte fragen können.

Der Russe nickte in die Runde und setzte sich. Er nahm seinen Platz schräg gegenüber von Tatjanas Vorgesetztem ein, der als Chefanalyst für Rohstoffmärkte eine der Schlüsselfiguren des Meetings war. »Aleksander Petrowitsch«, sagte der. »Wir freuen uns, dass Sie persönlich kommen konnten und dass wir Ihnen unser Portfolio vorstellen dürfen. Wie Sie wissen, geht es darum, Ihre Exporte durch Devisenzertifikate abzusichern. Dazu haben wir eine Reihe von Short- und Longpositionen für Sie zusammengestellt, die wir gerne auf die Laufzeiten Ihrer Lieferverträge abstimmen würden …« Tatjana hörte nur noch mit halbem Ohr zu. Aleksander Petrowitsch Lewtuschenko. Es war der Name, der unter allen Namen der verhassteste für sie war. Der Mann, der für alles stand, was sie verachtete. Der Mann, der ihrem Vater allen Einfluss genommen und ihn in die Bedeutungslosigkeit verbannt hatte. Aber auch einer der mächtigsten Lobbyisten des Planeten.

*

Zu Hause fuhr sie den Computer hoch, doch sie checkte weder ihre E-Mails, noch las sie die Firmennachrichten. Stattdessen forschte sie auf allen Websites, die etwas zum Thema hergaben, verfolgte gebannt die Lewtuschenko-Story. Die meisten Zeitungen hatten auf ihren Onlineportalen kleinere Beiträge dazu, häufig mit Verweis auf die Vorliebe des zwielichtigen Geschäftsmannes für große Yachten, blonde Frauen, spektakuläre Feste und noch spektakulärere Deals. Das *Handelsblatt* verwies darauf, dass er maßgeblich hinter der West-Way-Initiative steckte. *Spiegel Online* merkte an, dass sein Vermögen im Zuge der Weltfinanzkrise um geschätzte 28 Milliarden US-Dollar geschrumpft sei. Die *Prawda* schrieb etwas, das wie ein Nachruf klang. Auf der Seite der *Moskovskaija Gaseta* stand ein Artikel, der mit den Initialen »vb« gezeichnet war. Vera Beliani?

Moskovskaija Gaseta, 10. Juni 2012

Mr. Money auf der Flucht
Oligarch setzt sich ab.
Kreml verhängt Einreiseverbot

vb. Der Mann, der in den höchsten Kreisen der russischen Wirtschaft und Politik als »Mr Money« bekannt geworden ist, hat sich nach Berichten mehrerer britischer Medien nach Westen abgesetzt. Aleksander Petrowitsch Lewtuschenko, Selfmade-Milliardär und Vorstandschef des Rohstoffgiganten GasNeft, hat im Anschluss an eine internationale

Konferenz in London Asyl im Vereinigten Königreich beantragt. Nach gut informierten Kreisen gab er als Grund für seine Flucht an, dass die russische Regierung an seiner Beseitigung interessiert sei und er Angst um Leib und Leben habe.

Lewtuschenko gilt als einer der reichsten Männer Russlands. Der aus einfachen Verhältnissen stammende Ingenieur hat nach dem Ende der Sowjetunion mit dubiosen Geschäften schnell ein Vermögen gemacht und sich damit den Einstieg in das Unternehmen ermöglicht, bei dem er einige Jahre als Wissenschaftler gearbeitet hatte. Mit äußerster Härte ging er gegen geschäftliche Gegner vor und war mitverantwortlich für die Insolvenz des Konkurrenten Galaxi Oil. Immer wieder wurden Vorwürfe der Korruption gegen ihn erhoben, zweimal zitierte ihn die Staatsanwaltschaft von St. Petersburg vor Gericht. Doch stets verliefen die Ermittlungen gegen ihn im Sand. Der tragische Tod eines Ermittlers des Petersburger Kommissariats für Wirtschaftsdelikte bei einem Flugzeugabsturz 2010 blieb ungeklärt, ebenso der Selbstmord eines Mitglieds des Aufsichtsrats im Folgejahr. In beiden Fällen gab es Anhaltspunkte für ein Fremdverschulden. Doch eine Verwicklung Lewtuschenkos in die Vorgänge konnte ihm nicht nachgewiesen werden.

Seit einiger Zeit wurden atmosphärische Störungen zwischen Lewtuscheko und Präsident Ludin publik. Die beiden Männer kannten sich aus ihrer Zeit bei der Roten Armee, wo sie in einer Sondereinheit des KGB tätig waren. Lewtuschenko gilt als einer der wichtigsten Hintermänner von Ludins Aufstieg.

Zuletzt hatte Mr. Money im Zusammenhang mit dem Pipeline-Projekt West-Way auf sich aufmerksam gemacht. Es galt als einer seiner größten Erfolge als Chef der GasNeft, dieses Multimilliarden-Objekt realisiert zu haben. Ob die britischen Behörden ihm Asyl gewähren, kann gegenwärtig noch nicht beantwortet werden.

Von einer Verstrickung seinerseits, die den Tod der jungen Frau in der Schweiz betraf, stand hier nichts zu lesen. Tatjana sah plötzlich jene Szene vor sich, als die Tote aus dem Hotel geschafft wurde. War Lewtuschenko auf der Bilderberg-Konferenz gewesen? Sie hatte ihn nicht gesehen. Aber was hatte das an einem solchen Ort schon zu besagen. Mit dem unguten Gefühl, womöglich Teil eines perfiden Plans zu sein, dachte sie an das Verhör auf dem Friedhof. BKA. Zwei Männer. Ein dritter Mann im Wagen. Ein Dienstausweis. Aber war es wirklich ein Dienstausweis gewesen? Oder nicht doch nur eine beliebige Mitgliedskarte irgendeines Fitnessclubs? Hatte das Bundeskriminalamt die Männer geschickt, oder war es Lewtuschenko gewesen, der wissen wollte, was ihr die Frau im Hotel gesagt hatte – was sie ihr womöglich verraten hatte? Denn es war völlig klar, dass ein Mann wie Lewtuschenko Geheimnisse hatte, die er nicht teilen wollte, weil sie ihn sonst umgebracht hätten. Wirtschaftlich und vielleicht sogar buchstäblich. Jedenfalls war es auffällig, dass die vermeintlichen BKA-Männer sich nicht mehr gemeldet hatten. Es hatte sie auch niemand aufgehalten, als sie das Land verlassen hatte, obwohl sie an der Grenze kontrolliert worden war und obwohl der Sicherheitsbeamte am Flughafen bei der Rückreise ihren Ausweis kopiert hatte.

Lewtuschenkos blendend weiße Zahnreihen blitzten sie von

etlichen Bildern an. Sein Selbstbewusstsein war offensichtlich grenzenlos, sein zur Schau getragener Reichtum stand dem in Nichts nach. Der Artikel aus der *Moskovskajia Gaseta* zeichnete vermutlich ein ziemlich korrektes Bild des Oligarchen. Mehr noch als der Text selbst fesselte aber ein Foto Tatjanas Aufmerksamkeit. Es zeigte Lewtuschenko »Beim jährlichen Gartenfest der Queen«, wie die Bildunterschrift erläuterte. Der Gasmagnat war im Gespräch mit zwei Männern und einer Frau, die aussahen, als gehörten sie einer gemeinsamen Delegation an. Tatjana kannte die Männer nicht. Aber die Frau kannte sie. Sie auf dem Foto wiederzusehen war wie ein Schlag ins Gesicht. Es war Georgia, Nikolais Frau.

*

»Da interessiert sich jemand für Lewtuschenko, Herr Major.«

»Hat sie versucht, Kontakt mit ihm aufzunehmen?«

»Bisher noch nicht. Aber sie liest alles, was sie über ihn findet.«

»Sieh an. Dann gibt es also doch eine Verbindung zwischen den beiden?«

»Ich bin nicht sicher, Herr Major. Uns ist aufgefallen, dass sie auch noch einer anderen Person nachforscht.«

»Jemanden, den wir kennen?«

»Bisher nicht. Es ist eine junge Frau. Wir sind gerade dabei, mehr über sie herauszufinden.«

»Gut. Halten Sie mich auf dem Laufenden.«

ZEHN

Berlin, 11. Juni 2012

Ins Bundesministerium für Wirtschaft und internationale Zusammenarbeit zu kommen war ungefähr so prickelnd wie der Besuch eines Krankenhauses. Kein Wunder, früher war das Gebäude ein »Invalidenhaus« gewesen. So sah es immer noch aus, auch wenn es um etliche Anbauten erweitert und innen kernsaniert worden war. Aber Matthew blickte von seinem Büro aus auf den Spreekanal und auf das Museum für Angewandte Kunst. Denn obwohl er nominell der Abteilung 6 zugeordnet war, hatte der Minister ihm einen Platz in seiner unmittelbaren Nähe zugewiesen. Immerhin gehe es ja um »die Verkaufe«. Damit saß Matthew näher an Schneider als dessen Abteilungsleiter Plöger. Das trug nicht zu einem besonders entspannten Arbeiten bei, doch Plöger stand ohnehin auf der Abschussliste, wie Matthew schon nach kürzester Zeit herausgefunden hatte. Bei Besprechungen erfüllte er ganz und gar die Rolle des demütigen Befehlsempfängers. Die unter ihm angesiedelten Referenten dagegen gaben sich ganz wie Schneiders gelehrige Schüler: dreist, arrogant und rücksichtslos. Interessant auch, dass die Leitung des Kommunikationsstabs – in Wahlkampfzeiten das Kraftwerk des Ministeriums – nicht bei Plöger, sondern bei Referatsleiter Bergius lag.

Matthew selbst wurde außerhalb der Strukturen geführt. Und er war dankbar dafür. Denn bizarrerweise stand die

Besetzung der Presseabteilung im umgekehrten Verhältnis zur öffentlichen Wahrnehmung des Ministeriums: Unter dem Leiter des Pressestabs und dem Pressesprecher arbeiteten vier Pressereferenten und eine Leiterin der Öffentlichkeitsarbeit, Hilde Schmal-Trenk. Davon zuständig für Wahlkampfveranstaltungen: keiner.

»Das lassen wir die Ortsverbände machen. Die kennen sich in der Region aus und sind stolz darauf, wenn sie Minister Schneider powern können«, erklärte Frau Schmal-Trenk, als er während eines Termin in seinem Büro nachfragte.

»Powern können. Okay«, erwiderte er. »Und wie viele von diesen Ortsverbänden haben professionelle Öffentlichkeitsarbeiter, Frau Schmal-Trenk? Ich meine, nächste Woche wird der Chef in Naumburg, in Sittensen, in der Kieler Förde, auf einer Werft in Rostock und in Neuruppin auftreten. Alles Profis, oder?«

Hilde Schmal-Trenk klappte ihre Mappe zu, stand auf und verließ sein Büro. Klar, was sollte sie auch sagen? Andererseits musste Matthew erkennen, dass er sich mit solchen Aktionen keine Freunde im Ministerium machte. Vor allem: Schneider hatte ihn als Spin-Doctor und Assistenten angeheuert, nicht als Pressefuzzi. Trotzdem würde er ihm einige Vorschläge machen müssen. Denn wenn sie weiter so herumstümperten wie bisher, war der Untergang nur eine Frage von Wochen. Bis zur Wahl mussten sie da gar nicht mehr warten.

*

Schon von weitem leuchtete Bergius' Glatze über die Reihe der Mitarbeiter, die sich vor dem Salatbüfett angestellt hatten. Matthew konnte ihn nicht recht leiden, musste aber zugeben, dass er im Ministerium vermutlich der Kompetenteste war. Und der Größte. Er überragte den Rest der Truppe locker um einen halben Kopf, obwohl er permanent einen Buckel machte. Dem Buckel war es vermutlich zu verdanken, dass Schneider überhaupt mit ihm zusammenarbeitete. Denn der Große Vorsitzende umgab sich nicht gern mit Menschen, die größer waren als er – und sei es rein körperlich. Bergius machte dieses Manko buchstäblich durch Dauerbuckeln wett.

Der Referatsleiter ließ die Salate links liegen und bestellte sich an der Theke ein Schnitzel mit Gemüse, ehe er sich einen Tisch etwas abseits suchte und sein Handy aus der Tasche zog. Bewaffnet mit einem Risotto und Mineralwasser trat Matthew an seinen Tisch: »Was dagegen, wenn ich mich zu Ihnen setze?«

»Überhaupt nicht«, log Bergius und deutete auf einen freien Stuhl ihm gegenüber.

»Sie sind nicht oft hier, oder?«

»Manchmal ziehe ich es vor, den Chef nicht zu sehen.« Im Ministerium für Wirtschaft galt es als sicherste Methode, nicht ins Blickfeld des obersten Dienstherrn zu geraten, wenn man in die Kantine ging. Hansjürgen Schneider verabscheute das Essen dort ebenso wie die Nähe zu den Mitarbeitern. Sosehr er immer betonte, dass er aus einfachsten Verhältnissen stammte, mit dem einfachen Volk umgab er sich nicht gern. Nicht einmal hier in seinem eigenen Haus. Es war eine seiner ersten Entscheidungen gewesen, einen neuen Koch anzustellen, der alles konnte, nur nicht Kantine. Wenn Schneider wirklich einmal im Ministerium aß, wurden ihm seine Speisen – selten weniger als drei Gänge – ins Büro gebracht, wo er sich mit einer Flasche erstklassigem Rotwein und wichtigen Gesprächspartnern zu Tisch setzte.

Bergius gehörte definitiv nicht zu Schneiders bevorzugten Lunch-Partnern, doch auch in der Kantine war er ein eher seltener Gast.

»Dafür zahlen Sie einen hohen Preis«, scherzte Matthew und nickte zu Bergius' Schnitzel hin.

»Tja, das Be-Em-WiZ ist kein Ponyhof.«

»Dann müssen wir hier wenigstens nicht mit Pferdefleisch rechnen.«

»Macht geschmacklich vermutlich keinen Unterschied.«

Tatsächlich war die Kantine des BMWiZ verrufen für ihre unterirdische Qualität. Auch Matthew besorgte sich lieber irgendwo um die Ecke eine Kleinigkeit, um sie bei schönem Wetter im nahe gelegenen Invalidenpark zu essen.

»Und, sind Sie zufrieden mit Ihrem neuen Gesetzentwurf?«, fragte Matthew, nachdem sie eine Weile schweigend auf ihren Smartphones herumgewischt hatten.

»Hm?«

»Zur Förderung des Wettbewerbs in der Energiewirtschaft.«

Bergius sah auf und forschte in Matthews Augen nach etwas, das er aber nicht zu finden schien. »Wenn Sie darauf abzielen, ob er seinen Zweck erfüllen wird, dann sicher.«

»Seltsame Formulierung, die Sie da benutzen«, erwiderte Matthew. »Der Zweck kann doch nur die Förderung des Wettbewerbs in der Energiewirtschaft sein, oder nicht?«

»Falls Sie das dem Entwurf irgendwo entnommen haben, müssen wir ihn uns wohl noch einmal vornehmen.« Bergius stieß seine Gabel in ein Stück Schnitzel, als wäre es sein persönlicher Feind.

»Wollen wir den Wettbewerb denn nicht fördern?«

»Nicht in dem Sinne, in dem sich das Krethi und Plethi auf der Straße vorstellen. Wettbewerb in dem Sinne kann es nicht geben. *Darf* es gar nicht geben. Die Versorgung der Wirtschaft mit Energie ist von so entscheidender Bedeutung, dass wir weder riskieren dürfen, dass jede dahergelaufene Garagenfirma mit Discountpreisen die Energiesicherheit gefährdet, noch dass die Player, die etwas vom Geschäft verstehen, in Schieflage geraten. Mit dem Entwurf versuchen wir vor allem, den Wettbewerb innerhalb der Industrie nicht zu gefährden und die Kosten durch eine allgemeine Umlage aufzufangen.«

»Der Bürger soll also zahlen?«

»Mein Gott, Meyer, so wie Sie das sagen, klingt es, als wollten wir die Wiedereinführung der Leibeigenschaft ausrufen. Falls es Ihnen noch nicht aufgefallen ist: Der Bürger zahlt *immer*. Für alles. Es kommt nur darauf an, wie es verpackt ist. Der Bürger profitiert ja auch. Ohne unsere Handelsüberschüsse stünden wir nicht da, wo wir stehen. Wir brauchen eine starke Wirtschaft. Handwerklich ist der Entwurf gut, inhaltlich ist er das, was der Minister haben will.«

Matthew stocherte lustlos in seinem pampigen Risotto. Eigentlich sah es aus wie mit einem Petersilienbüschel dekoriertes Hirn, glasig und grau, in dem sich irgendwelche Maden tummelten. Er versuchte, nicht daran zu denken. »Aber könnten wir das den Bürgern nicht einfach sagen? Ich meine im Sinne von: Leute, ihr müsst etwas geben, damit ihr was bekommt. Wir alle brauchen eine starke Wirtschaft. Das kostet, aber es bringt auch was.«

Bergius sah ihn mitleidig an: »Manchmal haben Sie ganz gute Ideen, Meyer. Aber für einen echten Spin-Doctor fehlt es Ihnen einfach an Erfahrung. Was Sie da sagen, ist ein politisches Todesurteil in Form von Selbstmord. Niemand darf das sagen. Deshalb ist es ja so verdammt schwer, Gesetze zu formulieren.«

»Sie sagen, handwerklich ist der Entwurf gut. Setzen wir deshalb immer irgendwelche großen Kanzleien drauf an?«

Bergius schwieg. Er säbelte an seinem Schnitzel und kaute

so betont, dass Matthew schon dachte, er wolle auf die Frage gar nicht antworten. Doch dann beugte sich der Referatsleiter so plötzlich über den Tisch, dass Matthew beinahe auf seinem Stuhl nach hinten gekippt wäre. »Ohne externe Hilfe geht gar nichts mehr. Nicht bei uns und nicht bei den anderen.« Vom Nebentisch sahen zwei Frauen zu ihnen hinüber. Bergius senkte die Stimme. »Was haben Sie studiert, Meyer?«

»Betriebswirtschaft und Medienkommunikation.«

»Okay. Und wofür qualifiziert Sie das? Wir sind im Wirtschaftsministerium zuständig für den Export von Schnaps und Autos, für den Wettbewerb in der Milchwirtschaft, für die Strukturreformen im Bankenwesen, für die Zukunft der Textilindustrie und für die Entwicklung des Energiemarkts. Betrifft das irgendeine Ihrer Kompetenzen? Verstehen Sie was von irgendeinem dieser Felder?« Matthew hob entschuldigend die Arme. »Glauben Sie, dass irgendjemand sonst in diesem Laden etwas von alledem versteht? Ich will's Ihnen verraten: keiner. Kein Einziger von uns hat auch nur den Hauch einer Ahnung von der Pharma-, der Rüstungs- oder der Schwerindustrie. Von so komplizierten Feldern wie Finanzen mal ganz zu schweigen. Machen wir uns von der Lobby abhängig? Aber ja! Weil die wenigstens wissen, worüber sie sprechen. Wir hören uns das an – und dann geben wir Gesetze bei denjenigen in Auftrag, die sonst nicht für uns, sondern für die Lobby arbeiten. Wahrscheinlich tun sie's ja sogar parallel. Aber wenigstens verstehen sie was davon. Wenn eine Kanzlei wie Richter Böhm Fischer oder wie Brown Stitchfield eine Gesetzesvorlage für uns formuliert, dann können wir wenigstens annehmen, dass sie nicht nach der ersten Lesung von den Lobbyvertretern kaputtgeschossen wird und unsere ganze Arbeit für'n Arsch war. So sieht es nämlich aus. Wir können sie freundlich durch die Vordertür reinlassen, wir können sie heimlich über die Hintertür reinlassen – oder wir können uns mit einem Fußtritt von ihnen aus dem Haus befördern lassen. So oder so werden sie immer drin sein. Und wir, wenn wir das nicht akzeptieren, draußen.« Danach schwieg Bergius und hackte seine Gabel wieder in das Schnitzel.

»Verstehe«, sagte Matthew. Mit so viel Offenheit hatte er nicht gerechnet. »Das ist jedenfalls eine interessante Erkenntnis.« Er schob das Risotto beiseite. »Darf ich Sie auf einen Kaffee einladen?«

»Nicht hier«, schmatzte Bergius. »Es sei denn, Sie wollen mich vergiften.«

*

An Schlaf war nicht zu denken. Und das hatte ausnahmsweise nichts mit einem schnarchenden Mike Wörner oder mit einem unermüdlich virilen Matthew Meyer zu tun. Tatjana lag allein in ihrem Bett und lauschte in die Dunkelheit. Wie immer, wenn sie solo schlief, trug sie eine schwarze Baumwollmaske, um so tief wie möglich wegzutauchen. Nur dass an Schlaf eben nicht zu denken war. Stattdessen spukte ihr ständig das Bild des Mannes im Kopf herum, den sie in Sosnovy niedergestochen hatte, dieser erstaunte Blick, sein Reflex, die Hände um ihren Hals zu krallen, das Zucken, ehe er zu Boden gesunken war. Als sie endlich vor Erschöpfung einschlief, jagte ein Albtraum den anderen und bescherte ihr einen Höllenritt durch die restliche Nacht. Da war die Party in ihrer Wohnung, die nicht stattgefunden hatte. Da war der Mann, der sie auf der Straße angesprochen hatte. Der Stalker im Supermarkt … Frau Wortmann, die man am hellen Nachmittag, gerade als Tatjana nach Hause gekommen war, aus dem Flur getragen hatte: tot. »Sie ist gestürzt«, sagte der Sanitäter in einem ihrer Traumbilder wieder und wieder. »Im Treppenhaus. Offenbar war sie verwirrt. Verwirrt. Sie war verwirrt … Sie ist nicht in den ersten Stock gegangen, sondern in den zweiten. In den zweiten. Den zweiten …« Wieder der Mann mit dem Messer im Leib, der sich aufrichtete und wie ein Zombie auf sie zukam und durch sie hindurchging, in die Datsche, wo er sich hinsetzte und auf dem Klavier Mahlers »Kindertotenlieder« spielte. »Da hat natürlich der Schlüssel nicht gepasst«. Sagte der Sanitäter. »Nicht gepasst! Nicht gepasst!«, rief der Chor des Mariinskij-Theaters zur Melodie der *Ode an die Freude*. »Und dann fiel sie die Treppe runter. Die Arme.«

Schweißgebadet schreckte Tatjana auf. In den zweiten Stock. Das war die Tür zu ihrer Wohnung. Hatte die alte Frau wieder eine Party gehört, die nicht stattfand, Menschen, die nicht da waren? Oder waren welche da gewesen? War es wirklich ein Unfall gewesen? Ein Sturz? Oder hatte jemand nachgeholfen? Langsam bekam sie Angst. Nein, nicht Angst, sondern Panik. Sie war zu oft allein, um diese seltsamen Vorkommnisse nicht ernst zu nehmen. Wenn jetzt jemand hier eindrang, dann hatte sie niemanden, der sie beschützen konnte. Tatjana spürte, wie sie um Luft rang. Sie riss sich die Maske vom Gesicht und setzte sich auf. Es war heller im Zimmer, als sie erwartet hatte. Von der Straße drang Laternen- und Scheinwerferlicht herauf und setzte die Schatten an der Decke in beklemmend anzusehende Bewegungen. Wie Scheren, dachte Tatjana. Wie Scheren, die nach dem Zimmer und seinem Inhalt schnappen. Nach mir.

Sie hatte eine Gänsehaut, als sie hinüber in die Küche ging und sich ein Glas Milch einschenkte. Jetzt wäre es schön, wenn Matt hier gewesen wäre. Nicht für Sex. Nur um jemanden zu haben, der sie in den Armen hielt. Wie gern hätte sie seinem Herzschlag gelauscht und seinen Atem in ihrem Haar gespürt.

Wurde sie wirklich beobachtet, oder war es nur Einbildung? Sie überlegte, ob es womöglich auch mit ihrer Arbeit zusammenhängen konnte. Immerhin war sie die engste Mitarbeiterin eines Spitzenmanagers, eines Top-Geheimnisträgers in der Wirtschaft. Und das hieß, dass auch sie eine Geheimnisträgerin war. Andererseits: Wer kannte sie schon?

Nein, wenn man sie im Visier hatte, dann hing es mit ihrem Vater zusammen. Dann waren es dieselben Leute, die damals hinter Nikolai her gewesen waren. Die Leute, die sie in die Datsche verfolgt hatten. Und von denen jetzt einer tot war.

Mit schweren Beinen schlurfte sie hinüber ins Wohnzimmer und setzte sich, ohne Licht anzumachen, aufs Sofa. Die Hand, die sie automatisch nach dem Handy ausgestreckt hatte, zog sie wieder zurück.

Unwillkürlich war ihr der Mann wieder eingefallen, den sie am Abend getroffen hatte, nachdem sie noch einmal aus dem Haus gegangen war. Sie hatte sich auf dem Rückweg befunden, und er hatte an einem Auto gelehnt und einen ratlosen Blick gehabt. Dann, Tatjana war nur noch ein paar Schritte von ihrem Hauseingang entfernt, stieß er sich von dem Wagen ab und kam auf sie zu. »Entschuldigung. Wissen Sie, wie man von hier am besten zum Tiergarten kommt?«

Instinktiv war Tatjana einen Schritt zurückgewichen und hatte in ihre Handtasche gegriffen, wo sie immer ein Pfefferspray verwahrte.

»Was wollen Sie von mir?«, fragte sie schriller als beabsichtigt. »Wer sind Sie?«

»Sorry«, sagte der Mann und musterte sie überrascht. »Ich wollte nur wissen, wie ich von hier zum Tiergarten komme.« Er trat einen Schritt auf sie zu, da riss sie die Spraydose aus ihrer Tasche und streckte ihm ihre so bewaffnete Faust entgegen. »Hey!«, rief er und hielt sich schützend die Arme vor sein Gesicht. »Was geht hier ab? Ich will doch gar nichts von Ihnen!« Er drehte sich um und stolperte zu dem Wagen zurück. Ein kleines Mädchen streckte den Kopf aus dem Fenster. »Alles in Ordnung, Papi?«

»Alles gut, Schätzchen. Wir fahren lieber. Die Frau wusste auch nicht, wo der Tiergarten ist.« Er stieg hastig ein und ließ die Fenster hochfahren. Während er den Wagen startete, sah er ein letztes Mal zu Tatjana hin, und sie konnte erkennen, dass er sie für vollkommen verrückt hielt.

»Entschuldigung«, flüsterte sie, fassungslos über ihr eigenes Verhalten, ehe sie das Pfefferspray wieder wegsteckte und sich beeilte, in die kühle Dämmerung des Hausflurs zu flüchten.

Tatjana schlug die Hände vors Gesicht. Wo sollte das alles hinführen? Ihr fehlte ganz offensichtlich der Halt, die Erdung. Sie war unstet und dadurch unberechenbar geworden. Irgendwann würde man ihr Verhalten als pathologisch und sie als Gefahr betrachten. Wenn sie nicht durchdrehen wollte, musste sie hier weg. Sie blickte auf die Uhr: 6:08 Uhr. In diesem Augenblick läutete das Telefon.

»Hallo?«

»Sie haben sich nicht an unsere Abmachung gehalten.«

»Wer spricht denn da?« Tatjanas Herz geriet aus dem Takt.

»Ich hatte Ihnen klar gesagt, Sie sollten sich zu unserer Verfügung halten. Keine Reisen ins Ausland. Sie legen es offensichtlich darauf an, dass wir Sie wegen Fluchtgefahr festnehmen?«

»Ich …«

»Ich erwarte Sie heute um 13 Uhr am Treptower Park 5. Dienstsitz des BKA.«

Tatjana schnappte nach Luft. Sollte es wahr sein, und das Bundeskriminalamt ermittelte tatsächlich wegen der toten Frau – und womöglich gegen sie? »Nach wem soll ich fragen?«

»Sie sagen einfach Abteilung ST.«

Zu einer weiteren Nachfrage war Tatjana nicht imstande, weil der Mann im nächsten Moment aufgelegt hatte. Abteilung ST. Tatjana griff nach ihrem Laptop und googelte diese Einrichtung des BKA. ST stand für »Polizeilicher Staatsschutz«.

*

Eigentlich hatte Matthew gar nicht ans Telefon gehen wollen. Er beobachtete gerade in seinem Büro die Aussprache im Bundestag. Jeden Moment würde Schneider ans Rednerpult treten und die Position der Bundesregierung zum Bericht der Wirtschaftsweisen vortragen. Der Fraktionsführer der Linken Alternative zieh die Bundesregierung der Lüge, des Betrugs am Volk, der Missachtung der arbeitenden Bevölkerung und warf ihr Taschenspielertricks vor, mit denen sie die wirkliche Lage im Land zu verschleiern versuche. Das Übliche. Aber weil sich der rhetorisch durchaus begabte Gegner nicht im Griff hatte und in freier Dichtung mal wieder mit Zahlen um sich warf, um jede noch so abseitige Behauptung zu untermauern, hackte Matthew seit zwanzig Minuten Daten in seinen Computer, um Schneider noch auf der Regierungsbank mit den nötigen Fakten zu füttern. Es gab nichts Schöneres für einen guten Redner, als seinen Widersacher live vor Ort zu schlachten und ihm seine Unfähigkeit um die Ohren zu hauen. Falsche Zahlen zu verwenden und den Gegner gleichzeitig als Lügner zu bezeichnen, das war für jeden eine Steilvorlage, für Schneider war es ein Fest. So konnte er wenigstens ungestraft vom Leder ziehen, und seine herablassende Art, die ihm sonst nicht immer Sympathie einbrachte, würde auf Verständnis bei den Wählern stoßen.

»Und wenn Sie mal sehen, dass in Mecklenburg mehr als

ein Drittel aller jungen Menschen unter fünfundzwanzig Jahren arbeitslos ist«, salbaderte der Ex-Anwalt am Rednerpult, »dann müssten sogar Sie erkennen, dass Ihre Statistik nichts ist als das, was sie ist: Zahlenverdreherei, die den Menschen nichts nützt. Mit Ihrer Selbstbeweihräucherung verhöhnen Sie die Bürger …«

Mit fliegenden Fingern tippte Matthew in seinen Computer »Arbeitslose Mecklenburg« ein. Schon der zweite Treffer lieferte ihm die Gewissheit, dass der Fraktionschef der Linken Alternative gelogen hatte: 14,5 Prozent – das war weit entfernt von einem Drittel. Jetzt noch eine zuverlässige Quelle. Treffer Nummer fünf war das Regierungsportal von Mecklenburg-Vorpommern. Und da stand es schwarz auf weiß: 14,5 Prozent nach 15,1 Prozent im Vormonat, bei den unter Fünfundzwanzigjährigen immerhin 15,2 Prozent. »Ja!«, knurrte Matthew und schickte Schneider die Information aufs Tablet. Ein Drittel! *Mein Vorredner hat die Arbeitslosenquote mal eben mehr als verdoppelt. Das zeigt, wie sorgfältig er arbeitet. Aber es passt ins Konzept der Linken: Die wollen ja auch die Steuern am liebsten verdoppeln. Vielleicht kommen sie so rein rechnerisch auf die Arbeitslosenzahlen, die wir schon jetzt haben – bei doppelter Belastung der Bürger.* Na ja, ein wenig umständlich. Aber Schneider war der Typ, der die Pointe gut rüberbringen konnte. Matthew schickte ihm den Formulierungsvorschlag und lauschte weiter dem kleinen Mann, der sich hinter dem Rednerpult abarbeitete, um noch mehr Ungereimtheiten und künstlerische Freiheiten in seinem Beitrag zu finden – als er bemerkte, dass die Nummer, die in seinem Display aufleuchtete, die von Tatjana war.

»Hallo?«

»Hallo, Matthew. Kann ich dich kurz treffen?«

»Ich …« Ihre Stimme ließ ihn innehalten.

»Alles in Ordnung?«, fragte er. Sie atmete hörbar, schluckte, rang um eine Antwort. »Okay, pass auf«, sagte er. »Ich kann hier in einer halben Stunde weg, vielleicht sogar etwas früher. Wo bist du?«

»Ich komme zu dir.«

»Okay. Gegenüber dem Haupteingang in der Scharnhorststraße gibt es einen kleinen Park. Wir treffen uns dort, ja? Ich beeile mich.«

Sie schniefte. »Danke.«

Der Linksaußen trat vom Podium ab. Während das Rednerpult von den diskreten Plenarassistenten per Knopfdruck etwas angehoben wurde, sortierte Schneider seine Papiere und setzte seine Brille auf. Er warf sich in die Brust, musterte das Plenum und keilte dann so charmant wie möglich in Richtung des Vorredners: »Es ist jedes Mal ein Vergnügen, Ihnen zuzuhören, Herr Abgeordneter. Ich war immer schon ein großer Freund der Dichtung. Ihre Reden werden sicher einmal einen Platz zwischen anderen großen literarischen Werken finden. Zwischen Grimm und Münchhausen würde passen …« Matthew nickt anerkennend. Ja, Schneider war eine Rampensau. Wer ihn ans Pult ließ, bekam etwas geboten – und seine Gegner durften sich warm anziehen. Hastig griff Matthew nach seinem Handy, schlüpfte in sein Jackett und eilte aus dem Büro.

Es war frisch geworden. Der Wind fegte durch die Berliner Straßen, und Matthew fröstelte, während er – auf dem Smartphone die Debatte verfolgend – auf einer Parkbank auf Tatjana wartete. Sie kam zu Fuß und setzte sich grußlos neben ihn. »Wo warst du? Ich habe mir Sorgen gemacht!«, sagte Matthew und nahm sie mit beiden Händen an den Schultern.

»Ich weiß, was passiert ist«, sagte sie und richtete ihren

Blick in den Himmel, als müsse sie die Tränen daran hindern zu fließen. »Ich war in Russland.«

*

Die Verblüffung war Plöger ins Gesicht geschrieben. »Heißt das, Sie wollen mit der Sache auf einmal Ernst machen?«, fragte der Abteilungsleiter und sah den Minister aus ungläubigen Augen an.

»*Wir* wollen Ernst machen, Plöger«, sagte Hansjürgen Schneider und legte die Füße auf den Schreibtisch. Er liebte es, wenn seine Mitarbeiter hilflos vor ihm standen, selten, dass er jemandem von sich aus anbot, Platz zu nehmen. Einige im Ministerium nannten ihn entsprechend »Napoloni« – nach der Mussolini-Karikatur in Chaplins Film *Der große Diktator*. »Der Entwurf ist ja fertig, oder?«

»Natürlich!«, beeilte sich Plöger zu erwidern. »Eine mehr als großzügige Kompensationsregelung ist inzwischen auch enthalten. Wir können sofort damit an den Start gehen. Aber sind wir wirklich sicher, dass wir ausgerechnet jetzt ... ich meine: vor den Wahlen ...?«

»Klar. Jetzt ist der beste Zeitpunkt. Jetzt können wir zeigen, dass der Wechsel in der Energiepolitik nicht bloß Gedöns war, sondern ein klares politisches Ziel. Wir haben ihn versprochen, und jetzt bringen wir ihn.«

Plöger zuckte mit den Schultern. »Wenn wir damit bei den Wählern gut ankommen, umso besser.« Er würde nicht noch einmal widersprechen. Schneider neigte zu unbedachten Attacken, wenn er einen Wutanfall hatte. Es konnte dann leicht sein, dass er ein Glas gegen die Wand warf oder einen Mitarbeiter aus der Crew. Und da er gerade kein Glas in der Hand hielt ...

»Stimmen Sie den Entwurf mit den Gremien ab. Ich möchte nicht, dass wir mehr Gegenwind bekommen als nötig.« Schneider verschränkte die Arme hinter dem Nacken, wie er es gern tat, wenn er ganz und gar mit sich zufrieden war – ziemlich häufig also.

»Aber der Entwurf ist inzwischen so weichgespült, dass er von der Opposition stammen könnte«, erklärte Plöger.

»Umso besser. Nur dass uns das nichts bringt. Nicht so kurz vor den Wahlen. Dann wird die Opposition eben einen Entwurf fordern, der von uns sein könnte.«

Plöger hob die Arme. »Den könnten wir ihnen auch geben. Richter Böhm Fischer hat uns ja zwei Entwürfe ausgearbeitet.«

»Um Himmels willen, Plöger!«, rief Schneider und schlug plötzlich mit der flachen Hand auf den Tisch, dass der Bildschirm wackelte. »Denken Sie eigentlich nie nach, bevor Sie etwas sagen? Wenn wir es so herum machen, dann müssen wir ihnen in ihrer Richtung entgegenkommen, das wäre doch vollkommen schwachsinnig. Nein, lassen wir die Herrschaften ruhig ihre eigenen Forderungen abschießen, damit wir ihnen mit unseren Vorstellungen entgegenkommen können.«

»Verstehe.« Plöger hätte sich ohrfeigen können. So lange war er schon in der Politik, aber einer wie Schneider hatte einfach eine ganz andere Gabe zur Gestaltung. Eine praktischere. Eine zupackendere. Eine skrupellosere.

*

Ein halbe Stunde später spürte Matthew, wie der Boden unter seinen Füßen wankte. Tatjana hatte ihm bei weitem nicht alles erzählt. Sie hatte für sich behalten, dass das BKA sich für sie interessierte – wenn es denn das BKA war. Sie hatte ihm nicht berichtet, dass sie den Mann vor der Datsche in Russland niedergestochen und vermutlich umgebracht hatte. Sie hatte auch für sich behalten, dass sie den Tod der alten Frau, die unter ihr gewohnt hatte, nicht für Zufall hielt – genau genommen hatte sie ihn gar nicht erwähnt. Das alles hatte sie ihm nicht verschwiegen, weil sie Geheimnisse vor Matt hatte oder ihm nicht vertraute, sie hatte es ihm nicht erzählt, weil sie es nicht über sich brachte. Irgendwo in ihrem Inneren gab es einen Raum, in dem sie Dinge wegsperrte. Sie drängte sie dort hinein, versiegelte die Tür und wollte sie erst wieder aufmachen, wenn sie die Kraft dazu fand. Im Augenblick hatte sie die nicht. Alles, was sie Matthew berichtet hatte, war schon mehr, als sie aushalten konnte, wenn sie ehrlich mit sich selbst war.

»Matt – ich fühle mich nicht mehr sicher.«

»Das kann ich verstehen«, sagte Matthew und drückte sie fester an sich. Sie waren aufgestanden und durch den Invalidenpark gegangen. Nun standen sie an seinem anderen Ende und blickten auf die trostlosen Straßen. »Du solltest vorerst nicht mehr nach St. Petersburg fahren.«

»Nein, ich meine: auch hier. Wenn ich in meine Wohnung gehe, dann …«

»Oh, ja klar. Also, ich habe zwar nur ein möbliertes Hotelapartment zu bieten, aber wenn dir das nichts ausmacht, dann komm doch zu mir.«

Sie seufzte. »Ich hatte gehofft, dass du mir das vorschlägst. Danke.« Tatjana löste sich von ihm und blickte ihn an. »Ist es wirklich in Ordnung, wenn ich vorübergehend bei dir einziehe?«

»Von mir aus kannst du bis zum Jüngsten Tag bleiben, Tatjana«, sagte Matthew leise. »Doch ich kann nicht die ganze Zeit für dich da sein. Es ist Wahlkampf …«

»Keine Sorge. Du tust, was du tun musst. Aber ich werde mich sicherer fühlen, wenn ich allein meine Wohnung meide.«

»Denkst du wirklich, sie sind hinter dir her?«

»Das sind sie ganz sicher, Matt. Ich weiß bloß nicht, wie wichtig ich für sie bin.« Unwillkürlich sah sie sich um. War es wirklich klug gewesen, ihm die Sache mit den Dokumenten zu erzählen? Solange man nichts über sie wusste und man nichts damit zu tun hatte, konnten einem die verfluchten Papiere nicht gefährlich werden. Aber nun ... Hatte sie den Mann, den sie liebte, in etwas hineingezogen, was am Ende auch für ihn gefährlich werden konnte?

Matthew nahm ihre Hand und zog sie zu einem nahe gelegenen Taxistand. Wenige Minuten später waren sie in seinem kleinen Apartment am Alexanderplatz. Beim Aussteigen sah Tatjana die Uhr auf dem Armaturenbrett: 13 Uhr. In diesem Augenblick würde der BKA-Mann am Treptower Park auf sie warten. Wie sicher war sie hier bei Matt? Sie wollte nicht darüber nachdenken. Sie hatte einfach kein Gefühl dafür, was in ihrer Situation gefährlicher war: sich den deutschen Behörden zu entziehen – oder ihnen zu trauen.

Tatjana genoss es, dass Matt – anders als Mike Wörner – nicht automatisch jedes Bett und jedes Sofa als Einladung verstand. Sie kuschelte sich an seine Schulter und versuchte, den Gedanken an den Mann in Sosnovy zu verdrängen und auch das schlechte Gewissen, weil sie Matt nicht über diesen dunklen Fleck ihrer Seele eingeweiht hatte.

»Ehrlich, Tatjana, ich weiß nicht, wie ich die nächsten Tage und Wochen ohne dich verbringen soll«, sagte er.

»Wann musst du denn wieder auf Tour gehen?«

Matthew sah die miefigen Polster des Wahlkampfbusses vor sich. »Morgen«, seufzte er. »Es ist ein Elend.«

Tatjana legte ihm den Finger auf die Lippen. »Sag das nicht. Hauptsache, du bist jetzt hier. Lass uns einfach nur den Augenblick genießen, wann immer wir ihn haben.« Er sah den plötzlichen Schatten über ihr Gesicht huschen, so wie er es schon einige Male beobachtet hatte. Das sei nur das Glück, so hatte sie ihm einmal erklärt. Russen durften solches Glück nicht empfinden.

»Du denkst an deinen Bruder«, sagte Matthew.

Sie nickte. »Entschuldige. Ich weiß auch nicht. Es ist nur, seine Frau hat das damals zu ihm gesagt.«

»Was gesagt?«

»Lass uns den Augenblick genießen.«

Matthew legte den Arm um sie. »Und hat dein Bruder je herausgefunden, warum ihn seine Frau verlassen hat?«, fragte er, während er ihren Rücken streichelte.

Tatjana ließ ihren Kopf auf ein Kissen sinken und schloss die Augen. »Nein. Ich glaube nicht. Wahrscheinlich ist das gut so.«

Irritiert hielt Matthew inne. »Gut so? Was soll daran gut sein?«

»Ich habe eine Theorie.«

»Und zwar?«

»Ich glaube, sie hatte sich in ihn verliebt.«

»Klingt nach einem echten Problem«, stellte Matthew ironisch fest. »Im Ernst, sollte das nicht eine gute Voraussetzung für eine lange und glückliche Ehe sein?«

»Du sagst es«, erwiderte sie. »Und du sagst es richtig. Sollte. War es aber nicht. Nicht in dem Fall.«

»Entschuldige. Das musst du mir erklären.«

Sie setzte sich auf und fuhr ihm mit der Hand durchs Haar. »Ich glaube, sie war nicht echt.«

»Was war nicht echt?«

»Georgia.«

»Sie war ein Alien? Oder was?«

Tatjana schüttelte den Kopf und sah ihn traurig an. »Sie

war nicht die, die sie vorgab zu sein. Und sie liebte Nikolai nicht. Zuerst nicht. Später eben doch. Ich glaube, man hat sie auf ihn angesetzt.«

»Wer hat sie auf ihn angesetzt. Und wieso? Ich denke, er war Pianist.«

»Er war auch der Sohn unseres Vaters. Und unser Vater war in der Öl- und Gasindustrie ein wichtiger Mann. Vor allem war er ein unbequemer Mann.« Tatjanas Blick war ins Unbestimmte gerichtet. Was mochte sie sehen?, überlegte Matthew. Ihren Bruder? Ihren Vater? Georgia? »Er hätte gute Chancen gehabt, zu den Gewinnern der Privatisierung zu zählen«, fuhr Tatjana fort. »Aber dafür war er zu anständig. Man wurde damals sehr schnell sehr reich, wenn man nur wenig Skrupel und den nötigen Instinkt hatte. Und die Kenntnis, welche Unternehmen mehr wert waren als den Preis, den man für sie zahlen musste. Mein Vater kannte diese Unternehmen genau. Er wusste, was sie wirklich wert waren. Er wusste auch, wen man schmieren musste, um an die Pfründe zu kommen. Er hat es nur nicht getan.«

»Weshalb sollte dann irgendjemand etwas gegen ihn haben? So wie du es erzählst hast, ist er ein harmloser und anständiger Mensch.«

»Ich weiß nicht, ob das alle so gesehen haben. Er war auch unbequem. Zum Beispiel hat er die Umweltvergiftung in Sibirien angeprangert. Er hat auch auf Sitzungen der Konzernleitung kein Blatt vor den Mund genommen.«

»Lass mich raten«, sagte Matthew und richtete sich ebenfalls auf. Sie war so schön, so zerbrechlich. Er legte seine Hände auf ihre Schultern, sie duftete so wundervoll. »Man hat ihm kein Gehör geschenkt.«

»Schlimmer.« Sie drehte sich zu ihm um. »Sie haben ihn bedroht. Er sollte den Mund halten. Seine Kritik war schlecht fürs Geschäft. Er störte wichtige Kreise. Einflussreiche Kreise, verstehst du?«

»Natürlich. Aber deshalb eine Frau auf seinen Sohn ansetzen? Findest du nicht, das klingt ein bisschen nach Verschwörungstheorie?«

»Nachdem sich niemand um seine Kritik und um seine Vorschläge kümmerte, wie man die Situation in Sibirien verbessern könnte, fing er an, Informationen zu sammeln.«

»Du meinst, er hat seinen Betrieb ausspioniert?«

Tatjana nickte. »Mir ist das erst sehr spät klar geworden.«

»Und dein Bruder?«

»Sie dachten, er hätte meinem Bruder gefährliche Unterlagen überlassen.«

»Hat er?«

»Nein.« Matthew sah Tränen in ihren Augen glitzern. »Er hatte sie mir gegeben. Du ahnst nicht, was das mit meiner Familie gemacht hat, Matt. Wären sie darauf gekommen, dass ich es bin, die seine Dokumente hat ... Oh Matt«, schluchzte sie und vergrub das Gesicht in den Händen. »Ich bin an allem schuld.«

»Nein, Tatjana«, flüsterte Matthew Meyer und legte seine zitternden Arme um sie. »Das bist du nicht.«

*

Die nächsten Stunden brachte Tatjana mit Recherchen zu. Alle Bilder, die sich von Aleksander Petrowitsch Lewtuschenko finden ließen, sämtliche Bilder des Sommerfests – nichts entging ihrer Aufmerksamkeit. Bis sie schließlich gefunden hatte, was sie suchte, eine Bildunterschrift: »*From left to right:* Mr John C. Brown (Brown Stitchfield), Mr Alexander Lewtuschenko (GasNeft), MP Countess Claire Rudford-Blank, Mrs Gail Warrinton (Brown Stitchfield), Mr Johann

Feldmann (National Bank).« Gail Warrington. Unter diesem Namen stand sie als Konferenzteilnehmerin auch auf einer Liste, die sie der Website einer NGO entnommen hatte. Sie: Georgia Freeman, Nikolais Frau.

Tatjana sah es vor sich, als wäre es gestern gewesen. Eines Tages hatte Nikolai in der Tür gestanden, ein Schatten seiner selbst. Georgia war verschwunden – und sie blieb es. Einige Tage lang hatte Tatjana versucht, sie zu finden, hatte bei ihrem Arbeitgeber Catwater Inc. angerufen, war sogar persönlich zu diesem hingegangen. Doch dort hieß es nur, Frau Georgia Lossowa habe sich auf unbestimmte Zeit beurlauben lassen. Wohin sie denn ihr Gehalt überwiesen haben wollte? Darüber könne man keine Auskunft geben. Ob man eine Telefonnummer habe? Man nehme es mit dem Datenschutz sehr genau. Aber als Schwägerin könne sie doch sicher ihren Bruder fragen, der müsse ja wohl wissen, wo seine Frau sei. Sowohl beim britischen als auch beim amerikanischen Konsulat lag nichts vor, dort kannte man Georgia Lossowa nicht. Ebenso wenig Georgia Freeman, wie sie vor der Heirat mit Nikolai geheißen hatte. Tatjana telefonierte alle Krankenhäuser ab, obwohl das Unsinn war, da Georgia sich ja mit dürren Worten verabschiedet hatte. Mit Gewalt hatte Tatjana ihrem Bruder den zerknüllten Zettel aus den Händen winden müssen: »Such mich nicht. G.«

St. Petersburg hatte fünf Millionen Einwohner. Georgia schien nicht darunter zu sein. Es war sinnlos, jemanden zu suchen, der sich nicht finden lassen wollte, zumal Tatjana nicht einmal wusste, ob sie überhaupt noch in der Stadt war. Vielleicht war sie nach England zurückgegangen. London. Dort hatten sich Georgia und Nikolai kennengelernt. Doch in London nach ihr Ausschau zu halten war kaum weniger aussichtslos. Und selbst wenn sie sie fand: Würde sie sie bewegen können, zu Nikolai zurückzukehren? Ihr Bruder war in jenen Wochen in Depressionen versunken. Er hatte zu komponieren begonnen, doch alles, was er zu Papier brachte, klang wie ein Requiem, schwankend zwischen dem verzweifelten Aufschrei des »Dies irae« und der stillen Aufgabe des »Confutatis«. Georgias Verschwinden hatte ihn gebrochen. Ja, die Trauer hatte ihn musikalisch in ungeahnte Höhen gehoben. Nie hatte er gefühlvoller, nie ausdrucksstärker gespielt. Aber er spielte sich die Seele aus dem Leib. Und Tatjana hätte ihn so gern von seinem Leid erlöst, indem sie Georgia ausfindig machte und zumindest erfuhr, warum sie Nikolai verlassen hatte. Doch sie war nicht aufzuspüren. Diese wunderschöne, geheimnisvolle junge Frau hatte sich scheinbar in nichts aufgelöst.

Und nun also Brown Stitchfield.

*

»Ergebnisse?«

»Negativ. Die Wohnung ist so sauber wie ein Hotelzimmer.«

»Aber Sie haben wenigstens ein wenig Spielmaterial gefunden, Leutnant?«

»Nichts. Nichts, was wir nicht schon kennen würden, Herr Major.«

»Festplatte?«

»Haben wir alles kopiert. Hatten wir aber alles auch schon.«

»Rufnummernspeicher?«

»Alle Telefonnummern schon bei uns vorhanden. Es gibt noch ein altes Tagebuch. In dem ist der letzte Eintrag aber drei Jahre alt. Wir haben es trotzdem gescannt. Ansonsten: Keine weiteren Computer, keine unbekannten Geräte.«

»Mikrofone überprüft?«

»Funktionieren alle einwandfrei, Herr Major.«

»Gut. Bleiben Sie dran. – Was machen eigentlich unsere Berliner Kollegen? Hat die Befragung etwas ergeben?«

»Sie ist nicht gekommen, Herr Major.«

»Nicht gekommen? Zu einer polizeilichen Vorladung?«

»Ja. Die Kleine hat Mumm. Aber eine Sache macht uns Sorgen …«

»Sorgen? Und zwar?«

»Ich glaube, sie hat etwas gemerkt. In letzter Zeit scheint sie ihre Umgebung genauer zu beobachten.«

»Interessant. Dann sollten wir sie noch besser im Blick haben. Installieren Sie ein paar Kameras. Und passen Sie auf, dass Sie nicht gesehen werden.«

»Das tun wir, Herr Major.«

ELF

Berlin, 15. Juni 2012

Ein *Spiegel*-Gespräch. Die beiden Redakteure waren so arrogant gewesen, wie es bei dem Blatt zum guten Ton gehörte, erwartbar also.

Sie hatten Matthew wie eine lästige Schmeißfliege behandelt, obwohl er sich bis zum Schluss keine Blöße gegeben hatte und hochprofessionell geblieben war. Er hatte kaum um Unterbrechung gebeten, hatte dem Fotografen fast freie Hand gelassen und war bei den Vorverhandlungen die Konzilianz in Person gewesen. Ja, er hatte die beiden Journalisten sogar persönlich am Empfang abgeholt und in die Bibliothek des BMWiZ gebracht, die er vorher noch mit den schönsten Bänden aus dem Kellerarchiv hatte aufhübschen lassen, sodass auch von den Fotos eine perfekte Kombination aus Tradition und Moderne ausging.

Schneider hatte auf seine geliebten Havannas verzichten müssen und auf Matthews Rat hin die Krawatte abgelegt, was ihm auf den Bildern, auf denen er den Arm über die Stuhllehne gelegt hatte, eine lässige Eleganz verlieh. Drei davon hatte Matthew ausgewählt, die restlichen mit rotem Permanentstift durchgestrichen, um jedes Missverständnis auszuräumen. Und nun saß er seit einer Stunde über dem Text und fragte sich, wo er ihn verbessern konnte. Schneider hatte wieder einmal druckreif gesprochen – und die Redakteure des

Nachrichtenmagazins hatten kaum eine Silbe verändert. Auch die Fragen waren wortgetreu wiedergegeben:

SPIEGEL: *Sie haben sich in Ihrer Amtszeit besonders für die Energiewende starkgemacht und sich zum Erfinder des Atomausstiegs stilisiert. Sind Sie mit dem Ergebnis zufrieden?*

Schneider: Wenn wir in wenigen Tagen das Gesetz verabschiedet haben, werden wir endlich wahrgemacht haben, was vor uns keine Regierung geschafft hat. Natürlich hat auch unser Gesetz noch kleinere Geburtsfehler. Davon werden wir manche vielleicht erst nach einiger Zeit sehen. Aber wie fundamental die Umwälzungen sind, die wir mit unserer Initiative ausgelöst haben, wird sicher mit einigen Jahren, vielleicht sogar einigen Jahrzehnten Abstand deutlich werden. Ja, ich kann behaupten, dass wir mit den Ergebnissen sehr zufrieden sind.

SPIEGEL: *Kritiker betrachten nicht nur das Gesetz kritisch und werfen Ihnen handwerkliche Fehler vor, sie weisen auch darauf hin, dass Ihre Wende vor allem eine Kehrtwende sei. Denken Sie wirklich, dass Sie die Energiepolitik der Bundesrepublik in die Zukunft führen können, indem Sie auf die Technologie des letzten und vorletzten Jahrhunderts setzen, nämlich fossile Brennstoffe?*

Schneider: Zunächst einmal, jede große Veränderung braucht Zeit. Und wenn es etwas mit Hand und Fuß werden soll, muss es auch mit Sinn und Verstand bewerkstelligt werden. Die Zukunft heißt natürlich: regenerative Energien. Doch bis wir damit die nötige Energiesicherheit gewährleisten können, brauchen wir Brückentechnologien. Es ist nicht die schlechteste Idee, dafür solche zu nehmen, die nicht nur katastrophensicher sind, sondern sich auch sonst schon lange bewährt haben.

SPIEGEL: *Sie haben sich besonders für die Nutzung von Erdgas starkgemacht …*

Schneider: … als schadstoffarme Technologie mit erstklassigen Effizienzwerten!

SPIEGEL: *Gerade die Gewinnung und Nutzung von Erdgas ist durch den Unfall auf der Nordsee-Plattform Ginevra vor einigen Wochen sehr in die Kritik geraten. Kann es sein, dass Sie offensichtliche Risiken verdrängen, um Ihre Agenda zu verwirklichen?*

Schneider: Im Gegenteil! Der Unfall in der Nordsee zeigt, wie gefährlich es ist, auf das falsche Pferd zu setzen. Auch konventionelle Formen der Energiegewinnung bergen Risiken. Diese Risiken sind aber nicht überall gleich hoch. Während das Engagement in der Nordsee unsere Küsten und auch die Fischereiwirtschaft dramatisch bedroht, ging der Blick meiner Regierung Richtung Osten. Russland verfügt über riesige Mengen an Erdgas, das ohne Gefahr für die Umwelt geborgen und nach Westen transportiert werden kann. In Sibirien muss man nicht 4000 Meter in die Tiefe bohren, um an Rohstoffe zu gelangen. Denn darin liegt ja auch das Risiko: Je tiefer man bohren muss, umso länger wird der Weg der Gefahr…

SPIEGEL: *Sehen Sie diese Gefahr nicht auch bei einer Pipeline, die über eine Strecke von 6000 Kilometern aus Nordrussland nach Westeuropa verläuft?*

Schneider: Hier kommt modernste Technologie zum Einsatz. Selbst wenn die Pipeline havarieren sollte, was kaum möglich ist, könnte im schlimmsten Fall nicht mehr Gas austreten, als in dem jeweiligen Abschnitt transportiert wird. Das ist bei einer riesigen Gasblase im Erdmantel vollkommen anders. Da sprechen wir von Dimensionen, die man sich kaum vorstellen kann.

SPIEGEL: *Sie werden das Projekt nicht bis zur Fertigstellung begleiten können. Nach den Wahlen sind Sie Wirtschaftsminister auf Abruf. Haben Sie Angst, dass die neue Regierung Ihre Pläne wieder begraben könnte?*

Schneider: Es gibt verbindliche Verträge. Ich bin absolut zuversichtlich, dass die neue Regierung genauso vertragstreu sein wird wie jede Bundesregierung vor ihr. Auch sie wird ein Interesse daran haben, für Bevölkerung und Wirtschaft eine optimale Energieversorgung zu gewährleisten. Ganz abgesehen davon, dass Wahlen vom Wähler entschieden werden und nicht von Umfrageinstituten.

SPIEGEL: *Dennoch, als Vertreter einer Regierung, der offensichtlich nur noch wenige Wochen beschieden sind, gelten Sie nun als Lame Duck, als lahme Ente. Müssen wir uns auf eine Zeit des Stillstands einstellen, bis die neue Regierung im Amt ist?*

Schneider: Regierungen kommen und gehen. Irgendwer ist immer eine Lame Duck, wie Sie es ausdrücken. Das gehört zum Wesen der Demokratie und ist deshalb kein Schaden, sondern Ausdruck höchster Volkssouveränität. Darauf dürfen wir alle stolz sein. Ich zumindest bin es.

SPIEGEL: *Was zu der Frage nach Ihrer persönlichen Zukunft führt. Ihre Chancen, das Direktmandat in Ihrem Wahlkreis Detmold wieder zu erringen, stehen ausgezeichnet, während die Umfragewerte für Ihre Partei desaströs sind. Werden wir Sie in Zukunft als Hinterbänkler im Bundestag sehen, oder ziehen Sie sich aus der Politik zurück?*

Schneider: Natürlich werden wir gewinnen und auch weiterhin die Regierung stellen. Die Bundesminister werden aber letztlich vom Bundeskanzler berufen. Ich stehe dafür gerne wieder zur Verfügung. Ich bin ein politischer Mensch, das war ich schon immer. Politik machen heißt das Leben der Menschen mitgestalten. Das werde ich auch weiterhin tun. Ob im Bundestag oder an anderer Stelle.

SPIEGEL: *Herr Minister Schneider, wir danken Ihnen für das Gespräch.*

Keine Frage, Schneider hatte sich gut verkauft. Ob es freilich reichen würde, das Ergebnis doch noch zu drehen ... Vermutlich war es nur Kosmetik. Aber gute Kosmetik. Und trotzdem: Irgendetwas an Schneiders Aussagen hatte Matthew stutzig gemacht. Er las das Interview noch einmal, und plötzlich hatte er den Satz entdeckt, der ihn verunsichert hatte: »In Sibirien muss man nicht über 4000 Meter in die Tiefe bohren, um an Rohstoffe zu gelangen.« 4000 Meter. Matthew führte sich den Fall Ginevra noch einmal vor Augen. Was war da geschehen? Es hatte ein Leck gegeben, Gas war ausgetreten, schließlich war das Bohrloch mit einer Verpressung von Schlamm und Beton abgedichtet worden. Und dann war der Förderbetrieb wieder aufgenommen worden. Matthew blickte auf.

Tatjana stand in der Kochnische seines Apartments und briet Spiegeleier, während Matthew an dem kleinen Sofatischchen saß. Ginevra war eine seltsame Angelegenheit. Nach Stefan Zieblinskis Reportage war das Thema für wenige Tage auf eine Weise in den Medien gewesen, dass es fast schon schädlich für den Wahlkampf war, denn die Wähler kapierten nicht den Unterschied zwischen Tiefseeförderung in der Nordsee und einer sicheren Pipeline durch die Ostsee. Und dann war die Geschichte ebenso schnell wieder aus dem öffentlichen Interesse verschwunden. Es war natürlich nichts Neues, dass sich die Zeitungen und Fernsehsender ständig gegenseitig ausspähten, wer was brachte, damit man immer mit all den News präsent war, die die Konkurrenz auch hatte – mit dem fatalen Ergebnis, dass mangels Seitenzahl oder Sendezeit viele wichtige Meldungen eben untergingen oder nur als winzige Informationssplitter stattfanden. Aber es war etwas Außergewöhnliches, wenn eine ganze Gasplattform um ein Haar in die Luft geflogen wäre, wenn Dutzende, vielleicht sogar Hunderte von Menschen dabei den Tod gefunden hätten und wenn CO_2-Mengen in die Atmosphäre geblasen wurden, als hätte man alle Fabriken dieser Welt zwei Jahre lang auf Hochtouren laufen lassen. Doch kaum war die Flamme über Ginevra gelöscht, da wandte sich die allgemeine Aufmerksamkeit anderen Themen zu. Es war, als hätte es eine Art Anti-PR dafür gegeben: ein negatives Themensetting. Niemand schien sich mehr dafür zu interessieren. Niemand außer Matthew.

Dabei war dieser riesige Koloss aus Stahl und Beton, der sich gegen die raue Nordsee stemmte und seinen Stachel tief ins Innere der Erde rammte, ein faszinierendes Ding. Je mehr er sich damit beschäftigte, umso außergewöhnlicher fand er dieses monströse Wunderwerk der Technik. Es war eine Mischung aus archaischer Gewalt und modernster Technik. Eine der wenigen Förderplattformen, an denen auch deutsche Firmen ein Interesse hatten: Hinter der Betreiberfirma PUK, Petrol United Kingdom, deren Vorstand der schillernde Richard Broadbent war, stand als einer der wichtigsten Anteilseigner die Sommersberg AG. Und die gehörte zum Konzern der Maple Group. Und damit zu Van Straatens Reich. Es war wie bei Steve Jobs und Bill Gates: Nach außen hin waren sie tief verfeindet, im Innenverhältnis hackten sie einander nicht nur kein Auge aus, sie unterstützten sich sogar und waren an denselben Firmen beteiligt. Verdiente einer, verdienten beide. Der Kampf war nichts anderes als Show.

Bei Ginevra aber schien noch mehr Show zu sein – genau genommen alles. Es gab ein Unglück, von dem niemand etwas wusste, über das dann plötzlich – perfekt arrangiert – alle praktisch rund um die Uhr berichteten, ehe sie wie auf ein geheimes Kommando hin die ganze Aktion nicht mehr der Erwähnung wert fanden. Es gab eine Crew, die niemand zu Gesicht bekam, die in Lebensgefahr schwebte, von der aber kein Lebenszeichen zu sehen war. Es gab eine Evakuierung, von der keine Bilder existierten und die eigentlich auch gar nicht hätte stattfinden dürfen, weil sie zwangsläufig in der abgeschirmten Zone geschehen musste, in der weder Schiffs- noch Flugverkehr erlaubt war – und dass die Männer schwammen, war eher unwahrscheinlich. Es existierten ein Leck und ausströmendes Gas, aber es gab keine sichtbaren Maßnahmen dagegen. Trotz Ölteppich und Gaswolke wurden wohl nur minimale Aktionen unternommen, um die Umweltschäden einzudämmen und noch größere Probleme abzuwehren. Je länger Matthew den Fall recherchierte, umso mehr stand die verpestete Luft sinnbildlich für den ganzen Vorgang: Er stank zum Himmel.

»Was ist denn überhaupt passiert auf dieser Plattform?« Tatjana wendete die Spiegeleier mit einem Tortenheber. Sie mochte es, wenn sie von beiden Seiten kross gebraten waren.

»Letztlich war es wohl ein Blowout.«

»Wow. Also eine richtig schöne, richtig große Katastrophe. Wie viele Kubikmeter sind ausgetreten?«

Er vergaß immer wieder, dass sie ja aus einer Familie stammte, die vom Ölgeschäft lebte. »200 000« erklärte er und sah von seinem Handy auf. »Pro Tag.«

»Das ist verdammt viel. Diese Fördergase bestehen überwiegend aus Methan. Klimaerwärmung pur.« Sie schaufelte ihm sein Spiegelei auf einen Teller. Es duftete köstlich.

»Warum bist du nicht in die Ölbranche gegangen? Du scheinst ja so was wie ein Wunderkind auf diesem Gebiet zu sein.«

»Aber ich bin doch in der Energiebranche. Öl und Gas gehören dazu. Und, ehrlich: Mich interessieren diese Themen. Mein Vater konnte stundenlang darüber diskutieren. Ich bin sicher kein Wunderkind, aber Papa galt mal als der Bach unter den Petroingenieuren.«

»Soll heißen?«

»Ein virtuoses Verständnis selbst der kleinsten Details und vollkommene Kenntnis, gepaart mit umfassendem Wissen und perfektem Können.«

»Klingt nach einem beeindruckenden Mann.«

»Oh ja, Matthew. Ich wünschte, du könntest ihn kennenlernen.«

»Ich hoffe, das werde ich auch bald.« Zärtlich berührte er ihre Hand. »Aber für den Augenblick kann mir vielleicht jemand anders helfen?«

»Was meinst du mit *helfen*?«

»Ein technisches Problem erklären.«

»Hm. Dein Russisch ist vermutlich nicht hundertprozentig konferenzfähig ...«

»Kann man so sagen.«

»Mein Vater hatte einige Zeit lang mit einem Wissenschaftler an der Uni Bayreuth zu tun, einem Russen. Der ist inzwischen so lange in Deutschland, dass sein Deutsch ausreichen müsste für dein Anliegen.«

»Uni Bayreuth«, sagte Matthew. »Weißt du seinen Namen?«

»Kyrijakow. Ich glaube, so hieß er. Professor Kyrijakow. Der hat dort einen Lehrstuhl für Raffinerietechnik und Petrochemie. Kannst ihn gerne von mir grüßen.«

Lieber nicht, dachte Matthew. »Danke«, sagte er. »Mach ich. Du bist ein Schatz.«

Sie setzte sich zu ihm. »Und? Sehen wir uns heute Abend?«

Matthew seufzte. Wie gerne hätte er gesagt: Ja, ich will jeden Abend mit dir verbringen. Immer. Stattdessen war ihm seine eigene Stimme fremd, als er antwortete: »Na ja. So wie die Dinge liegen, bin ich eingeteilt. Ich dachte ja, es kann nicht mehr schlimmer werden. Aber der Schlussspurt im

Wahlkampf ist so was wie ein ständiger Triathlon. Schneider treibt uns mit der Peitsche durch die Gänge. Wir haben nur noch ein paar Tage bis zur Wahl, aber er muss mal eben rasch die Welt neu erfinden. Gerade sitze ich über einem *Spiegel*-Gespräch. Das hat Schneider geführt, als wäre er gerade zum Präsidenten der westlichen Welt gewählt worden. Könnte also spät werden …«

Tatjana lachte. »Dann sieh zu, dass du gut die Sache beendest. Ich bin hier. Komm, wann es dir passt.«

*

Die engsten Mitarbeiter des Wirtschaftsministers saßen zur Kleinen Lage zusammen. Referatsleiter Bergius machte eine sorgenvolle Miene. »Tja, wir haben heute Morgen erst erfahren, dass die Opposition eine Kleine Anfrage in den Bundestag einbringen wird. Das schaffen sie sogar noch vor der Wahl. Hier …« Er setzte seine Brille auf und las: »›Kleine Anfrage an die Bundesregierung zum Engagement der Bundesrepublik Deutschland in Bezug auf die Förderung von Erdöl und Erdgas in der Nordsee.‹ Ich denke, dass wir das ernst nehmen sollten.«

»Sehr gut«, sagte Schneider und nickte Matthew zu. »Haben wir bei unserer Kleinen Anfrage nur die Frage formuliert oder auch den Text?«

»*Full service*«, erwiderte Matthew. »Selbstredend. Und hier wäre auch die Antwort.« Unter Bergius' eisigen Blicken reichte er Schneider ein zweiseitiges Papier.

Der Minister faltete es zusammen, steckte es in seine Jacketttasche, lächelte in die Mitarbeiterrunde und sagte: »Und jetzt möchte ich über West-Way sprechen.« Alle rollten mit den Augen.

»West-Way kommt bei den Wählern nicht besonders gut

an«, stellte Bergius fest und blickte wichtig. »Warum mussten wir das eigentlich ausgerechnet noch in dieser Legislaturperiode durchziehen? Jetzt reitet die Opposition genüsslich darauf herum, dass wir so dicke mit den Russen sind und Steuergelder ohne Ende verpulvern.« Bergius' Vorstoß war durchaus mutig. Alle im Raum wussten, dass West-Way, ja, dass die ganze Kreml-Connection für den Chef heilig war. Aus Gründen, die kein normaler Mensch nachvollziehen konnte, hatte er an Ludin einen Narren gefressen, während jeder andere hochrangige Politiker jedes anderen zivilisierten Staats ihn möglichst auf Abstand hielt. Schließlich wussten alle, mit welchen Methoden Ludin sein Riesenreich regierte. Mancher hielt ihn für einen Wiedergänger Stalins, dem nur noch nicht die Mittel zu Gebote standen, die der Sowjetführer einst hatte. Schneider focht das nicht an: Er zog sein Ding mit Ludin durch, auch das Milliardenprojekt der neuen Ostsee-Pipeline.

»West-Way ist ein privates Projekt und wird privat finanziert«, sagte Schneider mit hörbar bedrohlichem Unterton.

»Schon klar«, erwiderte Bergius. »Die privaten Anteilseigner sind aber auf russischer Seite zu fast hundert Prozent in staatlichem Besitz. Und bei uns …«

»Bei uns nicht«, sagte Schneider mit einer deutlichen Basta-Geste.

»Trotzdem: Wir müssen an der Vermittlung arbeiten. West-Way ist so ein wichtiges Projekt, das darf uns nicht schaden, das sollte uns nützen.« Bergius hatte die Kurve gekriegt, gerade noch.

Schneider nickte. »Meyer?«

»Tja«, sagte Matthew und warf seinen Hut in den Ring. »Die Argumente liegen alle schon lange auf dem Tisch. Energiesicherheit, Arbeitsplätze, Infrastruktur, engere Wirtschaftsbeziehungen zu Russland, mehr Markt und so weiter und so fort. Vielleicht sollten wir mal versuchen, die Sache ganz offensiv durchzuarbeiten, damit für die Gegner kein News-Wert mehr drin ist.«

Schneider rollte den Kopf im Nacken. »Soll heißen?«

»Soll heißen, wir geben eine Pressekonferenz und sorgen dafür, dass alle unangenehmen Fragen gestellt werden. Natürlich achten wir darauf, dass sie auf den Punkt formuliert sind – und genauso treffsicher müssen die Antworten sein.«

»Machen wir es damit nicht noch größer?«, fragte Bergius, der als Leiter des Kommunikationsstabs Angst hatte, einen PR-GAU, den ihm ein Matthew Meyer einbrockte, am Ende auslöffeln zu müssen.

»Machen wir«, bestätigte Matthew. »Aber nur für kurz. In zwei Tagen ist das Schnee von gestern. Und weil wir alles auf den Tisch gebracht haben, nehmen wir den Bedenkenträgern der Opposition den Wind aus den Segeln.«

»Ich finde das riskant.« Bergius kaute auf seiner Unterlippe.

»Ich halte das für einen guten Plan«, erklärte Schneider, der der Offensive immer den Vorzug gab. »Doc, bereiten Sie das vor, Plöger, Sie lassen sich von ihm briefen und laden dann ins Haus der Bundespressekonferenz. Wenn wir das machen, dann will ich, dass es eine gute Show wird. Ich kann mich drauf verlassen, dass Sie für die richtigen Fragen sorgen, Doc?«

Matthew nickte. »Wir setzen ein Dutzend befreundete Journalisten rein und formulieren das sauber vor.«

*

Professor Kyrijakow. Es gab nur einen unter diesem Namen. »Akademischer Oberrat« hieß es auf der Website des Bayreuth Engine Research Center. Kompetenz: Raffinerietechnik, Petrochemie. Telefon, Fax, E-Mail-Adresse, alles da. Er wählte die Nummer und konnte kaum glauben, dass der Professor sich unmittelbar am Telefon meldete.

»Kyrijakow hier.«

»Guten Tag, Herr Professor«, sagte Matthew und wandte sich instinktiv ein wenig zur Seite, als stünde jemand draußen vor der geschlossenen Tür und würde ihn belauschen. »Mein Name ist Matthew Meyer. Ich bin Mitarbeiter von Bundeswirtschaftsminister Schneider.«

»Was kann ich für Sie tun?« Der russische Akzent war unüberhörbar, doch wie so viele Russen beherrschte auch Kyrijakow die Sprache ansonsten perfekt.

»Es geht um eine Frage, derentwegen ich Ihren Rat suche. Etwas Fachliches.«

»Davon war ich ausgegangen«, erwiderte der Professor und schien leicht amüsiert zu sein.

»Sie erinnern sich sicher an die Havarie der Gasplattform in der Nordsee.«

»Sie sprechen von Ginevra.«

»Richtig. Sehen Sie, mir ist da etwas aufgefallen, was ich mir nicht erklären kann.«

»Ach ja?«

»Wenn stimmt, was in meinen Unterlagen steht, dann ist Gas in einer Tiefe von etwa neunzig Metern unter dem Meeresspiegel ausgetreten. Das Leck lag aber angeblich 4000 Meter unter Normalnull. Wie kann das zusammenpassen?«

Matthew hörte, wie der Mann am anderen Ende der Leitung scharf die Luft einsog. »Wie war noch einmal Ihr Name?«, fragte er plötzlich sehr viel ernster.

»Matthew Meyer. Bundesministerium für Wirtschaft und internationale Zusammenarbeit. Ich bin dem Minister direkt unterstellt und arbeite im Bereich Öffentlichkeitsarbeit.«

»Sie sitzen in Berlin?«

»Ja.«

»Herr Meyer, es ist jetzt kurz nach 18 Uhr. Kennen Sie *Auerbachs Keller* in Leipzig?«

Matthew musste lachen. »Wer kennt den nicht«, sagte er. »Aber ich verstehe nicht …«

»Ich möchte das nicht gerne am Telefon besprechen. Wenn Sie wollen, können wir uns um neun in *Auerbachs Keller* in Leipzig treffen. Das liegt ungefähr auf halber Strecke zwischen uns.«

Einen Augenblick lang herrschte Stille. Dann fasste Matthew seinen Entschluss. »Gut«, sagte er. »21 Uhr. Ich werde da sein. Ich bin Ende zwanzig, schlank …«

»Ich habe Ihr Bild gerade gegoogelt. Ich weiß, wie Sie aussehen. Sagen Sie niemandem etwas von unserem Termin. Bis später.« Dann legte Kyrijakow auf, und Matthew spürte, wie ihm eine Gänsehaut über den Rücken lief. Er nahm sein Handy und schrieb eine SMS an Tatjana: *Muss heute noch nach Leipzig. Wir sehen uns später. Warte nicht auf mich. X.*

*

Gail Warrington. Dieser Name ließ sie nicht mehr los. Plötzlich gab es einen Menschen, der im Internet auftauchte, wenn man ihn nur suchte. Und Tatjana suchte. Es war wie ein Spiel, nein, mehr als das. Zuerst klapperte sie nur die Suchmaschinen ab, dann meldete sie sich bei allen sozialen Netzwerken an und durchforstete sie nach Gail Warrington. Und sie wurde fündig. Die Frau, die sie als Georgia kennengelernt hatte, stammte aus Südengland, hatte in Schweden und Singapur studiert, war früh bei McKinsey gelandet und von dort nach Katar und Russland geschickt worden – als Spezialistin für Rohstoffmärkte und später für das Ölgeschäft. Schließlich hatte sie bei Petrol United Kingdom (PUK) angeheuert. Bis sich vor drei Jahren ihre Spur verlor. In den Netzwerken war sie als Privatperson noch registriert, aber beruflich schien sie sich in Luft aufgelöst zu haben, und zwar am Tag nach ihrem siebenundzwanzigsten Geburtstag. Das war im Juni 2010 gewesen. Nikolai und Georgia begegneten sich im Juli 2010, und im August hatte ihr Bruder sie mit nach St. Petersburg gebracht – da waren sie schon verheiratet gewesen. Davor, zwischen Juni und Juli, musste aus Gail Warrington Georgia Freeman geworden sein. Auf älteren Bildern, die Tatjana von ihr fand, sah sie exakt so aus, wie sie sie damals erlebt hatte, dass es fast wehtat. Georgia war das große Glück ihres Bruders gewesen. Und seine große Tragödie.

Im Geiste versuchte Tatjana, ihre Karriere nachzuzeichnen. Wenn man sie gezwungen hatte, Nikolais Partnerin, ja, seine Ehefrau zu werden, dann lag es nahe, dass ihr damaliger Arbeitgeber dahinterstand. Aber warum sollte PUK das tun? Hatte sie überhaupt noch für das Energieunternehmen gearbeitet, als sie Nikolai kennengelernt hatte? Tatjana erinnerte sich, dass Georgia in Sankt Petersburg bei der Firma Catwater Inc. beschäftigt gewesen war – einer Tochter von PUK, wie sie mit wenigen Mausklicks herausfand. PUK wiederum gehörte zur Sommersberg AG – und an der war wiederum die Maple Goup maßgeblich beteiligt, einer der international führenden Chemiekonzerne mit breit gefächerter Aktionärsstruktur. Sogar BraunTec hielt ein paar Prozente an Maple, wie Tatjana sich mit Schaudern erinnerte. Und der Vorstandsvorsitzende hieß Bernhard Van Straaten. Wäre Georgia nicht wieder ins Beraterlager zurückgewechselt, dann hätten Georgia und sie vielleicht sogar für denselben Arbeitgeber gearbeitet. Die Wirtschaft war komplex. Sie war auf so mannigfache Weise verstrickt, dass es passieren konnte, dass Täter und Opfer in ein und demselben Boot saßen. Keine guten Voraussetzungen für beide.

Gail Warrington hatte auf jeden Fall von irgendjemandem eine neue Identität bekommen: Georgia Freeman – und das konnte nur jemand mit den nötigen Mitteln gewesen sein.

*

Matthew war gut vorangekommen. Die Altstadt von Leipzig lag in einem goldenen Licht aus später Dämmerung und erleuchteten Laternen. Respektvoll blieb Matthew vor der Skulptur stehen, die das Lokal zierte: Sie zeigte Faust und Mephistopheles. Wenn ein Spin-Doctor hier einen Petrochemiker traf, überlegte er, wer war dann von ihnen Faust und wer Mephisto? Mit einem eigentümlichen Gruseln betrat Matthew das Lokal gegen halb neun und stellte zuerst einmal fest, dass *Auerbachs Keller* als Treffpunkt keine sehr genaue Bezeichnung war. In dem gut gefüllten Restaurant gab es mehrere Gasträume. Würde Kyrijakow die Symbolik des historischen Weinkellers vorziehen oder die Anonymität des sogenannten Großen Kellers, dessen buntes Gewölbe sich eindrucksvoll vor ihm auftat. Oder würde er die Verschwiegenheit der *Mephisto Bar* wählen?

Matthew fragte am Empfang nach, ob eine Reservierung auf den Namen Kyrijakow vorlag, doch das war nicht der Fall. Dann sah er sich in den Räumlichkeiten um, ohne jedoch seine Verabredung zu finden. Schließlich entschied er sich für den Großen Keller. Der Professor hatte ein Touristenmekka gewählt – das ließ auf den Wunsch schließen, sich in der Anonymität der Masse diskret unterhalten zu können. Der Ober wies Matthew einen Tisch im hinteren Teil des Lokals zu und notierte sich seinen Namen. Während er wartete, machte sich Matthew weiter schlau über Kyrijakow. Der Handyempfang in dem alten Gemäuer war erstklassig. Der Wein, den er sich bringen ließ, war es nicht, doch das schadete nichts. Matthew musste ohnehin nüchtern bleiben.

Boris Kyrijakow war 1949 in Wladiwostok geboren worden, hatte sich als Spezialist für Fördertechnik vor allem im Bereich Tiefseebohrungen einen Namen gemacht, war 1992 nach Deutschland gekommen, galt als eine der führenden Kapazitäten auf seinem Gebiet und hatte ungefähr eine Million Artikel über Themen veröffentlicht, von denen Matthew nicht einmal gewusst hatte, dass es sie überhaupt gab. Er war Berater der EU und mehrerer nationaler Regierungen, Vorsitzender diverser Kommissionen und etliches mehr. Die Fotos wiesen ihn als einen Mann aus, der durchaus das Leben zu genießen verstand.

Matthew blickte auf die Uhr. Kurz nach neun. Er hielt nach der fülligen Gestalt des Russen Ausschau. Gegen halb zehn bestellte er sich schließlich ein Entrecôte und wurde mit jeder Minute verdrießlicher. War er wirklich wegen einer vermutlich völlig läppischen Frage zweihundert Kilometer nach Süden gefahren, um einen russischen Professor zu treffen, von dem er so gut wie nichts wusste? Als um viertel vor zehn das Steak vor ihm stand, rechnete er nicht mehr damit, dass Kyrijakow kommen würde. Als er gegen zehn auf die blutige Pfütze blickte, die auf seinem Teller zurückgeblieben war, wünschte er Kyrijakow zum Teufel. Er blieb noch für einen Espresso sitzen, zahlte und verließ das Lokal kurz vor halb elf.

Die Innenstadt war belebt wie eine italienische Piazza. Alle paar Meter standen Straßenmusiker und spielten. Vor allem Bach. Matthew lauschte noch ein wenig einem der Brandenburgischen Konzerte in einer Fassung für Streichquartett und schrieb dem Professor eine E-Mail: *Sie sind nicht gekommen. Leider. Ich habe den Keller um halb elf verlassen. Meyer.*

Dann machte er sich auf den Weg zurück nach Berlin. Als ihm Tatjana kurz nach halb eins im kurzen Nachthemd die Tür öffnete, war er Kyrijakow plötzlich gar nicht mehr so undankbar, dass er nicht gekommen war.

*

Berlin, Haus der Bundespressekonferenz, 18. Juni 2012

»Frau Schmal-Trenk, wie steht die Bundesregierung dazu, dass Tierschützer von einer massiven Gefährdung bestimmter Arten durch ein Verlegen der Pipeline am Boden der Ostsee ausgehen?«

Schneiders Pressesprecherin machte sich eine Notiz, die in Wirklichkeit nur ein Sternchen neben vielen anderen Sternchen war, die sie im Verlauf der Pressekonferenz gezeichnet hatte. »Wir haben diese Gefahr sehr sorgfältig prüfen lassen. Keine Umweltorganisation und keine Tierschutzvereinigung kann uns eine konkrete Art nennen, deren Bestand durch West-Way konkret gefährdet wäre. Der größte Teil der Verlegestrecke führt durch sehr artenarme Regionen der Ostsee. In den ökologisch sensibleren Bereichen wird das Verlegeteam durch Spezialtaucheinheiten unterstützt, die vor, während und nach den Arbeiten das Umfeld intensiv beobachten. Der Kollege im beigefarbenen Jackett?«

»Georg Bleibtreu von der *Frankfurter Rundschau*«, stellte sich der Journalist vor. »Auf dem Grund der Ostsee werden noch etwa drei Millionen scharfe Waffen aus den beiden Weltkriegen geschätzt. Minen, Blindgänger, Munition an Bord von Wracks. Experten halten die Gefahr, dass es zu Zwischenfällen mit solchen Sprengfallen kommt, für zu groß. Wie schätzt die Bundesregierung diese Gefahr ein?«

»Sie scheinen sehr genau gezählt zu haben, Herr Bleibtreu.

Nach unseren Informationen liegen wesentlich weniger scharfe Waffen auf dem Grund der Ostsee, die meisten davon in Regionen, durch die West-Way nicht gehen wird. Ob es nun drei Millionen Bomben und Granaten sind oder eine Million – selbstverständlich reicht eine einzige aus, um zur Katastrophe zu führen. Deshalb nehmen wir diese Gefahr sehr ernst. Eine Pipeline auf dem Meeresgrund zu verlegen erfordert mindestens so viel Sorgfalt und Vorsicht wie der Umgang mit rohen Eiern. Das aggressive Geschrei, das zu diesem Thema angestimmt wird, passt aber nach unserer Auffassung überhaupt nicht zu der Seriosität, deren es bedarf. Mitunter haben wir fast den Eindruck, als wolle jemand die Katastrophe heraufbeschwören. Tatsache ist: Jede Verlegung über Land würde ein noch viel größeres Risiko bedeuten. Nicht nur liegen auch in den Böden zwischen Sibirien und Schleswig-Holstein Millionen scharfer Waffen, in diesem Fall sieht man sie sogar nicht. Während wir auf dem Meeresgrund zumindest Schiffswracks und vielfach auch Blindgänger mit bloßem Auge erkennen können, müssen wir damit rechnen, dass wir an Land erst in dem Moment von ihnen erfahren, wenn sie explodieren. Was ich damit sagen will: Es gibt keinen vollkommen gefahrlosen Weg, Brennstoffe, ja, Energie als solche zu uns zu bringen. Man sollte der Bundesregierung zugestehen, den sichersten Weg zu beschreiten. – Die Dame in Grün?«

»Heike Valentin von der *taz*. Stimmt es, dass in Russland Proteste gegen West-Way teils gewaltsam unterdrückt wurden und dass oppositionelle Politiker in der Duma zu diesem Thema nicht das Wort ergreifen durften?«

»Dazu kann ich Ihnen nichts sagen, Frau Valentin. Mir ist dergleichen nicht bekannt. Aber dazu müssten Sie die Kollegen in Moskau befragen. Herr Seydlitz?« Sie nickte in Richtung des Korrespondenten des *Economist*. »Frau

Schmal-Trenk, nach unseren Informationen gibt es für West-Way bis dato eine Finanzierungslücke von rund einer halben Milliarde Euro. Beabsichtigt die Bundesregierung, zugunsten des Konsortiums tätig zu werden?«

Der Blick der Pressesprecherin wanderte unsicher zu Matthew. Eine nicht abgesprochene Frage. Matthew konnte erkennen, wie sich auf Hilde Schmal-Trenks Stirn kleine Schweißtropfen bildeten. Sie räusperte sich. »Eine solche Information liegt uns nicht vor. Aber wir gehen dieser Frage selbstverständlich nach.« Matthew feuerte ein paar scharfe Blicke auf die Pressesprecherin ab. In der allgemeinen Unruhe, die im Saal kurz herrschte, raunte er ihr zu: »Bleiben Sie bei unserem Katalog. Sonst geht das schief.« Die Pressesprecherin nickte unauffällig. Dann hob sie einen Kugelschreiber hoch, um anzuzeigen, dass sie weitermachen wolle. Gleich darauf kehrte wieder Ruhe ein. »Ich würde gerne noch ein paar Fragen beantworten. Als Nächstes vielleicht die Kollegin in der letzten Reihe.«

»Danke. Henriette Blücher, freie Journalistin. Was ist an den Gerüchten dran, dass Herr Minister Schneider ein persönliches Interesse hat, dass West-Way realisiert wird?«

»Er ist der zuständige Fachminister. Natürlich hat er ein großes Interesse daran, wichtige Infrastrukturprojekte voranzubringen. Das gehört zu seinen Aufgaben und ist von entscheidender Bedeutung für unsere Wirtschaft und somit auch für jeden einzelnen Bürger.«

»Ich meinte«, setzte die Journalistin nach, »ein persönliches Interesse. Nach meinen Informationen wurde Minister Schneider nach den Wahlen eine einflussreiche Position versprochen.«

Hilde Schmal-Trenk atmete scharf ein. Als sie zu einer Antwort anhob, griff Matthew ein: »Das ist kein Geheimnis«, beeilte er sich zu sagen, ehe noch die Pressesprecherin etwas sagen konnte. »Er ist Minister. Und er wird es nach den Wahlen ohne jeden Zweifel auch bleiben.« Vereinzelte Lacher kamen aus dem Kreis der Journalisten, und Matthew beendete in endgültiger Überschreitung seiner Kompetenzen die Pressekonferenz mit den Worten: »So viel für heute. Damit beenden wir diese Fragestunde. Vielen Dank für Ihr Kommen. Auf Wiedersehen.«

Hilde Schmal-Trenk, Matthew, Schneider und Bergius packten ihre Unterlagen zusammen und beeilten sich, den Saal zu verlassen.

»Herrgott, was war das denn für eine Scheiße!«, fluchte Bergius leise.

»Kommt drauf an, ob an der Frage was dran ist«, erwiderte Matthew zwischen zusammengepressten Zähnen.

Schneider tat den Vorfall als »typische Journalistenkacke« ab und ging so unvermittelt zur Tagesordnung über, dass Matthew es beinahe verdächtig fand. Konnte es sein, dass der Minister hier vor allem Interessen der Lobby vertrat?

*

Die verspiegelten Scheiben des Fernsehturms warfen ein grelles Licht in das Hotelapartment. Tatjana lief in dem kleinen Zimmer auf und ab wie ein gefangenes Tier, spürte ihren Herzschlag, ging ins Bad, wo sie ihr Spiegelbild betrachtete, als könne sie daraus irgendwelche Erkenntnisse ziehen. Sah so eine Mörderin aus? Natürlich war es Notwehr gewesen. Rational war ihr das völlig klar. Doch emotional bekam sie es nicht auf die Reihe. Immer wieder stand ihr plötzlich das Bild des Mannes vor Augen, wie er vor ihr niedersank. Alles, aber auch wirklich alles schien absurd in ihrem Leben zu sein. Ihr Bruder, der liebenswerteste Mensch auf der Welt: ein Opfer grausamer Machtkämpfe, ihr Vater, der die Sicherheit in Person für sie gewesen war: in den Mühlen der russischen Justiz, sie selbst: mit dem Blut eines Unbekannten an den Händen … und Georgia, die nicht Georgia war. Ihr linkes Augenlid flatterte. Das waren die Nerven.

Nach einer Zeit, die ihr unendlich vorgekommen war, wurde die Haustür aufgeschlossen, und Matt kam mit dem unbekümmerten Schritt eines jungen Mannes herein, dem die Welt zu Füßen lag.

»Hi, Engel!«, sagte er und wollte sie in den Arm nehmen. Doch Tatjana konnte die Tränen nicht länger halten und schlug die Hände vors Gesicht. »Ach Schatz! Entschuldige. Ich bin so unsensibel.« Behutsam berührte er ihre Schultern.

Tatjana schniefte, schüttelte den Kopf. »Es ist nicht wegen Nikolai«, sagte sie, zögerte und verbesserte sich: »Doch, irgendwie ist es schon seinetwegen.«

»Irgendwie?«

»Matt, ich glaube, ich habe sie gefunden. Nein, ich glaube es nicht, ich weiß es.«

»Wen? Wen hast du gefunden.«

»Georgia.« Sie sah ihn an, ihre Augen waren feucht. »Die Frau meines Bruders.«

»Du hast sie gefunden? Bist du sicher, dass sie es ist? Wie hieß sie noch? Georgia Freeman? Davon gibt es vielleicht mehrere.«

»Sie nennt sich jetzt Warrington, Gail Warrington«, sagte Tatjana bitter. »So hieß sie auch schon, bevor sie als Georgia Freeman meinen Bruder heiratete.«

»Wahnsinn. Das ist … irre. Ich meine … Und du bist wirklich sicher, dass sie es ist?«

»Ich habe sie gesehen. Es war reiner Zufall.«

Matthew lachte auf. »Es gibt sieben Milliarden Menschen.

Wie wahrscheinlich ist es, dass sich eine Russin und eine Engländerin in Berlin über den Weg laufen?«

»Ich habe sie im Internet entdeckt. Sie arbeitet jetzt für Brown Stitchfield.«

Brown Stitchfield. *Schon heute ist der weltweit größte Industriezweig kein anderer als die Wirtschaftsspionage.* Van Straatens Rede auf der Bilderberg-Konferenz. *Nehmen Sie als Beispiel die Sozietät Brown Stitchfield mit Hauptsitz in London.* Und dann hatte er aufgezählt, welche unvorstellbaren Gelder diese Firma in Bewegung setzt. Rund um den Globus. Mit der Beratung von Partnern und Gegnern. Überall wirkten sie mit und hielten die Hand auf, saßen auf jeder Seite des Tisches. Wenn Georgia für Brown Stitchfield arbeitete, dann lag es nahe, dass die Firma sie beauftragt hatte, über Tatjanas Bruder an ihren Vater heranzukommen. Warum auch nicht? Warum sollten sie, wenn sie schon im geschäftlichen Alltag keine Skrupel hatten, jeder Seite zu dienen und sich auf jeder Seite zu bedienen, Skrupel haben, es auch auf den Ebenen des Menschlichen zu tun? Sie hatten die Macht und die Möglichkeit, das Recht auszuhebeln und die Regeln des Geschäftswesens nach ihrem Gutdünken zu manipulieren. Warum also sollten sie das nicht mit den Regeln der Moral oder der Psychologie ebenfalls tun? Warum sollten sie nicht von einer Mitarbeiterin verlangen, dass sie sich fürs Geschäft prostituierte und eine Familie zerstörte, wenn es den eigenen Umsätzen diente. Wie hatte Van Straaten gesagt: *Kriminelle Systeme haben gegenüber legalen einen großen Vorteil: Sie sind unverfälscht, weil sie keine Rücksichten nehmen.* Aber vielleicht konnte sich selbst Van Straaten nicht vorstellen, wie weit diese Firmen inzwischen gingen, um ihre Ziele zu erreichen.

*

Es war ein merkwürdiges Geräusch, das Tatjana weckte, ein dumpfer Laut, der sich anhörte, als wäre jemand vom Baum gefallen. Verschlafen sah sie auf ihr Handy: kurz nach sechs. Zu spät, um sich noch einmal gemütlich im Bett umzudrehen oder gar Matt aus dem Schlaf zu locken. Sie kämpfte sich aus seinem viel zu weichen Bett heraus und ging ins Bad. Während sie auf der Toilette saß, lauschte sie. Doch es blieb bei dem einmaligen Schlag. Das Geräusch war von der Tür gekommen. Sie spülte, wusch sich die Hände, schlüpfte in ihr Hemd und stieg in ihren Slip. Dann schlich sie sich zur Tür und blickte durch den Spion. Matt hatte ein Modell, das so raffiniert konstruiert war, dass man sogar beide Seiten des Flurs unter Kontrolle hatte, ermöglicht durch ein wahrlich geniales Froschauge.

Nichts. Auf dem Gang war niemand, auch war es vollkommen still. Zögerlich drehte sie den Schlüssel um und öffnete die Tür einen Spalt weit. Zu ihren Füßen lag ein Paket. Sie zog die Tür etwas weiter auf, dann wurde ihr klar, dass das der tägliche Stapel Zeitungen war, den Matt abonniert hatte. Er hatte beim Abladen auch dieses Geräusch verursacht: Der Zeitungsbote hatte den Packen einfach vor die Tür gewuchtet. Kopfschüttelnd hob sie ihn hoch und ließ ihn auf einen der Stühle am Esstisch plumpsen.

»Alles okay?«, fragte Matt verschlafen.

»Alles bestens. Guten Morgen!«

»Guten Morgen ist gut.« Er blickte auf die Uhr. »Ich muss in einer Stunde in der Virchowstraße sein, und dann geht es ab nach Kiel. Ein guter Morgen sieht anders aus. Warum bist du überhaupt schon wach?«

»Dein Zeitungsträger hat mir einen Schrecken eingejagt.«

»Hm? Den kenne ich nicht mal. Was hast du denn mit dem zu tun?«

»Nichts. Er hat nur seine Informationsbombe vor die Tür geschmissen – und mich aus dem Bett.«

»Oh, tut mir leid.«

»Kaffee?«

»Prima Idee.« Matthew stand auf und streckte sich. Ja, er war gut gebaut, in jeder Hinsicht. Nur die Haare hätte er sich mal wieder schneiden lassen können. »Ich springe nur rasch unter die Dusche.«

Tatjana brühte frischen Kaffee und schäumte etwas Milch auf. Dann setzte sie sich ans Fenster und blätterte den *Tagesspiegel* durch. Sie hatte einen guten Blick für Dinge, die relevant für ihre Arbeit waren. Doch an diesem Tag gaben die Wirtschaftsnachrichten nicht viel her. Das würde sich morgen ändern, wenn sie bei BraunTec ihre Pressekonferenz absolviert hatten. Eher beiläufig überflog sie die *Süddeutsche*, und gerade wollte sie schon nach der *FAZ* greifen, als sie innehielt und noch einmal den Wirtschaftsteil der *SZ* zur Hand nahm. Doch es war keine Wirtschaftsmeldung, die ihre Aufmerksamkeit fesselte, zumindest keine unmittelbare: Es war eine Todesanzeige.

Sie hörte, wie Matt das Wasser abstellte. Keine Minute später stand er vor ihr, ein Handtuch um die Hüften gewickelt, umwölkt vom herben Duft eines Männerdeos.

»Ah«, sagte er. »Dein Kaffee ist eine Offenbarung.« Er griff nach seiner Tasse und holte sich einen Stuhl, um sich zu ihr zu setzen.

»Keine schönen Nachrichten, leider«, sagte Tatjana und hielt ihm den Wirtschaftsteil hin.

»Was ist passiert. Neue Finanzkrise? Weltuntergang? Du guckst so gar nicht fröhlich …« Er blätterte.

»Seite acht.«

»Oh.« Einen Augenblick lang wusste Matthew nicht, was er sagen sollte.

»Das erklärt vielleicht, warum er nicht gekommen ist.«

»Aber am Telefon hatte er noch fit geklungen«, sagte Matthew und wusste im selben Moment, wie albern sich seine Worte anhörten. »Ich meine, er hätte doch nicht vorgeschlagen, dass wir uns in Leipzig treffen, wenn er todkrank gewesen wäre.«

»Nein«, bestätigte Tatjana. »Das hätte er sicher nicht. Vielleicht ist ihm ja auf der Fahrt etwas zugestoßen. Sicher ist jedenfalls, dass er kurz nach eurem Telefonat gestorben sein muss. Seitdem sind gerade mal drei Tage vergangen.«

»Kannst du mal in die anderen Zeitungen schauen?«

»Da wird er genauso tot sein«, stellte Tatjana mit einem zweifelnden Seitenblick fest, angelte sich dann aber trotzdem die *Frankfurter Rundschau*, während Matthew die *Sächsische Zeitung* zur Hand nahm. Er war noch schneller als sie, er war eben ein geübter Zeitungsrechercheur.

»Hier«, sagte er nach wenigen Augenblicken. »›Das Schicksal hat uns getroffen. Unser geliebter Vater, Schwiegervater und Großvater Boris Kyrijakow wurde durch einen tragischen Unfall aus dem Leben gerissen. Fassungslos stehen wir vor der Lücke, die er in unseren Leben hinterlässt. Annemarie Kyrijakow, Sonja und Bernd Wesel und Kinder.‹«

»Ein Unfall«, sagte Tatjana mit leiser Stimme. »Wie schrecklich. Ich kann ihn noch vor mir sehen, wie er in unserem Wohnzimmer saß und mit meinem Vater Tee getrunken hat.«

»Hier steht *ein tragischer Unfall.*« Matthew flüsterte. Nein, er wollte jetzt nicht über seine Arbeit nachdenken – und schon gar nicht über die Endlichkeit des Lebens. Er versuchte, den Gedanken an Kyrijakow zu verscheuchen. Voll Zärtlichkeit blickte er auf Tatjana. »Du bist nicht nur die heißeste Frau, die ich je kennengelernt habe, und die hübscheste obendrein, du bist auch noch so klug.« Er zog sie an sich und küsste sie auf Stirn und Augen. Nach wie vor war es das Beste, was Matthew sich vorstellen konnte, mit Tatjana im Bett zu sein. Es war, als liebten sich ihre Körper auf ganz eigene Art – nicht als Ausdruck geistiger Liebe oder rein sexueller Begierde. Nein, es hatte etwas, das er so von früheren Beziehungen nicht kannte. Tatjana und er waren wie zwei Magneten, die sich gegenseitig anzogen und perfekt ineinanderfügten. Am liebsten wäre ihm gewesen, alles andere auszuschalten und sich nur der Symbiose mit dieser wundervollen Frau hinzugeben.

Doch Tatjana entzog sich seinen Armen und machte den Fernseher an. Während sie sich sein Hemd überstreifte und sich aufs Bett setzte, nahm ein Bericht über ein Jointventure im Ölbusiness ihre Aufmerksamkeit gefangen. Es ging um das Gemeinschaftsunternehmen zwischen Maples Tochter Sommersberg und GasNeft.

»Kannst du nicht was Schöneres herdrehen?«, fragte Matthew und ließ sich neben sie nieder. »Ich möchte jetzt nicht ans Geschäft denken.« Er fuhr mit den Fingerspitzen über ihre zarte Haut an Hals und Schultern.

»Du weißt nicht, was da abgeht, Matt.«

»Wo abgeht? In den Konsortien?«

»Mein Gott, Matt, wie kannst du nur so naiv sein? In den Konsortien … Denkst du eigentlich immer nur in dieser Form von Wirklichkeit?«

»Gibt es denn noch eine andere?«

»Es gibt viele Wirklichkeiten, Matt! Es gibt auch die Wirklichkeit der Bauern in Sibirien, die kein fruchtbares Land mehr haben, weil alles mit Öl verseucht ist. Und die Wirklichkeit der Nordvölker, die keinen Fisch mehr fangen können, weil er so belastet ist, dass ihre Kinder krank werden. Es gibt die Wirklichkeit der sibirischen Städte, in denen alles trostlos ist. Denkst du denn nie an die Menschen, um die es letztlich geht?«

»Nichts für ungut, Tatjana, aber dafür werde ich nicht bezahlt.«

Tatjana sprang vom Bett hoch. »Ich hätte nicht gedacht, dass du so ein Arschloch bist!«, rief sie. »Wie kannst du so etwas sagen. Wenn du so denkst, dann bist du eine Maschine. Die arbeitet auch nur, wenn du Geld reinwirfst. Ich bin wirklich entsetzt.«

»Nun komm, mach es nicht größer, als es ist«, erwiderte Matthew und erhob sich ebenfalls vom Bett, halb bestürzt über den jähen Stimmungswandel, halb enttäuscht, dass die schöne Nacht ein so abruptes Ende genommen hatte. »Was kann ich denn tun? Glaubst du, für die Bauern in Sibirien ist es wichtig, was ich denke? So bedeutend bin ich auch wieder nicht. Ich finde, du lügst dir da was vor.«

Tatjana unterdrückte die Tränen. »Ich hätte nicht gedacht, dass ich mal mit so einem ... ins Bett gehe.«

»Nur weil ich die eine Gefahr für beherrschbarer halte als die andere? Was war den bitte schön mit Tschernobyl?«

»Tschernobyl war ein Unfall, Matt. Nischnewartowsk ist die Normalität!«

Erschrocken registrierte er, wie tief er sie getroffen hatte. Er trat auf sie zu und nahm sie behutsam in den Arm. »Hey, sorry, ich wollte nicht, dass das so aus dem Ruder läuft, ja? Ich bin kein Arschloch. Ich habe nur eine andere Meinung.« Und doch wusste er, dass er mehr kaputt gemacht hatte, als gut war in dieser Situation.

*

Sie würde nicht wieder zurückkehren. Es war aus. Matt war am Ende nicht besser als die anderen Männer. Aber Tatjana hatte einen Entschluss gefasst. Sie ging in ein Internetcafé in der Nähe des Alexanderplatzes und schrieb eine Nachricht:

An: i.morton@sleeping-gypsy.com
Von: tatjana.lossowa@voxcom.net
Betreff: Hi

Hi, Isa!
Kann ich ein, zwei Nächte bei dir schlafen? Ich muss kurzfristig nach London. Wäre supernett.
xo Tatjana

Danach schickte sie eine SMS auf ihr altes Handy: »Ich will Lewtuschenko sehen, dann bekommen Sie die Dokumente.«

Wenn es einen Mann gab, der den Fluch über ihren Vater beenden konnte, dann war es dessen größter Feind. Nun, da sie im Besitz der Dokumente war, konnte sie sie wenigstens nutzen. Vera Beliani wollte sie so dringend haben – und offenbar hatte die Journalistin neuerdings einen guten Draht zu Lewtuschenko. Warum also nur etwas geben, wenn man auch etwas nehmen konnte.

*

Hätte Tatjana im Bett gelegen und ruhig geschlafen, so wäre sie vielleicht zu Tode erschrocken. Doch natürlich kam sie in ihrer alten Wohnung nicht zur Ruhe. Ihre Verfolger wussten, wo sie wohnte. Dass sie ein paar Tage nicht zu Hause gewesen war, schützte sie nicht vor ihnen, sie würden sehr bald wissen, dass sie wieder da war. Tatjana fragte sich, ob zuerst die Russen oder zuerst die Deutschen vor ihrer Tür stehen würden, erst der FSB oder erst das BKA. Nein, sie war alles andere als entspannt, und so war es beinahe, als habe sie nur darauf gewartet, dass das Telefon klingelte.

»Ja?«

»Sie sind wach?«

»Wer spricht?«

»Ihre Feinde würden jetzt sagen: Jemand, der es gut mit Ihnen meint.«

»Ach, Sie sind es.«

»Sie sind erstaunlich gefasst, angesichts dessen, was Ihnen in letzter Zeit zugestoßen ist.«

»Und Sie sind erstaunlich gut informiert für jemanden, der angeblich nicht auf der falschen Seite steht, Vera Beliani.« Tatjana sah aus dem Fenster. Nichts. Noch hatten sie nicht entdeckt, dass sie wieder zurück in ihrer Wohnung war. Oder sie wollten sie in Sicherheit wiegen. Vielleicht verließ sie dann ja ihre Burg und führte sie zu den Dokumenten.

»Wo sind Sie, Tatjana Lossowa?«, wollte Vera Beliani wissen.

»An einem Ort, der nicht sicher genug ist. Haben Sie etwas für mich?«

»Im Meer des Schreckens gibt es immer auch ein paar Inseln der Hoffnung.«

»Können Sie das auch für jemanden formulieren, der schon ein paar Jahre im Westen lebt?«

»Wir haben unsere Informanten. Nicht jeder findet gut, was in unserer Heimat geschieht. Auch nicht jeder Apparatschik.«

»Das heißt, er wird mit mir sprechen?«

»Er wird mit Ihnen sprechen, Tatjana.«

»Ich vertraue Ihnen nicht.«

»Sie werden nicht anders können.« Vielleicht klang ihre Stimme ein klein wenig spöttisch. Das würde ihr vergehen, dachte Tatjana und genoss den kleinen Triumph, als sie sagte: »Ich habe Aufnahmen von Ihrem Interview mit unserem gemeinsamen Freund. Wenn Sie nicht wollen, dass ich es online stelle, sorgen Sie dafür, dass ich Ihnen vertrauen kann, Vera Beliani.«

Ein winziges Zögern. Dann antwortete die Journalistin: »Schicken Sie eine Nachricht, sobald Sie in London sind. Wir sehen uns dann dort.« Es war fast ein Flüstern. Vera Beliani war sich entweder nicht sicher, ob sie nicht abgehört wurde, oder sie hatte sich an dieses Raunen schon so gewöhnt, dass sie kaum noch anders konnte. Gut möglich, dass sie auch vermutete, dass Tatjana abgehört wurde.

Sobald Sie in London sind ... Offenbar wurden ihre E-Mails mitgelesen. Plötzlich wirkte der Bluff wie eine trotzige Reaktion eines kleinen Mädchens. Tatjana schwieg. Die Nachtansicht vor ihrem Fenster verschwamm in einem Gewirr aus Farben und Tränen. Es schmerzte, wenn jemand, der sie gar nicht kannte, sie so durchschauen konnte. Die Journalistin wusste genau, dass Tatjana das Interview nicht veröffentlichen würde.

»Was haben Sie davon?«, fragte sie schließlich.

»Ich hoffe, dass Sie noch mehr aus ihm herausholen können als ich.«

»Um was damit zu erreichen?«

»Um unser Land zu retten.«

Vera Beliani sagte das mit einer Selbstverständlichkeit, dass Tatjana auflachen musste. »Warum nicht gleich die ganze Menschheit?«

»Sicher«, erwiderte die Journalistin. »Letztlich retten wir damit auch irgendwie die Menschheit.«

ZWÖLF

Berlin, 30. Juni 2012

Beinahe hätte Tatjana Lossowa den Krankenwagen überhört, der nur eine Armeslänge entfernt an ihr vorbeiraste. Erst im letzten Moment hatte das Martinshorn die Bässe und die kreischenden Gitarren von Van Halen durchdrungen. Für einen Augenblick verspürte Tatjana das Bedürfnis, sich an Ort und Stelle zu übergeben. Doch dann hatte sie sich wieder im Griff. Sie riss sich die Headphones ihres MP3-Players aus den Ohren und atmete tief durch. *Manager-Assistentin vom Notarzt in den Tod gerissen*, schoss es ihr durch den Kopf. Sie ließ die Arme langsam kreisen, versuchte herunterzukommen, denn der Schock von eben hatte ihren Puls noch einmal ordentlich nach oben getrieben. Nach einigen Schritten am Straßenrand blieb sie wieder stehen, ging in die Grätsche und wippte mit den Fingerspitzen zur Erde. Sie war nicht mehr so fit wie noch vor ein paar Monaten. Aber das morgendliche Laufen tat ihr gut. Es war die einzige Möglichkeit für sie, einmal abzuschalten, den Kopf freizubekommen von all den Zumutungen, mit denen sie inzwischen zu kämpfen hatte. Täglich.

Als sie wieder aufsah, bemerkte sie, dass vor dem Haus, in dem ihre Wohnung war, ein Lieferwagen stand, dessen Fahrer sie durch den Seitenspiegel zu beobachten schien. Langsam ging sie auf das Haus zu. Ihr Blick glitt hinauf zu den Fenstern im zweiten Stock. Konnte es sein, dass sich der Vorhang bewegt hatte? Hatte sie die Gardinen überhaupt zugezogen? Plötzlich schien der Schweiß, mit dem sich ihr Shirt vollgesaugt hatte, zu gefrieren. Ein eisiger Schauder jagte ihr über den Rücken. Jemand war in ihrer Wohnung. Am liebsten hätte sie sich auf und davon gemacht. Aber vielleicht wussten die Besucher ja, dass sie heute später ins Büro gehen wollte. Und wenn sie es wussten: Hatten sie ihr auflauern wollen? Oder warteten sie gerade darauf, dass sie zurückkam?

Tatjana zog die Kapuze ihres Sweatshirts hoch und verdeckte so einen Teil ihres Gesichts. Mit pochendem Herzen schlenderte sie so beiläufig wie möglich auf den Lieferwagen zu, studierte aus den Augenwinkeln Kennzeichen, Aufschrift und den Fahrer und setzte dann ihren Weg fort, als hätte das alles nichts mit ihr zu tun – und vor allem: als wäre hier nicht ihre Wohnung.

Nach wenigen Metern blieb sie stehen, verschränkte die Arme hinter dem Kopf und drehte sich – Dehnübungen vorgebend – hin und her, um so unauffällig zum Haus blicken zu können. Eindeutig, es war jemand in ihrer Wohnung. Aus der Entfernung konnte sie die Lampe im Flur brennen sehen. Die Lampe, die man auch tagsüber immer brauchte, um etwas im Schrank zu finden. Kleider. Schuhe. Oder womöglich versteckte Unterlagen?

Vielleicht war ihr Blick einen Moment zu lange dort oben hängen geblieben. Jedenfalls starrte der Fahrer des Lieferwagens sie auf einmal mit ganz anderem Gesichtsausdruck an: Hatte er sie erkannt? Schnell wandte Tatjana sich ab und entfernte sich. Sie überlegte, ob sie in die nächste Seitenstraße abbiegen sollte. Von dort aus konnte sie vielleicht unauffällig beobachten, was sich in ihrem Haus zutrug. Auf einmal hörte sie das Geräusch eines anspringenden Motors. »Okay«, flüsterte sie. »Mal sehen, wer schneller ist.« Dann rannte sie los.

*

Berlin, 30. Juni 2012

Der Wahlkampf war unendlich anstrengend. Während Schneider mit jeder weiteren Veranstaltung neue Kraft zu schöpfen schien, fühlte sich Matthew von Tag zu Tag mehr wie ein lebender Leichnam. Ein Achtzehnstundentag in Berlin war die pure Erholung gegen den Wahnsinn, den er jetzt auf der Tour durchs Land erlebte. Denn sosehr Schneider den sogenannten einfachen Mann von der Straße verachtete, so sehr war ihm doch die Gabe zu Eigen, sich ebendiesen einfachen Leuten anzubiedern und ihnen vorzugaukeln, er sei einer von ihnen. Objektiv war er das ja auch – aber nach seinem eigenen Empfinden war der Brioni-Anzug für ihn gewissermaßen erfunden worden und der Rest des Universums auch. Er war der unangefochtene Sonnenkönig, der Mittelpunkt allen Seins. Die Herablassung, die er seinen Untergebenen und auch seinen Wahlhelfern vor Ort entgegenbrachte, war beispiellos. Schneider war jenseits aller moralischen Kategorien. Aber er war unzweifelhaft das Zugpferd seiner Partei. Wenn sie gewinnen wollten, konnten sie das nur mit ihm – und durch ihn. Er war der Erste, der diese Erkenntnis teilte, und so umgab ihn eine Aura von Erfolgswillen und Siegessicherheit. Beinahe messianisch übertrug sich diese auf seine Zuhörer.

Nur eben nicht auf Matthew. Der kämpfte mit einer Sommergrippe und mit Umfragewerten, die zwar endlich stiegen, aber immer noch weit entfernt waren von einer Mehrheit, egal in welcher koalitionären Konstellation. Außerdem kämpfte er mit der Situation, die in seinem Leben eigentlich gar nicht vorgesehen war: Er litt unter der Trennung von Tatjana. Sie fehlte ihm, sie fehlte ihm so sehr, dass es wehtat. Etwas, das Matthew nicht kannte. Er war kein Mensch, der unter Heimweh litt, er dachte so gut wie nie an seine Familie, die in England lebte. Und wenn er Weihnachten dorthin fuhr, blieb er mit dem Kopf an seinem Arbeitsplatz in Deutschland. Doch jetzt war es anders, jetzt war es, als hätte er einen lieb gewonnenen, einen unverzichtbaren Körperteil eingebüßt, und ein Phantomschmerz würde ihn niederdrücken. Unauffällig sah er sich Bilder an, die er von ihr gemacht hatte, las alte Nachrichten, die sie ihm geschickt hatte – und schrieb einmal mehr: »Entschuldige. Ich wollte so nicht sein. Ich liebe dich! Matt.« Nur dass keine Antwort kam.

*

Kurz überlegte Tatjana, ob sie nicht zurück zum Teutoburger Platz sprinten sollte, dorthin, wo sie zuvor gejoggt hatte. An dieser Stelle könnte sie den Verfolger leicht loswerden, weil man nicht mit dem Auto in den Park fahren konnte. Aber dann hatte sie eine andere Idee. Sie blieb auf der Fehrbelliner Straße und ließ den Wagen nah an sich herankommen, während sie die Choriner Straße überquerte. Doch dann, der Lieferwagen hatte sie gerade überholt und bremste ab, schlug sie einen Haken und lief die Choriner Straße hinunter. Sie hörte das wiehernde Geräusch des Rückwärtsgangs, ehe das Auto hinter ihr Vollgas gab und ihr folgte. Es dauerte nur wenige Sekunden, bis der Fahrer Tatjana erreicht hatte.

Die an der Seite parkenden Fahrzeuge schützten sie bis zur nächsten Kreuzung – und danach wurde die Fahrbahn eine Einbahnstraße, die in der entgegengesetzten Richtung benutzt werden durfte. Tatjanas Verfolger stieg auf die Bremse, zögerte. Wertvolle Zeit, die sie nutzte, um einen Vorsprung zu gewinnen.

An der Kreuzung stand ein Streifenwagen der Polizei. Leer. Weit und breit waren keine Beamten zu sehen. »Scheiße!«, schrie Tatjana und sah sich um. Der Lieferwagen war stehen geblieben, offenbar wollte der Fahrer nicht riskieren, von der Polizei gestellt zu werden. Er bog scharf links ab, während Tatjana geradeaus über die Kreuzung lief. Er würde ihr von vorn entgegenkommen. Wenn sie nicht eine andere Richtung wählte. Sie wartete, bis der Verfolger keinen Sichtkontakt mehr zu ihr hatte, dann wandte sie sich nach rechts in die Zehdenicker Straße. Hundert Meter entfernt standen zwei Baucontainer. Gelegenheit, für einen kurzen Moment durchzuatmen. Hinter den gelben Stahlwannen blieb sie stehen und rang nach Luft. Eine alte Frau mit Gehstock, die sich im Schatten der Container ein wenig vor der schon morgens heißen Sonne schützen wollte, trat zu ihr: »Alles in Ordnung, Kindchen?«

Tatjana sah, wie die alte Frau schwankte – bis sie kapierte, dass sie selbst es war, deren Kreislauf kurz vor dem Zusammenbruch war. »Alles …« Sie hielt sich an der kühlen Containerwand fest. »Alles gut. Danke«, stammelte sie.

Im selben Moment erblickte sie den Lieferwagen, der langsam auf die Kreuzung zurollte, an der sie ihn vorhin abgehängt hatte. Immer noch stand das Polizeiauto dort, und immer noch war kein Beamter auszumachen.

Der Wagen blieb stehen, dann schlug der Verfolger das Lenkrad nach links ein und fuhr direkt auf die Container zu. Tatjana drückte sich ganz eng an deren Rückseite. Die alte Frau sah von ihr zu dem Fahrzeug und wieder zurück. Dann murmelte sie: »Gott, Kindchen, Sie sind ja ganz durcheinander.

Vielleicht hat der Fahrer dort ein Handy, damit wir einen Arzt für Sie rufen können.« Und noch ehe Tatjana sie zurückhalten konnte, trippelte die alte Frau mit ihrem Stock auf die Straße und winkte dem Fahrer des Lieferwagens stehen zu bleiben.

Das war der Augenblick, in dem Tatjana ihre letzten Reserven mobilisierte und davonrannte, einfach die Straße hinunter, direkt auf den Volkspark zu. Und dann, weil sie zur U-Bahn wollte, nach links Richtung Rosenthaler Platz. Hinter sich hörte sie einen Mann brüllen, die alte Schlampe solle von der Straße gehen. Sie hätte die Situation zum Lachen gefunden, hätte sie noch Kraft zum Lachen gehabt. Stattdessen polterte sie durch die dicht gestaffelten Tische, die den Weinbergsweg mit seinen vielen Lokalen säumten. Mit quietschenden Reifen bog der Lieferwagen hinter ihr um die Ecke. Wieder waren es die parkenden Autos, die sie schützten. Und dann tat sich vor ihr der Rosenthaler Platz in seiner wundervollen Hässlichkeit auf. Noch nie hatte sie diesen grauen lauten Flecken Erde so geliebt. Sie stürmte die Treppen zur U-Bahn hinunter, flog förmlich über den Bahnsteig und erwischte tatsächlich im letzten Moment, ehe die Türen schlossen, einen Zug. Als sie sich umdrehte, sah sie den Fahrer des Lieferwagens, der sie bis hinunter zu den Bahnsteigen verfolgt hatte, draußen stehen. Geschafft!

*

Von einem Augenblick auf den anderen fühlten sich ihre Beine so schwer an, dass sie auf den Boden sank und schluchzte. Ihr war, als vibrierte die Tür in ihrem Rücken, aber natürlich war es ihr eigenes Zittern. Ein paar Minuten lang saß Tatjana Lossowa erschöpft auf dem Fußboden des Hotelapartments am Alexanderplatz. Sie hatte keinen anderen Ort gewusst, an den sie sich hätte retten können – und nachdem sie noch die Schlüsselkarte gehabt hatte … Matt war zum Glück nicht da, sie hätte nicht gewusst, was sie ihm sagen sollte.

Noch hatte sie ein paar von ihren Sachen hier, die sie rasch in eine von Matts Reisetaschen verstaute. Handy und Geldbörse hatte sie bei sich gehabt, in Letzterer befand sich ihr Pass mit einem nach wie vor gültigen Visum für das Vereinigte Königreich. Sie brauchte gar nicht mehr zurück in ihre Wohnung am Prenzlauer Berg. Jetzt musste sie nur noch unerkannt ins Internetcafé gelangen, um einen Flug zu buchen, und die Zeit herumbringen, bis die Maschine startete. Eine Zeit, in der sie nicht entdeckt werden durfte.

Sie duschte, nahm sich eines von Matts weißen T-Shirts und eine taillierte Anzugjacke, hängte diese aber wieder weg und entschied sich, in einem der Läden am Alexanderplatz ein einfaches und unauffälliges Outfit zu kaufen.

Eine Stunde später hatte sie alles Nötige erledigt und saß im Kino, wo sie den Abend herumbrachte. Dann machte sie sich auf den Weg zum Flughafen. Sie fuhr nicht direkt dorthin, sondern stieg zunächst in einen Bus Richtung Charlottenburg, danach wechselte sie in einen anderen Bus, der einen großen Bogen über das Westend zum Kurt-Schumacher-Platz machte, von wo aus sie Tegel ansteuerte. Sie hatte Zeit. Je weniger sie davon am Flughafen zubrachte, umso besser.

Im Friseursalon in Tegel kam sie sofort dran. Nachdem sie sich einen neuen Kurzhaarschnitt und eine kastanienbraune Tönung hatte verpassen lassen, kaufte sie sich etwas Make-up und schminkte sich auf der Damentoilette, las noch die Zeitungen vom Tage und machte sich dann auf zu den Schließfächern. Die Dokumente zu holen, einzuchecken und die Sicherheitskontrollen zu passieren dauerte insgesamt kaum mehr als fünf Minuten. Es waren die fünf Minuten mit den meisten Herzschlägen in ihrem bisherigen Leben. In jedem Menschen sah Tatjana einen Verfolger.

Am Gate positionierte sie sich hinter einer Säule und beobachtete die Reisenden. Auf der Fahrgastbrücke klammerte sie sich an Matts Reisetasche, als hinge ihr Leben davon ab. Aber irgendwie tat es das ja auch. Im Flugzeug zwängte sie die Tasche zwischen sich und das Fenster, sodass sie kaum Platz zum Sitzen hatte. Das Handy hielt sie in der Faust wie eine Waffe. Als die Maschine endlich abhob, sprach sie lautlos ein russisches Gebet, das ihr ihre Mutter einst beigebracht hatte. Sie hatten es damals für Nikolai gesprochen, damit er wieder gesund werden würde. Jetzt sprach sie es nicht nur für ihn, sie sprach es für die ganze Familie. Eigentlich sprach sie es für das ganze Land. Denn das alte liebe Russland war vom Krebs zerfressen, und der Krebs fraß sich immer weiter. Vielleicht war die Medizin, die sie in ihrer Tasche barg, ein gutes Mittel dagegen. Sie hoffte es.

*

London, 1. Juli 2012

Isabel Morton hasste es, im Auto zu warten. Die Sonne brannte auf London herab, als ginge nicht der Null-Meridian, sondern der Äquator mitten durch die Stadt. Und vom Flughafen her stank es so mörderisch nach Kerosin, dass Isabel die Fenster geschlossen ließ, um nicht in Ohnmacht zu fallen. Entsprechend kochte sie seit einer Stunde, sogar seit etwas mehr als einer Stunde, während sie am Haupteingang des Londoner Flughafens Gatwick darauf wartete, dass irgendwann ihre ehemalige Mitbewohnerin aus dem Flughafengebäude stöckelte. Sie checkte ihre E-Mails, ging alle paar Minuten auf die App, die ihr den aktuellen Status von Flug Nr. 5412 anzeigte, und stellte einmal mehr fest, dass die Maschine längst gelandet war. Zweimal telefonierte sie mit ihrem Büro, hörte im Radio eine Reportage über den Klimawandel am Polarkreis und versuchte wieder und wieder, Tatjana zu erreichen – bis sie diese endlich herauskommen sah. Sie hätte sie fast nicht erkannt: Statt High Heels trug Tatjana Jeans und Turnschuhe, die Frisur einer Kindergärtnerin und eine Jacke, die für das Wetter viel zu warm war. Nur die riesige Gucci-Sonnenbrille zeigte an, dass da die Tussi kam, die noch vor zwei Jahren den Campus gerockt hatte. Sie ließ die Scheibe runter.

»Tatjana?«

»Bella! Danke, dass du hier bist!« Tatjana warf ihre Tasche auf den Rücksitz und stieg ein.

»Ist das alles, was du an Gepäck dabeihast?«

»Ja, das ist alles.«

»Warum hast du dann da drin so lange gebraucht? Hast du eine Stunde am Gepäckband gestanden?«

»Nein. Die Passkontrolle hat so lange gedauert. Du weißt, ich bin Russin, da gibt es manchmal Schwierigkeiten mit den Behörden.«

»Oh. Verstehe.« Froh, endlich von diesem verpesteten Ort wegzukommen, drückte Isabel Morton aufs Gas und jagte Richtung City davon. »Hattest du wenigstens einen guten Flug?«

»Du meinst, weil ich mit einer Billig-Airline in Gatwick gelandet bin und nicht in Heathrow? Nein, alles bestens. Das Büro hat mir den Flug gebucht.«

Isabel Morton musterte Tatjana aus den Augenwinkeln. »Du siehst nicht nach Business-Trip aus.«

»Absicht. Das gehört zum Plan«, erwiderte Tatjana und kurbelte ihr Fenster herunter. »Mann, ihr habt hier ja ein geiles Wetter.«

»Stimmt. Wenn man nicht gerade vor dem Haupteingang von Gatwick im Auto kocht, ist es ziemlich gut.«

»Entschuldige, Bella. Das tut mir echt leid.«

»Schon in Ordnung. Hast du schon was gegessen? Wollen wir ins *Jimmy's* gehen?«

»Ehrlich gesagt, mir wäre lieber, ich könnte schnell eine Dusche nehmen, und wir essen bei dir was und reden ein bisschen über alte Zeiten.«

»Geht klar«, sagte Isabel Morton und versuchte, noch etwas mehr Tempo aus ihrem alten Renault herauszuholen.

Als sie eine Dreiviertelstunde später in dem kleinen Wohnzimmer saßen, das Isabel aus Tatjanas ehemaliger Bude gemacht hatte, sahen sich beide lange an. »Total nett von dir, dass ich für zwei Nächte hier schlafen kann. Ich werd richtig nostalgisch.« Tatjana hob das Bier, das ihr Isabel in einer Flasche hingestellt hatte, und prostete ihr zu.

Doch ihre ehemalige Wohngenossin reagierte nicht, sondern sah sie nur unverwandt an, bis sie aufstand und ans Fenster trat, um auf die glühende Stadt zu schauen. »Was ist los, Tatjana? Du hast doch keinen Geschäftstermin hier. Die hätten dich weder auf Gatwick gebucht, noch hätten sie dir kein Hotelzimmer gezahlt. Das hättest du dir im Übrigen auch selber zahlen können. Was willst du also von mir?«

Überrascht stellte Tatjana die Flasche wieder auf den Glastisch, an dem sie sich während ihrer Zeit in London so oft gestoßen hatte. »Ich ... ich wollte dir nicht zur Last fallen, Bella, ehrlich. Entschuldige, wenn ich dich in Verlegenheit gebracht habe. Ich dachte nur, wenn ich schon nach London muss, dann besuche ich doch gleich meine beste Freundin, und wir haben ein bisschen Spaß miteinander. Es ist fast zwei Jahre her, dass wir uns gesehen haben.«

»Zwei Jahre, die vergangen sind wie im Flug. Ich glaube

nicht, dass ich öfter als dreimal an dich gedacht habe – und das auch nur, wenn ich wieder irgendwo eine hinterlassene Socke von dir gefunden habe oder einen Lippenstift, der unter den Badezimmerschrank gerollt war. Und erzähl mir nicht, dass es bei dir anders war. Du hast hier bis gestern kein einziges Mal angerufen oder mir eine Mail geschrieben.«

»Bella, ich …«

»Du hast mich gehasst.«

»Ich habe dich nicht gehasst«, erwiderte Tatjana betroffen.

»Na gut, du hast mich verachtet.« Isabel Morton drehte sich um und sah mit einer Mischung aus Bitterkeit und Verwirrung auf sie herab. »Was ist los mit dir, Tatjana Lossowa?«

»Ich stecke in Schwierigkeiten. In ziemlich großen Schwierigkeiten.« Und als hätte sich der liebe Gott eine kleine Ironie mit ihr erlaubt, gab ihr Handy ein leises »Pling« von sich, und auf dem Display erschien eine Nachricht von Mike Wörner: »Verdammt, wo bist du?«

DREIZEHN

Baden-Baden, 9. Juli 2012

Als Dörte Schneider aus der Maschine stieg, hätte Matthew sie zuerst beinahe für eine Stewardess gehalten. Sie hielt ihre Föhnfrisur in den staubigen Wind, als wollte sie für Haarspray Reklame machen. Doch auf den zweiten Blick erkannte er sie. »Frau Schneider, hallo!« Er lief auf sie zu und winkte ihr, seine Hand zu nehmen, obwohl die Treppe des kleinen Propellerflugzeugs gerade mal eine Handvoll Stufen hatte. Der Motor ratterte, an der Seite der Maschine stand in grünen Lettern »Winkler Airways«, auf dem Rollfeld standen zwei gemietete Toyotas – die ganze Szenerie wirkte wie Dallas für Arme. Immerhin konnte die Schneider Matthews Grinsen für den verzweifelten Versuch von Höflichkeit halten, während er sie vom Lärm weg in den Fond des vorderen Wagens komplimentierte und sich dann neben sie auf die Rückbank warf. Er war mit Schneider aus Würzburg gekommen, Schneiders Frau aus Berlin. Das also war sie, die Gattin des Großen Vorsitzenden. Jung, dynamisch, modern – und mit einem Schielen, das man nicht anschauen durfte, wenn man nicht selbst anfangen wollte zu schielen. »Ich hoffe, Sie hatten einen guten Flug!«, sagte Matthew und tippte dem Chauffeur auf die Schulter, damit sie endlich fuhren.

»In einer Bananenkiste wäre es komfortabler gewesen.«

Immerhin hatte sie Humor. »Tja«, erklärte Matthew. »Wir

sind spät dran. Sie werden leider nicht viel Zeit im Hotel haben.«

»Ich hoffe, wir sind wenigstens im Brenners?«

»Natürlich, Frau Schneider. Sie wissen doch, wir tun, was wir können.«

»Dann sehen Sie zu, dass ich noch einen anständigen Friseur aufs Zimmer bekomme. So kann ich ja kaum zu der Veranstaltung gehen, oder?« Sie drehte sich zu ihm, und er tat das Unvermeidliche: Er sah ihr ins Gesicht. Die Fratze, die er zog, um nicht schallend zu lachen, stieß bei Dörte Schneider auf Befremden. »Also so schrecklich sind meine Haare ja wohl auch nicht«, sagte sie pikiert. »Sehen Sie sich mal Ihren Wischmopp an, bevor Sie hier so eine Miene ziehen.«

Innerlich dankte Matthew Gott, dass er ihm mit dieser Bemerkung die Möglichkeit gab, freiheraus zu lachen – was er dann auch tat. »Sie sind wirklich witzig«, warf er zwischendurch ein, um seinen Ausbruch zu begründen. Doch die Gefahr blieb, weshalb er sich auf den Trick versteifte, praktisch ständig auf sein Handy zu sehen, auch wenn Dörte Schneider mit ihm sprach.

»Wer wird alles da sein, heute Abend?«

»Der *Bild*-Chef …«

»Gott, der ist ja immer dabei.«

»Friederike von Anhalt, die Begum, Thomas Werkmann, Hannelore Fischer, der Ministerpräsident von Baden-Württemberg, der Bundesinnenminister, die ehemalige Bundestagspräsidentin, natürlich Dustin Hoffmann als Preisträger, John Malkovich …«

»Was für eine Mischung! Aber schon erstaunlich, was? Er bekommt sie alle. Jedes Jahr. Egal ob gerade Weltwirtschaftskrise ist, Revolution in Arabien, Krieg im Irak oder ob ein Irrer in Amerika den Osterhasen erschossen hat.«

»Kann man so sagen«, bestätigte Matthew, unablässig den Blick auf sein Handy geheftet. »Pagel ist ein Meister seines Fachs.«

»Und welches Fach wäre das?«

»Menschen sammeln. Er hätte auch Papst werden können. Sie verstehen? Der Papst, der Menschenfischer …«

»Keine Ahnung, was Sie damit sagen wollen. Hauptsache, Sie werden selbst draus schlau.«

»Juliette von Wismuth wird auch da sein.«

»Ach. Das wundert mich. Hat sie nicht eine Abtreibung hinter sich?«

»Ich äh …« Matthew war für einen Augenblick sprachlos. Sprach man in diesen Kreisen über so etwas? Oder machte die Gerüchteküche nicht einmal vor diesem Thema Halt?

»Egal«, fuhr die Schneider ungerührt fort. »Sehen Sie bloß zu, dass sie weit weg von meinem Mann sitzt. Ich kann diese Frau nicht ausstehen.«

»Klar«, murmelt Matthew und beeilte sich, eine SMS an die Wahlkampfsecurity zu schicken, die schon vor Ort war, damit die sich darum kümmerte. Wenn er gedacht hatte, dass Schneider anspruchsvoll war, dann hatte er seine Frau noch nicht gekannt.

*

Die Feier bestand im Wesentlichen aus dem roten Teppich, der vor dem Kurhaus Baden-Baden ausgelegt worden war, und den Getränken, mit denen sich die Publicity-Süchtigen darüber hinwegtrösteten, dass die Reden so trostlos waren. Schneider hatte es sich ja nicht nehmen lassen, neben der Begrüßungsrede von Pagel und der Laudatio von Malkovich auf seinen alten Freund Hoffmann noch eine zusätzliche Mini-Laudatio auf Pagel zu halten, nur um zwei Zeilen mehr in den

Klatschspalten von *Bild*, *Bunte* und *Gala* zu bekommen. »Es gibt inzwischen so viele Preise, dass man leicht den Überblick verliert. Aber einen Preis wie diesen gibt es nicht sehr oft. Was mir gefällt, lieber Harry Pagel, das ist, dass es hier nicht darum geht, sich wichtig zu tun. Hier verfolgt keiner politische Interessen oder wirtschaftlichen Egoismus. Dein Preis ist nichts als reine Anerkennung! Das gefällt mir. Das würde ich mir auch von anderen Institutionen wünschen, die Preise ausloben.«

Alle hatten sie genickt, alle. Sie waren gekommen, um sich wichtig zu tun, um politische oder wirtschaftliche Interessen zu verfolgen, jeder aus gänzlich egoistischen Gründen, ausschließlich. Am allermeisten traf das auf Pagel zu, der sich alljährlich mit der Crème de la crème schmückte und im Hinterzimmer seine Geschäfte abschloss. Ja, alle hatten sie genickt, der ganze verlogene Haufen. Immerhin hatte er den wunderbar zitierbaren Satz gesagt: »Jeder Bürger müsste einen solchen Preis bekommen. Jeder, der an unserem Gemeinwesen teilnimmt, der seine Steuern zahlt, wählen geht, Kinder großzieht. Jeder müsste dafür mehr Anerkennung bekommen.« Und noch während Schneider sprach, twitterte Matthew diesen wundervollen Satz in die Welt: »Jeder Bürger müsste mehr Anerkennung bekommen.« Separat mailte er die Zeile an die Nachrichtenagenturen sowie an die großen Tageszeitungen und Sender mit dem Vermerk: »Die vollständige Rede erhalten Sie in der nächsten Stunde mit gesonderter E-Mail.«

In der Menge entdeckte Matthew einen Fotografen, den er kannte und der für eine Bildagentur arbeitete.

»Hi, Francis«, sagte er. »Hast du Schneider auf dem roten Teppich?«

»Arbeitest du jetzt etwa für Schneider? Ich dachte, du bist mit Van Straaten hier.«

»Van Straaten? Den hab ich noch gar nicht gesehen.«

»War auch nur kurz mit seiner Frau auf dem Teppich. Wahrscheinlich sitzen die wichtigen Herren schon hinten bei Zigarren und Geschäften.«

Matthew nickte. »Da könntest du recht haben. Darf ich mal sehen?«

»Van Straaten oder Schneider?«

»Am besten beide.«

Der Fotograf hielt ihm seine Kamera hin und rief auf dem Display die Bilder auf. »Hier, das ist der Schnappschuss des Tages«, sagte er und nickte zu einer Aufnahme von Schlagersternchen Sina hin, die auf dem Teppich gestolpert und der dabei der Rock bis über die Schultern hochgeweht war.

»Hübsche Unterwäsche.«

»Aber hallo! Ich wette, das hat kein anderer drauf, weil die alle noch die Bismarck abgeschossen haben, als das passiert ist.«

»Und Van Straaten? Beziehungsweise Schneider?«

»Hier, Van Straaten mit seiner Frau. Sie sieht ja verblüffend gut aus, finde ich. Wenn sie nicht gar so dünn wäre. Jedenfalls hat sie eine super Visagistin.«

»Kann ich bestätigen«, murmelte Matthew, der auf die Bilder von Schneider wartete. Und dann kamen sie endlich. Dörte Schneider blickte, hingebungsvoll an seinem Arm hängend, zu ihrem Mann auf und himmelte ihn an. Und tatsächlich: Ihr fieses Schielen hatte sich auf den Bildern in einen bewundernden Silberblick verwandelt. Fast war es, als blicke sie in höhere Sphären, wie sie ihn so anstrahlte. Und es war auch ein Wunder, denn die Schneider war eine so zynische Person, dass sie selbst ihren Mann wie einen Treteimer behandelte. Von Bewunderung normalerweise keine Spur. »Perfekt«, sagte Matthew. »Sehen super aus. Gratuliere.«

»Danke. Ich muss jetzt wieder …«

»Ja, mach nur.« Matthew sah den Fotografen in der Menge verschwinden. Er selbst würde nun rasch die frei gehaltene Rede von Schneider nachdichten und auf den Weg in die Redaktionen bringen. Vielleicht konnte er auf die Weise nicht nur die Klatschpresse bedienen, sondern auch die Seiten in den großen Zeitungen, die unter der Rubrik »Vermischtes« oder »Panorama« liefen. Er warf noch einen Blick in die Runde, dann verschwand er durch eine Tür in einen Nebenraum.

»Oh Matthew!«, rief Bernhard Van Straaten. »Schön, Sie zu sehen.«

*

London, 9. Juli 2012

Das Haar war anders. Sie trug es länger und hatte es gefärbt. Ein rötliches Braun, ein Haselnusston, der sehr gut mit ihren dunklen Augen kombinierte. Aber die Augen konnte sie nicht ändern. Ihr Blick würde immer unverwechselbar sein, diese großen runden Augen und die langen Wimpern. Männer mussten ihrem Blick verfallen. Nikolai war ihr verfallen. Keine Frage, sie war es. Auch wenn sie schmaler geworden war, sich jetzt Gail Warrington nannte und im Businesskostüm durch das Foyer stöckelte. Tatjana war sich so sicher, dass sie eine Gänsehaut bekam. Sie saß am anderen Ende der Eingangshalle auf einer der schwarzledernen Sitzgruppen. Beinahe zwei Stunden hatte sie gewartet, der Portier war mehrmals zu ihr gekommen und hatte sie gefragt, ob er ihr helfen könne. Menschen, die einfach nur herumsaßen, waren in einer Welt, in der Zeit in engen Takten und zu hohen Tarifen berechnet wurde, suspekt.

Tatjana hatte Zeit gehabt, die Architektur des Gebäudes zu studieren.

Es war erstaunlich: Die Mittel waren immer noch dieselben wie vor hundert Jahren. Die Eingangshalle des Londoner Büroturms, in dem Brown Stitchfield seine Zentrale hatte, war so riesig und vor allem so hoch gebaut, dass jeder, der durch sie hindurchging, sich fühlen musste wie ein Besucher der Russischen Botschaft in Berlin. Hitlers Reichskanzlei musste nach diesem Prinzip errichtet worden sein.

In einer einzigen fließenden Bewegung griff sie nach ihrer Tasche, stand auf und eilte zu den Aufzügen. Sie gab sich den Anschein, als wollte sie an ihnen vorbei zum Ausgang gehen, doch dann bog sie scharf ab und huschte durch die sich bereits schließende Tür von Fahrstuhl Nummer sieben, wo sie sich hinter die Frau zwängte, auf die sie gewartet hatte.

Es war das gleiche Parfum, immer noch. Als sich die Tür wieder öffnete, stiegen beide aus, und Tatjana drückte ihr im Vorbeigehen so schnell, dass eine Reaktion gar nicht möglich war, einen Zettel in die Hand: »Wo warst du?«

*

Es war mehr als deutlich, dass Dörte Schneider nicht amüsiert darüber war, an dem Flug nach St. Gallen nicht teilnehmen zu können. Wirklich verärgert aber war sie, weil Matthew stattdessen ihren Mann im Helikopter begleiten durfte. Mit dem Hubschrauber zu fliegen, das war so ein typisches Politiker-Privileg, an dem sie teilhaben wollte. Auch frustrierte es sie, dass sie auf dem Weg zum Flughafen zu viert im Fond eines dieser bescheuerten Wahlkampf-VW-Busse saßen, auf dem außen in grellen Farben »Hansjürgen Schneider – Für eine bessere Zukunft« stand. Sicher, ein Wahlkampf war nicht die Zeit für schwarze Limousinen, aber man hätte sich ja aufteilen und die Crew mit dem Bus vorausschicken können, und sie und Hansjürgen wären ihr dann im schicken BMW gefolgt. Auf der Fahrt giftete sie deshalb gegen alle, die ihr in den letzten Stunden begegnet waren – vor allem aber gegen Matthew, natürlich ohne ihn auch nur ansatzweise mit Namen zu nennen. »Deine PR ist so scheiße, Hansjürgen«, stellte sie etwa fest und drehte sich dabei so weit zu Matthew, dass er es unmöglich überhören konnte. »Wann machst du mal was, was die Leute interessiert? Statt an dieser blöden Preisverleihung teilzunehmen, hättest du eine Homestory mit der *Bunten* vereinbaren können.«

»Aber Schatz, du wolltest doch keine Homestorys«, stellte Schneider trocken fest, während er seine E-Mails checkte.

»Bei euren Umfragewerten darf man nicht speziell sein. Man muss es halt mit Fingerspitzengefühl machen. Aber dafür hast du wahrscheinlich nicht das richtige Personal.« Wieder sprach sie halb in Matthews Richtung.

»Das können wir immer noch arrangieren, wenn du es möchtest, Schatz. Die Wetzel geht bestimmt darauf ein. Was meinen Sie, Doc?«

»Garantiert. Ich kann sie gleich anrufen.« Matthew griff zu seinem Handy, doch Schneider winkte ab. »Lassen Sie uns das schön in den Plan passen. Ich muss erst sehen, wann ich wieder in Detmold bin.«

»Du willst sie in unser Haus in Detmold lassen?«, fuhr Dörte Schneider ihren Mann an.

Der Wirtschaftsminister sah sie perplex an. »Ich dachte, du willst eine Homestory.«

»Aber doch nicht in Detmold! Da kommen wir ja rüber wie kleine Habenichtse.«

»Schatz, fast alle Wähler sind Habenichtse. Die finden das gut, wenn einer wie du und ich zur Wahl stehen.«

»Du und ich – wir sind aber keine Habenichtse«, erwiderte Dörte Schneider und klappte wütend ihre Handtasche auf. »Du bist Wirtschaftsminister. Da sollte man auch was von Wirtschaft verstehen. Und wer das tut, ist kein Habenichts. Gott, ich frage mich, warum ich nicht in die Politik gehe. Gegen solche Amateure wie euch würde ich haushoch gewinnen!«

»Also, was schlägst du vor?«, fragte Schneider, ohne auf ihre letzten Gedanken einzugehen. Er war ein Meister im Verdrängen und in der selektiven Wahrnehmung. Vor allem wenn es um Dinge ging, die Frauen sagten.

Mit einem lauten Plopp zog Dörte Schneider die Kappe eines Lippenstifts ab, der so rot war, als hätte sie an diesem Abend noch eine Menge vor. »Ich schlage vor, Herr Meyer macht einen Plan. Er soll uns ein schönes Haus in Berlin suchen oder wo auch immer, wo wir dann ein hübsches Shooting mit einem Fotografen der Zeitschrift haben werden.«

Matthew beugte sich vor und hob die Hand. »Entschuldigung, Frau Schneider, nur verständnishalber: Sie wollen die Homestory woanders machen? Nicht in Ihrem Haus?«

»Natürlich nicht in meinem Haus.«

»Und auch nicht in Ihrer Berliner Wohnung? Ich meine, die sieht doch prächtig aus und ist weitläufig, da könnten wir bestimmt …«

»Auch nicht in meiner Berliner Wohnung.« Sie packte den Lippenstift wieder weg, zog einen Taschenspiegel hervor, drehte ihr Gesicht ein wenig hin und her, schenkte sich selbst ein zufriedenes Lächeln und beschied Matthew: »Nichts Prunkvolles und nichts Armseliges, verstehen Sie? Ich möchte eine Location, wo jeder gerne leben würde.«

»Dann könntest du doch auch unser Haus in Detmold nehmen«, sagte Schneider missmutig, während draußen der Flughafen in Sicht kam.

»Unser Haus in wo? Hansjürgen, ich glaube nicht, dass ich einen einzigen Menschen kenne, der in Detmold leben möchte. Egal was es für ein Haus ist.«

*

Als eine der Letzten kam Gail Warrington aus dem Konferenzraum. Sie warf ihr Haar über die Schulter, sah sich oberflächlich im Foyer um, dann steuerte sie auf die Damentoilette zu. Keine Minute später stand Tatjana neben ihr und sah sie im Spiegel an. »Du bist dünn geworden.«

Nur kurz rang die hochgewachsene Frau mit den makellosen Zügen um Fassung. »Tatjana«, flüsterte sie und hielt sich am Waschbeckenrand fest.

»Weißt du, was mit Nikolai passiert ist?«

Sie hielt einen Moment inne, dann nickte sie. Hatte sie Tränen in den Augen? »Ja«, sagte sie leise. »Es tut mir unendlich leid.«

»Gail Warrington?«

»Das ist mein echter Name.«

»Das heißt, Nikolai wusste nicht einmal, wen er heiratete?«

Sie nickte. Seufzte. Blickte zur Seite.

»Warum hast du ihn verlassen, Georgia?«

Die schöne junge Frau drehte sich zu Tatjana um. Ihre Augen waren so tief, dass man sich darin hätte verlieren können. Oh Nikolai, wie gut kann ich dich verstehen, dass du dich in diese Frau verliebt hast, dachte Tatjana.

»Ich musste es tun«, sagte Georgia. »Ich hatte mich in ihn verliebt.«

Irgendwo tropfte ein Wasserhahn. Das Geräusch betonte die Stille, die für einige Augenblicke herrschte.

»Sie hatten mich auf ihn angesetzt, verstehst du?«

Tatjana verstand. Und sie war so tief gekränkt, dass sie kein

Wort sagen konnte. Ja, sie hatte es geahnt, sie hatte es gewusst. Aber immer noch war da ein Funke Hoffnung gewesen, dass sie sich täuschte, dass Georgia wirklich der Mensch war, den sie kennengelernt hatte. Den sie glaubte, kennengelernt zu haben.

»Ich habe das nicht gern gemacht. Ich meine, welche Frau heiratet freiwillig einen Mann, nur um an seinen Vater heranzukommen. Aus geschäftlichen Gründen. Das ist doch Irrsinn, oder?« Sie blickte Tatjana mit ihren dunklen Augen an. Natürlich war es Irrsinn. Aber warum hatte sie es dann getan? »Sie haben mich erpresst.«

»Erpesst?«, fragte Tatjana verständnislos. »Wie erpresst? Damit du meinen Bruder verlässt?«

»Damit ich ihn heirate. Verlassen habe ich ihn freiwillig.« Ja, es waren Tränen. Tatjana sah, wie diese großen runden Augen überliefen und die Wimperntusche zerfloss.

»Wer hat dich erpresst?« Tatjana packte sie an den Schultern und schüttelte sie. »Und womit?«

»Glaub mir, Tatjana, das willst du nicht wissen.«

Die Tür zu den Damentoiletten ging auf, und eine Frau mittleren Alters kam herein. Sie warf kurz einen Blick in den Spiegel, streifte dabei die beiden jungen Frauen und verschwand in einer der Kabinen.

»Ich glaube nicht, dass wir sie finden«, sagte Tatjana geistesgegenwärtig. »Wahrscheinlich ist sie ins Waschbecken gefallen. Haben Sie denn eine Brille dabei?«

Die Pause, die folgte, war eine Winzigkeit zu lang. Doch vielleicht hatten sie auch keinen Grund, der Frau hinter der Toilettentür etwas vorzugaukeln.

»Nein. Leider«, sagte Georgia. »Aber danke, dass Sie mir geholfen haben, meine Kontaktlinse zu suchen.«

»Sicher, dass sie nicht im Auge verrutscht ist? Lassen Sie

noch mal sehen.« Tatjana kam ihrer Schwägerin so nahe, dass sie ihren Atem auf ihrem Gesicht spüren konnte. »Wer?«, flüsterte sie so leise, dass es unmöglich in der Kabine zu hören war.

Georgia warf einen nervösen Blick auf die Tür. Die Klospülung wurde betätigt. »Dieselben Leute, die deinem Bruder das angetan haben«, sagte sie leise. »Es sind immer dieselben Leute.«

*

Die grünen Wälder Württembergs glitten unter ihnen hinweg. Und der Wahltermin raste auf sie zu. Warum sie in der heißen Phase des Wahlkampfs noch einen Ausflug nach St. Gallen unternahmen, wo kein offizieller Termin anstand und kein einziger Wähler ihren Weg kreuzte, erschloss sich Matthew nicht. Und doch war er froh, dass Schneider ihn als Einzigen aus der Crew mitgenommen hatte. Denn keine offiziellen Termine hieß für ihn: kein Feuerwehreinsatz, keine über Nacht zu schreibenden Reden, keine Auftritte, bei denen auch die Background-Sänger top aussehen mussten, obwohl sie praktisch scheintot waren.

Er checkte seinen E-Mail-Account. In diesen Maschinen war immer ein Netz verfügbar, noch so ein Vorteil, den Spitzenpolitiker und Managementgrößen genossen. Natürlich wieder ein Dutzend Nachrichten aus dem Ministerium, etliche aus der Parteizentrale, jede Menge Feeds seiner wichtigsten Medienquellen, Informationen, die jedem anderen für ein Jahr genügt hätten. Aber nichts von Tatjana. Sie war vollkommen aus seinem Leben verschwunden. Einmal hatte er bei BraunTec angerufen, doch dort war man so frostig zu ihm gewesen, dass er beinahe brüskiert war. »Wir können Ihnen nicht sagen, wo Frau Lossowa ist.« – »Können Sie das nicht, oder wollen Sie es nicht?«, hatte er nachgefragt. Die Reaktion hatte ihn vollends verwirrt: »Zu Frau Lossowa geben wir keine Auskunft.«

Eine Nachricht, die er ihr an die BraunTec-Adresse geschickt hatte, war zurückgekommen. Zweimal war er bei ihr zu Hause vorbeigefahren, spätabends, doch sie hatte nicht geöffnet, auch hatte nie ein Licht in ihrer Wohnung gebrannt. Er machte sich Sorgen. Aber die Idee, bei der Polizei anzurufen, verwarf er wieder. Dort würde man ihm erst recht keine Auskunft geben, er war schließlich kein Verwandter und auch nicht mit ihr verheiratet. Kurz spielte er mit dem Gedanken, eine kleine interne Anfrage zwischen Wirtschafts- und Innenministerium zu starten. Die Kollegen in Alt-Moabit wüssten sicher, ob irgendeine Polizeistelle in Sachen Tatjana Lossowa ermittelte. Aber sie würden die Info vermutlich nicht herausrücken. Es hatte in letzter Zeit zu viel Ärger gegeben mit unautorisierten Informationen. Doch dann hatte er einen anderen Einfall:

Von: Matthew.Meyer@bmwi.bund.de
An: Ellen.Wonnegut@bmwi.bund.de
Betreff: Anfrage wg. ext. Profi

Liebe Frau Wonnegut,
könnten Sie bitte für mich herausfinden, ob uns Frau Tatjana Lossowa für eine Expertise zur Verfügung stünde. Ich brauche fachliche Informationen zum Thema Energiehandel mit Russland. Meines Wissens arbeitet Frau L. bei BraunTec. Weiteres Briefing übernehme ich dann selbst. Danke.

Viele Grüße
M. Meyer

*

London, 12. Juli 2012

Das Warten machte sie mürbe. Das Versteckspiel noch mehr. London war eine große Stadt, man fiel in der Menge nicht auf. Aber Tatjana konnte auch nicht einfach in ihrem Hotelzimmer, in das sie schließlich umgezogen war, sitzen und in den Fernseher starren, ohne wahnsinnig zu werden. Sie hatte Isabell gesagt, sie wolle sie nicht länger belästigen. In Wahrheit war es ihr zu gefährlich, längere Zeit an einem Ort zu sein. Bisher hatte sie keinen Anlass zu glauben, dass man sie auch in London verfolgte. Und doch fühlte sich ihr Leben seit Sosnovy an, als hinge ein Strick um ihren Hals – und jeden Moment könnte ihn jemand zusammenziehen.

Es war auch nicht ausgeschlossen, dass sie, wenn sie rausging, jemanden traf, den sie kannte – oder schlimmer: der sie kannte. Schließlich hatte sie einige Zeit in London gelebt. Natürlich mied sie den Finanzdistrikt, in dem sie während ihrer Zeit bei Spector Powell PPM gearbeitet hatte, nicht nur der ehemaligen Kollegen wegen, sondern auch weil so gut wie jeder Business-Trip aus der Managementebene von BraunTec dort anlandete. Mike Wörners Firma hatte sogar eine Repräsentanz in einem der Dockland-Hochhäuser.

Also hielt sie sich fern von allem, was geschäftlich war, und absolvierte eine Mischung aus Kultur und Natur. Sie ignorierte weiterhin Mike Wörners zunehmend ungehaltene E-Mails, machte lange Spaziergänge durch den Hyde Park oder an der Themse entlang, so lang, bis sie irgendwann aus lauter Paranoia kurz davor war, sich an einem Baum zu erhängen oder in den Fluss zu springen. Dann hastete sie wieder zurück in ihr Zimmer, schloss sich ein, schlüpfte ins Bett und schaltete das TV an, um sich mit schlechtem englischem Fernsehen zu betäuben.

In der Dämmerung wagte sie sich manchmal nach Whitehall oder Soho. Doch wann immer der Blick eines Mannes einen Sekundenbruchteil zu lange an ihr haften blieb, sprang sie in ein Taxi oder stürzte zur U-Bahn, um zu flüchten.

Sie hatte Gail Warrington gefunden, hatte mit ihr gesprochen, sie zur Rede gestellt. Als sie den Entschluss zu ihrer Reise nach London fasste, war sie davon ausgegangen, dass sich dadurch irgendetwas ändern würde. Doch nun, da sie sich bestätigt sah und die traurige Wahrheit offenbar geworden war, fühlte sie sich nur noch leer.

Je mehr Zeit verging, umso unsicherer wurde sie, ob das Treffen mit Lewtuschenko, der irgendwo in dieser Stadt, die so groß war wie St. Petersburg, auf seinem Haufen Geld saß und sich als politisch Verfolgter gerierte, nicht eine ähnliche Enttäuschung werden würde, ob nicht all die diffusen Hoffnungen, die sie in eine Aussprache mit ihm setzte, Traumvorstellungen waren, die zerplatzen würden, sobald sie ihm gegenübersaß. Andererseits: Er hatte Vera Beliani dieses Interview gegeben. Damit hatte er sich selbst so großer Gefahr ausgesetzt, dass man an der Ernsthaftigkeit, die ihn trieb, kaum zweifeln konnte. Vielleicht waren seine Motive nicht lauter, aber er meinte es ernst. Und an dem Punkt würde sie ihn packen. Ja, sie wollte ihn doch sehen, sie musste ihn sehen, und sie würde ihn sehen. Sie nahm ihr Handy heraus und tippte: »Denken Sie an unsere Vereinbarung. T.«

*

St. Petersburg, 6. Juni 2012

Man hatte ihm zwar die Krawatte, den Gürtel und die Schnürsenkel abgenommen, aber man hatte ihm seine eigene Kleidung gelassen. Am ersten Tag und auch am zweiten hätte

er Sträflingskleidung als entwürdigend empfunden, vielleicht auch noch am dritten. Doch spätestens, als er noch am vierten Tag in den Kleidern in seiner Zelle saß, wurde ihm klar, dass die wahre Entwürdigung darin lag, sich nicht umziehen zu dürfen. Er roch. Je länger er auf diesen fünf Quadratmetern eingepfercht war, umso schärfer roch er. Er wurde zum Tier. Um seine Würde zu schützen, versuchte er, so großen Abstand wie möglich zu halten, wenn die tägliche Inspektion seiner Zelle erfolgte.

Es war Routine: Sie kamen zu zweit, einer blieb vor der geöffneten Tür stehen, den Totschläger in der Hand, der andere filzte alles. An den ersten Tagen hatte Arkadi Michailowitsch Lossow sich noch gefragt, wie sie darauf kamen, er könnte irgendetwas verbergen, was sie nicht kannten, hatte er doch keinerlei Kontakt nach draußen. Er hatte die Zelle kein einziges Mal verlassen, nicht einmal der Gang zur Dusche mit den anderen Häftlingen, die er jeden Morgen um sieben vor seiner Tür vorbeiziehen hörte, war ihm erlaubt. Doch nach einiger Zeit war ihm klar geworden, dass sie gar nicht erwarteten, etwas zu entdecken. Es war die Kontrolle selbst, um die es ging. Er sollte durch sie gedemütigt werden, sollte sich noch nackter fühlen, als er es ohnehin schon tat. »Wir haben dich vollkommen in der Hand«, bedeutete diese Untersuchung, »vor uns kannst du nichts verbergen, wir wissen alles, sehen alles, du bist uns mit allem ausgeliefert, was von dir noch übrig ist.«

Noch demütigender aber war für ihn die Stunde gewesen, da die Zellentür aufgerissen wurde und der Wärter ihm die Worte hinwarf: »Du hast Besuch, Häftling P 634.« Woraufhin sich eine imposante, hochgewachsene Figur im Türrahmen zeigte, dem Wärter dankte und eintrat. Da stand er vor ihm, in bestes Tuch gekleidet, dabei auf lässige Eleganz achtend, den Kaschmirpulli locker über die Schultern gehängt. Ich bin ganz privat hier, sollte dieser Aufzug offensichtlich besagen, ich komme als Freund, wir sind beide ein wenig underdressed. Doch die Achthundert-Dollar-Schuhe sprachen eine andere Sprache, ebenso der Krokoledergürtel und die Rolex am Handgelenk. All diese kleinen Signale blickten höhnisch auf Arkadi Lossows ungeschnürte Schuhe herab, denen geradezu sinnbildlich die Zunge heraushing. »Mein lieber Freund!«, begrüßte ihn der Gast. »Ich bin ganz erschüttert, Sie hier zu sehen. Sofort nachdem ich davon erfahren habe, bin ich gekommen und nicht eher gegangen, als bis ich eine Besuchsgenehmigung hatte.«

»Aleksander Petrowitsch«, sagte Lossow. »So sehen wir uns also wieder.«

»Ja. Ist es nicht schrecklich?«, warf Lewtuschenko im Plauderton hin. Seine Erschütterung hatte er offenbar bereits überwunden. Er blickte über seine Schulter und wartete, bis der Wärter die Tür wieder verschlossen hatte. »Aber vielleicht kann ich ja etwas für Sie tun«, stellte er dann fest und deutete auf den Stuhl am Tisch. »Darf ich?«

»Bitte.« Arkadi Lossow blieb stehen. Hätte er die Pritsche heruntergeklappt und sich daraufgesetzt, wäre er Lewtuschenko so nahe gekommen, dass dieser unweigerlich seinen Körpergeruch wahrgenommen hätte. »Ich denke nicht, dass Sie etwas für mich tun können.«

»Unterschätzen Sie meine Möglichkeiten nicht«, sagte Lewtuschenko und nahm ein Päckchen Zigaretten aus seinem Jackett. Er hielt es Lossow hin, doch der schüttelte den Kopf.

»Ich zöge es vor, wenn Sie hier drinnen nicht rauchen. Mein Fenster lässt sich nicht öffnen.« Arkadi Lossow deutete zu der winzigen Luke hin, die über seinem Kopf das graue Licht eines Hinterhofs in den Raum dirigierte. Mit verdrießlichem

Lächeln packte Lewtuschenko die Zigaretten wieder weg. »Nun«, sagte er. »dann wollen wir hier Ihrer Gesundheit keinen Schaden zufügen, nicht wahr?« Sein Blick wanderte über Wände und Boden, als müsse man Lossow persönlich dafür verantwortlich machen, wie trostlos hier alles aussah. »Sie wissen«, sagte er schließlich, »dass ich einflussreiche Persönlichkeiten kenne.«

»Das weiß ich, Aleksander Petrowitsch. Sie sind gut darin, die richtigen Kontakte zu haben.«

Lewtuschenko überhörte den sarkastischen Unterton oder ließ sich zumindest nicht anmerken, dass er ihn zur Kenntnis genommen hatte. »Es sind einige unter meinen Bekannten, die etwas für Sie tun könnten.«

»Ich bezweifle, dass sie auch etwas für mich tun *würden*«, erwiderte Lossow und blickte auf seine Schuhe hinab, die in den paar Tagen ohne Schnürsenkel völlig aus der Form gegangen waren und ihm das Aussehen eines Landstreichers verliehen.

»Im Gegenteil, Arkadi Michailowitsch!«, stellte Lewtuschenko im Brustton tiefster Überzeugung fest. »Man schätzt Sie sehr. Alle sind von Ihrer Unschuld überzeugt. Ich wüsste niemanden, der Ihnen nicht helfen wollte. Mich eingeschlossen. Sonst wäre ich ja nicht hier.«

»Warum dürfen Sie mich besuchen, aber nicht meine Frau?« Nun trat Lossow doch einen Schritt auf seinen Gast zu.

»Das weiß ich nicht. Ich möchte nicht sagen, das müssen Sie Ihre Frau fragen.« Wich er tatsächlich eine Winzigkeit zurück? »Jedenfalls kann ich es Ihnen nicht beantworten. Ich weiß nur, warum ich hier bin.«

»Dann erklären Sie mir das.«

»Ich bitte Sie, Arkadi Michailowitsch. Sie waren mein Lehrmeister. Ich kannte nicht den Unterschied zwischen Paraffinen und Naphtenen. Oder zwischen Brent und Poseidon.«

Arkadi Lossow schnaubte, halb amüsiert, aber auch mit einem verächtlichen Unterton. »Sie kannten nicht einmal den Unterschied von Leicht- und Schweröl, geschweige denn den von süßem oder saurem Öl.«

Aleksander Lewtuschenko nickte bedächtig. »Ja, Arkadi Michailowitsch, das ist wahr. Sie haben mir alles beigebracht. Als ich damals zu Ihnen kam, dachte ich noch, Öl gibt es an der Tankstelle.«

»Dafür sind Sie von uns beiden derjenige, der es weit gebracht hat, Aleksander Petrowitsch. Sie haben Ihr Imperium auf Öl und Gas gebaut. Dafür bewundere ich Sie aufrichtig, auch wenn ich mit den Methoden, wie Sie es erreicht haben, nicht einverstanden bin.«

»Ich bin kein schlechter Mensch, Arkadi Michailowitsch. Ich bin hier, um Ihnen zu helfen. Aber Sie müssen auch wollen, dass man ihnen hilft.«

»Was so viel heißt, wie …?«

»Was bedeutet, dass Sie Ihrerseits auch ein wenig Entgegenkommen zeigen müssen.«

»Entgegenkommen? Wem? Und womit?«

»Kein Mensch ist eine Insel, Arkadi Michailowitsch«, erklärte Lewtuschenko und streckte die Beine von sich. Ein Arm baumelte über der Rückenlehne, er wirkte, als säße er ganz entspannt bei einer Vorführung in einem Stripclub, während er seinen ehemaligen Vorgesetzten musterte. »Wir alle sind von anderen abhängig, von ihrer Unterstützung, von ihrem Wohlwollen … So wie ich ohne Ihre weise Anleitung niemals die nötigen Kenntnisse gewonnen hätte, auf denen mein ganzer Erfolg fußt, können auch Sie nicht dauerhaft arbeiten ohne die Hilfe höhergestellter Persönlichkeiten aus dem

Unternehmen und aus der Politik. Und auch diese Personen brauchen unsere Unterstützung. Meine. Ihre ...« Er hielt inne und beobachtete Lossow genau.

»Meine Unterstützung«, wiederholte Arkadi Lossow. »Ja, das hätte ich mir denken können. Sie schlagen mir ein Geschäft vor.«

»Ich bin Geschäftsmann, Arkadi Michailowitsch.«

»Und was erwarten Sie? Oder sollte ich sagen: Was erwarten Ihre einflussreichen Freunde?«

»Nichts, was ihnen nicht sowieso zustünde.« Lewtuschenko richtete sich auf seinem Stuhl auf. Plötzlich hatte er die Haltung eines Raubtiers vor dem Sprung angenommen und lauerte auf Lossows Reaktion.

»Ich soll meine Bedenken gegen Ihre neue Pipeline begraben. Am besten sollte ich schweigen. Oder erwarten Sie gar, dass ich den Plan aktiv unterstütze?«

»Sie sind ein kluger Mann, Arkadi Michailowitsch. Sie werden ganz sicher die richtige Strategie finden. Ich würde es mir auch um Ihretwillen wünschen. Man weiß doch nie, wie so eine unabhängige Justiz urteilt, nicht wahr? Da ist alles möglich. Selbst die gröbsten Fehlurteile. Und nach dem Unglück, das Ihr armer Sohn über die Familie gebracht hat, wäre es doch Wahnsinn, wenn noch einmal ein solches geschehen würde. Sagen wir zum Beispiel, man würde Sie für zehn Jahre in ein Arbeitslager stecken wollen – oder für noch länger.« Er hob hilflos die Arme. »Das wäre doch furchtbar für Ihre Frau. Ein Albtraum für Ihre Tochter ...«

»Zehn Jahre Arbeitslager? Ist es das, was Sie sich für mich ausgedacht haben? Sie und Ihre mächtigen Freunde? Wollen Sie mich auf diese Weise zum Schweigen bringen?«

Lewtuschenko stand entrüstet auf und ging auf Abstand. »Aber ich doch nicht, Arkadi Michailowitsch!« Er sagte es leise, so wie man eine Katze lockt, ehe man ihr den Hals umdreht. »Ich werde mich für Sie einsetzen. Aber die Justiz, wie gesagt, da weiß man doch nie, nicht wahr?«

»Vergessen Sie es, Lewtuschenko. Sie waren immer ein Schwein. Sie waren schlau, Sie haben gelernt, und Sie haben zur richtigen Zeit die richtigen Deals gemacht, um es ganz nach oben zu schaffen, auch wenn Sie dafür über Leichen gehen und ganze Landstriche ruinieren mussten. Genießen Sie Ihre Yacht, Ihre Frauen, Ihre Villen, solange Sie noch können. Ich habe nichts zu revidieren. Nachdem Sie mir das mit meinem Sohn angetan haben, kann mich keine Drohung mehr treffen. Ich habe viel über die vergangenen Monate nachgedacht, und ich weiß, dass ich große Fehler gemacht habe. Nikolais Unglück geht auf meine Rechnung. Ich hätte nicht mit GasNeft sprechen sollen, sondern mit den Medien. Ich hätte Ihre Pläne für die Pipeline untergraben sollen, statt darauf zu hoffen, dass Sie ein Einsehen haben werden. Ich hätte mein Gutachten nicht Ihnen vorlegen, sondern veröffentlichen sollen. Alles, was geschehen ist und geschehen wird, ist deshalb auch meine Schuld. Gehen Sie, Aleksander Petrowitsch. Ich wünsche Ihnen alles Gute. Vor allem wünsche ich Ihnen Einsicht, ehe es zu spät ist. Ich werde meinen Weg gehen – egal wie abhängig die Justiz ist und welche Strafe Sie bereits jetzt für mich vorgesehen haben: Den Prozess werde ich nutzen, um wenigstens meine Seele wieder reinzubekommen.«

Lewtuschenko klopfte an die Tür. »Sie müssen es wissen, Lossow«, sagte er mit aller Herablassung, zu der er fähig war. »Aber zuerst sollten Sie sich vielleicht einfach nur einmal waschen.«

VIERZEHN

Berlin, 28. Juli 2012

Der Wahlabend war ein Desaster. Schneider war zum Abschluss des Wahlkampfs am Vorabend in seiner alten Stammkneipe in Detmold versumpft. Nachdem er in seiner Heimatstadt noch einmal eine mitreißende Rede gegrölt hatte, in der es um Wirtschaft und Wachstum, um Solidarität, Globalisierung und Heimatliebe ging, darum, dass echte Kerle kein Problem mit der Gleichberechtigung haben müssen, dass die Spitzenkandidatin der Opposition sich ganz sicher nicht nach oben geschlafen habe, weil sie das sowieso nicht geschafft hätte, dass seine Partei schon ganz früh für das Frauenwahlrecht gekämpft habe, aber das ja nun wirklich nicht heißen könne, dass sich jeder dahergelaufene Bauerntrampel wählen lassen dürfe und so weiter, nachdem also Schneider noch einmal die ganz große Show abgezogen hatte, war er nicht nach Hause, sondern direkt in die Berliner Parteizentrale gefahren. Dort hatte er sich mit Koffein vollgepumpt und am Fernseher die Prognosen und Hochrechnungen verfolgt, umgeben von seinen Nibelungentreuen, bis der Fraktionschef Schweikel in der Tür stand und fragte, ob er bereit sei, vor die Parteimitglieder zu treten.

»Schade, dass er schon vorbei ist, der Wahlkampf, was, Kurt? Wenn wir noch zwei Wochen in dem Tempo weitergemacht hätten, wären wir wieder stärkste Partei geworden.«

»Wären wir, Hansjürgen. Aber die Wahl war nun mal heute.«

Schneider kämpfte sich vom Sofa hoch und schlug seinem Generalsekretär krachend auf die Schulter. »Jedenfalls haben wir gegeben, was wir konnten. Also dann, raus in die Arena!« Schneider ließ sich in sein Jackett helfen, fuhr sich noch einmal durchs Haar und stapfte hinaus auf den Flur und dann die Treppe hinab ins Atrium. Matthew folgte ihm, unsicher, wie standfest Schneider nach den zurückliegenden achtundvierzig Stunden war. Wie lange konnte ein Mensch ohne Schlaf bei einem solchem Einsatzspensum durchhalten? Wie berechenbar war einer in dieser Verfassung mit seinen Aussagen, mit seinen Gesten und in seinem ganzen Auftritt? Wie berechenbar war ausgerechnet einer wie Schneider in einer solchen Situation? Er war ja schon nüchtern ein wandelndes Pulverfass. Die Antidiplomatie in Person.

Doch die Sorge war unbegründet. Schneider wurde als Parteivorsitzender mit so frenetischem Jubel im Saal begrüßt, als hätten sie die Wahl gewonnen. »Junge«, murmelte Matthew. »Du hast nicht die Wahl gewonnen, sondern nur den Wahlkampf. Bedenke, dass du sterblich bist.« Aber solche Gedanken fochten Schneider natürlich nicht an. Er genoss den Beifall und kostete ihn aus, auch weil er wusste, dass das Fernsehen alles übertragen würde. Alle Welt würde sehen, wie ihm zugejubelt wurde, wie ihn seine Anhänger liebten, was ein wahrer Volkstribun war. Und alle Welt sollte es auch sehen.

Matthew musste jetzt fort. In einer halben Stunde wurde Schneider im Fernsehstudio erwartet, um an der Runde der Parteivorsitzenden teilzunehmen. Da war ein letztes Briefing wichtig, und zwar für beide Seiten. Die Interviewer mussten wissen, welche Fragen tabu waren, die Interviewten mussten die Notausgänge kennen, die die Spin-Doctors für Killerfragen zurechtgelegt hatten. Vor allem mussten diese Fluchten in jedem Fall so gekonnt vorgetragen werden, dass niemand merkte, wenn er verarscht wurde. Schneider war in dieser Disziplin große Klasse. Er konnte fast jede Frage so abbiegen, dass er am Ende auf etwas ganz anderes antwortete – unbedingt auf etwas, worin er gut war und womit er gut rüberkam.

Auch die Berater der politischen Gegner waren vor Ort. Es wurde ein letztes Mal über die Beleuchtung diskutiert, es wurde die Reihenfolge der Fragen durchgesprochen, Matthew setzte durch, dass die erste Frage an den Minister als dem Vorsitzenden der größten amtierenden Regierungspartei ging. Damit konnte Schneider, wenn er einigermaßen geschickt antwortete, die Tendenz des weiteren Gesprächs bestimmen.

Was er aber nicht tat, als er unmittelbar vor der Sendung im Studio eintraf, als alle schon in heller Aufregung waren, ob die Runde ohne ihn stattfinden müsse. Die Maskenbildnerin hatte kaum die Zeit, seine schwitzige Oberlippe und die Stirn abzutupfen. Und dann kam schon die Steilvorlage eines Journalisten der ARD: »Herr Dr. Schneider, haben Sie der Oppositionsführerin schon zum Wahlsieg gratuliert?«

Es ist ein Pyrrhussieg, soll man da, kann man da gratulieren? Matthew hatte es ihm genau vorgezeichnet. Wenn Schneider den richtigen Weg einschlug, war der Abend durchchoreografiert wie *Schwanensee*.

»Zu welchem Wahlsieg«, sagte Schneider, lachte und warf einen abschätzigen Blick auf die Vorsitzende der jetzt größten Partei im Bundestag. »Die Opposition zittert doch um jede Stimme. Wenn man anschaut, von welchen Umfragewerten sie kommt, dann ist das Ergebnis ein Desaster.«

»Aber Sie können ja wohl kaum bestreiten, dass es zwar ein knapper Sieg, aber doch ein Sieg ist«, warf die Kollegin des ZDF ein.

»Und ob ich das bestreite!« Und an die Adresse der versammelten Oppositionsvorsitzenden: »Ich will mal sehen, ob Sie mit dem Stimmenverhältnis eine Regierung zusammenbringen. Damit können Sie sich ja kaum auf eine Bestellung beim Pizzaservice einigen.« Für einen Augenblick spürte Matthew, wie das gesamte Studio die Luft anhielt. Alle – außer Schneider. Der surfte seine Welle gnadenlos weiter: »Ihre Parteimitglieder werden Sie morgen früh dermaßen auseinandernehmen für das Ergebnis, das Sie heute eingefahren haben. In Ihrer Haut möchte ich nicht stecken.«

Der ARD-Mann ging dazwischen und wandte sich an die Oppositionsführerin: »Ist es für Sie denkbar, eine Große Koalition zu regieren?«

»Zu regieren?«, mischte sich Schneider ein und schlug mit der Hand auf den Tisch. »Sie glauben doch wohl nicht, dass meine Partei einer Regierung unter ihrer Führung …« Und dabei zeigte er voller Geringschätzung mit dem Kinn auf die Oppositionsführerin. »… unter ihrer Führung zustimmen würde.« Er beugte sich vor und musterte sie so dreist, dass Matthew sich hinter den Kameras wegdrehte. »Ehe Sie Kanzlerin werden, werde ich Papst! Und ich bin evangelisch.«

*

Trotz einer beispiellosen Aufholjagd hatte es am Ende nicht gereicht: Die Regierung musste gehen, das war am Tag nach der Wahl klar. Hatte sich der Wirtschaftsminister und Parteivorsitzende Hansjürgen Schneider am Vorabend in der Fernsehrunde noch voll der Gewissheit präsentiert, dass niemand »im Ernst« den Rücktritt dieser Regierung erwarten könne, schon gar nicht nach den immensen Zugewinnen der letzten Wochen, so musste Bundeskanzler Thanner am Morgen vor die Mikrofone treten und der Opposition zum Sieg gratulieren. Es gab keinen Zweifel mehr darüber, dass er seinen Hut zu nehmen hatte. Das Wahlergebnis war knapp, aber es war eindeutig. Thanner hatte genug Format, um es anzuerkennen. Schneider, der inzwischen von seinem Adrenalinschock heruntergekommen war, vergrub sich in seiner Wohnung in Charlottenburg und schwieg. Interviewanfragen wehrte seine Pressestelle ab. Seine Frau war am Morgen zum Shoppen nach Paris geflogen, sie konnte ihren Mann nicht ausstehen, wenn er am Boden war. Also streifte er allein durch die leeren Räume und ignorierte das Telefon, das Handy und den Fernseher.

Schneider war ein Kämpfer, ja, er war nicht zimperlich, aber er war empfindlich. Der Sieg, das war seine Sache. Nicht die Niederlage. Mit der wusste er nicht umzugehen. Hatte er nie gekonnt. Er holte sich ein Bier aus dem Kühlschrank. Ließ sich auf den Sessel fallen und dachte an früher. An seine Zeit als Kapitän der Jugendmannschaft des FC Detmold. An seinen ersten Wahlkampf und wie er den Vorsitzenden des Kreistags pulverisiert hatte. An die herrlichen Sausen als junger Abgeordneter, damals noch in Bonn. Und an Van Straaten, das Arschloch, das ihn so reingeritten hatte. Er angelte sich das Telefon vom Beistelltisch und wählte die Nummer, die er längst auswendig konnte, so oft, wie sie telefoniert hatten.

»Van Straaten«, bellte er in den Hörer, als sich eine der Tippsen meldete. »Schneider hier.«

Tatsächlich besaß Van Straaten die Frechheit, sich nicht einmal verleugnen zu lassen. »Herr Schneider, wie schön, von Ihnen zu hören. Ich möchte Ihnen zu dem unglaublichen Wahlkampfendspurt gratulieren.«

»Und ich gratuliere Ihnen zu Ihren Hämorrhoiden«, erwiderte Schneider.

»Was haben Sie denn genommen?«, fragte Van Straaten.

»Sie sind ein Schwein, Van Straaten. Ist Ihnen klar, dass Sie mich mit Ihrer Scheißenergiewende die Wahl gekostet haben?«

»Wieso, Herr Schneider? Die Menschen wollen doch den Ausstieg aus der Atomenergie. Das hat Sie nicht Stimmen gekostet, das hat Ihnen welche gebracht.«

»Einen Scheiß hat es mir gebracht! Es hat mir die Partei zerrissen. Die Hälfte meiner Leute hat gegen mich gearbeitet. Die Atomlobby hat die Opposition mit Geld vollgepumpt, dass die vor lauter Eiern kaum noch laufen konnte. Die ganzen Gesetzentwürfe und Abstimmungen haben mich die Zeit gekostet, die mir am Ende gefehlt hat. Wissen Sie, wo wir wären, wenn ich zwei Wochen länger hätte kämpfen können?«

»Sie wären an der Regierung, Herr Schneider. Ganz klar. Aber leider war die Wahl nun einmal an diesem Wochenende und nicht in zwei Wochen.«

»Sie haben mich mein Amt gekostet, Van Straaten.«

»Das habe ich nicht, Herr Schneider, und das wissen Sie. Sie haben nicht aufs falsche Pferd gesetzt. Aber Sie sind jetzt müde und fertig. Und da sind Sie ungerecht. Ich nehme Ihnen das nicht übel. Passen Sie auf, wir treffen uns morgen Mittag. Ich lade Sie ein. Suchen Sie sich aus, wo wir essen gehen. Im Borchardt?«

»Bloß nicht«, grunzte Schneider. »Da sitzen sie jetzt alle und kippen Häme über mir aus.«

»Ich reserviere uns ein Séparée im Restaurant des Ritz-Carlton. Um eins. Seien Sie da. Sie werden es nicht bereuen.«

*

Wieder und wieder sah Matthew sich die Sendung an. Es war ein Tiefpunkt der politischen Kultur und ein Tiefpunkt der Fernsehkultur. Vermutlich hatte niemals zuvor ein Politiker sich öffentlich dermaßen lächerlich gemacht wie Schneider bei diesem TV-Auftritt. Der Einzige, der das anders sah, war er selbst. Auch am Tag danach war er mit breiter Brust in der Parteizentrale aufgelaufen. Noch dachte er, er könnte die Puppen tanzen lassen. Doch es war auffällig leer um ihn. Wo sich sonst die Funktionäre aus der zweiten Reihe gedrängt hatten, drucksten nun die Assistenten und die Hinterbänkler herum. Schneiders Stab war ausgedünnt. Selbst Matthew war sich bewusst, dass hier mancher an seiner Karriere in der Post-Schneider-Ära arbeitete und deshalb nicht verfügbar war.

»Ich würde gerne noch einmal über den Auftritt gestern Abend mit Ihnen sprechen, Chef.« Matthew wagte sich aus der Deckung.

»Da gibt es nichts zu besprechen. Was wir jetzt tun müssen, ist, nach vorne zu blicken. Geben Sie Plöger Bescheid, dass ich um elf Uhr das Präsidium im großen Lageraum erwarte.«

»Klar.« Matthew wandte sich zur Seite und rief im Ministerium an, während Schneider oberflächlich die Tageszeitungen durchsah. Den Pressespiegel, den ihm die Schmal-Trenk rübergeschickt hatte, würdigte er keines Blickes. Doch das war nichts Außergewöhnliches: Schneider war immer davon ausgegangen, dass er den besseren Instinkt für die wirklich wichtigen Meldungen hatte – weshalb er auch besser als jeder andere Politiker mit seinem Wissen um die jüngsten Fußballergebnisse glänzen konnte und lieber bei der Frage nach der Außenhandelsbilanz passte. »Ähm, tut mir leid, Chef«, sagte Matthew. »Die sind schon auf dem Weg in den Bundestag.«

»In den Bundestag? Was um alles in der Welt wollen sie denn dort? Wir treffen uns hier, wie nach jeder Wahl, um die Strategie durchzugehen.«

»Sie sind mit der Opposition verabredet.«

*

»Mein Beileid zu Ihrer Niederlage, Herr Thanner.«

»Tja, es kann nur einen geben.«

»Mag sein. Aber Sie haben jetzt zumindest die Möglichkeit, sich die Macht in der Partei zu sichern.«

»Ich kann nicht einfach meinen Parteichef rausschmeißen. Schneider hat einen erstklassigen Wahlkampf hingelegt.«

»Seien wir realistisch, Herr Thanner. Schneider ist auch als Parteichef draußen. Sehen Sie zu, dass er alle Ämter abgibt.«

»Und wenn ich ihn im Spiel lasse?«

»Dann werden wir auf den Tisch packen, was wir haben. Sobald er für die nächste Kandidatur antritt. Egal als was.«

»Wenn Sie wollen, dass ich meine Machtbasis in der Partei bewahre, dann müssen wir Schneider an Bord behalten. Er ist *meine Machtbasis, wenn Sie verstehen, was ich meine.«*

»Tut mir leid, Herr Thanner. Schneider ist ein zu unsicherer Kantonist für uns geworden. Wir vertrauen ihm nicht mehr.«

»Wie kommen Sie nur darauf! Schneider ist absolut vertrauenswürdig.«

»Kann es sein, dass er Sie in der Hand hat?«

»Wie bitte? Das ganz sicher nicht.«

»Das will ich hoffen, Herr Thanner.«

*

Tagesschau, 29. Juli 2012, 7:00 Uhr MEZ

Nach dem vorläufigen amtlichen Endergebnis der Bundestagswahlen hat die Regierungskoalition die Mehrheit der Sitze im Bundestag verfehlt. Mit Verlusten von insgesamt mehr als sechs Prozent gegenüber dem Wahlergebnis von vor vier Jahren zeichnet sich ein Regierungswechsel ab. Während das bürgerliche Lager von CDU/CSU und FDP...

Bild, 29. Juli 2012

Thanners Tiefpunkt
Regierung am Ende

Nach einer beispiellosen Aufholjagd im Wahlkampf hat es am Ende nicht gereicht: Die Regierung Thanner hat die Bundestagswahlen mit Pauken und Trompeten verloren. »Eine schallende Ohrfeige« sei das gewesen, so Bernd Bauernfeind von der CDU. Sein Parteikollege Gerd Rubner ging sogar so weit zu behaupten: »Für die nächsten Jahrzehnte ist Thanners Partei tot.« Während dem Bundeskanzler am Wahlabend die Tränen in den Augen standen, zeigte Wirtschaftsminister Schneider, wie man trotz Wahlschlappe im Mittelpunkt steht. Er legte bei der Elefantenrunde der Parteivorsitzenden einen Auftritt hin, den sogar seine Pressesprecherin Hilde Schmal-Trenk »beschämend« fand ...

*

Berlin, 4. August 2012

Man konnte über Van Straaten denken, was man wollte, der Mann hatte Klasse. Das Séparée, das er im Ritz-Carlton reserviert hatte, war so dezent ausgeleuchtet, dass man weder die Augenringe noch sonstige Blessuren der zurückliegenden durchzechten und durchwachten Nächte erkennen konnte. »Lieber Herr Minister, ich freue mich, Sie zu sehen«, log er außerdem so glaubwürdig, dass Schneider ihm ein anerkennendes Nicken nicht verwehren konnte. »Ja«, sagte er nur und warf einen interessierten Blick auf die Begleiterin des Konzernchefs.

»Ein Aperitif?«

»Für mich einen Gin mit viel Eis.«

Van Straaten winkte dem Ober, das Gewünschte zu besorgen. »Tja, es tut mir wirklich leid, dass es nicht ganz gereicht hat. Ihr Wahlkampf der letzten Wochen wird in die Geschichte eingehen. Ich glaube nicht, dass es schon einmal eine solche Aufholjagd gegeben hat.«

»Hat es«, stellte Schneider trocken fest. »Und wird es immer wieder geben. Entscheidend ist, dass wir verloren haben. Daran sind Sie, ich sagte es schon gestern, nicht unschuldig, Herr Van Straaten.«

»Nicht unschuldig? Wir haben Sie doch unterstützt, wie wir nur konnten«, sagte der Manager.

»Sie haben mich mit Ihren Gasgeschichten in die Scheiße geritten. Das wissen wir beide.«

»Sie haben mit West-Way dafür gesorgt, dass die Bürger dieses Landes nicht in kalten Häusern sitzen. Und dass die Wirtschaft Treibstoff hat. Sie wissen doch: *It's the economy …*«

Natürlich kannte Schneider den Satz, den einst Bill Clinton

geprägt hatte. »Nett, dass Sie mich daran erinnern. Ich weiß auch, wie der Spruch in seiner Gänze lautet.« Sie sahen sich an. Keiner sprach es aus. *It's the economy, stupid.* Fragte sich, wer von ihnen »*stupid*« war.

»Ich versichere Ihnen, wenn es nach mir gegangen wäre, hätten Sie gewonnen«, erklärte Van Straaten, und Schneider glaubte ihm sogar. Es war kein Geheimnis, dass er mit der Oppositionsführerin bei weitem nicht so gut konnte wie mit ihm oder anderen echten Männern. Männer waren berechenbar. Sie waren zuverlässig. Sie wussten, wo es langgeht.

Schneider hob sein Glas. »Egal. Es ist vorbei. Die Frage ist, was ich jetzt tue.« Er sah Van Straaten lauernd an. Mehr als einmal hatte der Manager durchblicken lassen, dass er für Schneiders Auskommen nach seinem Ausscheiden als Wirtschaftsminister sorgen würde.

»Nun«, sagte Van Straaten. »Vielleicht dürfen wir Sie dabei ein wenig unterstützen. Ich habe mir da ein paar Gedanken gemacht.« Er lächelte hintersinnig und erhob ebenfalls sein Glas. »Immerhin geht es ja nicht nur um Geld, sondern auch um eine angemessene Position, die Ihnen ein gewisses Prestige gewährleistet.«

»Wenn Sie glauben, Sie können mich jetzt mit einem Job für lau abspeisen …«, setzte Schneider an, doch Van Straaten hob die freie Hand und stoppte ihn.

»Ganz und gar nicht, Herr Minister!«, versicherte er ihm. »Wirtschaftlich kann es für Sie nur in eine Richtung gehen – nach oben. Darüber müssen Sie sich keine Gedanken machen. Sie wissen, dass für Sie ein Sitz im Aufsichtsrat von West-Way reserviert ist, nur dass wir natürlich noch abwarten müssen, bis Sie aus Ihren öffentlichen Ämtern ausgeschieden sind. Ansonsten gilt unsere Vereinbarung weiter, und Sie werden schon bald über angemessene Barreserven verfügen. Wir wissen, was wir Ihnen schuldig sind. Und was Ihren Status betrifft, so haben wir uns überlegt, dass es vielleicht ganz nett für Sie wäre, sich in Zukunft mit Exzellenz ansprechen zu lassen.«

»Exzellenz? Wollen Sie mich zum Botschafter machen?«

»Nicht ganz. Das wäre auch etwas ungemütlich für Sie, weil Sie dann jede Menge Verpflichtungen hätten. Aber ein Konsulat hätte ich für Sie, das Ihnen wenig Arbeit bereitet, aber hohes Ansehen bringt.« Er beugte sich leicht über den Tisch und senkte die Stimme. »Und außerdem diplomatische Immunität.«

»Interessant«, sagte Schneider und konnte ein Grinsen nicht unterdrücken. »Um nicht zu sagen: exzellent.«

*

Es war Mitternacht, als Matthew die E-Mail bekam, die ihn von der plötzlich drängenden Frage nach seiner eigenen Zukunft erlöste:

Von: Bernhard.VanStraaten@maple-group.com
An: Matthew.Meyer@bmwi.bund.de
Betreff: In eigener Sache

Matthew!
Wir brauchen Verstärkung in unserer PR-Abteilung. Interesse? Sie würden in der Zentrale in München arbeiten. Gehalt nach Ihren Vorstellungen.
Gruß
BVS
PS Sie können wieder in Ihre alte Wohnung ziehen, die haben wir nach Ihrem Weggang für Mitarbeiter frei gehalten.

Gehalt nach Ihren Vorstellungen? Matthew konnte sich ein Grinsen nicht verkneifen. Schon verrückt, wie vollkommen frei von äußeren Zwängen einer wie Van Straaten agieren konnte. Matthew hätte eine Million verlangen können. Oder zwei. Nein, hätte er nicht. *Gehalt nach Ihren Vorstellungen* hieß natürlich: »Bemessen Sie es so, dass wir es zahlen werden.« Doch auch das war reichlich großzügig.

Fast noch besser klang, dass er wieder in seine alte Wohnung ziehen konnte. Nicht dass ihm besonders viel an ihr lag, im Gegenteil: Er hatte sie so selten genutzt, dass man hätte meinen können, er meide sie. Doch den Tort, sich in München eine neue Wohnung suchen zu müssen, wollte er sich nicht antun. München: Vor allem würde ihn dort nicht alles an Tatjana erinnern. Insoweit war das eine klasse Nachricht.

Von: Matthew.Meyer@bmwi.bund.de
An: Bernhard.VanStraaten@maple-group.com
Betreff: RE: In eigener Sache

Lieber Herr Van Straaten!
Danke für das Angebot. Klingt gut. Ich denke darüber nach.
Melde mich morgen.
Beste Grüße
MMeyer

So lange würde er nicht brauchen. Eigentlich hatte er schon entschieden.

*

Pressemitteilung der Botschaft
der Republik Kasachstan, 6. August 2012

Der Botschafter der Republik Kasachstan hat mit Wirkung vom 1. September d. J. den ehemaligen Minister für Wirtschaft und internationale Zusammenarbeit der Bundesrepublik Deutschland, Dr. Hansjürgen Schneider, zum Honorarkonsul berufen. Herr Dr. Schneider wird das Honorarkonsulat der Republik Kasachstan in Düsseldorf leiten. Nähere Informationen werden zu gegebener Zeit bekannt gemacht.

FÜNFZEHN

London, 4. August 2012

Genau genommen war sie erstaunt, dass diese E-Mail nicht schon viel früher gekommen war. Sie kannte Mike, sie wusste, wie gekränkt er längst war. Mike Wörner war ein verletzbarer Mensch. Und doch: Es schmerzte sie. Auch wenn sie ihn nie geliebt hatte, so hatte sie ihn doch gemocht. Seine Schwächen hatten irgendwie auch Sympathie bei ihr geweckt. Es tat ihr leid, dass sie ihn hatte enttäuschen müssen.

Von: dr.michael.woerner@brauntec.de
An: tatjana.lossowa@brauntec.de
Betreff: Fristlose Kündigung

Paar Tage, ja? Du hast mich hier so was von hängen lassen. Scheiße, Tatjana, was denkst du dir eigentlich? Kein Anruf, keine E-Mail, keine Antwort auf irgendwas. Aber jetzt ist Schluss. Deinen Krempel haben wir dir nach Hause geschickt. Du brauchst nicht wiederzukommen, ich will dich nicht mehr sehen. Und nur damit das klar ist: Dies ist eine fristlose Kündigung wegen schweren Vertragsbruchs. Formal schicken wir dir das alles per Einschreiben an alle uns bekannten Adressen. Auf jeden weiteren Kontakt bitte ich zu verzichten. Das Kapitel Frau Lossowa ist für mich abgehakt.

Dr. Michael Wörner
Vorstandsvorsitzender

Erst als ihr eine Frau mit Kinderwagen ein Taschentuch anbot, bemerkte sie, dass sie in Tränen ausgebrochen war. Sie stand auf der Straße und weinte. Für einen Moment war sie versucht, ihm zu antworten: »Tut mir leid, Mike.« Aber dann entschied sie sich dagegen. Es würde leichter für ihn sein, wenn er seinen Groll gegen sie pflegen konnte. Sie dankte für das Taschentuch, atmete tief durch und entschloss sich, ins British Museum zu gehen, neben dem sie stehen geblieben war.

*

»Das Gold der Zaren« nannte sich eine der aktuellen Ausstellungen, ein verrückter Zufall für Tatjana, die nicht mehr an Zufälle glaubte. Sie nahm ihre Sonnenbrille ab und musterte die Exponate, die hinter dickem Panzerglas präsentiert wurden. Schmuck, Repräsentationsobjekte, Beutestücke. St. Petersburg schien ihr zum Greifen nah, so nah, dass es wehtat.

Seit Tagen streifte sie ziellos durch die Stadt und wartete, dass der Zeitpunkt kam, an dem sie endlich Klarheit schaffen konnte. Doch Vera Beliani meldete sich nicht. Ihr Telefon blieb stumm. Tatjana fragte sich, ob sie hier nicht wie ein Fisch an der Angel zappelte, weil sie geglaubt hatte, der Journalistin ein Ultimatum stellen zu können. Ihre Hoffnung, in dieser Stadt irgendetwas erreichen zu können, schwand. Konnte Lewtuschenko überhaupt noch etwas bewirken, nun, da er selbst auf der Flucht war? Auf der anderen Seite: War es nicht nach wie vor wahrscheinlich, dass er mehr wusste? Dass er etwas über Tatjanas Vater sagen oder zumindest in Erfahrung bringen konnte? Dass Arkadi Lossow verschwunden war, hing natürlich mit seiner Arbeit für GasNeft zusammen. Und dessen oberster Herrscher war bis vor kurzem Aleksander Lewtuschenko gewesen. Tatjana war sich sicher, dass er beim Verschwinden ihres Vaters seine Hände im Spiel gehabt hatte. Sie war sich hingegen nicht sicher, ob diese Flucht echt war. Lewtuschenko war so tief in das russische System verstrickt – vermutlich war dieser Asylantrag nur ein geschickter Schachzug auf dem unübersehbaren Tableau der Lobby und der politischen Hintermänner.

Der Rotunden-Saal des Museums nahm sie mit seinem freundlichen Licht und seiner heiteren Geräuschkulisse auf. Einen Augenblick überlegte Tatjana, ob sie sich auf eine Bank setzen und einfach noch ein wenig Zeit hier verbringen sollte, denn es war gleich, wo sie wartete, an diesem Ort oder irgendwo anders. Doch dann entschied sie sich, ins Hotel zurückzukehren.

Vorher begab sie sich noch in den Museumsshop, der gut besucht war. Sie kaufte sich ein Notizbüchlein, auf dem eine altägyptische Mumie abgebildet war. Der Mann neben ihr an der Kasse roch so unangenehm nach Knoblauch, dass ihr übel wurde. Sie senkte den Kopf, um nicht in Reichweite seines Atems zu sein. Graue Schuhe. Kunstleder? Irgendwo hatte sie solche Schuhe schon gesehen, sie wusste nur nicht mehr, wo.

Als sie nach draußen trat, atmete sie tief durch. Die frische Luft tat gut. Sie lief über den Platz vor den mächtigen klassizistischen Säulen und ging die Great Russell Street hinunter, Richtung Oxford Circus. In der Nähe vom Hanover Square lag ihr Hotel. Eigentlich war es nur ein Bed-In, nichts Schickes. Im Gegenteil. Aber sie war überzeugt, dass man sie, wenn man sie suchte, in einem kleinen Haus kaum finden würde, denn London war voll von solchen Pensionen.

Nachdem sie ein Stück gegangen war, hatte sie das Gefühl, beobachtet zu werden. Doch als sie sich umwandte, gab es niemanden, der ihr irgendwie verdächtig vorgekommen wäre. An der Tottenham Court Road studierte sie die Zeitungsauslage eines Kiosks. Vielleicht war der weiße Ford, der in einiger Entfernung stand und in dem zwei Personen saßen, ein wenig zu unauffällig. Weshalb überhaupt saß dort jemand im Auto, ohne loszufahren oder auszusteigen?

Am Oxford Circus entschloss sie sich, nicht in ihr Hotel zu gehen, sondern die U-Bahn zu nehmen und ein paar Stationen zu fahren.

*

Die Menschen, die unablässig durch die Pforten des altehrwürdigen Kaufhauses Harrods strömten, bildeten die perfekte Tarnung, perfekter noch als alle Verkleidungen. Dennoch eilte Tatjana in die Perückenabteilung, wo sie sich für eine sehr durchschnittliche brünette Perücke entschied, die ihr der hauseigene Friseur ein wenig kürzte, sodass sie mit ihr wie eine typisch englische Durchschnittshausfrau wirkte, falls es so etwas gab. Dazu kaufte sie eine zwar ziemlich stillose, aber große Sonnenbrille sowie einen scheußlich rosafarbenen Lippenstift, wie sie ihn niemals getragen hätte. Ja, sie sah wirklich aus wie jemand, dem sie allenfalls mal auf einer Restauranttoilette oder im Museum begegnen würde.

Als sie das Kaufhaus verließ, konnte sie aus dem Augenwinkel den weißen Ford erkennen, der etwas weiter die Straße runter geparkt hatte. Einer plötzlichen Eingebung folgend nahm sie ihr Handy und ließ es unauffällig einer Passantin in die Einkaufstasche gleiten, während sie die entgegengesetzte Richtung einschlug. Sie überlegte: Wenn man sie hier in London aufgespürt hatte, dann war sie nirgends mehr sicher. Auch nicht in ihrem Hotel, wie klein und unscheinbar es auch sein mochte.

Ein paar Häuser weiter sah sie einen Bettler auf dem Boden sitzen. Gut, einen Versuch war es wert. »Fünfzig Pfund für

Ihr Handy, sollten Sie eines haben«, sagte sie auf Englisch, während sie sich herunterbeugte und ihm ein paar Pennies in den Hut warf.

Er lachte und sah sie mit zusammengekniffenen Augen an. »Hundert, Ma'am.«

»Okay. Hundert.« Sie nahm zwei Fünfzig-Pfund-Noten aus ihrer Geldbörse und reichte ihm den einen Schein. »Sie geben mir Ihr Handy, dann bekommen Sie den zweiten.«

»Sie sind klüger, als Sie aussehen, Ma'am«, entgegnete der Mann, griff in seine Jackentasche und fingerte ein reichlich abgegriffenes, speckiges Mobiltelefon heraus, um es Tatjana hinzuhalten.

»Die PIN?«

»Erst die anderen Fünfzig.«

Sie reichte ihm den Geldschein.

»Zwanzig zwanzig.«

»Danke.«

Der Mann steckte das Geld weg, blickte nach links und nach rechts, ob auch niemand das Geschäft mitbekommen hatte, und zuckte mit den Achseln. »Ich hätte zweihundert sagen sollen.«

»Wäre klüger gewesen«, bestätigte Tatjana und zwinkerte ihm zu. »Bye.«

»Bye, Ma'am.«

SECHZEHN

München, 6. August 2012

Nach den Monaten in Berlin kam ihm München eng vor. Nicht dass er es nicht gewohnt gewesen wäre. Wer mütterlicherseits aus Norfolk und väterlicherseits aus Tübingen stammte, dem war das Kleine, das bürgerlich Behäbige durchaus wesensnah. Doch ein Leben unterwegs in Verbindung mit dem Hauptquartier in Berlin änderte den Blickwinkel.

Immerhin passte das Entree in der Zentrale der Maple Group zu Matthews neuem Empfinden: Unter einem schlichten, aber eleganten Sandsteinblock mit streng gegliederter Fassade öffnete sich eine weitläufige Lobby, in der die Empfangsdame hinter ihrem schicken Tresen etwas verloren wirkte.

»Oh, Mister Meyer!«, begrüßte sie ihn.

Es tat ihm gut, erkannt zu werden. So weit hatte er es an der Sicherheitsschleuse des Bundeswirtschaftsministeriums in den zurückliegenden Monaten nicht gebracht. Allerdings war er ja auch mehr als die Hälfte der Zeit andernorts im Einsatz gewesen. »Guten Morgen, Frau Zauner«, grüßte er. »Schön, Sie zu sehen!«

»Das gebe ich gern zurück. Was führt Sie zu uns? Wollen Sie zu Herrn Van Straaten? Er ist aber leider nicht im Haus.«

»Nein, Frau Zauner. Ich arbeite jetzt wieder hier«, erklärte Matthew und genoss ihre sichtliche Überraschung. Auch sie kannte natürlich die eherne Regel: *They never come back.*

Wer einmal das Haus verlassen hatte, kehrte nicht wieder. Nie. Nun, er hatte diese Regel mit seiner Ausnahme bestätigt. »Ich würde gerne zum Personalchef, damit er mir meinen neuen Arbeitsplatz zeigt.«

»Das ist aber mal eine Überraschung. Ich rufe ihn gleich an.« Sie griff zum Hörer. »Und als was fangen Sie hier jetzt wieder an?«

»Presseabteilung«, sagte Matthew knapp. Er kannte den Zuschnitt seiner neuen Tätigkeit ja selbst noch nicht genau.

Keine zehn Minuten später lief er hinter dem stellvertretenden Personalchef durch die lichten Flure des Gebäudes in der Münchner Innenstadt. Nur wenige Konzerne leisteten sich einen so zentralen Sitz in einer Metropole, die nach Maßstäben der Vernunft gar nicht bezahlbar war. Doch Van Straaten hatte genau das zeigen wollen: Wir können uns das leisten. Die Maple Group war erst vor wenigen Jahren aus Stuttgart – vom Arsch der Welt, wenn man Van Straaten fragte – in die bayerische Hauptstadt gezogen.

»Und hier ist Ihr neues Büro«, sagte der Personaler und drückte eine der vielen gleichförmig und anonym aussehenden Türen auf. Matthew entdeckte, dass sein Name schon am Türschild stand.

»Okay«, sagte er und ging vor. Ein Raum wie jeder andere. Paneele aus Kirschholz, eine lichtgraue Kunststoffschreibtischplatte, ein riesiger Bildschirm der neuesten Generation, eine ergonomische Tastatur. Mit Genugtuung nahm Matthew wahr, dass man ihm einen ledernen Designerstuhl dazugestellt hatte, sicher nicht Standardausstattung. An der Wand hing eine Druckgrafik eines ihm unbekannten Künstlers: »233/400« stand neben der Signatur in Bleistift.

»Sie können auch etwas anderes hinhängen«, sagte der stellvertretende Personalchef.

Matthew fragte sich, ob der schon zu seiner Zeit da gewesen war, doch er konnte sich nicht erinnern.

»Muss nicht sein«, murmelte er. »Ist ja eigentlich ganz schön.«

»Geschmackssache. Ich nehme an, Sie wollen sich erst einmal einrichten?«

Matthew nickte. »Ja, das werde ich dann mal tun. Danke.«

Der hagere Mann grüßte und verließ das Büro. Matthew trat zunächst ans Fenster, um sich mit der Lage seines neuen Arbeitszimmers vertraut zu machen. Es lag oben in der Chefetage, aber leider nicht zur repräsentativen Seite hin, von der aus man Sicht auf die touristischen Attraktionen der Stadt hatte. Sein Ausblick war eher trostlos: Häuser, die man nach dem Krieg schnell hochgezogen hatte und deren Charme dem eines Rasenmähers entsprach.

»Immerhin, könnte auch Berlin sein«, murmelte Matthew und setzte sich auf seinen Stuhl, der so perfekt passte, dass es schien, als hätte man ihn bereits speziell auf seine Größe ausgerichtet. Er warf den Computer an, dann wartete er einen Augenblick. Doch er kam nicht ins Intranet oder gar ins Internet, daran war nicht zu denken: Wie alle Geräte der Firma war es passwortgeschützt – und der Personaler hatte versäumt, ihm seines auszuhändigen. Versuchsweise gab Matthew sein altes Passwort ein, natürlich ohne damit erfolgreich zu sein. Er zögerte nur kurz, ehe er das tat, was sein erster Impuls gewesen war. Mit spitzen Fingern tippte er: »Pisauridae.« Van Straatens Passwort.

Der Bildschirm wurde schwarz, dann strahlte ihn blau auf weißem Grund das Logo der Firma an: *Maple Group – The Power of Knowledge*. Er war drin.

*

Der Laden lief wie immer, hocheffizient und straff organisiert. Eigentlich brauchte das Unternehmen gar keine Public-Relations-Arbeit – jedenfalls nicht, wenn man seine Tätigkeit mit dem Job bei Schneider verglich. In der Politik war praktisch alles aktive PR. Bei der Maple Group ging es vor allem darum, jedwede Aktivität in ein mildes Licht zu tauchen oder, noch besser: ganz ins Dunkel zu hieven. Für die Firma war es am besten, wenn niemand sich darum scherte, was für Geschäfte sie machte – und wie sie sie machte.

Früher hatte Matthew das anders empfunden. Aber früher hatte er auch seine eigene Tätigkeit anders gesehen. Wer einmal für die Politik im Einsatz war, verlor seine Jungfräulichkeit. Obwohl – Van Straatens Wirken war sicher mehr als grenzwertig. Matthew ertappte sich dabei, wie er in seinen E-Mails las. Zunächst war es ein planloses, neugieriges Herumstöbern gewesen, bei dem er herausgefunden hatte, dass Van Straatens Frau entgegen ihrem Image eine üble Zicke war, dass er selbst, anders als von Matthew vermutet, ein leidenschaftlicher Blaustrumpf war, dass bestochen und korrumpiert wurde, was das Zeug hielt, selbstverständlich ganz entgegen der öffentlichen Wahrnehmung des Unternehmens. Dann aber war er abermals über Richard Broadbent gestolpert. Eigentlich hatte er sich nur gewundert, dass zwischen den beiden ein so enger Austausch herrschte. Zwar war Van Straaten über die Sommersberg AG Teilhaber an Broadbents PUK. Aber letztlich war das strategisch zu sehen, und Broadbent war auch ein Konkurrent. So jedenfalls hatte Matthew es immer wahrgenommen, auch weil dieses Bild von Van Straaten so gewünscht und kommuniziert wurde. Doch was er in Van Straatens Korrespondenz las, ließ eher den Schluss zu, dass sie sich durchaus verstanden, ja, gemeinsame Sache machten.

Als das Telefon klingelte, hätte Matthew beinahe einen Herzinfarkt bekommen: Er war so gefesselt von der Lektüre von Van Straatens E-Mail-Verkehr, dass er das Gefühl hatte, sein Kreislauf hätte auf Lichtgeschwindigkeit beschleunigt. Gleichzeitig war seine Aufmerksamkeit aufs Äußerste gespannt, um nicht von einem Besucher überrascht zu werden. Die ganze Zeit war er mit den Ohren bei der Tür gewesen. Der Schweiß stand ihm auf der Stirn, als er abhob.

»Meyer?«

»Matthew! Sie sind also da. Sehr schön. Sind Sie mit dem neuen Büro zufrieden?«

Van Straaten. Nur scheinbar jovial. Alles an ihm war schließlich Berechnung. Er war eine Raubspinne. »Hallo, Herr Dr. Van Straaten. Ja, alles prima. Ich richte mich gerade ein.« Er räusperte sich. »Aber ich brauche noch ein Passwort.«

»Das müssen Sie sich schon selbst einfallen lassen. Aber Sie haben ja Fantasie.«

»So meinte ich es nicht. Mir fehlt der Schlüssel. Ohne den kann ich keines einrichten.«

»Verstehe. Nun, das machen Sie mit einem von den Personalleuten aus. Haben Sie schon die Pressekollegen kennengelernt?«

»Ist als Nächstes dran.«

»Sehr gut. Alles ausgezeichnete Leute. Sie werden sie unterstützen.«

»Natürlich. Danke für Ihren Anruf.«

Und schon hatte Van Straaten aufgelegt. Wer wird wen unterstützen?, fragte sich Matthew. Die mich oder ich die? Welchen Status hatte ihm Van Straaten hier eingeräumt?

Der Bildschirm schaltete um auf Standby-Modus. Matthew starrte auf die dunkle Oberfläche. Wieso hatte Van Straaten ihn angerufen? Konnte es sein, dass jemand gemerkt hatte, dass er in seinem Account unterwegs war? Er tippte auf die Bedienfläche. Der Bildschirm wurde wieder hell. Eine E-Mail war gerade eingetroffen:

From: Rick.Broadbent@puk-uk.com
To: Bernhard.VanStraaten@maple-group.com
Reference: Banking Trouble

Hi Bernie!
Still with the damned Strasbourgs? Need to talk. The City wants to cash our DPS. Bad thing. If we don't stop this shit Blackstone 'll get too mighty. Call tonight.
Rick

DPS. Dividends per share.

Matthew wusste, dass PUK seit Jahren im Würgegriff von Finanzinvestoren war. Normalerweise liebten es die Finanzhaie, möglichst hohe Dividenden zu kassieren. Doch wenn es ihnen besser in ihre Politik passte, dann bestanden sie darauf, dass das Geld im Unternehmen blieb. Ganze Industrien waren so zum Spielball großer Investoren geworden, auch wenn die immer seltener Geld gaben. Ihr Trick war, die Unternehmen auszubluten. Vorzugsweise, indem sie sie die Zinsen zahlen ließen, die sie bei einer Übernahme selbst zu zahlen hatten. Während Matthew seine externe Festplatte auspackte, um Van Straatens Schriftverkehr und Dokumente zu kopieren, ehe das Passwort möglicherweise ersetzt wurde, beobachtete er, wie im Ordner »Gesendete Nachrichten« die Zahl um einen Wert stieg. Er klickte darauf:

From: Bernhard.VanStraaten@maple-group.com
To: alewtuschenko@russinvest.net
Reference: Fwd. Banking Trouble

Dear Aleksander!
We have to talk about that. Was this your idea? You can reach me within the next two hours. Thanks.
Bernard

Lewtuschenko. Hatte nicht Tatjana ihm von dem Oligarchen erzählt? Und jetzt stellte sich heraus, dass Van Straaten mit ihm dicke war? Rückruf in den nächsten zwei Stunden – das klang nicht so, als stünde der Russe über Van Straaten, eher umgekehrt. Zwei Alphatiere, keine Frage. Aber war nicht Lewtuschenko der deutlich mächtigere Mann? Oder täuschte dieses Bild nur? Letztlich kam es darauf an, wer wen in der Hand hatte.

Als er sich die älteren E-Mails ansah, konnte er feststellen, dass der direkte Kontakt mit Lewtuschenko die große Ausnahme war und zwischen den beiden kaum Inhaltliches ausgetauscht wurde. Bei Rick Broadbent sah die Sache anders aus. Besonders ein kurzer E-Mail-Wechsel aus dem Mai fesselte Matthews Aufmerksamkeit:

– *Any idea how to get the men off?*
– *That's your job, Rick. I want it to be done until tomorrow afternoon. 5 p.m.*
– *Not sure if we can manage that, sorry, Bernie.*
– *Think about our friends from Blackstone.*
– *F* you, Bernie.*

Broadbents Nerven mussten ziemlich blank gelegen haben, als er das schrieb. Solche Worte musste sich Van Straaten sicher nicht oft anhören. Matthews Erfahrung war, dass er so geschätzt und so gefürchtet war, dass ihm praktisch jeder jederzeit mit der ausgesuchtesten Höflichkeit begegnete – wenn man von Leuten wie Schneider absah. Alles andere wäre ein Eigentor gewesen, zumindest schlecht fürs Geschäft. Was mochte den Briten so auf die Palme gebracht haben? Matthew warf einen Blick auf Datum und Uhrzeit: 27. Mai 2012, 23:04 MEZ. Das lag gerade zwei Monate zurück.

Matthew blätterte in seinem Kalender. Zu dieser Zeit hatte er gerade bei Schneider angefangen. Neben der Organisation für den Wahlkampf hatte er sich zuerst einmal selbst organisieren müssen. Und auch Van Straaten hatte ihn damals noch mit einem Job behelligt, dieser Ginevra-Sache, seinerzeit in Klosters. Ginevra. Natürlich! Das musste es sein: Das musste damals ein großes Ding zwischen Van Straaten und Broadbent gewesen sein, der ja immerhin den Laden leitete, dem die Plattform gehörte. Das ergab auch einen Sinn: *Any idea how to get the men off?* – Dabei ging es nicht darum, irgendwelche Mitarbeiter loszuwerden, sondern die Männer von der Plattform in der Nordsee zu bekommen. Angesichts der Problematik hatte Van Straaten verdammt kalt geantwortet. Kein Wunder, dass Broadbent die Nerven verloren hatte.

Matthew suchte weiter. Doch in den nächsten E-Mails war Van Straaten nicht mehr darauf zurückgekommen. Konnte es wirklich sein, dass ihm dieser Angriff egal war? Wie überhaupt konnte es sein, dass er dem Chef eines anderen Unternehmens ein Ultimatum setzte? Bis fünf Uhr nachmittags. Wieso zog Van Straaten die Fäden bei PUK? Nach Matthews Wissen hielt die Sommersberg AG nur ein paar Prozent an dem Laden. Und Van Straatens Maple Group hielt wiederum etwa 80 Prozent an Sommersberg.

Oder sprach Van Straaten letztlich gar nicht für Maple? Ein ungeheuerlicher Verdacht keimte in Matthew, ein Verdacht, der ihn nicht mehr still sitzen ließ. Er sprang auf, nahm seine Jacke und verließ das Gebäude. Draußen schlug ihm ein eisiger Wind entgegen. Matthew klappte den Kragen hoch und lief über den beinahe leeren Jakobsplatz, vorbei an den abweisenden, geheimnisvollen Mauern der neuen Synagoge, dann Richtung Viktualienmarkt – und schließlich irgendwo zwischen Häusern entlang, die ihm nichts sagten, die er nicht kannte und die ihn mit ihren dunklen Fenstern anstarrten, als beobachteten sie jeden seiner Atemzüge, jedes Blinzeln, jede kleinste Geste.

Schließlich hielt er vor einem türkischen Café, trat ein, bestellte sich einen Tee, nahm sein Smartphone zur Hand und schrieb ihr eine SMS. *Hi, Tatjana. Du fehlst mir. Bitte lass uns reden. Bitte. Matt.*

Natürlich würde sie nicht antworten.

*

»Der Bundeswirtschaftsminister würde Sie gern sprechen.«

»Stellen Sie durch, Frau Wonnegut. – Herr Dr. Schneider, wie schön, von Ihnen zu hören!«

»Warten Sie ab, weshalb ich anrufe, Herr Van Straaten«, knurrte Schneider in den Hörer, und Van Straaten hatte das Gefühl, als säße sein Gesprächspartner unmittelbar hinter der Hörmuschel.

»Schießen Sie los, was kann ich für Sie tun?«

»Es geht um Ihre Freunde.«

»Und um welche? Mit Freunden sind wir ja gottlob reich gesegnet, haha.« Natürlich wusste Van Straaten, wo Schneider der Schuh drückte. Doch der Herr Minister, demnächst a. D., sollte es ruhig zum Besten geben.

»Ihre Freunde in Russland. Die Pipeline, Sie erinnern sich?«

»Sie meinen West-Way, wo ich Ihnen einen Posten als …«

»Schon gut, Van Straaten«, unterbrach ihn Schneider, der in solchen Situationen immer pure Geistesgegenwart war. »Hören Sie, die haben sich nicht entblödet, hier mit einem Antrag auf eine Bürgschaft anzukommen.«

»Verstehe. Wo liegt das Problem? Natürlich geht es bei dem Projekt um erhebliche Investments, so was wird doch immer über Bürgschaften abgesichert.«

»Das mag sein, mein Lieber. Aber wie stellen Sie sich das denn vor, Himmel, Arsch und Zwirn! Ich kann doch nicht eine Millionenbürgschaft für ein Unternehmen eingehen, bei dem ich mit einem Bein schon drin bin und mit dem anderen Bein so gut wie. Und das noch dazu, wo ich in ein paar Wochen meinen Schreibtisch räumen darf. Wissen Sie, was das politisch für eine heiße Nummer wäre? Purer Selbstmord.«

Van Straaten wartete einen Augenblick, ehe er antwortete. Dann redete er leise und behutsam auf Schneider ein: »Sie haben natürlich recht, Herr Minister. Das ist ein Problem. Es wird wichtig sein, das sehr sorgfältig zu kommunizieren, vorausgesetzt, dass es überhaupt nötig ist. Es ist ja nicht auszuschließen, dass diese kleine Unterstützung ohne großes Aufsehen über die Bühne geht …«

»Eine halbe Milliarde?«

»Die Sie nicht ausgeben müssen, Herr Schneider. Sie sollen ja nur für den Betrag bürgen.«

»Sie wussten also davon?«

»Man hat mich natürlich ins Bild gesetzt. Als Vorstandsvorsitzender des Mutterkonzerns …«

»Sie wussten vorher, dass die eine Bürgschaft beantragen

werden«, polterte Schneider. »Warum, bitte schön, wusste ich es nicht vorher? Warum erfahre ich es erst auf dem Dienstweg?«

»Um Sie zu schützen, Herr Schneider, ganz klar.«

»Mich zu schützen? Indem Sie mich in ein Netz aus Abhängigkeiten verstricken?«

Van Straaten lachte laut. »Aber Herr Schneider, ich bitte Sie! Wer ist denn hier abhängig? Wir doch. Beziehungsweise unsere Partner in Russland. Wenn die die Finanzierung nicht auf die Reihe bekommen, war die ganze Arbeit von Jahren umsonst. Dann bricht das Projekt zusammen.«

»Ich hätte gute Lust, es über die Wupper gehen zu lassen. Sie verarschen mich doch hier.«

Schneiders Stimme war so kalt, dass selbst Van Straaten überrascht war. »Nach dem Atomausstieg? Und nachdem Sie die Gasförderung in der Nordsee auf Eis gelegt haben?«

»Das haben Sie doch initiiert, Van Straaten.«

»Es wäre nicht schlau, Herr Schneider. Wirklich. Außerdem: Tausende von Bauarbeitern, Gasfachleuten, Ingenieuren und Managern würden ihre Jobs verlieren. Und natürlich auch ein paar designierte Aufsichtsräte …« Schneider atmete deutlich hörbar am anderen Ende der Leitung. Auch ein Kandidat für einen Infarkt, dachte Van Straaten und schob nach: »Sehen Sie, uns ist wichtig, dass Ihre Position für die Zeit nach dem Ministeramt nicht geschwächt wird. Es wäre Unsinn gewesen, Sie schon vorab über den Antrag zu informieren. Am besten wäre es, Sie wären überhaupt nicht informiert.«

*

Hektisch blättere er durch seine Kalender, verglich E-Mails, er hatte sogar seine Telefonlisten aufgerufen. Neben ihm stand eine Tasse Kaffee. Kalt. Und eine Flasche Whisky. Halb leer.

Doch er spürte den Alkohol nicht. Er war so nüchtern, so wach, so konzentriert, dass er das Gefühl hatte, sein Kopf müsste zerplatzen. Wann hatte er Tatjana kennengelernt? Wann war die Einladung auf Van Straatens Gut in der Lombardei erfolgt? Was hatte Tatjana geantwortet, als er sie gefragt hatte, seit wann sie für Wörner arbeiten würde? Was war zuerst, was war später geschehen? Konnte es sein, dass die Geschichte, seine Geschichte, ganz anders aussah, wenn er die zeitliche Abfolge der Ereignisse aus einer neuen Perspektive betrachtete?

Matthew Meyer saß in seiner kargen und kalten Münchner Wohnung und blickte auf die letzten Monate wie durch ein Kaleidoskop: Mit jeder kleinsten Veränderung des Blickwinkels änderte sich das ganze Bild. Van Straaten hatte ihn in Schneiders Feld geschoben, hatte dafür gesorgt, dass er eine Anstellung als Pressereferent im Bundeswirtschaftsministerium bekam, was in Wirklichkeit hieß, dass er Schneiders Spin-Doctor war. So weit, so gut. Das war ein klassischer Spielzug, und Matthew hatte ihn mitgespielt, weil es ihn gereizt hatte, so nah an der politischen Macht zu sein, weil er Van Straaten vertraut hatte – und weil nichts dagegen gesprochen hatte. Dann hatte Van Straaten Schneider auf sein Landgut in der Lombardei eingeladen. Wörner war ebenfalls anwesend gewesen. Und mit ihm seine Assistentin. Oder war es eigentlich die Assistentin gewesen, Tatjana, auf die es Van Straaten angekommen war, während Wörner nur das Mittel zum Zweck darstellte? Zwei junge Menschen, beide attraktiv und sexuell hungrig und süchtig nach Selbstbestätigung, in einem ruhigen, luxuriösen Gästehaus inmitten eines Olivenhains in Italien. Man musste nicht sehr spekulativ veranlagt sein, um die Wahrscheinlichkeit, dass es zu einem intensiveren Austausch, vielleicht sogar zu einem intimen Austausch kam, als hoch einzuschätzen. Kein Personal in der Nähe, wenig sonstige Ablenkung. Alles Zufall? Oder alles Absicht?

Unter normalen Umständen hätte es nahegelegen, dass die beiden jungen Menschen sich in der Folgezeit kaum begegneten: Beide waren in extrem beanspruchende und aufreibende Jobs eingebunden. Und doch waren sie sich wieder über den Weg gelaufen, denn Matthew war ja nun in Berlin. Mit der Übernahme des Jobs als Schneiders Pressereferent konnten sie sich relativ häufig sehen, ja, beinahe eine normale Beziehung führen. Beide lebten sie in derselben Stadt, beide waren sie zwar mit ihren Jobs verheiratet, im Übrigen aber ungebunden. Keine Kinder, keine Familie vor Ort, aber jede Menge Bedürfnisse …

Je länger sich Matthew mit den Terminplänen und Abläufen beschäftigte, umso mehr drängte sich für ihn das Bild auf, dass er geradezu zwangsläufig ein Verhältnis mit Tatjana hatte anfangen müssen. Alles andere wäre beinahe lebensfremd gewesen. Zufall?

»Scheiße!«, fluchte er und fegte die Whiskyflasche vom Tisch. »Wer bin ich eigentlich?« Er betrachtete das Foto von Tatjana auf seinem Smartphone. Sie lachte ihn an, völlig unbeschwert und hoffnungsvoll. Natürlich hatten sie nicht über eine gemeinsame Zukunft gesprochen, das wäre nicht fair gewesen, für beide Seiten. Aber war überhaupt die Gegenwart das, was sie zu sein vorgab? War er der, der er zu sein vorgab, der er zu sein *glaubte*?

»Live is what happens while you are so busy making other plans«, lautete eine Liedzeile von John Lennon. Wie wahr. Nur dass das, was passierte, womöglich ebenfalls einem Plan entsprang, wenn auch gerade keinem göttlichen. Wie gelähmt saß Matthew Meyer vor seinen Unterlagen und brütete weiter über dem Bild, das sich ihm bot. Es war das eines konstruier-

ten Lebens, seines Lebens – nur dass er am Konstruktionsplan nicht mitgewirkt hatte. Während er eifrig studierte, sich bewarb, sich nach oben arbeitete, beschlossen andere, wohin sein Weg ihn führen würde. Vor allem Van Straaten. Falls der nicht am Ende selbst ferngesteuert war. So wie er. Stand Van Straaten womöglich einfach nur auf einer höheren Stufe der gleichen Karriereleiter, die Mächtige im Hintergrund aufstellten, um dann zu entscheiden, wer sie beschreiten und wie hoch derjenige sie hinaufsteigen durfte?

Matthew erhob sich, trat ans Fenster und sah hinaus auf die nächtliche Stadt, die vor ihm lag. Im Glas spiegelte sich sein übernächtigtes Gesicht. War es überhaupt sein Gesicht? »Wer bist du?«, fragte er leise. Er hatte Tatjanas Worte im Ohr: *Ich glaube, man hat sie auf ihn angesetzt.* Und seinen spöttischen Kommentar: *Eine Frau auf seinen Sohn angesetzt? Klingt das nicht ein bisschen sehr nach Verschwörungstheorie?*

Dabei blickte ihm aus der dunklen Fensterscheibe nichts anderes entgegen als dieselbe Art von Schattenmensch: Ja, es war offensichtlich. Sie hatten nicht nur eine Frau auf Arkadi Michailowitsch Lossows Sohn angesetzt, sondern auch einen Mann auf seine Tochter. Ihn.

SIEBZEHN

London, 11. August 2012

Mit zittrigen Fingern tippte Tatjana die Nummer in ihr Handy. Sie fragte sich, ob die Verbindung wirklich noch sicher war, ob überhaupt noch etwas sicher war. Irgendetwas. Nach dem dritten Läuten meldete sich die vertraute Stimme.

»Ja?«

»Ich bin da.«

»Zimmer 305. Nehmen Sie die Treppe.«

Es waren nur wenige Gäste in der Hotelhalle. Neben dem Aufzug gab es eine Tür, darüber ein Schild, auf dem eine Treppe abgebildet war. Tatjana sah sich um, dann huschte sie durch die Tür. Vor ihr lag ein dunkler Flur, an dessen Ende überraschend steil die Stufen nach oben gingen. Wenig später stand Tatjana vor dem Zimmer mit der Nummer 305. Sie atmete noch einmal tief durch, bevor sie klopfte. Es dauerte nur einen kurzen Augenblick, dann öffnete sich eine Tür in ihrem Rücken.

»Wir sind hier drüben«, sagte jemand, dessen Stimme Tatjana nicht kannte. Kurz zögerte sie, griff zum Handy und überlegte, ob sie Vera Beliani noch einmal anrufen sollte. Doch dann hörte sie im Hintergrund ihre Stimme. »Alles in Ordnung. Kommen Sie.«

Die Journalistin war kleiner und zierlicher, als Tatjana sie sich vorgestellt hatte.

»Ich freue mich, dass Sie da sind«, sagte sie. Sie sprach Russisch mit leicht georgischem Akzent. »Es hat Sie niemand gesehen?«

»Ich glaube nicht.«

»Das ist Dimitrij.«

Der Mann, der zuerst in der Zimmertür gestanden hatte, nickte ihr zu. Frankfurt, fuhr es Tatjana durch den Kopf. Das war der Mann, der sie in Frankfurt am Flughafen angesprochen und ihr die Zeitung gegeben hatte. Unwillkürlich blickte sie auf seine Schuhe. Grau. Kunstleder. Beinahe hätte sie nach Luft geschnappt. »Angenehm«, sagte sie stattdessen. Obwohl es eine glatte Lüge war. Die ganze Situation war ihr unheimlich. Niemand wusste, dass sie hier war. Jedenfalls niemand, von dem sie sich das erhofft hätte. Möglicherweise wussten es aber sehr viele andere Menschen. Solche, von denen es ihr lieber gewesen wäre, sie hätten es nicht gewusst. »Wir bleiben hier?«

»Das war eigentlich mein Plan, weil wir das Zimmer als einigermaßen sicher betrachten.« Vera Beliani zögerte. »Betrachtet haben.« Sie nickte zum Fenster hin. »Seit heute Morgen steht hier ein Baugerüst, das macht uns etwas Sorgen. Vor allem weil man bei der Stadtverwaltung nichts davon weiß.«

»Na ja, die Stadtverwaltung wird die Fassade ja vermutlich nicht renovieren«, sagte Tatjana und gewann langsam ihre Selbstsicherheit wieder zurück.

»Richtig. Aber sie muss es genehmigen, wenn auf einem öffentlichen Gehweg ein Baugerüst aufgestellt wird. Wie gesagt, das macht uns ein wenig Sorgen. Wir haben deshalb umdisponiert. Wir setzen uns ins Selfridges. Das Kaufhaus hat ein Restaurant im obersten Stockwerk. Wir gehen getrennt hin – und treffen uns dort dann wieder. Das heißt, Sie gehen mit Dimitrij.« Vera Beliani schlüpfte in eine graue Jacke, die so langweilig aussah, dass sie sie beinahe unsichtbar machte, schnappte sich ihre Tasche von einem Stuhl und war fort, ehe Tatjana etwas erwidern konnte.

»Ich …«

Dimitrij zog sich ein dunkles Jackett über und nickte Tatjana zu. »Gehen wir. Es ist nicht weit, nur ein paar Häuser die Straße runter.«

»Ich kenne London.«

Ehe sie das Hotel verließen, erklärte Dimitrij: »Wir tun besser nicht so, als wären wir ein Liebespaar. Das wirkt immer verdächtig.«

»Na, dann bin ich ja beruhigt.«

»Besser, wir geben uns wie ein Ehepaar, das schon länger verheiratet ist.«

Tatjana blieb stehen. »Wissen Sie, wie alt ich bin?«

Dimitrij musterte sie nur kurz. »Alt genug«, sagte er. Dann ließ er ihr den Vortritt auf die Oxford Street.

*

Die imposante Fassade des Selfridges erhob sich wie ein gekappter New Yorker Art-déco-Wolkenkratzer über der Oxford Street, hier war die Zeit stehen geblieben, und gleichzeitig tobte hier das Leben. Verwirrt stolperte Tatjana hinter Dimitrij her, der sie am Ärmel gepackt hatte, um sie nicht zu verlieren.

»Ich finde schon zum Restaurant«, zischte sie ihm auf Russisch zu.

»Ich möchte nur nicht, dass Sie auf dem Weg dorthin verloren gehen«, erwiderte er gelassen und griff sogar noch etwas fester zu.

Er bugsierte sie in einen schmalen Fahrstuhl und drehte seinen mächtigen Rücken zur Tür, damit niemand auf die

Idee kam, zu ihnen zu steigen. Dann drückte er auf den obersten Knopf und fuhr schweigend mit ihr hinauf zum Restaurant. Mit einem leisen »Pling« erreichte der Lift ohne Zwischenstopp das Ziel. Ehe sie ausstiegen, hielt Dimitrij Tatjana zurück. »Sie trinken nur Tee oder Kaffee. Nichts weiter.«

»Schon klar«, sagte Tatjana, die froh war, nicht länger mit diesem obskuren Mann in einen engen Aufzug gepfercht zu sein. Die Tür glitt zwischen ihnen zu, und Tatjana stand plötzlich allein da.

Vera Beliani war nirgends zu sehen. Unsicher blickte Tatjana sich um, dann nahm sie ein Tablett und ging zum Getränkeautomaten. Sie entschied sich für Kaffee, stellte die Tasse unter die Maschine, drückte den Knopf, wartete, bis die schwarze Brühe durchgelaufen war, zahlte mit ihrer Kreditkarte, weil sie keine britischen Pfund dabeihatte, und suchte sich einen Platz an einem leeren Tisch am Fenster. Nach einigen Minuten, in denen nichts geschah, prüfte sie ihr Handy, ob sie Nachrichten bekommen hatte (was nicht der Fall war). Vorsichtig nippte sie an ihrem Kaffee, einen Augenblick später stand Vera Beliani vor ihr, ein Tablett in der Hand, darauf eine Tasse, aus der der beflaggte Faden eines Teebeutels hing, und fragte in beinahe reinem Englisch: »Ist hier noch frei?«

Tatjana nickte und deutete wortlos auf den Stuhl gegenüber. Die Journalistin setzte sich und nahm eine Zeitung aus ihrer Tasche, faltete sie auseinander und vertiefte sich scheinbar in die Lektüre, während nebenan ein Mitarbeiter des Restaurants mit einem Lappen den Tisch wischte und einen Zuckerstreuer hinstellte. Der junge Mann kam dann an ihren Tisch, wiederholte sein Zeremoniell und verschwand schließlich hinter einem Abräumwagen.

»Sind Sie allein hier?«, fragte Vera Beliani unvermittelt.

»Wie lange arbeitet Dimitrij schon für Sie?«, fragte Tatjana zurück.

*

München, 9. August 2012

Vielleicht ahnte Van Straaten schon, dass er ihn und sein ganzes perfides System durchschaut hatte. Sicher ahnte er es. Doch ein Mann wie er war ja nicht in der Lage, in moralischen Kategorien zu denken. Das war Matthews großer Vorteil. Er würde nicht die richtigen Schlüsse ziehen. Matthew wusste genau, was er tun würde: Er würde das Kartell der selbst ernannten Götter zerschlagen, würde all ihre perversen Taten öffentlich machen. Die Medien würden Van Straaten und seine Handlanger in der Luft zerreißen, Brown Stitchfield würde nie wieder ein Gesetz formulieren können, die korrupten Klüngeleien zwischen Berlin und Moskau würden offengelegt werden – und genau diese Öffentlichkeit würde ihn, Matthew Meyer, auch davor schützen, plötzlich und unerwartet bei einem Unfall ums Leben zu kommen oder überraschend Selbstmord zu begehen.

Die nächsten zwei Tage brachte Matthew jede freie Minute damit zu, seine E-Mail-Accounts zu durchforsten, welche Informationen er – wissentlich oder unwissentlich – über Tatjana weitergegeben hatte. Drahtzieher im Hintergrund war zweifellos Bernhard Van Straaten. Er hatte alles arrangiert. Doch je tiefer Matthew sich in die Kommunikation einarbeitete, umso fragwürdiger erschien ihm die Sinnhaftigkeit dieser Aktion. Was hatte Van Straaten denn schon über Tatjana erfahren? So gut wie nichts. Das war auch naheliegend. Immerhin gab es unter normalen Umständen keinen Grund, mit dem

Chef über die Assistentin eines anderen Managers zu sprechen oder ihm etwas über sie mitzuteilen. Ein paar E-Mails, die Tatjana in Wörners Auftrag verfasst hatte, waren von ihm an Van Straaten weitergeleitet worden. Das war schon so gut wie alles. Hatten sie sich gelegentlich über die junge Frau unterhalten? Vielleicht. Doch selbst in diesem Punkt war Matthew sich nicht sicher. Nein, Van Straaten hatte praktisch nichts von ihm über Tatjana erfahren. Es konnte sich für ihn nicht gelohnt haben, ihn auf sie anzusetzen. Also war es doch Schneider gewesen? Sicher, Schneider hatte ständig über Frauen gesprochen und einige anzügliche Bemerkungen über Wörners scharfe Assistentin gemacht. Nicht auszuschließen, dass Matthew gelegentlich irgendetwas darauf geantwortet hatte. Doch im Schriftverkehr mit Schneider fand sich rein gar nichts über Tatjana. Beide hatten nichts über sie erfahren. Nicht von Matthew Meyer. Jedenfalls nicht absichtlich. Er blickte seinen Computer an und fröstelte. Nein, nicht absichtlich. Aber was sie alles erfahren hätten, wenn sie in *seine* privaten Dateien geschaut hätten. Und was sie alles *gesehen* hätten …

*

London, 11. August 2012

Mit einem gewissen Respekt beobachtete Tatjana, wie Vera Beliani mit ruhiger Hand einen Löffel Zucker in ihren Tee rührte und noch einen, wie sie das Glas – sie hatte für den Tee ein Wasserglas genommen, ganz nach russischer Art – an die Lippen setzte und trank. Die Journalistin war die Souveränität in Person. Weder schien sie besorgt zu sein, dass Tatjana auf der falschen Seite stand, noch schien sie sich vor Übergriffen des russischen Geheimdienstes FSB zu fürchten, dessen langer

Arm zweifellos auch bis nach London reichte, wenn nicht sogar bis in ihre unmittelbare Nähe. Stattdessen saß sie da, klein und grazil, lächelte Tatjana freundlich an und schob ihr den Zuckerstreuer über den Tisch. Tatjana schüttelte den Kopf. Kaffee trank sie am liebsten schwarz. Nur ab und zu sondierten Vera Belianis Augen das Restaurant, blieben für kurze Zeit an jemandem oder etwas hängen, wanderten dann weiter und kehrten schließlich mit demselben wohlwollenden Ausdruck zu Tatjana zurück.

»Danke, dass Sie gekommen sind.«

»Wo ist Lewtuschenko?«, fragte Tatjana unumwunden. Seinetwegen war sie hier. Ihn wollte sie zur Rede stellen. Nur er konnte Licht in das Dunkel bringen, das das Schicksal ihres Vaters umgab.

Die Journalistin zuckte mit den Schultern. »Ich weiß es nicht«, sagte sie und erlaubte Tatjana, ihre Augen genauer zu studieren. »Er hätte eine halbe Stunde vor Ihnen im Hotel sein sollen. Leider tauchte er nicht auf. Dimitrij ist jetzt wieder dort. Falls unser gemeinsamer Freund doch noch auftaucht, wird er ihn hierherbringen oder mir ein Zeichen geben, wo wir uns stattdessen treffen können.«

»Sie wissen, dass ich seinetwegen nach London gereist bin.«

»Das weiß ich, Tatjana Lossowa. Und Sie wissen, dass ich Sie beide brauche. Und noch viele andere mehr.« Sie nahm die Zeitung wieder zur Hand und tat, als studiere sie die Wohnungsanzeigen. Es war nicht viel los um diese Stunde. Das Restaurant des Selfridges war vor allem zur Mittagszeit und am späteren Nachmittag oder frühen Abend gut besucht, wenn die Angestellten aus den umliegenden Bürogebäuden ihre Pause machten oder Feierabend hatten. Jetzt trieben sich nur ein paar Touristen herum, die sich die überteuerten Preise der herkömmlichen Lokale nicht leisten konnten oder wollten. Und einige alte Damen, die sich zum Schwatz trafen. Vera Belianis ganzes Interesse richtete sich aber offenbar auf einen Herrn mittleren Alters, der sich nicht weit entfernt hingesetzt hatte und mit seinem Smartphone surfte. Wenn er denn surfte. Vielleicht machte er ja auch die ganze Zeit Fotos von ihnen beiden und schickte sie an seine Dienstherren in Battersea, Langley oder Moskau.

»Ist Ihnen bekannt, dass er Ihren Vater im Gefängnis besucht hat?«

»Dann weiß er mehr über ihn? Und Sie auch?«

Vera Beliani zuckte die Achseln. »Angeblich wollte er ihm helfen.«

Tatjana schnaubte abfällig. »Wie kommen Sie darauf, dass er es ehrlich meint?«

Vera Beliani atmete tief ein, wiegte den Kopf ein wenig hin und her und legte die Zeitung beiseite. »Wie kommen Sie darauf, dass ich das erwarte?«, fragte sie schließlich ihrerseits. Sie lehnte sich mit einem Ellbogen auf den Tisch, wodurch sie noch etwas näher an Tatjana heranrückte. »Menschen wie Lewtuschenko sind geborene Lügner«, fuhr sie fort. »Sie meinen es niemals ehrlich. Selbst wenn sie glauben, ganz und gar aufrichtig zu sein, sind sie unehrlich bis ins Mark. Lewtuschenko behauptet, er will Ludins Kartenhaus zusammenfallen lassen. Er möchte aufdecken, wie der Kreml spielt und was dahintersteckt. Das glaube ich ihm durchaus. Er tut es nur nicht wegen irgendeiner Art von Läuterung, die er durchgemacht hätte. Er tut es, weil er sich rächen will und weil er hofft, dass sein Stern wieder steigt, wenn Ludins Stern sinkt.«

»Und denken Sie, dass das geschehen wird?«

»Nein. Ich glaube nicht, dass sein Plan aufgeht. Aber wenn wir Glück haben – und das kann ich Ihnen nur sagen, weil er gerade nicht hier ist –, wenn wir Glück haben, dann stürzen sie beide. Der eine politisch, der andere in den Bankrott. Lewtuschenko sind hier in London viele Dinge nicht möglich. Er verfügt nicht über die Verbindungen und die Kontrolle, wie er sie in Moskau oder St. Petersburg hatte. Sicher, im Vergleich zu anderen Menschen ist er immer noch unvorstellbar mächtig, weil Geld nun einmal auch Macht bedeutet. Aber ich denke, dass seine Flucht für ihn als Russen unverzeihlich ist.«

»Für ihn als Russen?«

»In Russland gibt es kein Comeback. Bei uns bekommt niemand eine zweite Chance. Du bist entweder Gewinner oder Verlierer. Und die Niederlage ist bei uns stets endgültig. Sie müssten das doch wissen.«

»Ist das der Grund, warum die Vernichtung eines Menschen bei uns immer so absolut betrieben wird?«

»Sie sprechen von Ihrem Vater. Sie denken: Hätte es nicht genügt, ihn einfach mundtot zu machen? Ihn zu entlassen, ihn in die Armut zu treiben? Ihn auf jede schwarze Liste zu setzen, die der Kreml und der FSB pflegen? Sie denken jedoch schon zu westlich, Tatjana Lossowa. Der Mensch ist in Russland nicht die Summe seiner Werke und Werte, sondern er ist die Summe seiner Nützlichkeiten und Fähigkeiten. Ist er nicht mehr nützlich, so ist er nur lästig. Und eine Last muss man über Bord werfen, wenn man weiterkommen will.«

»Aber warum mussten sie dann Nikolai diese Grausamkeit antun? Es hätte doch gereicht, unseren Vater kaltzustellen.«

»Dann hätten doch immer noch die Dokumente existiert. Zuerst ging es allein um diese. Ihr Vater wollte nicht nützlich sein, also war er nur lästig. Natürlich hätten sie ihm trotzdem gern entlockt, wo er die Unterlagen verwahrte. Um ehrlich zu sein: Ich bin nicht sicher, ob er ihnen nicht doch noch entgegenkommt.«

»Mein Vater? Niemals.«

»Sie ahnen nicht, was der FSB noch an Mitteln hat, um ihn zum Reden zu bringen.«

»Sie haben ihm schon das Schlimmste angetan«, sagte Tatjana mit tränenerstickter Stimme.

Vera Beliani nickte. »Vermutlich haben Sie recht. Aber er hat nicht nur einen Sohn, sondern auch noch eine Tochter und eine Ehefrau.«

Einen Augenblick schwiegen sie. Der Mann mit dem Smartphone stand auf und holte sich an der Theke ein Stück Kuchen. Misstrauisch verfolgte die Journalistin aus den Augenwinkeln jede seiner Bewegungen.

»Und jetzt geht es wieder um die Dokumente«, stellte Tatjana fest.

»Ja. Nur dass ich nicht der FSB bin.«

»Sie machen es geschickter. Aber wer sagt mir, dass Ihre Absichten gut sind?«

»Niemand wird Ihnen das sagen können, Tatjana Lossowa. Im Gegenteil: Fragen Sie, wen immer Sie wollen – fast jeder wird Ihnen bestätigen, dass ich manisch bin, vielleicht sogar manisch-depressiv. Man wird Ihnen sagen, dass ich für meine Reportagen über Leichen gehe, dass ich geschieden bin – was für gewisse Leute ein Beweis der Unzuverlässigkeit ist. Sie werden erfahren, dass mich der Geheimdienst finanziert. Je nachdem, wen Sie fragen, ist es der amerikanische, der britische, der iranische oder der russische. Alles können Sie über mich herausfinden, nur nichts Gutes. Wie also sollen meine Absichten gut sein?«

Tatjana hatte sich wieder gefasst. Sie blickte aus dem Fenster und nahm sich ein wenig Zeit mit ihrer Erwiderung. »Ich kenne diese Art der Gesprächsführung«, sagte sie schließlich. »In jedem Ausbildungsprogramm großer Unternehmensberatungen bekommt man sie beigebracht, bevor man als Kundenbetreuer eingesetzt wird. Ich würde lügen, wollte ich behaupten, sie würde nicht auch bei mir ihre Wirkung entfalten. Aber das ist gar nicht der Grund, warum ich Ihnen helfen werde.«

»Sie machen es aus dem Grund, weil Sie keine Alternative haben, richtig?«

Tatjana nickte. »Keine Alternative und auch keine Energie. Man hat meinen Bruder seelisch gebrochen, verstümmelt und irgendwohin gebracht. Man hat meinen Vater verschwinden lassen. Man hat das Leben meiner Mutter zerstört. Es ist genug. Ich will es beenden. Wenn Ludins Schergen nun auch mich zerstören wollen, dann soll er wenigstens selbst mit in den Abgrund gerissen werden.«

»Sie trauen Ihren Dokumenten ja viel Sprengkraft zu.«

»Den Dokumenten, Lewtuschenkos Rachedurst und Ihrer Arbeit. Ja, das könnte vielleicht genügen.«

Vera Beliani lächelte müde. »Ich hoffe, Sie haben recht.«

»Wissen Sie etwas über diese Geschichte, die in der Presse stand, nach der Lewtuschenko in den Tod einer jungen Frau in der Schweiz verwickelt war?«

Die Journalistin wiegte erneut den Kopf. »Das ist eine seltsame Geschichte. Wenn stimmt, was ich gehört habe, hatte er eine Prostituierte auf seinem Hotelzimmer. Das Mädchen soll drogensüchtig gewesen und an einer Überdosis gestorben sein.«

»Klingt nicht besonders seltsam, wenn Sie mich fragen.«

»Für sich genommen ist es durchaus glaubwürdig. Nur dass es nirgendwo, wo Lewtuschenko in den letzten Monaten oder Jahren in der Schweiz war, einen ungeklärten Todesfall gab. Wir haben das recherchiert.«

»Will man ihm einen Skandal andichten?«

Die Journalistin seufzte. »Ich fürchte, es ist schlimmer. Vermutlich gibt es diese Tote. Man wartet nur auf den richtigen Augenblick, um Beweise zu liefern. Und ich kann mir vorstellen, dass man auch beim Goldenen Schuss ein wenig nachgeholfen hat.«

»Sie meinen, man hat ihr das Rauschgift absichtlich gespritzt?«

»Nun, es reicht, den Stoff mit etwas Rattengift zu versetzen. Sieht aus wie Heroin, ist aber viel tödlicher.«

Tatjana schlug die Hände vors Gesicht. »In was für einer Welt leben wir, Vera?«

»In der besten aller möglichen«, erwiderte die zierliche Frau ernst. »Aber wir sollten sehen, dass wir sie noch um einiges besser machen. Geben Sie mir die Papiere?«

»Ich habe hier an der Kasse einen Schlüssel abgegeben, den ich angeblich gefunden habe. Daran ist ein silbernes Kettchen mit einem Anhänger, auf dem ein Notenschlüssel abgebildet ist. Der Schlüssel gehört zu einem Schließfach am Flughafen Gatwick. Der Kassiererin habe ich gesagt, ich hätte ihn auf der Toilette gefunden.« Tatjana stand auf und legte ihr Handy auf den Tisch. »Ab jetzt müssen Sie ohne direkten Draht zu mir auskommen, Vera Beliani. Ich werde Lewtuschenko selbst finden, und ich werde ihn zur Rede stellen. Einen schönen Tag noch – und alles Gute.«

»Ihnen auch alles Gute, Tatjana Lossowa. Und danke für Ihren Mut.«

*

The Times, 13. August 2012

Tödliche Spekulationen

London. Wenige Wochen nach seiner Emigration nach England ist der russische Oligarch Aleksander Lewtuschenko tot in seinem Haus in Belgravia aufgefunden worden. Wie Scotland Yard in einer ersten Stellungnahme mitteilte, gehen die Behörden von Selbstmord aus. Lewtuschenko galt als einer der prominentesten Gegner des russischen Präsidenten Ivan Ludin, dessen Aufstieg er zuerst unterstützt hatte, ehe er sich offen gegen ihn stellte …

*

Satschini 24 TV, 13. August 2012

Das Ende des Unersättlichen

Es gibt viele Menschen, die Aleksander Petrowitsch Lewtuschenko, dem Multimilliardär und Korruptionskünstler, nachsagen, er hätte keinen Anstand. Nun hatte er immerhin so viel Anstand, seinem schändlichen Leben, seinen Lügen und Verbrechen selbst ein Ende zu setzen: Gestern hat sich der Öl- und Gasmogul in London das Leben genommen. Lewtuschenko hatte erst vor kurzem in Großbritannien um politisches Asyl gebeten. Gut informierte Kreise gehen allerdings davon aus, dass er vor allem vor seinen Gläubigern Schutz gesucht hatte. In den zurückliegenden zwei Jahren musste sein Unternehmenskonsortium schwere Verluste hinnehmen. Lewtuschenko galt als risikofreudig und skrupellos. Das hatte ihn wirtschaftlich derart in Schwierigkeiten gebracht, dass er offenbar keinen anderen Ausweg sah, als sich in seinem Haus in London zu erhängen. Da sich seine früheren Freunde, die sich alle in hochrangigen Positionen befinden, nicht für seine gefährlichen und zumindest teilweise kriminellen Machenschaften verwenden wollten, war dieser Schritt nur konsequent. Lewtuschenko hinterlässt eine Ex-Frau, mit der er zwei Söhne hatte, und eine nicht bekannte Anzahl von unehelichen Kindern.

ACHTZEHN

München, 10. August 2012

Auch wenn die Plattform nur etwa sechzig Meter über dem Meeresspiegel lag, und auch wenn die See an dieser Stelle nur dreiundneunzig Meter tief war, so ging es doch um vollkommen andere Dimensionen: Rund 4500 Tonnen Stahl und Beton erhoben sich über einem Bohrloch, das mehr als 5600 Meter unter die Meeresoberfläche reichte. Dort, in tiefem Sandgestein, lagerten unvorstellbare Mengen an Öl und Gas. Täglich wurden rund neun Millionen Kubikmeter Gas und 60 000 Barrel Leichtöl durch die Förderrohre an die Erdoberfläche gepresst. Dabei herrschten in diesen Tiefen höllische Bedingungen: 190 Grad Celsius Temperatur und 1100 bar Druck lasteten auf den Lagerstätten. Die Ginevra-Plattform, von den Arbeitern vor Ort liebevoll »Little Ginevra« genannt, arbeitete standardmäßig unbemannt. Die Mannschaft von mehr als zweihundertsechzig Arbeitern war auf der in unmittelbarer Nähe stationierten und mit einer neunzig Meter langen Stahlkonstruktion mit ihr verbundenen Parallelplattform untergebracht, der Ginevra Production/Utilities/Quarters Platform, der sogenannten PUQ. Als in viertausend Metern Tiefe das Gasleck auftrat, wurde nahezu die gesamte Mannschaft evakuiert. Wenig später hatte sich um die beiden Plattformen in Richtung Nordnordwest ein mehr als zehn Kilometer langer, einen Kilometer breiter Film aus einem öligen Gemisch fossiler Stoffe gebildet, der hochgiftig war. Als noch gefährlicher wurde jedoch die Gaswolke eingestuft, die sich über der Meeresoberfläche gebildet und sich im Laufe der ersten Tage immer höher aufgetürmt hatte. Eine stürmische See und starke Böen hatten diese Gaswolke unberechenbar gemacht. An der tagelang weiterbrennenden Flamme, die in neunzig Metern Höhe unerwünschte Restgase abfackelte, hätte sich diese unsichtbare, aber gigantische Bombe entzünden können. Eine verheerende Katastrophe wäre die Folge gewesen.

Aufgrund der Einschätzung von Spezialisten, die die Gefahr errechnet hatten, wurde eine Sicherheitszone von zwei Seemeilen für Schiffe und drei Meilen für Flugzeuge und Hubschrauber eingerichtet. Analysten an den Rohstoffmärkten bewerteten das Ausfallrisiko, Spekulanten an den Börsen schickten die Aktie des Betreiberunternehmens Petrol United Kingdom in den freien Fall, Ratingagenturen stuften es herab. Sie alle nahmen die Kettenreaktion vorweg, die dann aber nicht eintraf. Zeitweilig verlor das Unternehmen an die sechs Milliarden Euro an Wert. Die Fackel konnte nach sechs Tagen gelöscht werden, und fast zwei Monate nach Auftreten des Blowout hatte PUK damit begonnen, ein Schlamm-Beton-Gemisch in das Leck zu pressen. Bereits zwölf Stunden später konnte das Unternehmen melden, dass kein Gas mehr austreten würde. Der Schaden für PUK wurde als gering eingeschätzt, und der Börsenkurs erholte sich binnen Tagen auf annähernd das Niveau von vor dem Zwischenfall. Der Schaden für die Umwelt wurde nicht bewertet.

*

Zwölf Stunden. Matthew war fassungslos, welche Dimensionen die ganze Sache annahm. Je länger er forschte, umso wahnwitziger wurde es. Wieso hatte man fast zwei Monate gewartet, wenn ein solches Leck innerhalb von Stunden geschlossen werden konnte? Wieso traten pro Tag 200 000 Kubikmeter Gas aus, während sonst täglich neun Millionen Kubikmeter aus der Tiefe emporschossen? Und wieso hatte Van Straaten ihn um eine Live-Reportage gebeten, als noch niemand wusste, dass es überhaupt ein Problem gab? Die Ereignisse hatten sich überschlagen, ja, aber Matthew erinnerte sich noch genau an den Tag, als ihn Van Straaten in Klosters angerufen und in seine Suite gebeten hatte. Nichts war ihm anzumerken gewesen. Und auch bei dem Telefonat später hatte Van Straaten cool wie immer gewirkt. Die Frage nach einer Nordsee-Reportage war geradezu beiläufig erfolgt. Zu beiläufig? Genau fünf Tage bevor nach offiziellen Angaben der Unfall passiert war, hatte Van Straaten ihn danach gefragt.

Also – ein Blowout. Konnte es sein, dass es sich in Wirklichkeit um eine Luftblase gehandelt hatte? War es möglich, dass die Betreiberfirma einfach nur einen geringen Teil unter Wasser abgelassen hatte, um eine Gaswolke und einen Ölfilm zu erzeugen, der die Gefahr einer unvorstellbaren Katastrophe heraufbeschwören sollte? Konnte es sein, dass alles nur ein Fake war? Hatte Matthew dabei geholfen, eine Nachricht zu verkaufen, die es noch gar nicht gab, sondern die erst noch gemacht werden musste? Doch welchen Vorteil sollte Van Straaten oder sein Unternehmen davon gehabt haben, dass wochenlang nicht gefördert werden konnte, dass der Aktienkurs einbrach, dass die Medien über ein Tochterunternehmen der Maple AG herfielen? Das konnte doch überhaupt keinen Sinn haben! Es sei denn …

*

»Guten Tag, Herr Van Straaten.«

Marc Rogner, der leitende Redakteur des ARD-Hauptstadtstudios, klang so unterwürfig, dass Van Straaten lächeln musste. »Herr Rogner! Wie wunderbar, von Ihnen zu hören. Was kann ich für Sie tun?«

»Ihr Mitarbeiter hat hier angerufen.«

»Nichts für ungut, aber wir haben mehr als 50000 Mitarbeiter ...«

»Ihr PR-Heini. Der mit dem englischen Vornamen und dem deutschen Nachnamen.«

»Matthew Meyer. Was wollte er denn?«

Marc Rogner zögerte kurz. »Na ja, es ging um die Reportage über diese Plattform.«

»Ach ja? Und was war sein Anliegen?«

»So genau kann ich das gar nicht sagen, es kam mir nur komisch vor. Ich meine, immerhin sitzt er ja an der Quelle – also bei Ihnen. Da fand ich es seltsam, dass er bei uns anruft, um sich genauer zu informieren.«

»Und was haben Sie ihm gesagt?«

»Tja, ich schätze, die Kollegen aus der Redaktion haben ihm mitgeteilt, was wir wissen.«

»So, so. Jedenfalls danke, dass Sie sich gemeldet haben.«

Van Straaten legte auf und betrachtete das chinesische Siegel, das ihm seine Frau zum Geburtstag geschenkt hatte und das nun auf seinem Schreibtisch als Briefbeschwerer diente. Natürlich gehörte es zu Matthew Meyers Aufgaben, sich zu informieren. Und sicher gab es genug gute Gründe für ihn, sich über Ginevra aufklären zu lassen. Aber wieso tat er es nicht dort, wo er mit den besten Auskünften rechnen konnte – bei ihm? Es war offensichtlich, dass man Meyer im Auge behalten musste.

*

Den Rest der Nacht verbrachte Matthew mit dem Studium von Börsenkursen, Kursbewegungen, Preisveränderungen an den Rohstoffmärkten, von technischen und bilanziellen Kennzahlen der Öl- und Gaslager von PUK, mit Rückstellungen in den Bilanzen, Abschreibungen, Pressemitteilungen und immer wieder mit der Rede, die Van Straaten auf der Bilderberg-Konferenz gehalten hatte. Als das schmutzige Grau des frühen Morgens über den Horizont kroch, war er so weit, dass er endlich selbst verstand, was er herausgefunden hatte. Er wählte Van Straatens Nummer.

»Matthew? Wissen Sie, wie spät es ist? Ich bin vor weniger als drei Stunden schlafen gegangen«, meldete sich sein Chef.

»Ich habe gar nicht geschlafen. Wir müssen reden.«

»Ist etwas passiert?« Van Straaten war augenblicklich hellwach.

»Kann man so sagen. Aber nicht am Telefon.«

»Kommen Sie zu mir. Sie kennen ja die Adresse. Ich erwarte Sie ab elf Uhr.«

»Wird nicht so lange dauern«, erwiderte Matthew und legte auf, ohne sich zu verabschieden. Er sortierte die Papiere, die er ausgedruckt hatte, die Artikel, Kursverläufe und Ratings, die Pressemitteilungen und die Jahresberichte von Maple, PUK und von Sommersberg. Zum Schluss legte er alles sorgfältig in seine Tasche, zog sich an und rief ein Taxi.

NEUNZEHN

London, 11. August 2012

Als sie das Kaufhaus Selfridges wieder verließ, wusste Tatjana, dass ihr Leben nie wieder so werden würde, wie es gewesen war. Sie war mit dem Lift direkt ins Erdgeschoss gefahren. Unter der Eingangstür schlug ihr die stickige Schwüle Londons wie eine höhnische Ohrfeige ins Gesicht. Sie wünschte, sie hätte ein Kleid bei sich gehabt. Doch all ihre Habseligkeiten befanden sich in ihrer Wohnung in Berlin, wohin sie vermutlich nie wieder würde zurückkehren können. So wie sie auch nie wieder nach Russland zurückkehren konnte. Wohin sollte sie überhaupt gehen? Zuerst musste sie ihre Sachen holen.

Die Oxford Street war so belebt wie immer. Tatjana zögerte und sah sich um. Oxford Circus oder Bond Street? Die Underground-Haltestelle Oxford Circus lag näher. Sie entschied sich dennoch für die Station Bond Street, als sie einen Mann an der Hausmauer lehnen und Zeitung lesen sah. Vielleicht nur ein Büroangestellter in seiner Pause. Vielleicht nur ein Kaufhausdetektiv. Vielleicht aber auch jemand, der sich für sie interessierte.

Mit schnellen Schritten ging Tatjana Richtung Bond Street. Inzwischen hatte sich die U-Bahn mehrere Male perfekt für eine Flucht erwiesen – man musste es nur bis dorthin schaffen. Sie holte ihre Sonnenbrille aus der Tasche und setzte sie sich auf. Als sie aufblickte, kam ein Paar auf sie zu, das sie schon einmal gesehen hatte. Beide fixierten sie. Der Fahrer! Plötzlich fiel es Tatjana wie Schuppen von den Augen. Der Typ aus dem Lieferwagen, das war der Mann, der sich ihr nun näherte. Und auch die Frau kam ihr bekannt vor.

Tatjana klopfte einem Mann, der unmittelbar vor ihr ging, auf die Schulter und fragte: »Entschuldigen Sie, können Sie mir sagen, wie spät es ist?« Der Mann lächelte sie an und schob den Ärmel seines Anzugs zurück, um auf die Armbanduhr zu sehen. Noch drei Schritte, und sie würden sie erreicht haben, noch zwei: Tatjana stieß den Mann mit aller Kraft von sich, sodass er auf das Paar zutaumelte und sich an dem Lieferwagenfahrer festhielt, um nicht zu stürzen. Währenddessen lief sie auf die Straße, schlängelte sich zwischen den im Stau stehenden Autos hindurch auf die andere Straßenseite, lief weiter in Richtung Duke Street. Sie rannte an den alten Backsteinfassaden vorbei, wich Passanten aus, sah immer wieder über die Schulter zurück. Das Paar war ihr auf den Fersen. Der Überraschungseffekt hatte ihr zwar einen kleinen Vorteil gebracht, aber sie war kein Profi – und die beiden waren sicher nicht einfach ein Lieferwagenfahrer und seine Freundin. Sie waren durchtrainierte Agenten, skrupellos gegen andere und skrupellos gegen sich selbst.

Tatjana wechselte erneut die Straßenseite. Vielleicht fünfzig Meter vor ihr konnte sie rechts einen Platz erkennen, eine seltsam erhöht liegende Anlage, gesäumt von teuren Wohnhäusern und schicken Geschäften. Links und rechts des Platzes erhoben sich zwei Treppen, die zu einem tempelartigen Bauwerk führten. Tatjana sah sich um. Der Abstand zu ihren Verfolgern hatte sich verringert. Sie rannte an der einen Treppe vorbei, passierte eine Gruppe chinesischer Touristen und war schon im Begriff, die zweite Treppe zu nehmen. Doch dann lief sie auch an ihr vorbei und presste sich seitlich eng in den Schatten. Ihr Kalkül ging auf: Die beiden sahen sie nicht mehr und schlossen daraus, dass sie die Mitte des Platzes erklommen hatte. Sie teilten sich auf und stürmten die Treppen hinauf.

In diesem Augenblick erblickte Tatjana ein Schild am gegenüberliegenden Gebäude mit der Aufschrift: *The Ukrainian Catholic Cathedral of the Holy Family in Exile*. Und tatsächlich, es erhob sich an der Stirnseite des Platzes eine Kirche, und das Gitter unter den drei byzantinischen Bogen war geöffnet. »Danke«, flüsterte Tatjana, dann lief sie, so schnell sie konnte, über die Straße und verschwand in der kühlen Dämmerung des Kirchenschiffs.

Fast wäre sie ob der plötzlichen Dunkelheit gestürzt. Doch nach einem kurzen Schwindelanfall fasste sie sich und stützte sich an einer der Kirchenbänke ab. Sie lauschte. Hatte man sie hier eintreten sehen? Hier war sie jedenfalls nicht sicher. Genau genommen saß sie sogar in der Falle. Es musste nur einer der beiden Verfolger die Tür bewachen, dann konnte der andere sie in die Enge treiben.

Wie ein gejagtes Reh sah sich Tatjana verzweifelt in dem Gotteshaus um. Sie wagte es aber auch nicht, die Kirche wieder zu verlassen. Vorsichtig schritt sie das Seitenschiff entlang. Vielleicht konnte sie sich irgendwo verstecken. Gab es eine Empore? Einen Beichtstuhl? Von der Pforte her hörte sie plötzlich Geräusche. Sie beschleunigte ihre Schritte. Auf einmal stand sie am Aufgang zum Chor. Sie dachte an die riesige Orgel in der Isaakskathedrale in St. Petersburg, die so groß war, dass man eine ganze Schulklasse darin hätte verstecken können.

Aus den Augenwinkeln sah sie nun, dass ihre Verfolger in die Kirche eingedrungen waren. Sie taten genau das, was Tatjana befürchtet hatte: Während die Frau am Eingang stehen blieb, begann der Mann das rechte Seitenschiff zu inspizieren und in jeden Winkel zu blicken. Er bewegte sich sehr langsam vorwärts – sie mussten gesehen haben, dass Tatjana in die Kirche geflüchtet war. Er hatte keine Eile, weil er wusste, dass er früher oder später finden würde, was er suchte.

So leise wie möglich schlich Tatjana die Treppen zum Chor hinauf und betete, dass das Holz der Stufen nicht knarrte. Schweißgebadet gelangte sie oben an. In dem Augenblick dröhnte die Orgel in einem bizarren Akkord los, dass sie die Treppen beinahe wieder rückwärts hinuntergefallen wäre. Es war jemand hier. Jemand, der das Instrument zu spielen verstand. Ein Musiker. Hoffnung keimte in ihr auf. Sie näherte sich vorsichtig der Orgel, bis sie einen kleinen buckligen Mann erkennen konnte, der mit zarten Fingern und kräftigen Beinen das Instrument bearbeitete und damit die ganze Kirche zum Vibrieren brachte. Tatjana trat in sein Blickfeld und kniete sich vor ihn hin. Sie faltete die Hände und sah ihn mit flehenden Augen an, während sie mit den Lippen das Wort formte: »*Pamagi!* Hilfe!«

*

From: Matthew.Meyer@maple-group.com
To: tatjana.lossowa@voxcom.net
Subject: Tatjana, wo bist du?

Es tut mir leid. Lass uns reden. Bitte! Auch wenn du mich verachtest – es ist wichtig. Es ist lebenswichtig! Du bist in Gefahr! Bitte melde dich!
Matthew

Vera Beliani seufzte. Sie fühlte sich elend. Mehr als elend. Sie hatte das Gefühl, völlig fertig zu sein. Mit Sicherheit war eine schwere Grippe im Anflug. Ihre Beine mochten sie kaum tragen. Ihr Kopf war leer und dröhnte wie eine Fabrikhalle. Dimitrij hätte längst hier sein sollen. Stattdessen wartete sie schon eine halbe Stunde im Schatten der hohen Bäume hinter den Houses of Parliament, wo ein gnadenloser Wind vorbeizog, der sie an einem besseren Tag an ihre Heimat erinnerte. Ihre geliebte Heimat, die ihre Seele an gewissenlose Dunkelmänner und ihre schillernden Adepten verloren hatte. Vermutlich war alles, was sie tat, alles, was sie versucht hatte, sinnlos. Vermutlich würde es alle, die etwas ändern könnten, ohnehin nicht interessieren – und all den anderen Zahl- und Namenlosen nur ihre immerwährende Ohnmacht vor Augen führen und sie noch unglücklicher machen. So wie diese beiden jungen Menschen, die sich sicher nicht durch Zufall kennen-, aber sich dann eben doch durch höhere Fügung lieben gelernt hatten. Sie nahm Tatjanas entwendetes Smartphone zur Hand und schaltete es an. Mit bebenden Fingern tippte sie: *Matthew, wer immer Sie sind, Sie haben leider recht. Tatjana ist in Gefahr. Kommen Sie nach London, wenn Sie ihr helfen wollen.* Dann drückte sie auf »Senden« und steckte das Smartphone wieder ein. Das war kein kühl kalkulierender Feind. Er liebte sie wirklich. Und Vera Beliani wusste, wie wichtig es in einer Situation wie der von Tatjana war, jemanden zu haben, der einen liebte. Es war vielleicht das Einzige, das einem noch Halt gab. Ja, es war das Einzige. Und das war auch der Grund, warum sie nicht mehr konnte. Sollten sie doch wissen, dass Vera Beliani und ihre Mitarbeiter den E-Mail-Account gehackt hatten. Sollten sie doch wissen, dass sie alles wusste. Alles. Von Tatjana Lossowa und ihrem Freund. Von Lewtuschenko. Von Minister Schneider und seinen Machenschaften … Sie würde sich nicht mehr verstecken. Sie konnte nicht mehr.

Eigentlich war sie ganz froh, dass Dimitrij nicht auftauchte.

Seit Pjotr sie verlassen hatte, hatte alles keinen Sinn mehr für sie. Sie fühlte sich viel zu allein. Ein einsames Reh in einem riesigen Wald voller Jäger. Sie war am Ende. Und sie fühlte sich auch so. »Ach Pjotr«, seufzte sie und setzte sich auf die Stufen des Monuments für die Bürger von Calais in den Victoria Tower Gardens. Eine Stunde später wurde sie dort von einem Krankenwagen aufgelesen und ins St. Thomas' Hospital gebracht. Ein junger Mann in Jeans und Kapuzenshirt packte mit an. Dass er das Handy der kranken Frau einsteckte, fiel niemandem auf.

*

Das Kirchenschiff war menschenleer. Sie hatten jeden Quadratzentimeter abgesucht, doch von der kleinen Russin war nichts zu sehen. Eine Krypta – das perfekte Versteck! Gab es hier eine Krypta? Aber nein, reiche Georgier in London ließen sich auf einem der Friedhöfe in den Nobelvierteln verscharren, arme konnten es sich gar nicht erst leisten, in dieser Stadt zu sterben. Auf der linken Seite führte eine steile hölzerne Treppe nach oben, sie war durch eine schmiedeeiserne Tür vom Erdgeschoss abgetrennt. Erst beim zweiten Versuch öffnete sie sich. War da ein Geräusch? Ja, ein Klacken, ein Schaben, etwas ging dort oben vor. Lautlos wie der Tod schlich er hinauf, gab unauffällig seiner Partnerin ein Zeichen und stand dann so plötzlich auf der Empore, dass er wie eine Erscheinung wirken musste. Der Mann an der Orgel konnte einen Schrei nicht unterdrücken. »Wer sind Sie? Was suchen Sie hier oben?«

»Wo ist sie?«, fragte der ungebetene Besucher, statt eine Antwort zu geben.

»Wo ist wer? Was wollen Sie überhaupt? Sie stören mich bei meiner Probe.«

Ohne auf seine Worte zu achten, sah sich der Mann im Chorgestühl um, zwängte sich hinter das Instrument – und schoss sofort wieder hervor, als der Organist mit aller Kraft einen Akkord anschlug, der das gesamte Gebäude zum Zittern brachte.

»Sie Idiot!«, rief Tatjanas Verfolger und war im Begriff, auf den Musiker loszugehen, als er aus den Augenwinkeln eine Bewegung wahrnahm. Auf der gegenüberliegenden Seite der Empore gab es einen kleinen Durchlass, einen niedrigen Mauersturz ohne Tür. Dahinter war deutlich die Gestalt eines Menschen zu erkennen. Mit zwei großen Sätzen war er dort und duckte sich in die Öffnung, genau in dem Moment, in dem die Gestalt, die ihm den Rücken zugewandt hatte, mit aller Kraft an einem Seil zu ziehen begann und die Glocken des Gotteshauses zum Tönen brachte. Ein Mönch.

Der Mann fluchte, drehte sich um und sah seine Begleiterin am oberen Ende der Treppe stehen. Er schüttelte den Kopf. Gegen das Dröhnen der Orgel und den gewaltigen Schlag der Glocken war eine Verständigung mit Worten nicht möglich. Doch die stille Kommunikation hatten sie perfektioniert.

Unten glitt ein Lichtstreif über den steinernen Boden. Jemand musste die Tür nach draußen geöffnet haben. »Scheiße!«, schrie der Mann, stieß seine Partnerin beiseite und rannte die schmale Treppe so schnell hinunter, wie es nur möglich war.

Die Frau wandte sich ebenfalls zum Gehen. In diesem Augenblick ging die Kirchentür auf, und eine weitere Person trat in das Gotteshaus. Nach einem kurzen Austausch mit dem Mann und der Frau sah sie sich um und stieg dann die Treppen zum Chorgestühl hinauf.

*

München, 11. August 2012

Wenig später fuhr Matt vor Van Straatens Haus im Münchner Herzogpark vor. Er blickte auf die Uhr: kurz nach zehn. Van Straaten öffnete ihm selbst, das Personal schien einen freien Tag zu haben. Die Labradore wurden offenbar ausgeführt, da sie nicht zur Tür schossen und an ihm hochsprangen.

Matthew war schon früher einige Male in Van Straatens Haus gewesen. Er trat ein und wartete, dass der Maple-Chef vorging. Neben der Küche erstreckte sich ein lang gezogenes Esszimmer, beherrscht von einem riesigen polierten Kirschholztisch. Es hätte auch ein Konferenzraum sein können. Van Straatens Tablet lag am Ende des Tisches, dort, wo sich der Wintergarten anschloss. Natürlich: Er hatte bereits die Zeitungen des Tages studiert. Matthew stand auf der Schwelle von Küche und Esszimmer und wartete, ob Van Straaten ihm einen Platz anbieten würde oder gar einen Kaffee. Und er war froh, dass er es nicht tat. Keine Nettigkeiten. Keine Rituale. Einfach nur eine klare Ansage.

»Schießen Sie los, Matthew. Mich am Samstag vom Golf abzuhalten und dann auch noch früher zu kommen als erwartet kann nur ein ziemlich großes Problem bedeuten.« Van Straaten füllte Wasser in den Kaffeeautomaten, dessen verchromte Flächen aussahen wie eines der Schmuckstücke aus seinem Fuhrpark.

»Es geht um Ginevra.«

»Hat jemand mehr recherchiert, als er sollte?«

»Das kann man so sagen«, erklärte Matthew und ließ den Blick über den erstklassig angelegten Garten schweifen, der sich hinter dem Haus auf geschätzt zweitausend Quadratmetern erstreckte. »Ich.«

Falls Van Straaten überrascht war, ließ er es sich zumindest nicht anmerken. Er wartete, bis die Maschine gefaucht und gedröhnt hatte, dann nahm er seine Tasse an sich, um an dem heißen Kaffee zu riechen und Matthew über den Rand hinweg zu fixieren: »Ich bin neugierig, welche Erkenntnisse Sie dabei gewonnen haben.«

»Ich finde es ja interessant, dass Sie als Erstes unterstellen, jemand könnte mehr recherchiert haben, als er sollte. Gibt es denn einen Grund, weshalb man besser nicht so genau hinterfragen sollte, was es mit Ginevra auf sich hatte?«

»Ich nehme an, das sagen Sie mir jetzt gleich.«

Van Straaten nahm einen Schluck von seinem Kaffee. Schwarz. Ohne Matthew einen anzubieten. Er zeigt mir, dass wir Gegner sind, dachte Matthew und musterte seinen Chef. Jede Faser an diesem Mann war Beherrschung. Gab es irgendwelche Leidenschaften, die er pflegte? Liebte er irgendetwas, liebte er irgendjemanden?

»Zunächst einmal fand ich das Missverhältnis zwischen der Fördermenge und der Menge nach dem Blowout fragwürdig«, sagte Matthew, legte seine Unterlagen auf den Esstisch und lehnte sich an die Terrassentür, die Hände in den Hosentaschen. »Wenn es wirklich ein Blowout war, das heißt, wenn tatsächlich die Röhre vom hochschießenden Gas leer geblasen wurde, dann gibt es keinen Grund, dass nur ein Dreißigstel der sonstigen Fördermenge unkontrolliert nach oben schießt, ja, nach wenigen Tagen sogar noch weniger. Und auch das: Wieso ist die Menge an Gas, die aus dem Leck entwich, ohne Gegenmaßnahmen so schnell deutlich gesunken? Das hätte man doch erst erwartet, wenn der Druck in der Kammer nachlässt – was frühestens nach Jahren geschehen wäre. Aber vielleicht gab es ja Gegenmaßnahmen?« Matthew versuchte Van Straatens Miene zu lesen. Doch der hatte sich an den Tisch gesetzt und trank in aller Ruhe seinen Kaffee.

»Nämlich?«

»Jemand, der den Hahn aufgedreht hatte, drehte ihn wieder zu. Gerade so weit, dass genügend Gas austrat, um eine Umweltkatastrophe zu simulieren.« Matthew trat einen Schritt vor und stützte sich mit beiden Händen auf die Tischplatte. Er stand Van Straaten gegenüber wie ein Footballspieler dem anderen. »Es gab gar keinen Blowout. Sie haben einfach die Schleusen geöffnet, haben ein paar Millionen Kubikmeter Gas in die Atmosphäre geblasen und mich eine Kampagne anzetteln lassen.«

»Wozu sollte ich das tun, Matthew? Wir leben davon, das Gas zu verkaufen. Wenn wir es ablassen, vernichten wir Werte.«

»Wissen Sie, wie ich daraufgekommen bin?«

Van Straaten antwortete nicht, sondern lächelte lediglich sein dünnes Lächeln. Das gefährliche Tier in ihm war erwacht.

»Sie haben einen Fehler gemacht, einen Anfängerfehler, wenn ich das sagen darf«, fuhr Matthew fort.

»Ach ja?«

»Ja. Sie haben mich beauftragt, noch ehe irgendjemand von dem Leck wusste.«

»Es ist eine Selbstverständlichkeit, dass wir zuerst darüber Bescheid wussten.«

»Dieses ›Wir‹ ist ein zu kleiner Kreis. Nur Sie wussten Bescheid. Und vermutlich Richard Broadbent von PUK. Sonst niemand. Auch nicht die Männer vor Ort, die auf der Plattform arbeiteten. Die konnten es nicht wissen, weil das Unglück erst noch stattfinden musste. Hätte es schon stattgefunden, wären diese Leute die Ersten gewesen, die davon gewusst hätten. Ich habe mir die Tagesprotokolle angesehen. Die Havarie ist erst sechzehn Stunden später, nachdem Sie mir den Auftrag gegeben hatten, eine Nordsee-Reportage zu organisieren, eingetreten. Sehr vorausschauend. Aber nicht seherisch, sondern planerisch. Sie haben das vermeintliche Leck erfunden.«

»Interessante Theorie. Aber dafür gibt es keinen Beweis.«

»Doch«, sagte Matthew leise. »Ich habe mich sofort dahintergeklemmt, nachdem Sie mir den Auftrag gegeben hatten. Es existiert ein Anrufprotokoll, aus dem genau hervorgeht, dass meine Anfrage an Stefan Zieblinski fünf Stunden und achtunddreißig Minuten vor der Havarie erfolgte.«

»Doch selbst wenn Sie das belegen können – was wollen Sie damit erreichen? Die Plattform ist unser Eigentum, wir können mit ihr machen, was wir wollen. Welcher Tat wollen Sie uns denn bezichtigen?«

»Sie haben eine Umweltkatastrophe provoziert, haben Menschen in Lebensgefahr gebracht, haben Milliarden an Börsenwert vernichtet und damit Ihre Aktionäre um ein Vermögen gebracht.« Matthew hielt inne. »Obwohl ...«

»Ja?«

»Das ist das Einzige, was ich nicht verstehe.« Matthew Meyer richtete sich wieder auf und trat einen Schritt zurück. Es war seltsam: Obwohl er stand und Van Straaten saß, blickte doch dieser auf ihn herab und nicht umgekehrt. »Warum haben Sie diese ungeheuren Verluste riskiert? Es musste Ihnen doch klar gewesen sein, dass die Börse das Unternehmen abstraft, wenn es eine Havarie auf einer Ihrer Plattformen gibt.«

»Aber natürlich!« Nun erhob sich auch Van Straaten. »Und soll ich Ihnen etwas verraten? Die Prognose über die Höhe des Kursverlusts stimmte fast exakt. Die Börse ist berechenbar, Matthew. Sie ist berechenbar wie eine Herde Büffel. Wenn Sie wissen, wohin das Leittier läuft, wissen Sie auch, wohin die anderen laufen. Die Menschen sind berechenbar! Letztlich sind wir Tiere, die einen vielleicht mehr, die anderen weniger, aber doch Tiere. Nackte Affen. Und als solche muss man sie behandeln.«

»Und woher wissen Sie, wohin das Leittier läuft?«

Van Straaten kam um den Tisch herum und ging durch das angrenzende Wohnzimmer. Matthew folgte ihm. Im offenen Kamin brannte ein Feuer – es sah bizarr aus: kein Holz, nur Steine, polierte weiße Steine, über denen eine bläuliche Flamme mit gelber Krone flackerte. Vielleicht eine Reminiszenz an das Gasbusiness, vielleicht aber auch bloß eine Geschmacklosigkeit, die man Van Straaten gar nicht zugetraut hätte.

»Das«, dozierte der Konzernchef. »Das muss man ihm einfach sagen. Das Leittier wird immer den schnellsten Weg suchen. Das muss nicht der beste sein, wie Ihnen jeder Schlachter erklären wird.« Er trat ans Feuer und starrte hinein. »Im Grunde ist alles so einfach, letztlich sind wir nichts als nackte Affen.«

»Wenn es so einfach ist, wäre es dann nicht viel klüger gewesen, den Kurs nach oben zu manipulieren?«

»Aber wieso denn? Wir haben ein Vermögen gemacht, Matthew! Wir haben den Kurs auf Talfahrt geschickt und dann ganz billig eigene Aktien gekauft. Mit dem Geld, das wir an den Verlusten verdient haben.« Natürlich. Van Straaten hatte seine Finanzabteilung rechtzeitig entsprechende Börsenprodukte kaufen lassen. Einer verdiente immer. Man musste nur dafür sorgen, immer rechtzeitig auf der richtigen Seite zu stehen. »Das beste Entschuldungsprogramm, das man sich vorstellen kann«, dozierte Van Straaten weiter. »Und völlig ohne Risiko. Wir wussten ja, dass der Kurs sich sehr bald wieder auf dem Vorniveau einpendeln würde.«

»Und deshalb haben Sie sich diese ganze Blowout-Geschichte ausgedacht?«

»Wie, deshalb?" Van Straaten wandte sich zu Matthew

um und sah ihn unverwandt an. »Sie meinen, wir hätten es deshalb gemacht?« Er lachte, hielt inne, lachte erneut und schüttelte den Kopf. »Meine Güte, Sie haben offenbar alles herausgefunden, aber nichts verstanden! Damit hatte ich nicht gerechnet.«

Jetzt erst entdeckte Matthew den gläsernen Kasten, der nah am Fenster stand: ein Terrarium. Pisauridae, schoss es ihm durch den Kopf. Auf die Entfernung war kein Tier zu erkennen. Van Straaten folgte seinem Blick.

»Oh, Sie interessieren sich für Spinnen? Natürlich! Wie sollten Sie das nicht, wo Sie sich doch so sehr für Netzwerke interessieren.« Er ging zum Terrarium und öffnete zu Matthews Entsetzen den Deckel. »Es ist eine kleine, aber exquisite Sammlung«, fuhr Van Straaten fort. »Sehen Sie nur.« Mit ruhiger Hand nahm er ein behaartes Tier heraus und hielt es Matthew entgegen, der unwillkürlich einen Schritt zurückwich. »Keine Angst, sie sind ganz harmlos. Jedenfalls für den geübten Kenner. Ansonsten sind sie jedoch Jäger, die ihre Beute mit Gift töten.« Er betrachtete die Spinne, die eines ihrer Beine in seine Richtung bewegte. »Man kann viel von ihnen lernen, vor allem für die Wirtschaft.« Behutsam setzte er das Tier wieder in das Terrarium, wo sich bereits andere Gliederfüßer zu regen begonnen hatten und dem oberen Rand des Behälters entgegenstrebten. »Wussten Sie, dass Spinnen ein Strickleiternervensystem haben?«

»Ich glaube nicht, dass mich das sehr interessiert …« Matthew versuchte das Gespräch wieder an sich zu ziehen. Doch Van Straaten hob die Hand. »Täuschen Sie sich nicht! Die Maple Group ist inzwischen nach diesem System organisiert. Sehen Sie nur …« Plötzlich hatte er eine Schere in der Hand, mit der er so flink, als wäre es eine seiner gewöhnlichsten Übungen, der Spinne ein Bein abschnitt, worauf er seine Hand schnell zurückzog und den Deckel endlich schloss. Das abgetrennte Bein aber war auf den Boden gefallen, wo es sich weiter regte, während das verletzte Tier sich in einen Winkel des Terrariums zurückzog. »Auch ein abgetrennter Körperteil lebt bei einer Spinne noch eine Weile weiter. Es ist eine der besten Überlebensstrategien, die die Natur hervorgebracht hat.« Er sah Matthew mit eisigem Blick an. »Oder die aufgelösten Facettenaugen«, erläuterte er. »Um eine Spinne zu blenden, müssen Sie viele Male zustechen. Das verschafft ihr Zeit, den Gegenangriff zu organisieren. Eine Spinne zu töten gelingt kaum jemals mit einem einzigen Angriff.«

ZWANZIG

Tatjana spürte, wie sich der kalte Stahl durch ihre Soutane in den Rücken bohrte. Es war aus. Sie ließ das Seil los und hob die Arme, ohne dass man es ihr hätte sagen müssen. Das Spiel war vorbei. Sie hatte die Jagd verloren. »Netter Versuch«, sagte der Mann hinter ihr mit frostiger Stimme. »Nur nicht sehr glaubwürdig – eine Orgelprobe, während gleichzeitig die Glocken läuten.«

»Ihr Kollege fand es überzeugend«, erwiderte Tatjana müde. Sie konnte nicht mehr. Nicht nur jeder Knochen tat ihr weh, sie meinte, jede einzelne Faser ihres Körpers zu spüren. Niemals zuvor war sie so erschöpft gewesen.

»Er ist ja auch ein Schwachkopf. Stopp!« Tatjana hatte versucht, sich umzudrehen. »Bleiben Sie so. Die Augen nach unten.« Einen Moment lang herrschte Stille in dem kleinen Raum unter der Glocke. Dann hörte Tatjana, wie die Frau auf Russisch in ihr Handy sprach: »Komm wieder rein, du Idiot. Sie ist hier.«

Mit einer Mischung aus Fatalismus und böser Vorahnung lauschte Tatjana auf die Stille in dem riesigen Kirchenraum. »Was haben Sie mit dem Mann an der Orgel gemacht?«, fragte sie.

»Er wird es überleben«, sagte der Mann mit der Waffe. Tatjana spürte, wie ihre Knie nachgaben. »Reiß dich zusammen«, fauchte der Unbekannte sie an. Und Tatjana riss sich zusammen. Sie hörte, wie er eine Nummer in sein Handy tippte. Wenige Augenblicke später erklärte er: »Wir haben sie.« Offenbar hatte er Kontakt zu seinem Auftraggeber aufgenommen. Tatjana stellte sich vor, wie in diesem Augenblick irgendwo in Moskau oder St. Petersburg ein Apparatschik seine Befehle durchgab: »Einsperren. Verhören. Zu mir bringen.« Wie mochte der Mann aussehen, der über ihr Schicksal befand? Kurz war sie irritiert, als sie bemerkte, dass das Telefonat auf Deutsch geführt wurde und nicht auf Russisch. Doch dann warf sie die Reaktion ihres Verfolgers völlig aus der Bahn: »Wir sollen *was*? – Sind Sie sicher? – Aber sie könnte uns doch noch nützlich sein …«

Das war der Augenblick, in dem Tatjana Lossowa mit ihrem Leben abschloss. Und es war der Augenblick, in dem sie die grauen Kunstlederschuhe vor sich sah. Dimitrij.

*

Matthew hatte sich auf einen Stuhl gesetzt, Van Straaten keine Notiz davon genommen. Es war eine seltsame Stimmung im Raum. Fast schien es, als habe Van Straaten nur darauf gewartet, seinen Plan in all seiner Schönheit und Präzision darlegen zu können.

»Es war die perfekte Möglichkeit, alle Anforderungen in Einklang zu bringen«, erklärte er. «Ginevra ist ein gutes Geschäft, ganz klar, aber es ist nur eine Plattform von vielen in der Nordsee. Setzt man ihre Bedeutung in Bezug zu der von West-Way, dann schrumpft sie zu Peanuts.«

»Also ging es um West-Way?«

»Natürlich. In der ganzen Sache geht es um West-Way. West-Way wird mittelfristig der wichtigste Rohstofflieferant für den ganzen Kontinent sein. Alle Großen stehen hinter West-Way – und wir stehen an der Spitze, auch wenn man davon bisher kaum Kenntnis genommen hat. Aber das war beabsichtigt. Die Havarie von Ginevra war nötig, um die letzten Hindernisse für die Genehmigung von West-Way aus dem Weg zu räumen.«

»Hindernisse?«

»Wir brauchten eine Bürgschaft des Bundes.«

»Also ging es um Geld«, stellte Matthew trocken fest.

»Die Finanzierung ist traditionell das größte Hindernis jedes großen Projekts.« Van Straaten blieb abermals vor dem Kamin stehen, er sah aus wie ein Denkmal seiner selbst. »Aber das Besondere an diesem Plan war, dass wir damit sogar aus Ginevra noch ein Vielfaches ihres Potenzials heben konnten. Wir konnten den Weg freimachen für die Ostsee-Pipeline, wir konnten die öffentliche Meinung auf unsere Seite ziehen, und wir konnten sogar noch ein Vermögen daran verdienen. Dafür waren die paar Millionen Kubikmeter Gas ein geringer Preis.«

»Und die Umwelt?«

»Was hat die Umwelt damit zu tun?« Er sah aus, als meinte er die Frage ernst.

»Haben Sie nicht einen Augenblick darüber nachgedacht, was das Methan für das Klima bedeutet? Und für die Arbeiter vor Ort?« Matthew versuchte sich im Ton zu bändigen, doch es fiel ihm schwer. Die Arroganz, mit der Van Straaten hier über unvorstellbare Folgen hinwegging, machte ihn wütend.

»Es wurde niemand verletzt, wir haben für eine schnelle Evakuierung gesorgt. Wenn auch nur ein Mann ums Leben gekommen wäre, hätte das zu einem PR-GAU geführt und dem Unternehmen massiv geschadet.«

»Bewundernswert. Wirklich. Wie Sie sich um die Sicherheit Ihrer Mitmenschen kümmern«, stellte Matthew fest. »Ihrer Aktionäre, meine ich.«

»Das ist doch selbstverständlich«, bestätigte Van Straaten, ohne auch nur im Geringsten auf Matthews beißenden Zynismus einzugehen. »Sie wissen ja, wie leicht das Vertrauen zerstört ist.«

»Oh ja, das weiß ich.« Matthew stand auf und kam auf Van Straaten zu. »Das weiß ich nur zu gut. Denn das gilt vor allem auch für das Vertrauen zwischen zwei Menschen. Zum Beispiel zwischen einem Spin-Doctor eines Wirtschaftsministers und einer Assistentin eines Unternehmenschefs.«

Van Straaten lächelte amüsiert. »Sie spielen auf die Kleine an, die Sie gelegentlich vögeln, ja?«

»Wenn Sie es so nennen wollen, ja, auf die spiele ich an. Sie war auch eines Ihrer Projekte, richtig?« Innerlich schäumte Matthew. Am liebsten hätte er Van Straaten hier und jetzt den Hals umgedreht. Doch er wusste, dass er bessere Waffen besaß. Und er würde sie nutzen.

Van Straaten schlenderte an ihm vorbei zum Esstisch zurück, nahm sein Tablet und tippte mit eleganten Bewegungen ein paarmal darauf. »Aber natürlich«, sagte er. »Das war wirklich auch mal ein sehr vergnügliches Projekt, an dem ein paar mehr Menschen ihre Freude hatten.« Er hielt es Matthew hin: »Hübsch, die Kleine. Sie haben jedenfalls Geschmack.« Matthew stockte der Atem, als er sah, wie Tatjana sich vor ihrem Computer räkelte. »Wollen Sie Ihr eigenes Video auch sehen?«, fragte Van Straaten mit einer Süffisanz, die sich wie ein Tiefschlag in Matthews Eingeweide bohrte.

»Nein«, sagte er. »Danke. Ich habe genug.« In dem Moment wusste er, dass Van Straaten ihn geschlagen hatte. Er würde nichts von seinen Beweisen gegen ihn verwenden. Sonst hätte er nicht nur Van Straaten, sondern auch Tatjana zerstört.

»Sie können jetzt gehen«, erklärte Van Straaten und ging wieder in die Küche. »Räumen Sie Ihren Schreibtisch. Ich erwarte, dass Sie um halb zwölf Uhr aus der Firma verschwunden sind. Ich will einen Skandal vermeiden. Der wäre für die Maple Group nicht nützlich. Aber falls Sie auf die Idee kommen sollten, irgendjemandem Ihre abstrusen Theorien zu offenbaren, wandern Sie wegen Industriespionage hinter Gitter. Die Aufnahmen von Ihren netten Skype-Konferenzen mit Frau Lossowa werden das Ihre dazu beisteuern, Sie zu erledigen. Und Ihre kleine Freundin gleich mit.«

Matthew packte seine Unterlagen zusammen und verließ grußlos das Haus. Es gab nichts mehr zu sagen. Draußen blieb er einen Augenblick stehen und versuchte sich zu sammeln. Er sah auf die Uhr. Sie hatten eine Stunde miteinander zugebracht. Er hatte noch Zeit. Nicht viel, aber er würde sie nutzen.

An der Tivolibrücke stieg Matthew in ein Taxi. »In die Linprunstraße 25. Und dann zum Flughafen.« Der Fahrer musterte ihn im Rückspiegel. Natürlich, er kannte die Adresse. »Alles in Ordnung?«, fragte er. Matthew schwieg. Was sollte er auch sagen. Die Wahrheit? Das hätte keinen Sinn ergeben. Nackte Affen, dachte er, ja, das war es, wofür Van Straaten die Menschen hielt. Ihn hielt er ebenfalls dafür. Für berechenbar und manipulierbar. Doch auch Van Straaten war berechenbar. In diesem Augenblick wurde vielleicht schon nach ihm gesucht. Jeder andere hätte die Polizei gerufen und ihn des Diebstahls bezichtigt. Van Straaten würde wohl eher seine eigenen Leute losschicken. Sobald er den Verlust bemerkte. Matthew warf einen letzten Blick auf die Unterlagen, die er in der vergangenen Nacht zusammengestellt hatte. Sie belegten eindeutig, dass das Ölleck auf der Plattform Ginevra Sabotage gewesen war und dass dahinter die Unternehmensleitung steckte. Sie bestätigten, dass Van Straaten mindestens Mittäter war. Und wenn ihn nicht alles täuschte, dann würde

Matthew in den nächsten Stunden auch noch die Beweise dafür finden, dass Van Straaten hinter milliardenschweren Korruptionsfällen steckte. Denn nichts anderes war die ganze West-Way-Affäre. Bestechung, Begünstigung, Erpressung und Mord.

Das Taxi hielt vor der Linprunstraße 25. Es war die Rückseite des riesigen Gerichtskomplexes. Matthew sprang aus dem Auto und lief zur Pforte. In schwarzen Lettern stand auf einem Schild: »Staatsanwaltschaft München I«. Er ging in das Gebäude hinein, legte wortlos seinen Umschlag vor dem Panzerglas am Empfang ab, nickte dem diensthabenden Beamten kurz zu und war schon wieder draußen, ehe dieser reagieren konnte. Als er wieder ins Taxi stieg, warf ihm der Fahrer im Rückspiegel einen skeptischen Blick zu.

»Ich dachte schon, Sie wollen mich um die Taxe prellen.«

»Glauben Sie mir«, sagte Matthew außer Atem. »Das ist mein kleinstes Problem.« Dann klappte er die Hülle auf, in der Van Straatens Tablet steckte und wischte mit dem Finger über das Feld »Entsperren«.

Von: Bernhard.VanStraaten@maple-group.com
An: Bernhard.VanStraaten@maple-group.com
Betreff: Nackte Affen

Sehr geehrter Herr Van Straaten!
Sie werden in den nächsten Monaten einige unerfreuliche Auseinandersetzungen zu bewältigen haben. Geben Sie nicht mir die Schuld daran, Sie selbst haben zu verantworten, was geschehen ist.

Wie Sie inzwischen festgestellt haben werden, konnte ich nach unserem letzten Treffen weitere Einblicke in Ihr Wirken gewinnen. Mit Interesse habe ich zum Beispiel Ihren E-Mail-

Verkehr mit Herrn Schneider gelesen. Von allem abgesehen, was die Staatsanwaltschaft inzwischen vorliegen hat, würden diese Erkenntnisse Sie beide für Jahre hinter Gitter bringen. Selbstverständlich habe ich von all Ihren Dateien Kopien in der Cloud hinterlegt und die Zugangsschlüssel bei sicheren Gewährsleuten platziert. Sie werden jetzt Tatjana Lossowa unmittelbar außer Gefahr bringen und dafür sorgen, dass sie auch in Sicherheit bleibt. Sollte ihr oder mir etwas zustoßen, ist dafür gesorgt, dass diese Daten an alle Nachrichtenagenturen, Zeitungen und Fernsehsender gehen und im Internet für jedermann frei zugänglich sind. Ich erwarte, dass Sie dafür sorgen, dass ich Frau Lossowa innerhalb von vierundzwanzig Stunden sehen kann. Sie geben mir Nachricht auf dieses Gerät. Sobald ich bei ihr bin, werden Sie mit mir nie wieder Kontakt aufnehmen. Solange sie am Leben ist und ich es bin, sind wiederum Sie in Sicherheit.

Mit den besten Grüßen
Ihr ehemaliger Sklave

*

Gegen vier Uhr morgens überquerte ein Passant mit einer Sporttasche die Millennium Bridge, das Leben auf den Piers war längst zum Stillstand gekommen. Der Fluss zog träge durch die Stadt, und auch die letzten Restaurantschiffe und Vergnügungsboote hatten angedockt und die Lichter gelöscht.

An der Bankside saßen zwei Gestalten im Mondschein, die sich über ein Mobiltelefon beugten. Über die Brücke am Embankment und Blackfriars Pier donnerte ein Nachtzug. Auf der nahe gelegenen Millennium Bridge über der Bankside Pier waren einige kurze Lichtblitze zu sehen. Der Passant verschwand in die Richtung, aus der er gekommen war, nachdem er sein Gewehr wieder in der Tasche verstaut hatte.

*

The Sun, 13. August 2012

Bandenkrieg an der Bankside

London. In der Nacht vom Samstag auf Sonntag sind in der Nähe des Bankside Pier zwei Jugendliche niedergeschossen worden. Bei den Opfern handelt es sich um mehrfach vorbestrafte Kriminelle, die seit längerem von der Polizei wegen Drogendelikten, Diebstahl und Raub gesucht wurden. Während eines der beiden Opfer noch am Tatort starb, konnte das zweite von herbeigerufenen Rettungskräften am Leben gehalten werden. Sein Zustand ist nach Aussagen der Ärzte kritisch. Die Arbeitslosen Timothy L. (18) und Yusuf G. (20) sind offenbar einem Streit im kriminellen Milieu zum Opfer gefallen. Mit weiteren Mordanschlägen ist zu rechnen

PISAURIDAE

Bergamo, 13. August 2012

»Ihr netter Mitarbeiter hat uns ziemlich aufs Kreuz gelegt, Van Straaten.« Schneider knipste die Spitze seiner Zigarre ab und drehte sie ein wenig zwischen den Fingern. »Sicher, dass wir nicht ein Exempel an ihm statuieren sollten?«

Bernhard Van Straaten betrachtete den Cognac in seinem Schwenker. Die lombardische Abendsonne, die über die Terrasse ins Haus fiel, funkelte darin. »Ach, wissen Sie, ich nehme das als Kompliment«, sagte er mit einem amüsierten Lächeln. »Der Junge hat etwas von mir gelernt.«

»Von Ihnen oder von mir?« Mit einem Zischen entzündete sich das Streichholz.

»Sagen wir – von uns beiden. Ich hätte ihn nicht zu Ihnen geschickt, wenn ich nicht geglaubt hätte, dass es ihm etwas bringt.«

»Ein verräterischer Satz, Van Straaten.« Schneider fixierte den Manager mit seinen stahlgrauen Augen. Van Straaten konnte seine Backenknochen mahlen sehen.

»Verräterisch?«

»Sie haben ihn geschickt. Will heißen: Sie wussten, dass er zu mir kommen würde, noch ehe ich ihn gefragt habe.«

»Bitte, mein lieber Konsul. Wir sind doch beide nicht naiv. Ich wusste, dass Sie einen Mitarbeiter wie ihn brauchen konnten, also habe ich Sie beide zusammengebracht.«

»Ja, ich erinnere mich gut, was Sie auf der Konferenz über das Wissen gesagt haben.«

»Das schmeichelt mir.« Van Straaten nahm einen Schluck, stellte den Cognacschwenker beiseite und erhob sich. Er trat an die Terrassentür und öffnete sie. »Riechen Sie nur«, sagte er und atmete tief durch. »Diese Luft mit all ihren Aromen. Lavendel, Akazien, Rosen ... Das können Sie nicht kaufen.«

»Lenken Sie nicht ab, Van Straaten. Was wussten Sie noch alles über mich? Und was hat Ihnen Meyer über mich berichtet?«

Van Straaten drehte sich zu ihm um und sah ihn überrascht an. »Mein lieber Konsul, ich bin fast ein wenig gekränkt, wenn Sie das so sagen. Ich denke natürlich über Sie nach, so wie über alle Menschen, die ich für wichtig halte – und komme dabei zu gewissen Erkenntnissen. Aber ich lasse Sie ganz sicher nicht ausforschen. Das haben Leute wie Sie und ich nicht nötig.«

Schneiders Kopf war von einer dichten Rauchwolke umgeben. Als sich der Qualm verzogen hatte, war er nicht mehr der gelassene Mann, den Van Straaten eben noch vor sich hatte sitzen sehen. Vielmehr hatte er alle Rohheit seines Wesens im Gesicht. Er starrte den Konzernchef so unverwandt an, dass dieser unwillkürlich einen Schritt zurückwich. »Sie sind ein Schwätzer, Van Straaten«, sagte Schneider. »Ein verdammter selbstverliebter Schwätzer. Meinen Sie, ich wüsste nicht, dass Sie Ihren Jungmanager auf Wörners kleines Flittchen angesetzt haben ... Und soll ich Ihnen was sagen? Wörner hat es umgekehrt genauso gemacht.« Schneider hielt kurz inne und genoss den Anblick, als für einen kurzen Moment die Züge seines Gegenübers entglitten. »Zwei Ganoven, ein Gedanke. Ich sage Ihnen was: Das ist der Grund, weshalb ich nie in die Wirtschaft gegangen bin – Sie müssen sich immer mit Ihresgleichen messen, und alles, worum es dabei am Ende geht, ist Geld.«

»Wollen Sie etwa behaupten, dass Geld kein entscheidendes Motiv für Sie ist?«, fragte Van Straaten. Er spürte die kühle Abendluft in seinem Rücken, sie zog ihn beinahe nach draußen, während in seinem Haus dieser Mann saß, der alles verkörperte, was Van Straaten verachtete: das Parvenühafte, das Laute, das Ordinäre. So ähnlich ihre Herkunft war, so ganz und gar unterschiedlich waren ihre Ansprüche.

»Sie meinen, weil Sie mich gekauft haben?« Schneider lachte. Es war ein dreckiges Lachen. »Sie haben mich nicht gekauft, Van Straaten. Sie haben sich nur der Illusion hingegeben, Sie hätten mich gekauft. Ich sitze am längeren Hebel.« Er machte eine Kunstpause, um Van Straatens Spannung noch ein wenig zu steigern. Fast konnte er seinen Herzschlag hören, nahezu spüren, wie der Puls seines Gegenübers in die Höhe jagte. Er liebte es! »Ihr Gesetz ist längst schon wieder tot. Die Pipeline kommt, ja, aber die Kartellverfahren sind schon festgelegt, wie sie ausgehen werden, ebenfalls. Und Ihr Freund Lewtuschenko hat sich leider etwas verspekuliert und musste Konsequenzen ziehen.« Er zog an seiner Zigarre, paffte einige Ringe in die Luft und zuckte die Achseln. »Traurige Konsequenzen.«

*

The International Herald Tribune, 14. August 2012

Tee mit Milch und Tod
Russlands Top-Journalistin Beliani stirbt nach Gift-Anschlag

London. In der Nacht zum Montag ist die kritische russische Journalistin Vera Beliani gestorben – nur sechs Tage nachdem sie mit Symptomen einer schweren Vergiftung in das St. Thomas' Hospital eingeliefert worden war. Inzwischen konnten die Ärzte eine radioaktive Verstrahlung mit Polonium 210 nachweisen, einem Stoff, der ausschließlich militärisch zum Einsatz kommt und ein wesentlicher Bestandteil von Nuklearwaffen ist. Scotland Yard geht deshalb davon aus, dass Mrs Beliani Opfer eines Mordanschlags geworden ist.

Die Reporterin hat sich vor allem einen Namen mit ihren Berichten aus der abtrünnigen russischen Teilrepublik Tschetschenien gemacht, wo sie insbesondere das brutale Vorgehen der russischen Streitkräfte gegen die Separatisten anprangerte. Auch mit kritischen Artikeln über diverse Umweltkatastrophen in Sibirien sowie über die Verfolgung von Dissidenten hatte sie sich im Kreml keine Freunde gemacht – sie galt als meistgefährdete Journalistin Russlands. 2009 entging sie nur knapp einem Anschlag, als direkt vor ihrer Haustür mehrere Schüsse aus einem fahrenden Wagen auf sie abgegeben wurden.

Die Ermittlungen der Polizei konzentrieren sich inzwischen auf eine junge Frau, mit der sich Mrs Beliani kurz vor Ausbruch der Vergiftungssymptome getroffen hatte. Nach gut informierten Kreisen muss der Anschlag bei einem Treffen im Restaurant eines Londoner Kaufhauses stattgefunden hat, da Spuren von Polonium 210 auf dem Teegeschirr Belianis gefunden wurden. Nach der jungen Frau wird inzwischen gefahndet. Dem Vernehmen nach soll es sich um eine Landsmännin Belianis handeln, die für einen deutschen Energiekonzern arbeitet, dessen

Russlandinteressen durch Mrs Belianis Recherchen gefährdet gewesen sein könnten.

*

Berlin, 16. August 2012

»Richter Böhm Fischer, guten Tag.«

»Guten Tag, hier ist das Vorzimmer von Bundeskanzler Thanner. Der Bundeskanzler würde gern mit Herrn Dr. Plöger sprechen.«

»Sicher. Einen Augenblick bitte.«

Es dauerte nur Sekunden, bis sich die schnarrende Stimme des ehemaligen Ministerialdirektors meldete.

»Plöger hier.«

»Ich verbinde Sie mit dem Bundeskanzler.«

»Thanner.«

»Herr Bundeskanzler, guten Tag.«

»Ich rufe wegen unseres gemeinsamen Freundes an.«

»Und was kann ich in der Sache für Sie tun, Herr Bundeskanzler?«

»Es geht um eine kleine Indiskretion.«

»Aber gewiss, Herr Bundeskanzler. Darf ich fragen, in welcher Preisklasse?«

»Seine Unterstützer sind mir zu mächtig.«

Plöger lachte gönnerhaft. »Deren Macht werden wir nicht beschneiden können, Herr Bundeskanzler. Das ist, als wollten Sie einen Vulkan löschen.«

»Es genügt mir völlig, wenn Sie dafür sorgen, dass sie Schneider fallen lassen.«

»Verstehe. Ja, das trauen wir uns zu. Ist aber eine obere Preisklasse.«

»Geld spielt keine Rolle.«

»Was für ein schönes Bonmot«, sagte Plöger und lachte abermals. »Und das aus Ihrem Mund.«

»Tja, Plöger, es gibt eben zeitlose Weisheiten.«

*

The Guardian, 17. August 2012

Spektakuläre Wende im Fall des jugendlichen Mordopfers

London. Wie gestern bei einer Pressekonferenz von Scotland Yard bekannt wurde, nimmt der Fall des in der vergangenen Woche am Bankside Pier erschossenen Jugendlichen möglicherweise eine spektakuläre Wende. Wie sich herausgestellt hat, war der 19-jährige Timothy L. im Besitz des Mobiltelefons von Vera Beliani, der bekannten russischen Regimekritikerin, die vor wenigen Tagen im Londoner St. Thomas' Hospital verstarb. Mrs Beliani ist vermutlich am selben Tag, an dem der Jugendliche erschossen wurde, Opfer eines Mordanschlags mit einer radioaktiven Substanz geworden. Die Polizei geht nun davon aus, dass es einen Zusammenhang zwischen den beiden Vorfällen geben könnte. Es ist nicht auszuschließen, dass auch die Schüsse am Themseufer eigentlich ihr gegolten haben. Die Tatwaffe ist ein militärisches Hochpräzisionsgewehr, damit ist unwahrscheinlich, dass der Schütze dem kleinkriminellen Milieu angehört. Das zweite Opfer, der 20-jährige Yusuf G., befindet sich nach wie vor im Koma und konnte von der Polizei bisher nicht vernommen werden.

*

London, 18. August 2012

Es war, als hätten sich all die fragwürdigen Gestalten, all die Gespenster des Bösen in Luft aufgelöst. London präsentierte sich im Licht einiger leuchtender Spätsommertage, als wäre nichts geschehen. Doch natürlich litt Tatjana weiterhin darunter, dass aus St. Petersburg nichts über ihren Vater in Erfahrung zu bringen war. Kurz hatte es geheißen, er säße im Bezirksgefängnis von Kolpino. Doch dort wollte man von nichts wissen. Die wenigen Telefonate mit ihrer Mutter waren für Tatjana jedes Mal ein seelischer Kraftakt. In alldem aber war Matt eine große Stütze für sie. Er hatte sich verändert, war ruhiger geworden, nachdenklicher. Aber er versuchte auch, wieder so etwas wie Alltag in ihrer beider Leben zurückzuholen, studierte mit ihr Wohnungsanzeigen, ging mit ihr einkaufen oder führte sie, so wie jetzt, ins Ritz aus, wo sie sich zum Fünfuhrtee setzten wie ein altes Ehepaar. Sie genoss jede Minute mit ihm, vielleicht auch deshalb, weil ihr erst jetzt bewusst geworden war, in welcher Gefahr er selbst in der Zwischenzeit geschwebt hatte.

»Was hast du ihnen gesagt?«, fragte Tatjana. »Ich meine, was hat sie veranlasst, dass sie mich gehen ließen? Ich dachte wirklich, meine letzte Stunde hätte geschlagen.«

»Ich habe Van Straaten nur angewiesen, für deine Sicherheit zu sorgen«, erklärte Matthew.

Wieder sah sie die Szene vor sich, wie ihr Dimitrij die Waffe an den Kopf hielt. Eine Sekunde später hätte der rettende Anruf Van Straatens schon zu spät sein können. Matt hatte ihr das Leben gerettet.

»Sie wollten mich töten.«

»Man weiß es nicht, Liebling. Denk nur an deinen Bruder … Sie hätten vielleicht Wege gefunden, dich dazu zu bringen, die Dokumente herauszugeben. Hast du sie eigentlich noch?«

»Nein. Ich habe sie Vera Beliani gegeben.«

»Dann haben sie sie vermutlich doch in ihre Hände bekommen.«

Tatjana seufzte. Sie spürte, wie sich ihr Herz zusammenzog, wenn sie an die zierliche Russin dachte, an die klugen Augen und an die leise Stimme. »Denkst du, sie verfolgen dich noch?«, fragte sie.

Matthew wartete, bis der Ober serviert hatte: Kaffee, Tee, ein Milchkännchen und zwei Biscuits, ehe er antwortete: »Warum sollten sie? Jetzt sind sie erst einmal mit der Staatsanwaltschaft beschäftigt. Das kostet sie viel, aber noch nicht alles. Wenn ich nachlege, bedeutet das ihren Untergang. Das werden sie nicht riskieren. Sie werden sich hüten, mich zu beseitigen. Oder dich. Das wäre, wie einen Stein aus dem Weg zu räumen und eine Schlange darunter zu befreien.«

Tatjana nickte. »Das ist der Unterschied zwischen den Deutschen und den Russen. Die Russen wollen eine Sache immer ganz zu Ende bringen. Vor allem wenn es um die Vernichtung von Feinden geht.«

»Jemand wie Van Straaten denkt überhaupt nicht in Kategorien wie Freundschaft oder Feindschaft. Für ihn definiert sich die Bedeutung eines Menschen mehr über die Nützlichkeit.«

»Verstehe«, sagte Tatjana und betrachtete die Gäste im Foyer. Es war die übliche Mischung des Londoner Ritz: alte Damen, arabische Geschäftsleute, eine Familie, deren Einkaufstüten von den Nobelläden der Stadt sich neben dem Sofa türmten. Alles ganz normal – vor allem völlig unverdächtig. »Dann wird er nicht glücklich sein, dass Lewtuschenko tot ist.«

»Du meinst, der hätte ihm noch nützlich sein können?«

Tatjana nickte. »Erinnerst du dich an Bergamo?«

»Immer wieder«, sagte Matthew und lächelte hintergründig. »Und ausgesprochen gerne.«

»Du hast damals etwas gesagt: Van Straaten wäre der größte Lobbyist aller Zeiten.«

»Das denke ich immer noch.«

»Lobbyisten sind Menschen, die sich für die Interessen anderer verwenden. Es gibt in der Nahrungskette immer noch jemanden, der über ihnen steht.«

»Jemanden wie Lewtuschenko?«

»Ich glaube, Lewtuschenko war eines von Van Straatens Geschöpfen. Er war sein Lobbyist. Derjenige, der dafür sorgte, dass der Kreml an dem Pipeline-Projekt mitwirkte. Derjenige, der für ihn unliebsame Zeitgenossen aus dem Weg räumen ließ. Derjenige, der die politische Zustimmung gekauft hat.«

Matthew blickte Tatjana direkt in die Augen. »Vielleicht hast du recht. Vielleicht sind all diese Geschehnisse Teil eines noch viel größeren Plans von Van Straaten. Die Pipeline, die Plattform, die Gesetze, der Tod der Journalistin, der Tod Lewtuschenkos …«

»Wir.«

»Ja, auch wir.«

Sie tat zwei Löffel Zucker in ihren Tee und rührte ihn um. Dann fasste sie sich ein Herz: »Und was wird aus uns beiden, Matt?«

Er zögerte. Nicht lange, aber lange genug, dass es ihr auffiel. Sie presste die Lippen aufeinander und drehte den Kopf zur Seite.

Matthew seufzte. »Es ist so«, sagte er, mühsam um Worte ringend. »Ich … ich habe dich ausgeforscht«, bekannte er schließlich.

»Ich weiß«, sagte Tatjana, ohne ihn anzusehen.

»Du weißt davon?« Er konnte seine Verblüffung nicht verbergen.

»Aber das ist doch eigentlich ein gutes Zeichen, oder? Ich meine: Es macht mir nichts aus.«

Er zuckte die Achseln. »Vielleicht. Aber das alles ist für mich noch so ... surreal. Zum Beispiel bin ich davon überzeugt, dass Van Straaten mich gezielt auf dich angesetzt hat – ohne dass ich es zunächst wusste. Er wollte Informationen über Wörner.«

»Sicher. Und umgekehrt. Kann uns jemand verbieten, dass wir uns bei diesem Auftrag ineinander verlieben?« Sie legte ihre Hand auf seine.

»Nein«, sagte Matthew und sah ihr zu, wie sie das Teeglas an ihre wundervollen Lippen setzte, betrachtete ihre dunklen Wimpern, den grünlichen Schimmer ihrer Augen. Als sie das Glas wieder absetzte, sah sie ihn leicht irritiert an.»Du trinkst deinen Tee mit Zucker?«, fragte Matthew amüsiert.

»So wie alle Russen. Und du trinkst deinen Kaffee schwarz, Mr Meyer, ja?«

»Oh ja, tiefschwarz. Das habe ich mir von der bezauberndsten Frau der Welt abgeguckt.« Er hob seine Tasse und lächelte ihr über den Rand zu. Plötzlich verfinsterte sich ihre Miene, als hätte sie den Leibhaftigen gesehen. »Alles okay?«, fragte er.

»Matt ...«

»Ja?«

»Der Kaffee ...«

»Was ist mit ihm?«

»In der Zeitung stand, dass Vera Beliani bei dem Treffen mit mir im Selfridges vergiftet worden sei.«

»Die Zeitungen schreiben viel ...«

»Die Zeitungen schreiben, was man ihnen sagt, das müsstest du wissen.«

Matthew nickte. »Ja. Allerdings sollte ich das. Meinst du, es könnte wirklich etwas im Essen gewesen sein?«

»Als ich Vera Beliani traf, haben wir nur einen Tee und einen Kaffee genommen. Sie wollte nichts essen, sicher weil sie einen Giftanschlag fürchtete. Und die Getränke musste man aus einem Automaten holen. Niemand würde dort Gift hineingeben. Die Gefahr wäre viel zu groß, die falschen zu treffen und zu viele Opfer zu provozieren. Außerdem konnten sie ja nicht wissen, was wir trinken würden. Das war alles gut durchdacht von Vera, auch wenn ich es mir damals nicht bewusst gemacht habe.«

»Dann konnte sie nicht bei eurem Treffen im Selfridges vergiftet worden sein.«

»Da war ein junger Mann, der die Tische wischte und überall neue Zuckerstreuer aufstellte.« Tatjanas Stimme war kaum mehr als ein Flüstern. Matthew sah, wie sich auf ihrem Handrücken die Härchen aufgestellt hatten.

»Du meinst, sie hat sich selbst das Gift in ihren Kaffee getan, weil es im Zucker war?«

»Sie hatte Tee, Matt. Ich hatte Kaffee.«

*

Iswestija, 18. August 2012

Tod eines Mörders

St. Petersburg. Im Untersuchungsgefängnis der Staatsanwaltschaft St. Petersburg hat sich in der Nacht zum Donnerstag ein Häftling das Leben genommen. Der 59-jährige Arkadi Michailowitsch Lossow saß wegen des Verdachts der schweren

Körperverletzung an seinem Sohn in Untersuchungshaft. Lossow galt als einer der führenden russischen Ölingenieure. Sein Sohn Nikolai Lossow, ein vielversprechender Konzertpianist, war im Mai des Jahres Opfer eines infamen Verbrechens geworden: Man hatte ihm nach einem Konzert sämtliche Fingerkuppen abgetrennt. Die Staatsanwaltschaft bezichtigte Arkadi Lossow der Tat. »Wenn es noch eines Beweises für die Schuld des Vaters Lossow an der Tat bedurfte, dann ist es dieser Selbstmord«, so ein Sprecher in einer kurzen Stellungnahme gegenüber der Presse. Arkadi Lossow hat sich nach Auskunft der Staatsanwaltschaft in seiner Zelle mit seinem Gürtel erhängt. Von seinem Sohn fehlt seit der Bluttat jede Spur.

*

»Major Sewtschenko? Ich wollte Ihnen nur mitteilen, dass wir die Angelegenheit nicht weiterverfolgen.«

»Sie haben die Akte geschlossen, Herr Kollege?«

»Die Akte geschlossen? Es hat nie eine Akte existiert.«

»Sie überraschen mich. Von einer deutschen Bundesbehörde hätte ich größere Sorgfalt erwartet.«

»Das hier ist die Abteilung ST. Hier existieren nur die Akten, die wir haben wollen. Das gilt für die Gegenwart und erst recht für die Vergangenheit.«

»Dann ist die Sache Tatjana Lossowa Vergangenheit?«

»Ich weiß nicht einmal, dass es jemals eine Sache Tatjana Lossowa gegeben hat. Wir haben nur wegen einer toten Russin in der Schweiz ermittelt, weil die Dame zufällig in den Armen eines hochrangigen deutschen Politikers verstorben ist. Wie sich herausgestellt hat, ein tragischer Unfall. Es ist uns ein

Anliegen, die guten Beziehungen unserer Länder nicht durch unnötige Ermittlungen weiter zu belasten.«

»Sehr klug. Dann darf ich davon ausgehen, dass Sie auch der Fall Arkadi Lossow nicht weiter interessiert.«

»Ich wüsste nicht, weshalb er das sollte.«

»Ich schätze den völkerverbindenden Nutzen unserer Zusammenarbeit, Herr Kollege.«

»Geht mir genauso, Herr Major. In diesem Sinne ...«

»In diesem Sinne.«

*

St. Petersburg, 19. August 2012

Einige Zeit stand er schweigend vor der Tür und lauschte der leisen Musik, die von drinnen zu hören war. Schostakowitsch. Das zweite Klavierkonzert. Andante. Er atmete die Musik regelrecht ein, lange hatte er nichts mehr von solcher Schönheit gehört. Als der letzte Ton verklungen war, pochte er an die Tür. Es dauerte einige Zeit, ehe er die schweren Schritte der alten Frau vernahm. Ein Paar misstrauischer dunkler Augen im Halbdunkel. Ein Geräusch wie ein unterdrückter Schrei. Er lächelte, so gut er konnte. Es war das Lächeln eines kleinen Jungen, das Lächeln, das er seiner Mutter auch damals geschenkt hatte, als er aus der Klinik entlassen worden war.

»Nikolai«, flüsterte sie.